Elsa Morante
Das heimliche Spiel

ELSA MORANTE
Das heimliche Spiel
und andere Erzählungen

Aus dem Italienischen von
Susanne Hurni-Maehler und Maja Pflug

Verlag Klaus Wagenbach   Berlin

Wagenbachs Taschenbuch 853

© Elsa Morante Estate
Published by arrangement with The Italian Literary Agency
© 2003, 2005. Für diese Ausgabe 2022:
Verlag Klaus Wagenbach
Emser Straße 40/41   10719 Berlin   www.wagenbach.de
Covergestaltung Julie August unter Verwendung einer Fotografie
© Ferdinando Scianna / Magnum Photos / Agentur Focus
Foto der Autorin © Archiv Verlag Klaus Wagenbach.
Die Karnickel auf Seite 1 zeichnete Horst Rudolph.
Gesetzt aus der Rotis Serif und der Quicksand.
Vorsatzpapier von peyer graphic, Leonberg.
Gedruckt auf Schleipen und gebunden bei Pustet, Regensburg.
Printed in Germany. Alle Rechte vorbehalten

ISBN   978 3 8031 2853 9

Via dell'Angelo

In der Kindheit hatte Antonia ihre Eltern verloren, und als ihre Verwandten ins Ausland zogen und nicht wußten, wo sie das Mädchen unterbringen sollten, brachten sie es in das Kloster der Via dell'Angelo. Ein befreundeter Jesuitenpater, fromm, mit gebeugten Schultern und einem gleichmütigen Gesicht grau wie Lehm, stellte Antonia, die Hände übereinanderlegend, den Nonnen vor. Er selbst hatte zu diesem Kloster geraten, in welchem nur drei Nonnen wohnten, außer Antonia, die ein geringes Kostgeld bezahlte und eine Art Zwischenstellung einnahm zwischen Dienstmagd, Zögling und Pensionärin. In jener Gegend gab es zahlreiche weiträumige Klöster, in denen Nonnen verschiedener Orden lebten; einige trugen die gefältelte Haube, andere den Schleier und wieder andere den weiten Umhang. Dem Kloster gegenüber ragte der gewaltige Bau des Gefängnisses auf, dessen gelbe glatte Fassade in regelmäßigen Abständen von vergitterten Fenstern unterbrochen war. Vor dem Eingangstor ging eine niemals schlafende Wache, das Gewehr geschultert, auf dem Kiesweg hin und her mit klirrendem Schritt.

Die Sonne, noch greller durch die gelbe Farbe der Mauern, fiel aus heiterem und frischem Himmel in die schräg ansteigende Straße hinein. Man nannte sie »Via dell'Angelo«, Engelsgasse, weil eine steinerne Statue mit riesengroßen, zusammengefalteten Flügeln an der Kreuzung stand. Es war eine unförmige Gestalt, ohne Kopf und verstümmelt, die aussah, als ob sie vorwärtsschreite auf breiten, schwarz gewordenen Füßen. Was ihren Ursprung betraf, so war jede Erinnerung daran vergessen; vielleicht war es ein alter Gabriel,

7

die Verkündigung bringend, das Überbleibsel einer zerstörten Kirche, vielleicht aber auch eine Siegesstatue, die symbolische Beute aus einer Schlacht. Doch ging das Gerücht, daß es ein richtiger Engel sei, den Gott wegen irgendeiner schweren Schuld aus dem Paradies vertrieben und auf die Erde verbannt hatte. Hier schlich er nun manchmal, um sich ein wenig zu zerstreuen, unter den verschiedensten Gestalten in die Häuser und raubte Menschen, vor allem kleine Kinder. Jedenfalls war es nicht möglich, ihn zu erkennen, aber viele Leute bekreuzigten sich, wenn sie an der Statue vorübergingen, und sprachen rasch ein Gebet.

Zum Kloster gehörte eine langgestreckte und vom Echo widerhallende Kirche mit einem weißen Hochaltar, der unter einer schlanken, sehr hohen Kuppel errichtet war und zu dem eine breite Treppe führte mit einer Balustrade aus Porphyr. Kleine, mit rotem Filz verkleidete zweiflügelige Türen öffneten sich an den Seitenwänden. Zum feierlichen Hochamt wurden die Gefangenen in diese Kirche geführt, mit rasselnden Ketten.

Über dem Kirchenschiff befanden sich die weißgetünchten Zellen des Klosters, geschmückt mit Kruzifixen aus schwarzem Holz, mit Öllämpchen, mit wächsernen Blumen und Statuen unter Glasglocken. Einige Fenster gingen auf einen engen Garten hinaus, der dicht bewachsen war mit staubigem und vom Weihrauch verdorbenem Grün. Vielleicht lag es an den ein wenig faden Mahlzeiten und dem eintönigen Leben im Kloster, daß Antonia kaum wuchs; nur ihr Haar war gewachsen, und da sie die tiefschwarzen Zöpfe aufgesteckt trug, wirkte ihr Kopf übermäßig groß im Verhältnis zu ihrer Gestalt. Mit sechzehn Jahren war sie noch kindlich und zierlich, hatte schmächtige Ärmchen und verlor sich ganz in den weiten Röcken. Und ihr Gesicht, vom schwarzen Kranz der Zöpfe umrahmt, sah weiß und leidend aus mit den wenigen verblaßten Sommersprossen, dem kleinen runden Kinn und den großen grauen Augen hinter der Brille. Diese Brille verlieh ihr ein gelehrtes und zugleich katzenhaftes Aussehen, denn die Nase, die zwischen den beiden Brillengläsern hervorkam, war winzig und ein bißchen stumpf. Dieses Gesicht war immer fragend und verängstigt, aber dennoch klug. Nur das Lächeln, spröde und gleichzeitig schlau, gab ihm einen Anflug von ausreißerischer Unternehmungslust; ein solches Lächeln schien jedesmal, so könnte man sagen, »den ersten Flug« zu versuchen.

Nur selten verließ Antonia das Kloster; und wenn sie einmal ausging, verwirrte sie das Geheimnis der Straßen, die in ein fernes und fiebriges Brausen getaucht waren, so daß sie es vorzog, unentwegt auf ihre schwarzen Schuhe zu schauen, die eilig vorwärtsgingen. Wenn sie einmal aufblickte, war ihr, als sähe sie oben an der Fassade des Gefängnisses die Sträflinge sich an die Gitterstäbe klammern mit gierigen, bleichen Gesichtern, kahlgeschorenen Köpfen und starren schwarzen Augen. Und oft, wenn sie hinter sich ein Geräusch hörte, glaubte sie, der Engel von der Straßenkreuzung habe mühsam seine zerbröckelten Füße vom Boden gelöst und folge ihr nach mit müden, langen Schritten, die auf den Steinen dröhnten. Wenn seine beiden schweren Flügel sich öffneten und wieder schlossen, war es wie ein dumpfes Rauschen. Dann hielt Antonia den Atem an und hatte nicht den Mut, sich umzuwenden. In Wirklichkeit aber kamen jene Laute und jenes Rauschen aus ihrem eigenen Blut.

Im Kloster lernte sie nähen und außer allen häuslichen Arbeiten auch ein paar fromme Lieder. Manchmal kam der Jesuitenpater zu Besuch und erkundigte sich nach ihr; ohne sie anzublicken, gab er ihr gute Ratschläge und schenkte ihr Bildchen. Von den drei Nonnen war Madre Cherubina die angesehenste; sie war ältlich, mager, klein und runzelig unter ihrem Häubchen. Ihre Bewegungen waren nervös und hastig, ihre Stimme schrill, aber im Gespräch mit Fremden oder mit dem Jesuitenpater wurde sie honigsüß. Ihre breiten Lider hoben sich wie Vorhänge über den in den Winkeln geröteten Augen, ihre Nasenflügel bebten, ihre Lippen umspielte ein heuchlerisches und boshaftes Lächeln. Diese Nonne schien fortwährend vom Dämon der Inquisition besessen zu sein; sie war energisch und mitleidlos, und wegen dieser Eigenschaften, abgesehen vom Gewicht ihres Ranges, war sie auch für die Bestrafungen zuständig. Bei solchen Gelegenheiten tobte sie theatralisch in einer drohenden Predigt, dann schwieg sie, ein himmlisches Lächeln auf dem Antlitz, und packte Antonia mit harten und peinigenden Griffen am Kragen oder direkt am Hals, wie man es mit Katzen macht, und schlug sie zwei- oder dreimal auf den Nacken mit ihren gelblichen knöchernen Fingern, die glatt und hohltönend waren wie die Perlen der Rosenkränze. Wenn diese Züchtigung vollbracht war, nahm sie Antonia bei der Hand, zerrte sie, streng und steif wie ein Scharfrichter, mit großen Schritten in ein Kapellchen und sperrte sie, fieberhaft mit den Händen fuchtelnd und die Augen verdrehend, dort ein mit den Worten: »Bete, meine Tochter! Bete um die Vergebung deiner Sünden!« Antonia weinte nicht, sondern demütigte sich zu einem zerknirschten und gehorsamen Lächeln, und wenn die Nonne keuchte: »Bete um die Vergebung deiner Sünden! Bete! Bete!«, dann stammelte sie: »Ja, Madre Cherubina.«

Die zweite Nonne, Schwester Affabile, war ein geheimnisvolles Geschöpf, sehr hochgewachsen und aufrecht, mit einem regelmäßigen, bleichen Gesicht, einem weichen und blutlosen Mund. Sie sprach wenig, lachte nie, und ihr Schritt machte kein Geräusch. Wenn sie auf der Türschwelle erschien, sah sie immer so aus, auch wenn sie nur aus dem Nebenzimmer trat, als komme sie von sehr weit her und habe irgend etwas hinter sich zurückgelassen. Wollte sie ihre Zustimmung ausdrücken, dann senkte sie nur eben die Wimpern, und die Gebärde ihrer Hand war so majestätisch und lässig, daß ein Gefühl von Ruhe von ihr ausging. Auch ihre Stimme, obwohl sie sehr einfache und allgemeine Dinge sagte, war verträumt wie die einer Schlafenden, und wenn man ihr zuhörte, fühlte man langsam jede Erinnerung schwinden.

Schwester Maria Lucilla, die dritte Nonne, die sich mit der Küche und dem übrigen Haushalt beschäftigte, war klein und rundlich, hatte immer Küchengerüche an sich, und beim Laufen schwenkte sie die Hüften, so wie die Hühner es tun. Sie hatte blaue Augen, einen hellroten Mund, ein fettes weißes Gesicht, das sich schamhaft mit roten Flecken überzog, kurze, gerötete Hände und auf jedem Handrücken fünf Grübchen. Sie lachte oft, und dabei zitterte sanft ihr Doppelkinn. Oft weinte sie auch, und dann schnitt ihr ganz verschmiertes Gesicht pathetische Fratzen. Diese Nonne nähte heimlich für Antonia hübsche hellblaue Hemdchen und bestickte sie auch mit passenden Mustern wie etwa weißen Täubchen mit roten Schnäbeln und roten Füßchen, oder mit Blumen, meistens mit keuschen Lilien, deren Staubgefäße im Kelch mit gelbem Faden gestickt waren. »Oh, was für schöne Tauben!« rief Antonia und schlug die Hände zusammen, »Oh, was für hübsche Blätter!« »Du mußt sie auch anziehen, weißt du«, riet ihr Schwester Maria Lucilla heimlich, »die schwarzen Kleider und die groben Schuhe, das ist ja schön und gut, denn alle sehen sie, ebenso wie dein Benehmen. Aber die Hemdchen, wer sieht die? Niemand außer unserem Herrgott. Und was für eine Sünde sollte das wohl sein, wenn man hübsche bunte Hemdchen trägt: Im Gegenteil, der Herr wird sich freuen, so schön genähte und gestickte Hemdchen zu sehen, die man ihm zu Ehren trägt. Aber daß es nur Madre Cherubina nicht erfährt!«

So war Antonias Leben bei den Nonnen. Nun geschah es eines Tages, daß sie bei der Verrichtung der Hausarbeiten gegen eine heilige Ampel stieß und sie zerbrach und deshalb von Madre Cherubina sehr hart bestraft wurde. Empört und fanatisch schwor die ergrimmte Nonne mit flammendem Eifer die Verachtung des Himmels auf Antonia herab; zuletzt sperrte sie sie wie gewohnt in die Kapelle ein und sprach das Urteil, wobei ein bitteres Vergnügen ihre Mundwinkel befeuchtete. »Du wirst den ganzen Tag hierbleiben«, befahl sie mit Blick nach oben, »und nur zur Messe herauskommen. Bete, meine Tochter, bete!«

Die Kapelle war ein schlichter, quadratischer Raum, weiß getüncht und mit gewölbter Decke, ein spitzbogiges Fenster ging auf den Garten hinaus. Über diesem Fenster war eine Treppe gemalt mit drei musizierenden Engeln, von denen einer immer etwas höher stand als der andere: der erste mit einer Trompete, der zweite mit einer Harfe und der dritte mit einer Mandoline. Alle drei hatten sie glattes, goldschimmerndes Haar und nackte Füße, aber sie waren verschieden gekleidet: Der erste trug ein Gewand von einer Farbe wie trockenes Laub, der zweite ein leuchtend rotes, der dritte ein dunkelblaues. Wenn das Licht von Westen her über diese Farben glitt, legte es sich auf die weiße Decke und die Leinentücher des Altars wie ein Regenbogen. Darin feierten die zarten Strahlen ein leises und beflügeltes Fest, mischten sich mit dem Silber der Votivtafeln und dem Lila der Hyazinthen in einer so unschuldigen Glut, daß man sich in ihrem Genuß verlor, als fliege man in einer seligen Wolke.

Ohne darüber nachzudenken, was sie tat, setzte sich Antonia, anstatt niederzuknien, auf den Betschemel aus geschnitztem Holz und betrachtete dieses Engelskonzert, um sich in ihrer Einsamkeit zu trösten. Sie hoffte sehnsüchtig, jeden Augenblick möchten durch ein Wunder die kleinen Instrumente zusammenklingen zu einem wirklichen Spiel, so daß sie den ganzen Tag in Freuden verbringen würde; vielleicht hörten die Sonnenstäubchen, die so selig tanzten, schon das Konzert. Bei diesem Gedanken begannen die zurückgehaltenen Tränen ihr über die Wangen herabzulaufen, und sie bereitete sich mit genüßlicher Hingabe auf ein langes, verzweifeltes Schluchzen vor; aber gerade, als sie beginnen wollte, wurde sie von der Vesperglocke gestört, die von unten her läutete wie aus der Tiefe eines düster funkelnden Wassers. Antonia wunderte sich, daß schon so viel Zeit vergangen war, ohne daß sie es bemerkt hatte; ihr war, als habe sich eben erst die Tür hinter den schwarzen Röcken von Madre Cherubina geschlossen. Eilig schluckte sie das Schluchzen herunter, wischte sich die Augen trocken und machte sich, das Weinen auf später verschiebend, zum Hinuntergehen bereit.

Die große Kirche aus grauem Stein, feierlich geschmückt und behängt, war noch vom Tageslicht erfüllt. Auf den wenigen Betschemeln bekreuzigten sich schweigend ein paar schüchterne Menschen mit zerknirschter und ernster Geste. Auch der Priester, der aufrecht hinter der Balustrade stand, schwieg; er wandte die Stirn dem Altar zu und hob in seiner prächtigen, goldgeränderten Stola die Arme in die Höhe. Nun ging Antonia auf den allerschönsten Betschemel zu, der mit rotem Brokat und schneeweißen Spitzen bedeckt war und gewöhnlich bei Trauungen benutzt wurde. Sie neigte den Kopf und faltete die Hände; als sie aber verstohlen die Wände der Kirche betrachtete, sah sie, daß in diesem Augenblick durch eines der Seitentürchen Schwester Affabile eintrat. Groß und würdevoll und ohne das bleiche Antlitz zu bewegen, schritt sie in ihrer versunkenen Art fast wie eine Schlafende dahin und trug in der Hand einen kleinen Tabernakel aus massivem Gold, der halb mit einem Tuch bedeckt war. Sie näherte sich der knienden Antonia und beugte sich über sie, wobei sie die Hand hob zu einem ganz leichten Wink und zu Boden schaute mit einer auffordernden Herablassung, als wolle sie ein heiteres Geheimnis andeuten. Antonia gehorchte sogleich und folgte ihr durch das Kirchenschiff, das Schwester Affabile schweigend durchschritt, unmerklich die schlanken und vornehmen Hüften bewegend.

Als sie in der Sakristei angekommen waren, sagte Schwester Affabile leise: »Da ist sie« und senkte die Lider; dann schwebte ihr schwarzes Gewand davon. Antonia verneigte sich schüchtern und lächelte unsicher einem Herrn zu, der am Tisch der Sakristei saß und sie zu erwarten schien.

»Ein Herr« sage ich, obwohl es sich eigentlich nur um einen Jüngling in einem abgetragenen Anzug handelte. Aber irgendwie muß ich doch die Empfindung der außerordentlichen Ehrerbietung und Dankbarkeit zum Ausdruck bringen, von der Antonia ergriffen wurde, sobald sie ihn sah. »Wie jung du bist!« murmelte sie erstaunt, und zwar nur, weil sie nicht den Mut hatte zu gestehen: »Oh Gott, wie schön du bist!« Denn wirklich, niemals war ihr ein menschliches Antlitz so jung erschienen, und nie hatte sie eines gesehen, das sich mit diesem vergleichen ließ. Die schmalen Augen waren wie zwei Hyazinthen, und ein solcher Mund würde beim Lachen blühend und zart. Mit ernster Aufmerksamkeit beobachtete der Mann Antonia und befahl ihr, sich einmal zu drehen; er schien zufrieden zu sein, denn er fing an zu lachen. Dann sagte er zu ihr: »Los, nimm die Brille ab.«

Sie gehorchte und wurde purpurrot. »Wollen wir ausgehen?« schlug er vor und erhob sich. Aber sie stammelte: »Wenn wir durch die Kirche gehen, dann sehen uns die Nonnen.« Der Jüngling tat einen Augenblick so, als denke er nach: »Wir können fortfliegen, aus dem Fenster fliegen«, sagte er schließlich, und plötzlich lachte er aus vollem Halse ein herausforderndes, bitteres Lachen. Aber als er wieder ernst geworden war, öffnete er ihr die Tür der Sakristei. »Hier geht es hinaus«, versicherte er beruhigend. Und wirklich führte eine Tür gerade auf die Straße. »Aber wenn wir den Nonnen begegnen?« flüsterte sie. »Dann sagen wir, ich sei dein Bruder«, erwiderte er achselzuckend. »Sind wir nicht alle Brüder im Herrn?«, und hierbei warf er von neuem den Kopf zurück und lachte wie wild zum Himmel hinauf. Antonia fragte bestürzt: »Verspottest du den Herrn?« und bekreuzigte sich.

Doch als sie ihn jetzt ansah, empfand sie im Grunde nur Mitleid. Sie bemerkte, daß seine Augen erregt und verdüstert waren und daß seine Lippen sich zuweilen zu einer Grimasse der Enttäuschung und des Widerwillens verzogen. Auch ging er nur mit großer Mühe wie jemand, der eine schwere Last schleppt, und war sehr bleich. »Oh, du lieber Junge!« dachte Antonia. Und da sie nicht wußte, was sie zu ihm sagen sollte, schlug sie vor: »Wollen wir nicht durch die Via dell'Angelo gehen?«

»Den Weg weiß ich selbst«, entgegnete er finster und schaute sie schräg an mit einem seltsamen häßlichen Blick. »Gib mir die Hand«, fügte er barsch hinzu. Auf der Straße, durch die sie liefen, lag ein dämmriges Licht, das bei jedem ihrer Schritte tiefer in die Nacht versank. Sie gingen eine enge, gewundene Treppe hinunter zwischen Häusern, die hoch in die ruhige Luft aufragten. In den zahllosen Fenstern sah man Lampen aufleuchten, sah nächtliche Schatten gestikulieren und hörte verhaltene und schrille Stimmen, einem Rascheln dürrer Blätter ähnlich. Dann wurden die Fenster eines nach dem andern geschlossen mit einem gedämpften Krachen, die Lampen verlöschten, die Wände ringsum ragten düster empor; und im Dichterwerden der Finsternis hörte jedes Geräusch auf, nur der Atem des Schlafes rauschte wie ein ferner, langsamer Strom. Antonia hatte zuvor nie gewußt, daß die Stadt in so schwarze enge Gassen hinabversank; aber sie hatte nicht den Mut, ihre Zweifel auszusprechen, nur ein Seufzer entschlüpfte ihr. »Was ist?« fragte er sogleich. Er zog sie an sich, um sie zu beruhigen. »Mein Haus«, sagte er in einem beschämten, fast bebenden Ton, »mein Haus ist etwas abseits gelegen, nicht wahr?«

»Oh nein«, beeilte sie sich zu entgegnen, von einem plötzlichen Gefühl von Schuld und Reue durchdrungen. Immer müder schien er zu werden bei dem langen Hinuntersteigen; in der Dunkelheit hörte man seinen noch schwerer gewordenen Schritt und seinen keuchenden Atem. »Ruh dich ein wenig aus«, hätte sie am liebsten gesagt, doch am Ende eines schlüpfrigen und gewundenen Gäßchens murmelte er schließlich erschöpft: »Wir sind da.« Er blieb vor einem grünen, mit Schimmel überzogenen Türchen stehen und zog einen großen rostigen Eisenschlüssel aus der Tasche.

Durch einen engen Korridor kamen sie in ein schmales Zimmerchen mit niedriger, schräger Decke, in das durch die

Fensterscheibe ein nächtlicher Schimmer fiel. Er zündete am Kopfende des eisernen Bettes, über das eine zerschlissene Steppdecke gebreitet war, eine Lampe an, die nur spärlich den mit auseinanderklaffenden Ziegelsteinen belegten Fußboden erhellte. In der Ecke der verblichenen und von Feuchtigkeit fleckigen Wände stand ein wackliger Waschtisch neben einem Strohstuhl. Der Jüngling setzte sich auf das Bett, um sich auszuruhen; er schien wirklich erschöpft vor Müdigkeit, seine Lippen wurden noch blasser, und ein fiebriger Hauch kam dazwischen hervor.

»Warum hast du heute geweint?« fragte er sie nach einer Weile.

»Weil Madre Cherubina mich gekränkt hat«, erklärte sie.

»Was für eine Schande«, bemerkte er verächtlich, »eine Nonne, die jemanden kränkt.« Er schüttelte den Kopf. »Ich muß dir auch die Schuhe ausziehen«, fuhr er fort, »sie sind ganz staubig«, und er bückte sich bedachtsam. Über alles, was er sah, verwunderte er sich und machte Bemerkungen: »Was für klobige Schuhe«, sagte er, »und was für lange Strümpfe!« Auf einmal fing er an zu lachen, ganz belebt und glücklich: »Oh, was für kleine Füße!« rief er, »und was für eine Angst sie haben! Wie weiß sie sind! Sie sehen aus wie kleine Kaninchen. Versteckt euch nicht! Du, laß mich mit ihnen spielen. Jetzt«, verkündete er ernst und entschieden, „jetzt müssen wir uns lieben«, und andächtig schloß er die Faust um ihre beiden Füße.

»Ziehst du mir auch das Kleid aus?« fragte Antonia hochrot und atemlos.

»Ja«, sagte er, und während seine Augen unbeschwert und voller Freude umherschweiften, nahm sein Gesicht Farbe an. Er schien schon Erfahrung zu haben mit all den Ösen und Häkchen, die Antonias Kleider zusammenhielten, denn mit großer Gewandtheit streiften seine Hände ihr die Röcke ab. Mißbilligend spottete er über all das Schwarz; als er jedoch zum Hemdchen kam, strahlte sein Gesicht vor Bewunderung:

»Das da gefällt mir«, sagte er mit einem Lächeln, »oh, wie ist das hübsch! Und sogar bestickt! Und so viele Figuren! Sollen das Glöckchen sein da nebeneinander?«

»Nein«, erklärte sie, »das sind die Lilien vom heiligen Antonius.«

»Lilien, ja richtig. Und wer hat es dir genäht?« Voll Stolz erwiderte sie, daß es Schwester Maria Lucilla getan habe. Doch der Jüngling schien auch das wieder zu mißbilligen und runzelte die Stirn: »Eine Schande«, sagte er schließlich, »daß eine Nonne Hemdchen für ein Mädchen näht. Eine Nonne sollte nur Meßgewänder sticken.« Antonia schwieg gedemütigt; doch er schien seinen Vorwurf gleich wieder zu vergessen und hob in einem herrlichen Lachen der Liebe sein Gesicht: »Wie schön du bist!« sagte er zu ihr.

Sie neigte den Kopf: »Ich habe schon einen Busen«, murmelte sie wohlgefällig. Er betrachtete sie und fürchtete beinahe, sie zu beschädigen, als er ihren Zopf hochhob und gleich wieder fallen ließ oder mit dem Finger sachte über einen Fuß streichelte. Und verwirrt, mit verhaltener Stimme, wiederholte er abgerissene Worte: »Wie zart du bist. Wie weiß du bist. Und jetzt«, fragte er vor Schüchternheit errötend, »muß ich mich jetzt auch ausziehen?«

»Ja, wenn du willst«, sagte sie leise. »Ich werde mich so lange umdrehen, hier ans Fenster werde ich mich stellen«, schlug sie vor. Und sie ging zum Fenster, ganz ohne Scham, ja insgeheim freute sie sich sogar, nackt zu sein, und hob ihren leichten, schneeweißen Körper auf die Zehenspitzen. Vom Fenster aus sah man ein verlassenes Tal, das von einer fernen, geheimnisvollen Helle erfüllt war, und Antonia spiegelte sich in der grünen Nacht wie ein Schilfrohr auf dem Fluß. Als sie aber das Gebirge betrachtete, welches das Tal abschloß, gewahrte sie oben auf unzugänglichen Höhen ein einsames Haus, reich an Strebepfeilern und Türmen mit sehr hohen Spitzen, und durch die Scheiben in den wie Eisen glänzenden Mauern schimmerte ein morgendliches Leuchten.

Von diesem Licht erregt, schoß überall Geflatter daraus hervor wie von Schwalben um ihre Nester. Kein anderes Haus war dort oben zu sehen, und so groß war Antonias Erstaunen, daß sie fast auf die Knie fiel: »Was ist das für ein Palast, den man dort sieht?« fragte sie mit ganz leiser Stimme, in den Anblick verloren. »Oder ist es vielleicht eine Kirche? Eine Kathedrale?« »Es ist keine Kirche«, antwortete der Jüngling unwirsch auf ihre Frage, mit einer keuchenden, rauhen Stimme, die aus einem Verlies zu kommen schien. Eingeschüchtert und verstört fuhr Antonia noch leiser fort: »Und diese Millionen von Flügeln, sind das alles Schwalben? Und sind sie … aus Gold?«

»Es sind keine Schwalben«, erwiderte der Jüngling eilig, mit einer Art wütendem Schluchzen. Und mühsam kam er näher und hob sein zerstörtes Gesicht mit einem Blick von unaussprechlichem Entsetzen zu jenem Haus, einem Blick, der voll brennender Sehnsucht und ganz und gar hoffnungslos war. Dann wandte er mit einer zornigen Anstrengung, die ihn mit Unbehagen und bitterem Widerwillen erfüllte, die Augen von dort oben ab und blickte zu Boden; ruhelos ging er im Zimmer auf und ab wie ein Vogel, der im Käfig mit den Flügeln schlägt. »Sprich nicht davon zu mir«, rief er schließlich, während er sich vor Antonia hinstellte und sie beinahe haßerfüllt ansah, »kannst du nicht schweigen?« Sie war so verlegen und eingeschüchtert, daß sie sich hätte verstecken mögen, wich immer weiter ins Dunkel zurück und versuchte, sich mit den Armen zu bedecken, so sehr schämte sie sich jetzt ihres Körpers. »Ich werde nichts mehr sagen«, flüsterte sie demütig, »wenn du willst, werde ich immer, ohne zu sprechen, in dieser Ecke sitzen bleiben, wenn du mich nur hiersein läßt.« Er schüttelte mehrmals den Kopf und fuhr dann fort, sich auszukleiden, bemüht, nicht zum Fenster zu blicken, während Antonias Augen immer größer wurden vor Bewunderung und Staunen: »Wie jung du bist!« sagte sie immer wieder in verhaltenem Entzücken. Mit seinen hellen und frischen Farben, den zarten, länglichen Formen stand sein Körper im ruhigen nächtlichen Licht wie eine Blume im Wasser eines Sees. Gewiß hat nie jemand eine so liebliche Blume gesehen; doch als Antonia die Augen senkte, gewahrte sie mit Schaudern, daß um die beiden Fußgelenke dicke und schwere Eisenketten lagen. Einst mußten diese beiden Ketten aneinandergeschmiedet gewesen sein, denn man konnte noch die Stelle sehen, an welcher der Ring zerbrochen worden war. »Aber du bist...« begann sie voller Angst.

Der Jüngling errötete heftig, von beklemmender Furcht durchdrungen: »Still!« unterbrach er sie mit ungeduldiger Gebärde, und mit einem kindlichen Schreckensschrei suchte er sich beschämt im Dunkeln zu verbergen. Auch diesmal empfand sie finstere und entsetzliche Reue: »Verzeih mir«, flehte sie kläglich. Da ging er zu ihr und nahm mit einem verlegenen, milden Lächeln ihre Hand: »Willst du«, schlug er zögernd vor, »daß wir zu Bett gehen? Willst du ... schlafen?«

»Ja«, sagte sie. Und sie legten sich zusammen nieder. Antonia suchte an seiner Brust Zuflucht und war entzückt vom Duft seiner Haut, die nach Kindheit und Garten roch, wie wachsende Gräser. Besonders am Hals war dieser Duft noch süßer und unschuldiger als am übrigen Körper: »Es tut so gut, an deiner Schulter auszuruhen«, sagte sie mit einem schüchternen Seufzer. »Da ist ein Duft, der schöner ist als Blumen. Ich habe nicht gewußt, daß es einen solchen Duft geben könnte. Laß mich ein wenig ausruhen.« Und ihr Gesicht nistete sich ein unter seinem Kinn. »Schlaf!« sagte er, »oder tu einfach so. Unterdessen liebkose ich dich mit dem Mund. Tu, als würdest du schlafen, als seist du leblos.« Sie schloß die Augen und lag unbeweglich da, alle ihre Geister in sich sammelnd, und ließ es bebend geschehen, daß der Mund des Jünglings, der wie im Fieber glühte, ihr Gesicht berührte. Dann und wann hielt er inne, vielleicht um sie anzuschauen, und lachte zärtlich und verhalten. Und sie dachte: »Oh mein Lieber!« Doch sobald sie auch nur die Lider hob, wurde er zornig, schüttelte

enttäuscht den Kopf und ermahnte sie eindringlich zu schlafen. Antonia spürte, wie seine Liebkosung allmählich schwächer wurde, bald nur noch ein sachtes Streicheln war, kaum
ein leiser Hauch, und sich dann ganz verlor in einem müden
Atmen. Als Antonia endlich wagte, die Augen zu öffnen, sah
sie, daß ihr Gefährte eingeschlummert war; jetzt bemerkte sie
auch, daß sein Gesicht, so jung es sein mochte, bei Licht ganz
gedemütigt aussah, fast wie von Schlägen. Vom Kinn bis hinauf zur bleichen Stirn hatten sich über den Ausdruck von
Starrsinnigkeit und jäh aufflackerndem Stolz die Zeichen einer leidvollen Müdigkeit, eines untröstlichen Weinens gelegt.
Dieser Knabe erinnerte an ein leuchtendes Insekt, dem man
das Licht ausgelöscht hat und das nun blind umherflattert
von einem Schatten zum andern.

Antonia war in seinen Anblick versunken, aufmerksam
und verwirrt, und betrachtete mit größter Genauigkeit jede
einzelne dieser sonderbaren und von Tragik gezeichneten
Furchen. Dann stieg sie nachdenklich und still aus dem Bett
und ging zum Fenster; und das Gesicht abwendend, um nicht
hinauszuschauen, schloß sie die Läden ganz dicht. Erleichtert
ging sie auf Zehenspitzen noch ein wenig in dem kleinen
Zimmer umher und legte die verstreuten Kleidungsstücke
sorgfältig auf dem Stuhl zusammen. In dem Augenblick aber,
als sie wieder unter die Leintücher schlüpfen wollte, kam ihr
ein quälender Verdacht. Sie meinte, den Grund zu erraten,
weshalb ihr Gefährte wünschte, daß sie schlafe: Vielleicht
wollte er heimlich in der Nacht aufstehen und sie für immer
verlassen. Und dann würde sie beim Erwachen allein sein wie
zuvor.

Da nahm Antonia mit einem kleinen wilden Lächeln das
Ende des Bändchens, welches ihren Zopf zusammenhielt, und
knotete es um das reglose Handgelenk des Jünglings. Dadurch würde sie auch im Schlaf jede seiner Bewegungen
wahrnehmen. Jetzt konnte sie in Frieden einschlafen; und
wirklich sank sie schon mit einem sanften Gemurmel in einen

Schlummer, der wie eine schwindelerregende, sich drehende Treppe war. Und unten am Fuß der Treppe saß Schwester Maria Lucilla mit verzerrtem Gesicht, schluchzte zerknirscht und vergoß Tränen, so groß wie Weintrauben – und stickte Meßgewänder.

Der blasse Schüler

Der Lehrer unterrichtete schon seit zwanzig Jahren, und sein Leben hatte jenen unwandelbaren, vor Erschütterungen und Überraschungen gefeiten Rhythmus angenommen, der den gerechten Preis für seinen Fleiß darstellte. Längst war die Begeisterung der ersten Zeit verflogen, als die Anwesenheit eines neuen Schülers noch fast den Beginn eines Abenteuers für ihn bedeutete und ihn der schwindelerregende Reigen der Gesichter, der Namen und der Stimmen ständig in ein märchenhaftes Geheimnis hüllte, so wie es dem Zauberer mit den Buchstaben des Rätsels ergeht. In seiner Jugend war er ein stürmischer, neugieriger Geist gewesen, selbstlos und voller Leidenschaft. Nun aber, ruhig und methodisch, auf seine Gesundheit bedacht und eifersüchtig über seinen Seelenfrieden wachend, verleugnete er jene Zeiten. Er hatte gelernt, die Schulklasse nur noch als eine Maschine zu betrachten, in die er, mit löblichem Eifer übrigens und nach akkuraten Kriterien, Tag für Tag Wissen einspeiste. Seine beleibte, rosige Gestalt, sein Bärtchen, seine kaum ergrauten Locken und sein unter der ordentlich zugeknöpften Jacke leicht vorstehender Bauch verliehen ihm insgesamt eine kluge und würdevolle Ausstrahlung, die ihm allgemeine Achtung eintrug. Sein Tag bestand also aus dem Unterricht, für den er, kann man behaupten, sogar die Stimmlagen auswendig gelernt hatte, womit er in immer gleichen Worten die immer gleichen Regeln darlegte; und aus den Mahlzeiten, die ihm die alte Köchin zubereitete und die er mit stets wachsendem Genuß zu festen Zeiten einnahm; aus wenigen freundlichen Gesprächen mit den Kollegen im Café; und aus dem ruhigen, ununterbrochenen Schlaf in seinem Junggesellenbett. Er hatte, wie man so sagt, einen Kokon um sich gesponnen, und nicht nur die Vorstellung, diesen zu verlassen, flößte ihm Grauen ein, sondern er erzog sich allmählich dazu, sogar das Vorhandensein einer solchen Vorstellung zu ignorieren.

Ein Jahr jedoch begann unter schlechtesten Vorzeichen. Er litt an Schlaflosigkeit, was ihm seit der Zeit seiner Jugendlieben nie mehr passiert war. Ein akuter Schmerz, der von der Mitte seiner Stirn ausging und sich wie ein Zahnradmechanismus summend in sein Gehirn fraß, unterbrach ihn außerdem unvermittelt im Reden mit plötzlicher Übelkeit und Schwindelanfällen. Die Anwesenheit eines neuen Schülers in der Klasse erhöhte seine Mißstimmung. Es war ein blasser Junge, der jeden Morgen auf Zehenspitzen eintrat und sich immer auf den gleichen Platz links in der ersten Bank setzte und mit verschränkten Armen die ganze Stunde dort sitzen blieb. Am ärgerlichsten an diesem Schüler war, daß er stets seine Mütze aufbehielt und der Lehrer es aus einer widerwilligen Scheu und Antipathie heraus nicht wagte – das ist das Wort –, ihn dafür zu tadeln. Aus demselben Grund hatte er den Schüler, obwohl die Schule seit vielen Tagen begonnen hatte, noch nie an die Tafel gerufen und nicht einmal im Klassenbuch seinen Namen gesucht. Er wußte also nicht, wie der Neue hieß, und hätte so tun können, als nähme er dessen Gegenwart gar nicht wahr; doch fiel sein Blick während des Unterrichts immer wieder auf ihn und verursachte ihm ein beängstigendes Unbehagen. Die Tatsache ist, daß alles an jenem kindlichen und seltsam aufgelösten Gesicht – von den schwarzen feuchten Augen unter der niedrigen Stirn, zwischen den strahlenförmigen dunklen Wimpern, bis hin zu den stummen, beinahe weißen Lippen –, einfach alles an ihm den Lehrer zu mißbilligen, ja zu verspotten schien. Die Augen hörten nicht auf, ihn mit ungewöhnlicher Starre zu beobachten, und die Lippen waren stets zu einem schwachen, höhnischen Lächeln verzogen. »In Gottes Namen«, hätte der

Lehrer gern gesagt, »was hast du an mir zu bemängeln? Ist das, was ich erkläre, vielleicht unerwartet, gefällt dir vielleicht die Methode nicht?«, doch allein diese Frage innerlich zu formulieren rief gleich wieder den stechenden Schmerz in der Mitte der Stirn wach, so daß er jeden Morgen mit einer Art Panik den blassen Schüler hereinkommen und sich auf den gewohnten Platz setzen sah. Eines Tages schließlich brachte ihn jene Präsenz zur Weißglut: Ein Zeuge, genau, so wirkte der Neue, ein übelwollender Zeuge, von irgendeinem Gericht beauftragt, die Worte des Lehrers zu sammeln, eins ums andere zu notieren, ihm Fallen zu stellen. Das war es: Und eine Stunde lang maß der Lehrer aufmerksam seine Sätze, korrigierte rechtzeitig die Wörter, die ihm schon auf der Zunge lagen; dann betrachtete er jedesmal schräg, nicht ohne ein Schaudern, jenes blasse Gesicht mit den schwarzen Augenringen, um ein Zeichen von Zustimmung und Verständnis darin zu lesen. Doch nein, der kleine Mund verzog sich verächtlich, die Augen funkelten von düsterem Spott. »Ha, du kleiner Delinquent!« schrie der Lehrer irgendwann völlig außer sich. »Nimm die Mütze ab, wenn du in der Schule bist, du Spitzbube und Flegel! Ich weiß gut, daß du unter der Mütze mitten auf der Stirn eine häßliche weiße Narbe hast! Aber ich befehle dir, deinen Kopf vor mir zu entblößen, sofort; hast du verstanden?« Die Klasse sah sich zweifelnd um; zuletzt erhob sich der Klassenbeste, ein wegen des altklugen Gehabes eines reichen Kindes unsympathischer Bursche: »Entschuldigen Sie, Herr Lehrer«, sagte er, »mit wem sprechen Sie? Keiner von uns würde sich je erlauben ...« Doch schon hatte ein guter Teil der Schüler gemerkt, daß die Augen des Lehrers voll Haß und heller Raserei auf die erste Bank links starrten, die seit Beginn des Schuljahrs leer war. Hie und da kicherte es verhalten; genau in jenem Moment aber hatte der Lehrer die Augen geschlossen und war mit einem dumpfen Aufprall vom Pult auf das staubige Holzpodest geglitten.

Die Großmutter

Als sie mit vierzig Jahren Witwe wurde, merkte Elena, daß sie nur halb lebendig war und sich in einer erbarmungslosen und unüberwindlichen Leere befand. Ihr Mann war ihr nie ein wahrer Gefährte gewesen; sie hatte neben diesem Kaufmann dahingelebt oder richtiger: Vegetiert, denn er war geizig wie eine Schmarotzerpflanze, der das geringste bißchen Erde und Wasser genügt, um nicht zu verdorren. Doch nachdem der Mann nicht mehr da war, fühlte sie sich, als hätte sie im Winterschlaf gelegen und nähme nun, von einer heftigen Erschütterung geweckt, den Winter wahr, der ihren Schlaf umgeben hatte und der ihr jetzt bei ihrem Erwachen keine Nahrung spenden konnte. Das Haus, das der Mann ihr hinterlassen hatte, lag eingepfercht in einer der finsteren Schluchten, von denen es in der Stadt so viele gab. Einst war diese Stadt von einem Volk von Kaufleuten und Seefahrern auf dem Rücken eines ganz aus Felsen und Klüften bestehenden Hügels erbaut worden; und während einige Häuser hoch oben in der Sonne lagen, waren andere zwischen Treppen und engen Gäßchen zusammengedrängt, wo es häufig zu Raufereien kam und wo man mit geweiteten Nasenflügeln begierig darauf wartete, daß der Wind den Geruch des Meeres herüberwehe.

Das Haus war mit gewöhnlichen und geschmacklosen Möbeln eingerichtet, Dutzendware oder Gelegenheitskäufe, die zwischen kahlen, hohen Wänden standen. Mäuse und Mistkäfer nisteten in Löchern, und Elena bewegte sich in diesen Zimmern wie in der Tiefe eines Brunnens. Mit den Augen suchte sie das Licht, denn es war ihr, als sei sie eingeschlossen zwischen glatten und ausweglosen Mauern, die sie mit großen Anstrengungen immer wieder vergeblich zu erstürmen suchte. Beklommenheit und Verwirrung überkamen sie, und zuletzt faßte sie den Entschluß abzureisen.

Ihr Mann hatte ihr ein beträchtliches Vermögen hinterlassen; aber zu wissen, daß sie nun frei und reich war, half ihr nicht, jenes Bedürfnis nach einsamer Stille abzuschütteln, das sie von jeher gehabt hatte. Sie beschloß also, in ein Landhaus zu ziehen, das sie noch nie gesehen hatte, obgleich es zu ihren Besitzungen gehörte. Sie wußte, daß es geräumig und ruhig war und daß ein Stockwerk vermietet war und das andere leer und für sie bereitstand. Ihre Phantasie begann um den Namen des Dorfes zu kreisen, um das Haus, den Fluß, die Kirche, und das Verlangen, all diese vorgestellten Dinge mit ihren Händen zu berühren, schnürte ihr die Kehle zu, bis sie weinen mußte. Sie weinte lange am trüben Fenster vor den schmutzigen, engen Gassen, aber ihr Körper schüttelte sich nicht. Ihre Gestalt war hochgewachsen und kräftig, ohne weibliche Rundungen, beinahe männlich und dennoch sonderbar weich; diese Weichheit verliehen ihr vielleicht ihr langsamer und zerstreuter Gang, die Zerbrechlichkeit ihrer Gelenke und durchsichtigen Finger und die singende Stimme, in der zuweilen volle und tiefe Töne aufklangen. Wenn auch in ihrem bleichen, länglichen Gesicht kein Schatten eines Fältchens zu sehen war, so lag doch eine Müdigkeit darin wie ein Verlangen nach Schlaf und Auflösung, und nur die starren Lichter ihrer Augen leuchteten lebhaft unter dem immer zerzausten dunklen Haar. Ihr Lächeln war sanft und weich, trotz ihrer schlechten Zähne.

Mit stillem Eifer, der einem langsamen Fieber glich, traf sie die Vorbereitungen zur Abreise. Sie leerte die Schränke und Schubladen, dann und wann innehaltend, um mit verträumten, schweifenden Blicken über die Stoffe zu streichen. Eine große Hochzeitstruhe in der Ecke des Schlafzimmers enthielt Wäsche und Kleidchen für ein Neugeborenes, die sie selbst genäht hatte. Ihre Ehe war unfruchtbar gewesen, aber der Wunsch nach Kindern brannte in ihr während der Zeit der Jungfräulichkeit und der Reife; und während sie vergeblich wartete und spürte, wie ihr Leib in einer verzweifelten Sehnsucht verdorrte, hatte sie eine prächtige Ausstattung genäht und Lätzchen und Leibchen gestickt, wobei sie die gleiche kindliche und geheimnisvolle Freude empfand wie die Nonnen in den Klöstern, wenn sie Meßgewänder nähen. Viele Tage ihrer Ehezeit hatte sie mit dieser Arbeit zugebracht, die sie zuweilen wehmütig stimmte, zuweilen aber so entmutigte, daß sie in krampfhaftes Weinen ausbrach. Sie versuchte, sich lebendige, zarte Körperchen in diesen Windeln vorzustellen, und nachts zuckte sie zusammen, denn im Traum war es ihr, als fühle sie in ihrem Leib die Bewegungen eines Kindes. Jetzt zog sie ein Kleidchen nach dem andern aus der Truhe, hielt es in der Hand und liebkoste es. Abermals wurde sie von jenem alten Schmerz ergriffen, und die dunklen Wände lasteten auf ihr wie ein Alp; aber sie dachte daran, daß sie abreisen wollte, und riß sich zusammen. Die Kinderausstattung kam wieder in die Truhe, und mit dem übrigen Gepäck reiste sie ab.

Es war Herbst, und das Dorf, das sie empfing, lag in einer grauen Landschaft, in welche die rotbelaubten Bäume spärliche Farbflecke streuten. Von den erdfarbenen Häusern mit den roten oder schwarzen Dächern waren einige niedrig, nur einstöckig, andere schmal und lang, mit Fenstern wie Schießscharten. Hinter manchen offenstehenden Türen sah man die Herdfeuer glühen, und über die schlammigen Wege gingen Ochsenherden, und Bauern in grünlichen Mänteln ritten auf Pferden. Zum Ende des Dorfes hin lief ein vom Regen angeschwollener, lehmfarbener Fluß, der sich bei einem plötzlichen steilen Abfall des Geländes in einen Wildbach verwandelte und mit wütend brausenden Strudeln hinabstürzte; über den Fluß führte eine schmale Eisenbrücke mit dünnen Pfeilern, die an beiden Seiten von einem spitzen Bogen eingefaßt war. Nicht weit davon entfernt stand Elenas Haus.

Es war bescheiden, langgestreckt und hatte ein weit überspringendes Dach. In dem von einer Hecke umgebenen Garten wuchs zwischen dem Gemüse ein einziger Baum mit dünnem Stamm, ein Ailantus, der, weil er so außergewöhnlich rasch wächst, auch »Paradiesbaum« genannt wird. Seine Krone reichte schon bis zum oberen Stock. Unten lief ein plumper Bogengang um das Haus, und an der rechten Seite führte eine Außentreppe in das obere Geschoß hinauf. Die Zimmer waren geräumig und halb leer, so daß die Schritte auf dem steinernen Fußboden metallisch widerhallten. Die weißgekalkten Wände waren von Nischen, Türen und Alkoven unterbrochen, und durch die schmalen, hochgelegenen Fenster drang ein fahles, schräges Licht. Vor einem der Fenster blieb Elena auf Zehenspitzen stehen, bis es dämmerte, und betrachtete die Schlucht des Wildbachs, die schlammigen Straßen unter den Hufen der Pferde und das Dunkelwerden des Himmels.

Als es finster war, fiel ihr ein, daß sie den Bewohnern des Erdgeschosses ihre Ankunft mitteilen müsse. Sie stieg in den Garten hinunter, wo die Luft schneidend kalt geworden war, und klopfte an die Tür:

»Es ist offen!« sagte von drinnen eine tiefe, volltönende Stimme, die im Bogengang widerhallte.

Elena trat ein, und einem hellen Licht folgend, das scharfe Schatten in den Korridor warf, gelangte sie in eine Küche. Die Lampe mit der weißen schwankenden Flamme hing gerade am Eingang, und der Mann, der gesprochen hatte – es war ihr sogleich, als erkenne sie ihn wieder –, saß an einem kleinen Tisch neben der Tür und schnitzte mit einem sichelförmigen Messer menschliche Züge in einen grobbehauenen Baumstamm; sie wußte bereits, daß ihr Hausbewohner ein Schnitzer von Heiligenfiguren war.

Er mochte ungefähr fünfundzwanzig Jahre alt sein, und über seiner männlichen, kraftvollen Gestalt wirkte sein Gesicht beinahe weiblich, gleichsam unvollendet wie das eines

Kindes. Er hatte große blaue Augen, gebogene Wimpern, weiche, frische Lippen und lockiges rotes und ziemlich wirres Haar. Der blonde Bart machte das Gesicht nicht derber, sondern verlieh der Haut einen rosig bronzefarbenen Schimmer, und die leichte Bewegung seiner großen Hände rings um das Holz war geheimnisvoll und wunderbar wie Kinderspiel. Er trug alte Hosen aus rotem Barchent und eine grünliche, abgeschabte Wildlederjacke. An den Füßen hatte er weite, mit Fell gefütterte Pantoffeln.

Nach einem Augenblick des Zögerns erhob er sich, als Elena eintrat, und stammelte eine Begrüßung, wobei er plötzlich errötete, aber nicht aufhörte, mit seinen Fingern über das Holz zu streichen.

»Ich bin die Besitzerin des Hauses«, sagte Elena ganz sicher und heiter, »ich bin heute angekommen.«

»Ach, ja«, sagte er verlegen mit derselben frischen und volltönenden Stimme, die zu ihr gesprochen hatte, als sie hereinkam; dann wandte er sich zur Seite und fuhr fort: »Mama, die Signora ist da.«

Jetzt bemerkte Elena, daß sich in dieser rauchigen und schrägen Küche noch jemand bewegte. Neben dem Herd, auf dem ein nach Speck duftendes Gericht schmorte, kniete die Gestalt einer Frau, die damit beschäftigt war, in der Kohlenglut herumzustochern. Sie drehte sich kaum um bei dem Ruf, und Elena spürte sogleich, daß ein schwarzer Blick sie anblitzte. Einen Augenblick später stand die Frau auf und kam argwöhnisch näher; sie lehnte sich an den Sohn mit dem Ausdruck eines Kindes, das eine Natter im Gras erblickt und sich an den Rock der Mutter flüchtet.

Verstört wandte Elena die Augen ab und richtete sie gegen die Decke, die sehr hoch war und im Schatten lag, so daß sie sonderbar fern erschien. Doch voll Verlangen nach Sympathie und Freundschaft schaute sie von neuem die beiden Schweigenden an. Die Frau war nicht sehr groß, sie schien uralt zu sein, ihr Gesicht war hager und sonnenverbrannt und voller Runzeln, doch dieses hinfällige Aussehen stand in seltsamem Gegensatz zu ihren ruckartigen, raschen und fieberhaften Bewegungen. Sie war wie eine Bäuerin gekleidet, mit schwarzem Rock, schwarzem Mieder und einem weiten, wollenen Umschlagtuch, das Fransen hatte und mit roten Arabesken bestickt war. Ein schwarzes Kopftuch, dessen Zipfel unter dem Kinn gebunden waren, umrahmte ihr Gesicht, so daß man die Haare nicht sah, und von den Ohren hingen ihr zwei hölzerne Ohrgehänge in der Form von Kreuzen, sicherlich eine Arbeit des Sohnes. Ihre Füße waren sehr klein und steckten kokett in blanken Stiefelchen mit gerundeten Spitzen, die zu ihrer ländlichen Kleidung gar nicht paßten.

»Wenn die Signora Platz nehmen möchte«, sagte der Sohn nach einer Weile, »und zum Nachtessen bei uns bleiben ...« Elena errötete, als sei sie bei einem Vergehen ertappt worden. Die Alte schien von Entsetzen ergriffen:

»Aber nein!« rief sie, ohne Elena anzublicken. »Es ist nichts im Haus. Es ist überhaupt nichts da ...« Und hastig wiederholte sie immer wieder dieses »Nichts« und fuchtelte mit den Händen.

Betroffen blieb Elena noch einen Augenblick stehen; ihr war zum Weinen zumute. Draußen ertönte der Schrei eines Nachtvogels, und sie glaubte sogar seinen Flügelschlag zu vernehmen.

»Guten Abend«, flüsterte sie eilig und streckte die Hand aus. Der junge Mann drückte sie in der seinen, die groß und warm war, und die Augen der Alten funkelten. Die Nacht war so schwarz, daß die Erde sich nicht mehr vom Himmel unterschied; nur an einer Stelle des Himmels erschien eine undeutlich leuchtende Helle, vielleicht der Mond, der durch die Wolkenmassen schimmerte.

Mitten in der Nacht glaubte Elena ein leichtes Kratzen an der Tür zu hören und dann einen schleichenden Schritt, wie den eines Tieres, der näherkam. Und dann fühlte sie an ihrer Haut unter den warmen Decken etwas Weiches, Gewichtloses,

Flüchtiges. Sie hüllten sich zusammen in einen gemeinsamen warmen Atem ein; Elena streckte die Arme aus und öffnete die trockenen Lippen mit jener Kraftlosigkeit und Ruhe, die einem das Fieber gibt. Mit einem Ruck setzte sie sich auf. Es war niemand im Zimmer, sie war ganz mit Schweiß bedeckt.

Den Rest der Nacht verbrachte sie in einem trägen, tiefen Schlaf. Als eben der Morgen dämmerte, erwachte sie und ging in den Garten hinunter. Ein Teil des Himmels war heiter, die Sonne war noch nicht aufgegangen, und ein feuchtes, eisiges Licht fiel auf die Dinge herab; schon waren Pferdehufe zu hören und dann und wann ein paar schallende Stimmen. Auch ihre Hausgenossen waren schon wach; aus der angelehnten Tür tönte ein dumpfer Singsang in einer unverständlichen und kindischen Sprache. Es war die Alte, die ein Klagelied sang. Dann ging die Tür weit auf, und die hohe Gestalt des Bildschnitzers erschien in der Öffnung. Elena zuckte zusammen, sie fühlte sich nicht vorbereitet auf diese Begegnung, und der junge Mann schien sogar noch schüchterner als am Abend zuvor. Seine Augen waren wie befeuchtet vom morgendlichen Schimmer, und in seinen Zügen lag noch die zerfallene Blässe des Schlafs.

»Wollt Ihr meine Heiligen sehen?« flüsterte er unvermutet, als sei es ein Geheimnis.

Elena ging ihm durch den kurzen Flur voran; die Alte am Herd hielt in ihrem Lied inne, um auf ihre argwöhnische und erschrockene Art hinüberzuschielen, aber sie sagte nichts. Die beiden wandten sich nach links, und Elena betrat eine niedrige, dunkle Kammer, in der neben einem vergitterten Fenster ein paar Figuren in einer Reihe standen, die ihr kaum bis zur Hüfte reichten. Sie waren von naiver und feierlicher Steifheit und hatten die natürliche Farbe des Holzes. Eine Heilige Jungfrau mit einer dreireihigen Kette um den Hals streckte die langen und gespreizten Finger aus, wie um zu flehen, aber ihr Antlitz war gleichmütig und ausdruckslos. Ein David, halb nackt und skeletthaft, die Haare lose auf die

Schultern herabfallend, schaute starr nach vorn mit seinen pupillenlosen Augen, während er mit dem Fuß auf einen noch ungeformten, kaum angedeuteten Kopf trat. Ein Engel stand streng und aufrecht da, von einer Kutte mit symmetrischen Falten bedeckt, und seine geschlossenen Flügel waren im Vergleich zum Körper ungeheuer groß. Schweigend betrachtete Elena alle diese Idole, unfähig, etwas über sie zu sagen. Das kleine Fenster ging auf den Wildbach hinaus, und in der aufgehenden Sonne sah man durch das Gitter den Widerschein des auf dem Wasser tanzenden Lichtes. Der junge Mann hatte sich liebevoll über seine Statuen gebeugt, um einen Staubschleier von Davids Gewand zu wischen, als sie von der Alten unterbrochen wurden, die mit flehender und zugleich befehlender Stimme von der Küche her rief:

»Giu-seppe! Giu-seppe!«

Sie schraken auf, und diesmal ging der Bildhauer Elena voran in die Küche. Als bemerke sie die Gegenwart der anderen Frau nicht, sagte die Mutter vorwurfsvoll zu ihrem Sohn:

»Hast du vergessen, daß es Zeit für die Messe ist?« Dann ging sie in eine Ecke und hob ein Paar lange, glänzende Stiefel auf. Der junge Mann setzte sich wortlos auf einen mit Stroh bezogenen Stuhl, und die Alte kniete sich vor ihn hin. Gebückt, bis sie ganz krumm war, zog sie ihm mit aufmerksamen und demütigen Gebärden die Pantoffeln aus und die schwarzen Stiefel an. Während er reglos mit stillem Lächeln dasaß, band sie ihm das Seidentuch um den Hals, und nachdem sie einen Kamm aus der Tasche gezogen hatte, kämmte sie ihm lange das blonde, vom Schlaf zerzauste Haar.

Schließlich schob er sie sachte mit der Hand beiseite, stellte sich aufrecht hin und ging hinaus, ohne zu sprechen. Elena, unfähig, einen Schritt zu tun oder eine Silbe von sich zu geben, blieb in der Küche an der getünchten Wand stehen, auf welche die Sonne jetzt rote Strahlen warf. Unterdessen ging die Alte zum Herd und nahm einen Rosenkranz vom Nagel. Sie kam mit einem so leichten Schritt zurück, daß Elena es nicht bemerkte und zusammenzuckte, als sie auf ihrem Gesicht den Atem der Alten spürte. Die Alte war so nahe an sie herangetreten, daß die Zipfel des Kopftuches sie streiften und Elena ihre Zähne knirschen hörte. Unter dem Netz der Runzeln erschien das Gesicht der alten Frau aufgewühlt wie von einem Sturm:

»Du hast ihn mir verhext«, zischte sie Elena ins Gesicht mit einer seltsamen Raschheit, »weh dir, wenn du ihn mir wegnimmst.« Diese Worte hörten sich an wie ein Schluchzen. Elena wollte etwas entgegnen, aber schon ging die Alte mit ihrem behenden Gang hinter dem Sohn her. Dann konnte Elena sie durch das Fenster sehen, wie sie auf dem gewundenen Pfad hinabstiegen und wieder auftauchten. Der hochgewachsene und kräftige Sohn schien langsam zu gehen, und doch mußte die Mutter den Schritt beschleunigen, um mitzukommen. Sie reichte dem Sohn kaum bis zur Schulter, das schwarze Kleid wallte ihr um die Beine.

Plötzlich legte Elena sich ihren violetten Schal wieder um den Kopf, denn es fiel ihr ein, sie könne ebenfalls zur Kirche gehen. Da sie den Weg nicht kannte, war sie gezwungen, den beiden, die schon einen weiten Vorsprung hatten, von ferne zu folgen, und sie begann zu laufen. Der steinige Pfad führte bergauf und bergab, und sie lief so schnell, daß es war, als gleite der Weg unter ihren Füßen fort. Sie verlor die beiden vor sich nicht aus den Augen; doch mit einemmal schien es ihr, als seien sie verschwunden, und ihr Herz klopfte vor Erregung. Der Weg fiel an dieser Stelle steil ab, und sie lief nun doppelt schnell, die Zipfel des Schals an ihre Brust pressend. Sie vernahm einen mächtigen Orgelklang und einen Chor von Stimmen, und da wußte sie, daß sie bei der Kirche angekommen war.

Sie staunte über die große Menschenmenge, die sich trotz der frühen Stunde hier eingefunden hatte. Die Leute des Dorfes mußten sehr fromm sein. Einige Pferde, die man am Bein an Baumstämmen festgebunden hatte, warteten etwas vom

Eingang entfernt. Die heilige Stätte war voll von Leuten, die in ihrer Bauerntracht dicht aneinandergedrängt standen und mit weit aufgerissenen Mündern sangen, die Augen auf den Priester gerichtet, der die Messe las. Der Raum war schmal, langgestreckt und schmucklos, und durch die sehr hohen Fenster ohne Glasscheiben strömte ein heftiges Licht. Dieses Licht vermischte sich mit dem Weihrauch, der so dicht war, daß sein Geruch die Kehle zusammenschnürte und die Gläubigen in einen flimmernden Nebel getaucht waren.

Elena blieb beim Weihwasserbecken stehen und versuchte, mit den andern zu singen. Aber sie war vom raschen Laufen ermüdet und vom Weihrauch betäubt, so daß ihre Lippen sich ohne einen Laut bewegten. Gleich beim Hereinkommen hatte sie nicht weit entfernt den Bildhauer und seine Mutter erblickt. Um eine Berührung mit der übrigen Menge zu vermeiden, hielten die beiden sich dicht an der Wand; der Mann sang gleichmütig und richtete die Augen starr auf den Altar; die Mutter, die Hände unter dem Umschlagtuch gefaltet, folgte mit in verzückter Anbetung geweiteten Pupillen jeder Bewegung seiner Lippen, als müsse sie erst in diesem Augenblick die Worte des Chorals von ihm lernen. Alle beide waren sie tief versunken in ihren Gesang und merkten es nicht, als der Chor verstummte; so schwebten ein paar Sekunden lang nur ihre beiden vereinten Stimmen durch die Kirche. Elena hörte mit Verwunderung die Stimme des jungen Mannes, die, im Schweigen widerhallend, aus der Orgel hervorzukommen schien.

Als die Messe zu Ende war, fühlte sie sich plötzlich vorwärts gestoßen von den vielen Menschen, die beim Weihwasserbecken das Knie beugten. Einen Augenblick lang sah sie noch die Alte und fühlte ihren aufmerksamen und drohenden Blick auf sich ruhen; aber bald tauchte sie mit dem Sohn in der Menge unter. Die Kirche leerte sich, und die Leute verschwanden in den Gassen; die Pferde entfernten sich mit leichtem Trab. Jetzt wurde die schon senkrecht stehende Sonne von einer schwarzen Wolkenmasse gestreift, die Strahlen durchdrangen den gewitterschweren Schatten und brachen sich zerstiebend in der Mulde des Tals. Elena beeilte sich, da sie den Regen voraussah. Mühelos, fast ohne zu überlegen, fand sie den Weg wieder, den sie beim Kommen gegangen war. Kaum war sie beim Gartentor angelangt, als die düstere und funkensprühende Luft in einen fegenden Windstoß umschlug und der mit Wasser vermischte Staub aufwirbelte. Und dann regnete es mit blinder Wut.

Einige Tage sah Elena ihre Nachbarn nicht. Oft hörte sie die Stimme der Alten laut sprechen oder im Ton einer dumpfen Klage ihren Sohn rufen; doch wie in einem geheimen Einverständnis vermieden sowohl sie als auch die beiden andern eine Begegnung. Sie hatte das Gefühl, als hätten Mutter und Sohn einen magischen Kreis um sich gezogen, den zu überschreiten ihr nicht gestattet war. Sie blieb außerhalb der Kreislinie, furchtsam und wie verzaubert. Anstatt aber den Frieden zu genießen, den sie vom Aufenthalt auf dem Lande erhofft hatte, ging sie wie eine Schlafwandlerin durch die Zimmer, von unbestimmten Leidenschaften erregt. Manchmal überkam sie ein leichter Schlummer, aus dem sie mit einem Ruck aufschreckte, bestürzt und mit schmerzenden Gliedern wie jemand, der gewaltsam an einen fremden Ort geworfen wurde.

Bei einem solchen Erwachen an einem späten Nachmittag erstaunte sie, daß sie mitten im widergespiegelten Licht des Flusses dasaß, das in breiten, schwankenden Wellen an die Wände schlug. Ihr war, als lande sie taub und trunken an einem fernen Ufer, und erst nach einigen Sekunden merkte sie, daß Giuseppe vor ihr kniete mit lächelnden, in kindlicher Anbetung verlorenen Augen.

Angsterfüllt sprang sie auf.

»Ich bin es«, stammelte er. Ihr Antlitz erbleichte, eine Flamme zuckte ihr über die Haut, und eine brennende Blutwelle strömte in ihre Brust. Mit unsicheren, verlangenden

Händen berührte sie sein Haar, und einen Augenblick lang schwankten sie, vom Licht umhüllt. Da umfaßte der Jüngling ihre Hüften und lehnte schweigend seinen Mund an ihren unfruchtbaren Leib.

Ihre Heirat wurde auf Weihnachten festgesetzt; dann nämlich war Elenas Trauerzeit um. Während der Tage, die der Hochzeit vorausgingen, vermieden sie, als sei es eine stillschweigende Abmachung, von der Mutter zu sprechen. Die Alte blieb in ihrem Zimmer und ging Elena aus dem Wege; wenn sie jedoch durch einen Zufall zusammentrafen, wandte sie rasch ihr verzerrtes, erdfahles Gesicht ab. Eines Morgens aber, als Giuseppe nicht da war, hörte Elena eine rauhe, unmenschliche Klage, die aus einem geschlossenen Zimmer drang. Obwohl ein heftiger Widerwille sie fast erstickte, trat sie ein und sah in einer Ecke des Zimmers die Alte auf den Knien liegen und ihre Stirn gegen die Wand pressen. Der von den schwarzen Kleidern umhüllte Körper rührte sich nicht, aber die Muskeln zuckten unter der Haut, und die Eingeweide wurden vom Weinen erschüttert. Die Alte streckte die Arme an der Wand aus und krümmte die Finger, als suche sie einen Halt, an den sie sich klammern könne.

»Signora ...«, stotterte Elena töricht; aber die Alte wandte sich nicht um und antwortete nicht, sondern nahm mit noch größerer Eile ihr verworrenes Fluchen oder Beten wieder auf:

»Man hat ihn mir gestohlen, meinen Sohn«, hörte Elena, »meinen einzigen Sohn, meinen Jungen.« Und auf ihrem faltigen, blassen Hals schwollen die Adern an, daß es aussah, als müßten sie zerspringen und als müßte die Alte auf einmal totenbleich umfallen. Mit einem Gefühl von schmerzender Scham ging Elena aus dem Zimmer. Die Verwünschungen und Klagen der Alten verfolgten sie unentwegt und flößten ihr Furcht ein, fast als sei ihr ein wütender Hund auf den Fersen.

Hinter einem Haus hervor trat Giuseppe ihr entgegen mit dem verlegenen Lächeln und der kindlichen Röte, die ihn jedesmal überkamen, wenn er Elena begegnete. Sobald sie beisammen waren, wußten sie nicht, was sie einander sagen sollten; eine unbestimmte Verwirrung erfaßte sie, wie vielleicht zwei Pilger sie verspüren, die nichts Gemeinsames haben, aber denselben Weg zurücklegen müssen. Doch kaum waren sie in einem dröhnenden Pulsschlag beieinander, den nur sie allein fühlen konnten, strebte und schwoll das Blut des einen dem Blut des andern entgegen, und die beiden Wogen flossen ineinander mit solcher Macht, daß sie meinten, alles Blut sei aus ihren Adern gewichen. Sie drückten einander die brennenden Hände, und ihr Atem vermischte sich in der eisigen Luft. Elena hatte eigentlich von der Mutter zu ihm sprechen wollen, aber nun waren die Klagelaute verstummt, und in der Stille heftete sich der Dunst des Sonnenuntergangs, der den Raum um sie frei ließ, an die Dinge ringsherum, so daß es aussah, als stiege er aus ihnen auf. Sie gingen ins Haus, und Elena glaubte, die Alte schlafe jetzt vielleicht.

Die Hochzeit wurde in Eile und in aller Stille gefeiert. Nun begann für Elena eine seltsame Zeit. Während sie in einem Zustand zwischen Trunkenheit und Schlaf umherging, schienen unter ihren Augen alle Dinge aus dem Chaos neu zu entstehen und aus einem inneren Antrieb Gestalt anzunehmen. Und das Sich-Entwickeln dieser Formen spürte Elena in sich selbst, unter ihrer Haut und in ihrem Gehirn, so deutlich, daß sie alle Dinge mit geschlossenen Augen hätte erkennen können. Zugleich geschahen unter ihren Augen sonderbare Verwirrungen; die Unterschiede zwischen den Gegenständen waren aufgehoben, eine geheime Übereinstimmung stellte sich her zwischen den Reichen der Natur, und es war, als höre das eine Reich auf, wo das andere begann, als habe das eine am anderen teil. Oft schien es ihr, als ob ein Stein atme und Wurzeln schlage in der Erde wie eine Pflanze. Oder die Bäume nahmen das starre Leben der Steine an, die Blätter flogen umher wie Insekten, und die Tiere wurden zu reglosen Massen. Und sie selbst fühlte sich wie ein Baum, aus dem die

Knospen hervorsprossen mit qualvoller Wonne. Wenn sie einen Gegenstand auch nur streifte, erschauerte sie vor Freude; sie liebkoste alle Dinge, und es war ihr, als entdecke sie alles neu, als entstehe alles in ihrem eigenen Geheimnis. Ihre Augen glänzten, ihr Haar war weicher geworden und schien vor Leben zu zittern. Ihr Busen, der immer flach und kümmerlich gewesen war, wölbte sich wie der einer Jungfrau; sie ging langsam und lässig mit königlicher Bewegung. Während die Tage verstrichen, entwickelte sich ihr Körper wie durch ein Wunder zu sanften, weiblichen Rundungen, und sie betrachtete sich erstaunt.

Als sie begriff, daß sie schwanger war, erfüllte sie eine so tiefe Freude, daß ihr war, als versinke sie darin. In ihrer überschäumenden Dankbarkeit schien es ihr, als sei ein Gott mit Leib und Seele gegenwärtig in ihrem eigenen Sein, und sie fiel auf die Knie, und die Tränen strömten über ihr Gesicht. Ganz dem Wunder zugewandt, das sich in ihr vollzog, vergaß sie, daß die Tage und Nächte aufeinanderfolgten; und Lachen und Weinen kamen ihr leicht und plötzlich wie bei Kindern. Als sie glaubte, die ersten Bewegungen des Kindes in ihrem Leib zu spüren, blieb sie wach in der Nacht, um sie wahrzunehmen. Mit angehaltenem Atem saß sie im Bett, das lose Haar auf den halbnackten Schultern, ein sehnsüchtiges Lächeln auf ihrem Mund. Mit zarten, mütterlichen Worten rief sie Giuseppe, der neben ihr schlief, und wenn er die schlaftrunkenen Augen öffnete, fragte sie ihn:

»Bist du glücklich?«, und mit einem kurzen, heftigen Lachen drückte sie ihn an ihre Brust. Noch lange betrachtete sie ihn, nicht ein einziger Ausdruck seines Gesichtes sollte ihr entgehen, und sie strich mit ihren sorglichen Händen über seinen Körper, damit das Kind sich nach seinen Formen bilde. Oft blickten sie einander verloren an, drückten sich die Hände, ohne zu sprechen, und aus ihren Umarmungen brach eine fast andächtige Heftigkeit, als solle jedesmal das Kind einen neuen Lebensimpuls daraus empfangen.

Nun war die alte Mutter gänzlich beiseite geschoben. In der ersten Zeit blieb sie in ihrem Zimmer, in eine verächtliche Feindseligkeit eingeschlossen. Aber dann konnte sie nicht widerstehen und kam mit verstohlenen und flüchtigen Blicken wieder hervor, beinahe schüchtern. Giuseppe beachtete sie kaum; manchmal ließ er sich von ihr kämmen oder die Schuhe anziehen, doch er sah zerstreut und abwesend dabei aus. Und wenn er nur den Widerhall von Elenas Stimme oder ihre Schritte vernahm, horchte er angespannt, ganz jenem Geräusch hingegeben. Die Alte wurde einer Bettlerin ähnlich: Sie erflehte von ihrem Sohn das Almosen eines Blickes, eines Wortes, als Zeichen ihrer alten Gemeinschaft. Vergeblich ging sie geschäftig um ihn herum, wobei sie ihre Stiefelchen knirschen ließ. Vergeblich knüpfte sie sich das Kopftuch kokett um das Gesicht, während ihre Augen vor Haß funkelten. Giuseppe war immer sprungbereit wie ein Hase im Wald. Die Mutter aber wurde schließlich so leblos und starr wie seine hölzernen Statuen. Reglos saß sie auf einem niedrigen Schemel in einer der in diesem Hause so zahlreichen Nischen oder auch auf einer Treppenstufe, die Hände unter den Falten des Umschlagtuches ineinandergelegt; es schien, als wolle sie die beiden überwachen, all ihr Tun und ihr zärtliches und fiebriges Geflüster. Zuweilen fingen sie einen ihrer wilden Blicke auf, der im Zorn um Mitleid zu bitten schien wie der Blick tollwütiger Hunde; doch sie achteten nicht darauf. Die Alte fing an, unverständliche Tiraden vor sich hinzubrummen, Flüche oder flehentliche Bitten, auf welche die Eheleute dann und wann lauschten mit einer undeutlichen und abergläubischen Besorgnis und offensichtlichem Verdruß; aber im Grunde hielten sie sie doch nur für eine Irre. Wenn sie allein war, kauerte sie sich in einen Winkel ihres Zimmers, die weiten Falten des Kleides hüllten sie ein, und sie schluchzte, bis sie außer Atem und leer und schlaff war wie ein Sack. Wenn es aber einmal geschah, daß der Sohn zu ihr trat und ihr zulächelte oder ihr leicht über die Hand streichelte, dann wies sie sein Erbarmen mit einem finsteren Blick von sich und zog sich in ihren Winkel zurück.

So hörten auch diese kurzen Zeichen der Zuneigung endgültig auf. Manchmal schien die Alte Phantasien zu haben; sie malte sich aus, sie könne vielleicht in der Nacht in das danebenliegende Zimmer gehen und einen Augenblick über dem schlafenden Sohn wachen, aus der Nähe nachsehen, ob seine Wimpern gewachsen, ob nicht Anzeichen von vorzeitigen Runzeln erkennbar seien, ob die Haut noch immer so frisch sei wie einst. Vielleicht die Kühnheit so weit treiben, ihn mit der Hand leise zu streifen. Sogleich aber fiel ihr ein, daß daneben, im selben Bett mit dem Sohn, unter derselben warmen Decke die andere lag. Und sie zuckte zusammen.

So gingen die Tage dahin, bis Elena eines Nachmittags gegen Ende des Sommers Zwillinge gebar, einen Knaben und ein Mädchen. Nach der Geburt verlief der Rest des Tages in einem so heiteren Staunen, daß das Verschwinden der Alten erst bei einbrechender Nacht bemerkt wurde. Elena schlief, in tiefe Erleichterung versunken, während die Dämmerung die großen weißen Wände verdunkelte; die beiden Kinder schliefen neben ihr, die beiden kleinen, fast genau gleichen Köpfchen auf demselben Kissen. Nach einer Weile hielt Giuseppe in der Betrachtung des Bettes inne und erinnerte sich an die Alte. Er klopfte an die Tür ihres Zimmers, ohne Antwort zu erhalten, und als er merkte, daß es leer war, rief er in plötzlicher Erregung mit leiser Stimme durch alle Zimmer, die ihm ungewöhnlich kühl und verlassen erschienen; endlich gewahrte er ein »Ich gehe fort«, das in ungelenken Buchstaben mit Kohle an die Wand neben dem Kamin geschrieben war. Da rannte er auf die Straße hinaus und rief in den lauen Nachtwind, der ihm die Haare zauste:

»Mama! Mama!« Er hoffte, die Mutter noch zu finden, vielleicht bog sie gerade um die Ecke der Gasse; doch als er sich entschloß, hier und dort nachzufragen, ob man sie zufällig gesehen habe, erwiderte ihm jemand, daß sie, ein Bündel tragend, vor vielen Stunden eilig den Weg herabgekommen sei, ohne mit irgendwem zu sprechen. Dies war geschehen, kurz nachdem Elenas Schreie aufgehört hatten und man das Wimmern der Kleinen vernommen hatte.

Giuseppe ging wieder ins Zimmer hinauf und benachrichtigte Elena leise von der Flucht; sie sagte nichts, sie war erschöpft; doch in dem Blick, den sie miteinander wechselten, lasen beide denselben Gedanken. Die Nachforschungen, die – übrigens nicht sehr eifrig – in den folgenden Tagen angestellt wurden, blieben ergebnislos. Und während die Tage und Monate verstrichen, glaubten sie fast, die Alte vergessen zu haben. Wenn sie aber viele Jahre danach an die Zeit zurückdachten, die zwischen dem Fortgehen der Alten und ihrer Rückkehr vergangen war, merkten sie, wie rasch jene Jahre davongeglitten waren, fast als sei die Zeit der Alten entgegengeeilt. Gewiß war es die Glückseligkeit, welche diese Jahre so kurz erscheinen ließ. Kaum waren die Blüten der Mandel- und Kirschbäume verwelkt, als schon der erste Schnee wieder auf den Bergen lag; und die Herbstnebel waren kaum verflogen, als schon die glühende Sommerluft wieder das Gras versengte und die Flüsse austrocknete.

Auch verliefen die Tage so einfach und gleichförmig, daß man den einen mit dem anderen verwechseln konnte. Giuseppe schnitzte jetzt für die Kinder Holzpuppen, und um sie beweglich zu machen, verband er die Gelenke mit Draht. Die beiden Kinder schauten ihm beim Schnitzen aufmerksam zu. Mit jedem Jahr wurde der Paradiesbaum höher.

Wie gewisse Pflanzen, die in der Reife ihres Lebens nur eine einzige Blüte hervorbringen, sich in diesem Geschenk erschöpfen und dann verdorren, so war auch die flüchtige Blüte Elenas abgefallen, ihr Körper überließ sich dem Lauf der Tage, zerfiel in einem trägen Gesättigtsein, und in ihrem erloschenen Gesicht blieb von der fiebrigen inneren Glut nichts übrig als die tierhafte Eifersucht, mit der sie über das Wachstum der Kinder wachte. Die Zwillinge ähnelten einander so sehr, daß sie beinahe gleich aussahen; nur hatte das Mädchen rundlichere Formen und in den Augen eine eigenartige Sanftheit, fast wie ein Lämmchen. Auch unterschieden sie sich durch die Haarfarbe, schwarzbraun der Knabe und rotblond das Mädchen, aber beider Haar war lang und glänzend und wurde von der Mutter sorgfältig zu Löckchen gekämmt. Sie hatten große helle Augen, die rund waren vor Staunen, und besonders die Wangen und Händchen waren voll und zart wie manche Blumenkronen. Sie trugen hübsche Samtkleider mit Spitzenkragen und Schleifen, bunte Strümpfe bis zu den nackten, rosigen Knien. Fast immer hielten sie sich an der Hand, wenn sie mit kleinen vorsichtigen Schritten liefen, und da sie die Sprache der Menschen noch nicht recht beherrschten, hatten sie eine besondere gemeinsame Sprache, die aus Gestotter und Schreien bestand, ein Gemisch aus der Sprache der Katzen und jener der Vögel. Oft lachten oder weinten sie über Geheimnisse, zu denen die Erwachsenen keinen Zugang hatten, und ob es Lachen oder Weinen war, es kam plötzlich und ungehemmt. Waren sie in ihren Erschütterungen auch einen Augenblick lang getrennt und verloren, so fanden sie sich nach einem verirrten Taumeln in der Einsamkeit des Schluchzens doch gleich darauf wieder. Dann staunten ihre tränenerfüllten Blicke, wenn sie einander begegneten; und ihr gemeinsamer Schlaf war wie ein Nest mit noch ungefiederten Vöglein.

Sie waren es, die die Alte zuerst erblickten, als sie zurückkehrte und um sich spähend am Gartentor stehen blieb. Sie beobachteten sie voller Verwunderung und folgten ihr Schritt für Schritt, während sie durch den Garten hinkte.

»Mama!« schrie Giuseppe, der die Alte vom Fenster aus sah, und als er unten an der Treppe ankam, schloß er sie in die Arme. Im ersten Augenblick schluchzte sie; ihre Hände bebten auf der Brust des Sohnes, und sie versuchte vergeblich, mit zuckendem Mund Worte hervorzubringen. Mit unsicherem Schritt betrat sie das Haus und ließ sich nicht anmerken, daß sie Elenas Anwesenheit wahrnahm, doch wendete sie rasch ihre Augen ab, und die Pupillen funkelten unter den geröteten Lidern.

Erbleichend zog Elena die Kleinen auf ihren Schoß, und ihr Mann trat neben sie, bis er sie mit der Hüfte berührte. Die Alte ihnen gegenüber war mit einemmal verwirrt und vereinsamt, hielt sich mühsam im Gleichgewicht auf dem Stuhl, den der Sohn ihr angeboten hatte. Man sah die Spitzen ihrer blanken und wie neuen Stiefelchen; sie mußte sie wohl die ganze Zeit für diese Rückkehr aufbewahrt haben. Sonst aber war sie in Lumpen gekleidet, und ihr Anblick hatte nichts Menschliches mehr; sie sah eher aus wie ein Vogel. Ihre Handgelenke und Hände mit den geschwollenen Adern glichen einem Knäuel von Schnüren; auf ihrem Gesicht bildeten die Runzeln sonderbare schwarze Zeichen, Schnitte und Kreuze. Sie hatte keine Lippen mehr, die grauen strähnigen Haare hingen ihr ins Gesicht unter dem zerschlissenen Tuch. Aber in den Augen der Zwillinge war sie etwas Wunderbares.

»Das ist eure Großmutter«, wagte Giuseppe zu sagen mit leiser, schüchterner Stimme. Da schien der seltsame Vogel sich in seine gebrochenen Flügel zu verkriechen und blickte die Familie verstohlen an mit wie von Müdigkeit verschleierten Augen; bald jedoch sah man, daß es Tränen waren. Aus den entzündeten Winkeln der Lider lief das Weinen auf ihr bewegungsloses Gesicht. Dann zog ihr Mund sich zusammen und wurde kraus wie der eines Kindes:

»Du«, sagte die Großmutter mit bebender und schwacher Stimme, nur ihren Sohn anblickend, als ob die anderen verschwunden wären. »Du hast deine alte Mutter fortgetrieben, daß sie um Almosen bitten mußte wie eine Bettlerin. Du hast sie allein auf die Straße geschickt, zum Betteln. Auf ... die ... Straße ...«, und sie schüttelte verächtlich den Kopf. Dann schwieg sie, vom Zittern übermannt, das ihre zahnlosen Kiefer aufeinanderschlagen ließ; und unsicher schwankte sie auf ihre Nische zu und setzte sich auf die Stufe.

»Willst du etwas essen?« flüsterte der Sohn ihr zu.

Sie sagte: »Wasser und Brot.«

Was suchte sie? Was hoffte sie? Sie blieb dort sitzen, die Füße dicht nebeneinander und die Augen mit den wimpernlosen Lidern auf ihren Schoß gesenkt. Auch diesmal tauschten Giuseppe und Elena einen Blick; von nun an vermieden sie es, die Alte anzusprechen. Nur die Kinder schauten sie bisweilen neugierig an, erstaunt und wie verzaubert. Als es Abendbrotzeit war, forderte niemand die Großmutter auf, sich an den Tisch zu setzen; nicht ein Laut war aus ihrer Ecke gedrungen, und auch die beiden Eheleute schwiegen, von einer Art angstvoller Bestürzung ergriffen. Sie versammelten sich alle vier rings um den Tisch, und da schaute die Alte sie an. Das grelle Licht der Petroleumlampe schloß sie in einen Kreis ein; sie betrachtete Giuseppes Profil, seine blonden Locken, seine Wimpern, die Wange ohne Runzeln. Seine Schultern waren leicht gebeugt, während er das Brot brach. Sein halbgeöffneter Mund sah im Schein der Lampe hellrot und feucht aus. Vor ihm, voll beleuchtet, war Elenas Gesicht mit dem in die Schläfen gekämmten Haar, der weichen Haut und den schwellenden, geschwungenen Lippen. Die beiden Kinder zu ihren Seiten waren wie eine Verklärung ihres Fleisches.

Dann und wann brachen sie in Rufe und zartes, leises Lachen aus; doch Vater und Mutter fuhren fort zu schweigen. Giuseppe beugte sich zur Seite mit seiner ungelenken Schwerfälligkeit, und auf eine absonderliche Bitte des kleinen Mädchens warf er seiner Frau ein unbestimmtes und knabenhaftes Lächeln zu. Da legte die Frau, so als wolle sie ihm Vertrauen einflößen, ihre weiße Hand in die seine. Die Dunkelheit verbarg die Berührung ihrer ineinander verflochtenen Finger, und lange blieb Elenas Hand in der anderen liegen, als sei sie dort eingeschlummert; dabei lächelte sie, die Augen nicht auf ihren Mann, sondern auf die beiden Kinder gerichtet, die in ihrer wirren Sprache plapperten.

Fast als wäre jene Hand eine Schlange und hätte, über sie hingleitend, sie mit einem Biß plötzlich in Brand gesteckt, erschauerte die Alte und schien zu Asche zu zerfallen. Doch ihre schlaftrunkenen, fiebrigen Augen starrten mit gierigem Widerwillen immer noch auf die Gruppe. »Zu Bett, Kinder«, sagte Elena schließlich und erhob sich. Nun trat Giuseppe zur Mutter: »Brauchst du nichts mehr?« fragte er mit einer neuen und fremd klingenden Stimme. »Dein Bett ist gerichtet.«

Sie antwortete nichts. »Gute Nacht, Mama«, flüsterte Giuseppe beinahe verschämt und schlich hinter Elena hinaus. Die Zwillinge blieben zurück und stellten sich vor die Alte hin, aber in einer gewissen Entfernung. Sie betrachteten dieses Gesicht voller Risse und erzählten einander leise mit Staunen und Neugier, daß dies die Großmutter sei. Der Knabe sah sie forschend und nachdenklich an: »Großmutter«, sagte er noch einmal. Da erschien auf dem Gesicht der Schwester ein kaum angedeutetes, flüchtiges Lächeln, und sogleich bedeckte sie es mit ihrem Arm.

»Kinder!« rief Elena mit weicher Stimme.

Die Augen der Großmutter schienen sich zu verhärten und zu Glas zu werden. »Hört ihr«, sagte sie leise, »morgen erzählt euch die Großmutter ein Märchen. Kommt morgen wieder.« Sie lächelten offenherzig bei dieser Einladung. Vergnügt und verzaubert gingen sie ein wenig näher zu ihr heran.

»Ein Märchen«, wiederholten sie gemeinsam mit lauter Stimme, »morgen.« Und zur schmeichelnden Alten zurückblickend, folgten sie nur ungern dem Ruf der Mutter.

Die ganze Nacht hindurch blieb die Alte dort sitzen mit schmerzenden und kribbelnden Gliedern. Sie lauschte dem widerhallenden Tosen des Wildbachs; und als der Morgen graute, drang mit dem Getöse auch der glitzernde Widerschein des Wassers herein. Da schüttelte sie sich aus ihrem Schlaf wie ein Vogel aus seinen zerzausten Federn. Noch ohne sich ihrer selbst bewußt zu sein, schweifte ihr verächtlicher und erschrockener Blick umher. Die ersten, die herunterkamen, waren die Zwillinge.

Sie wunderten sich nicht, die Großmutter noch immer dort zu sehen; sie warteten auf das Märchen. Die Alte sah aus, als habe man sie geschlagen; sie war wie ein morsches Stück Holz, nur ihre Augen glänzten, zwei Glasscheiben ähnlich.

»Soll die Großmutter euch das Märchen erzählen?« flüsterte sie bedachtsam, als tauche in ihr ein in dieser Nacht geträumter Traum wieder auf.

Die beiden Kinder drängten sich aneinander mit einem vergnügten kleinen Lachen, die Pupillen vor Spannung geweitet. Es war ein Fest für sie, als die Alte zu sprechen begann. Sie sah sie forschend und streng an wie eine Lehrerin, die etwas erklärt, und sie betonte jede Silbe.

»Dort unten, wo die Großmutter gewesen ist«, sagte sie, »gibt es eine große Wiese, eine große Wiese mit Blumen, die aus Wasser gemacht sind. Dort gibt es Pferde aus Glas, die springen, und Vögel aus Wasser, die fliegen.«

»Sind auch die Flügel aus Wasser?« fragte der Knabe.

»Gewiß«, erwiderte sie unwirsch. »Und zum Schlafen gibt es ein Hemdchen aus Gras, für jeden eines.« An dieser Stelle sahen die Geschwister sich zweifelnd an. Doch schon stürmten durch das hohe Fenster im Widerschein des Wildbachs die feurigen Pferde aus Glas herein. Mit Glöckchengeläute und geblähten Flügeln trampelten sie mit ihren Hufen über jene besonnte und flüssige Wiese; ihre tausend Augen sprühten Funken wie Kohlen. Die Zwillinge starrten die abenteuerliche Alte erwartungsvoll an. Sie hätten gern weitere Fragen gestellt, doch die Großmutter flößte ihnen außer Staunen auch Scheu ein, so daß sie schweigend an der Wand stehen blieben und verlegen mit den Händen über ihre Schürzen tasteten. Schließlich aber nahm die Begeisterung in ihnen überhand, und sie stotterten fröhlich ihre Ergänzungen zu dieser Geschichte und lachten verzückt. Auch die Alte lachte mit all ihren Runzeln und mit einem dumpfen, trockenen Geräusch wie brennendes Holz. Dann erhob sie sich; sie war stumm und ernst geworden und streifte die Kinder nur mit einem verachtenden Blick. Sie schien zu frieren, so fest wickelte sie sich in ihr Umschlagtuch ein, und ihre gelblichen Hände zitterten.

»Addio«, sagte sie mit einem Schluchzen. Dann ging sie zur Tür und schlich humpelnd davon, ohne die Kinder noch einmal anzusehen. Sie blieben allein in dem von Sonnenstrahlen durchfluteten Zimmer, und durch das Fenster sahen sie die Großmutter ganz klein und schwarz den Hang hinuntergehen. Sie wären ihr gern gefolgt, aber sie hatten nicht den Mut dazu; auch glaubten sie, die Großmutter werde nur kurze Zeit fortbleiben und jeden Augenblick wieder auftauchen, vielleicht auf dem Rücken eines ihrer fliegenden Pferde.

»Wo ist sie?« fragte nach einer Weile das kleine Mädchen und zog ihren Bruder am Ärmel. Der schüttelte nachdenklich den Kopf. Plötzlich waren sie entsetzt von dieser funkelnden Stille: »Mama!« schrien sie und liefen die Treppe hinauf. »Ruf die Großmutter! Ruf sie! Ruf sie!«

Diesmal nahmen die Nachforschungen nur kurze Zeit in Anspruch und waren nicht vergebens. Die Alte wurde in der Abenddämmerung aufgefunden. Zuerst entdeckte man ihr schwarzrotes Umschlagtuch, das sorglich zusammengefaltet auf einem Stein lag, und daneben ihre noch immer blanken, wenn auch an den Spitzen etwas abgestoßenen Stiefelchen. Sicher hatte sie aus Eitelkeit diese Kleidungsstücke abgelegt, damit sie nicht verdorben würden vom Wasser. Bald darauf wurde ihr Körper, von dem tobenden Fluß ausgespien, auf dem Kiesstrand gefunden.

Von den spitzen Steinen des Bachbettes mißhandelt, war er voller Schrammen und Wunden und sah so aufgequollen und schlaff aus wie ein Baumstamm mit morscher Rinde. Die verklebten Haare, grünlich vom Wasser und Schlamm, glichen langen, verfaulten Grasbüscheln. Die Augäpfel waren verdreht und so weiß und starr wie zwei Blumen eines unterirdischen Teiches.

Die Kinder waren schon eingeschlafen, als dieser Körper ins Haus getragen wurde. Eine ungeheure Stille folgte auf das Tosen des Wildbachs in dem Zimmer, in das die Alte gelegt wurde und wo eine geschwätzige Bäuerin ihr die Augenlider zudrückte und sie ankleidete. Sobald alles Notwendige getan war, legten auch Giuseppe und Elena sich zur Ruhe.

Im Bett, an der Seite ihres Mannes, glaubte Elena mitten in einem bösen, bedrückenden Traum in regelmäßigem Rhythmus dumpfe Aufschläge zu hören: »Das ist die Erde, die man über sie schaufelt«, dachte sie, »es ist zu Ende, so Gott will«; aber bei diesem Gedanken fühlte sie plötzlich eine Eiseskälte in den Schläfen und merkte, daß die Alte im Zimmer war. Schweigend lehnte sie an der dunklen Wand gegenüber und tat, als wolle sie sich die Stiefelchen ausziehen; sie wandte Elena ein Lächeln des Einverständnisses zu, das nicht ohne Anmut war. Ihre Augen zwinkerten verschmitzt und funkelnd unter dem an den Zipfeln zusammengebundenen Tuch hervor.

In beklemmender Angst schreckte Elena plötzlich hoch und richtete sich im Bett auf. Noch ehe sie ganz zu Bewußtsein kam, sah sie Giuseppe an und wunderte sich nicht, daß er ebenfalls reglos im Bett saß und mit weit aufgerissenen Augen an die Wand starrte. Sie berührte seine Hand, und bei dieser Berührung schauderte sie. Ohne etwas zu sagen, fiel sie in den Schlaf zurück.

Schon im Morgengrauen kündigte sich ein heiterer Tag an. Ein durchsichtiges Licht ließ den Raum größer erscheinen und enthüllte bis zum Horizont die an den Berghängen erbauten Städte. Die Wiesen, weich von der Frühlingsfeuchtigkeit, schienen die Tropfen einzuatmen, und die Vögel schüttelten sich mit sehnsüchtigen Klagen. Bei den ersten Lichtstreifen, die durch die Fensterläden drangen, bemerkte Elena voll Entsetzen, daß der junge Kopf ihres Mannes, der schlafend auf dem schweißnassen Kissen lag, nicht mehr blond war, sondern beinahe weiß. Als sie ihn rief, hob er unwillig das Gesicht wie aus einem tödlichen Schlaf. Die Unreife seiner Züge schien nun gezeichnet von einem stumpfen und bleichen Alter, als habe heute nacht eine kranke Wurzel in seinem Fleisch zu wuchern begonnen. Und seine Blicke flüchteten sich sogleich in die Winkel seiner Augenhöhlen zurück, als fürchteten sie, den Blicken Elenas zu begegnen.

Die Alte wurde in aller Eile und beinahe heimlich fortgetragen. In weitem Abstand voneinander und ohne sich ins Gesicht zu sehen, folgten ihr der Sohn und die Schwiegertochter, am Fluß entlang, in dem die Bäume und Schornsteine sich spiegelten. So gingen sie den Weg hinab, während im Hause die Dienstmägde in der Küche versammelt waren und geheimnisvoll flüsterten.

Unterdessen standen die Zwillinge auf, und ohne irgendwen zu Hilfe zu rufen, zogen sie sich mühsam ihre rotweiß gewürfelten Kittelchen an. Mit zerzausten Haaren kamen sie langsam herunter, wobei die Sohlen ihrer ungeschnürten Sandalen auf der Treppe klapperten. Da es so früh am Morgen war und die Sonne durch die Fenster flutete, knüpften sie in Gedanken das Heute an den vorhergehenden Tag an und wunderten sich, als sie sahen, daß die Nische der Großmutter leer war.

»Großmutter!« riefen sie im Flur. Dann trieben sie ihre Kühnheit so weit, in das Zimmer einzutreten, das der Großmutter gehört hatte. Noch war auf dem Bett die Mulde eines Körpers zu sehen; ein Dunst, der nach Eingeschlossenheit und Finsternis roch, schwebte zwischen Tür und Spiegel. Die beiden Kinder wichen zurück.

Vergebens suchten sie die Alte in allen Zimmern. Die Sonne malte auf den Kalk der Wände fließende Blätter und Zweige, Halme und Insekten mit schwirrenden Flügeln. Ein wenig bekümmert kamen die Geschwister bis in die düstere Kammer, in der ihr Vater die Holzstatuen aufstellt hatte. Über den zusammengepferchten und verstaubten Figuren hing ein Spinnennetz, dessen Fäden glitzerten. »Sie ist nicht da«, sagten die Kinder enttäuscht und beschlossen, die seltsame und liebenswürdige Großmutter im Garten zu suchen.

Hier beobachteten sie neugierig ihre beiden Schatten, die auf dem langen Schatten des Paradiesbaumes vorwärtsschritten, und unterhielten sich darüber. Als sie zum Wipfel des Baumes aufblickten, der voller Vögel war, sahen sie an einem Lichtstrahl ein sonderbares, verlockendes Insekt herabschweben. Es war ein großer Schmetterling, dessen schwarze Flügel mit roten Arabesken verziert waren; wie schlaftrunken flog er auf und nieder. »Fang ihn!« sagte das kleine Mädchen; aber kaum hatte der Knabe die Hand ausgestreckt, flog der Schmetterling davon über die Hecke des Gartens.

Er war so nah, daß man seine Beinchen zittern und seine Augen, die Pfefferkörnern glichen, listig glänzen sah; doch er ließ sich nicht fangen. Die Wiese war in Wind und Tau getaucht, die Blumen begannen sich zu öffnen, und kein anderer Laut war zu hören als das Tosen des Wildbachs, dem Donnern einer Schlacht ähnlich. »Gehen wir weiter«, beschlossen die Kinder. Schon stieg aus den Schornsteinen der Rauch mit seinen wirbelnden Figuren, und die Sonne stand senkrecht über der Eisenbrücke. Die Geschwister traten aus dem kühlen Gras am Ufer heraus und blieben bei der Brücke stehen. Der Fluß lief glitzernd dahin und vermischte Wasser und Licht. Der Schmetterling war verschwunden.

An einem dürren, schwärzlichen Baum war ein plumpes Boot festgebunden, von dem der Lack abgesplittert war. Kaum war es den Kindern unter Schwierigkeiten gelungen hineinzusteigen, als der Ast, der dem leichten Gewicht nicht standhielt, mit dem darangebundenen Seil abbrach. Unter Jubelschreien, mit den winzigen, rundlichen Händen winkend, begrüßten sie den Beginn ihrer Reise.

Spiegelungen, kalt und blinkend, liefen über das Wasser hin, und das Boot schien diesen Spuren nachzugleiten. In Wirklichkeit wurde es von der Strömung angezogen, die in die Tiefe stürzte. Die Kinder drängten sich an die Sitzbank, von Angst gepackt.

Doch schon bäumten sich ihnen auf dem grünen Streifen des Lichtes die gläsernen Pferde entgegen, und aus ihrem wilden Lauf brach pfeifend ein eisiger Wind hervor, in dem die Vögel mit den Flügeln aus Wasser um sich schlugen. »Hier ist sie!« flüsterten die entsetzten Kinder. Und plötzlich hob sich das Boot auf die Kruppe der rasenden Pferde, und sich um sich selbst drehend, stürzte es sich mitten in den Wildbach.

Die Seele

Ein alter Herr hatte mit einer Seele Freundschaft geschlossen. Eines Nachts, als er leicht angetrunken und, seiner Gewohnheit entsprechend, allein nach Hause ging, hatte er sie auf den Kirchenstufen hocken sehen und sie zuerst für einen Bettler gehalten. Barmherzig, wie er war, hatte er sogleich die Börse gezückt; doch das Durcheinander ihrer Finger, die auf der Münze nicht griffen und wie Flämmchen oder Grashalme im Wind zitterten, hatte ihn aufgeklärt: Es handelte sich tatsächlich um eine neugeborene Seele, die noch niemals ein Körper bekleidet hatte. Unerwartete, glückliche Begegnung!

Die spärlichen Passanten, die ihn gestikulieren und (so glaubten sie) Selbstgespräche führen sahen, begriffen, daß er betrunken war, und ließen ihn in Frieden. Hätten sie übrigens etwas auszusetzen gefunden, hätte er schon zu antworten gewußt: »Also wirklich«, hätte er gesagt, »seit siebzig Jahren bemühe ich mich, höflich zu euch zu sein, versuche, euch zu gefallen, und niemand will etwas von mir wissen. Ihr erklärt, daß ich unsympathisch bin, eine unangenehme Stimme und Mundgeruch habe, und meidet mich wie einen Aussätzigen. Niemand will meine symphonischen Dichtungen aufführen, niemand bleibt stehen, um ein wenig mit mir zu plaudern. Ich bin halb blind, und am Ende will ich mich anfreunden, mit wem es mir paßt. Kümmert euch um eure eigenen Angelegenheiten.«

Zum Glück war die Seele unsichtbar, so ahnte niemand etwas von ihrer Existenz, niemand griff ein; und der alte Herr konnte das Privileg eines freizügigen Umgangs mit ihr uneingeschränkt genießen. Da sie niemals die beängstigenden

Lasten des Körpers kennengelernt hatte, trug sie unberührt die nackte Anmut, die unbewußte Freiheit der ursprünglichen Himmel. Unbeleckt von Scham und Arglist, leistete sie ihm Gesellschaft, während er sich ankleidete, auf dem Bett hockend wie ein wunderbarer Paradiesvogel. Mit dem Wankelmut, der zu ihrer Kindlichkeit, ihrer beweglichen Transparenz paßte, verschwand sie oft, wer weiß, wohin; doch der alte Herr wußte wohl, daß ihr Wesen nichts anderes war als ein brennendes Feuer der Liebe, und vertraute auf ihre Rückkehr. In der Tat, unerwartet blühte sie aus dem Nichts wieder vor ihm auf wie ein pflanzliches Wunder in zarten Farben. Und um ihn zu entzücken, setzte sie sich ans Klavier und spielte, rhythmisch ihr Köpfchen aus gesponnenem Silber schüttelnd, die Musik, die er komponiert hatte; doch ihre Finger, die außerhalb von Zeit und Raum, erweckten auf den Tasten ewige Noten, unendlich wie die reine Stille. Der alte Herr freute sich daran.

Er wiederum lehrte sie die Namen der Dinge: »Was ist das?« fragte sie neugierig. Und er: »Schuhe.« »Ekelhaft«, stotterte sie, »was für greuliche Geräte«, und voll naivem Stolz liebkoste sie ihre kleinen nackten Füße. Verblüfft betrachtete sie Schirm und Hut, denn für sie war der Regen so leicht und ungreifbar wie das Licht. Um den alten Herrn zu reizen und mit ihm zu spielen, während er zitternd die schlammige Straße hinauf hinkte, planschte sie trällernd in den Pfützen und stieg makellos wie ein Schwan wieder heraus. Dann blieben der alte Herr und die Seele im Regen stehen und lachten laut, wie zwei Schulkinder. Und wenn die Leute sie umringten, rief der alte Herr: »Ja, ich bin verrückt, na und? Was ist? Was wollt ihr von mir? Gebe ich etwa euer Geld aus?« Und die Seele stimmte ihm zu und spornte ihn an.

Eines Nachts schließlich fand er sie auf denselben Stufen der Kirche wieder, wo sie ihm, kaum hatte sie den Lebenshauch empfangen, begegnet war. Doch diesmal bebte sie vor Widerwillen und Fieber unter ihren Haaren, die schlaff und feucht wie eben aus dem Kokon gezogene Fäden herabhingen. Und sie hob zwei große, blaß gewordene Augen zu ihm auf, in denen das Grauen zuckte. »Ich sterbe gleich«, flüsterte sie mit dünner weißer Stimme, »mit mir ist es aus«, und sie verblaßte wie eine Kerze im Morgengrauen.

Der alte Herr schauderte: »Nein, meine Freude, meine Kindheit«, sagte er zu ihr, »nein, einzige Freundin meines Alters, letzte Dichtung meines Genies.« Doch die Seele wimmerte mit einem leisen Röcheln: »Ich werde in einen Körper eingesperrt: So ist es gewollt.«

»Das ist doch nicht möglich!« schrie der alte Herr. »Du, die Unschuld und Freiheit in Person! Wir sind vor der Kathedrale, laß uns zusammen beten, daß es nicht geschehe« – damit begann der Alte, sich zu bekreuzigen. Doch genau in jener Minute kam ein Rudel Hunde vorbei, und die Seele stürzte mit einem bizarren, hungrigen Schrei darauf zu und verschwand.

Der alte Herr wankte wie vom Blitz getroffen; aber schon schmiegte sich einer jener Hunde schwanzwedelnd mit gesenktem Kopf an ihn. Da erkannte der alte Herr, als er sich über die feuchte, elende Schnauze beugte, in den Hundepupillen, einer weit entfernten Lampe im Sturm gleich, die Seele, die gedemütigt am Grunde zitterte und ihn vergeblich um Hilfe bat.

Der Mann mit der Brille

Am dritten Dezember, es war ein Donnerstag, trat der Mann aus seinem Studierzimmer, einem düsteren Raum am Ende der Stadt. Sein Haar war zerzaust, der lange Bart von der Kälte gesträubt, und die Augenringe legten einen schwarzen Schatten auf seine Wangen. Er hatte die undeutliche und beinahe fremde Empfindung, als schwanke er, und das Knarren der Holztreppe klang wie ein nahes Dröhnen in seinen Ohren.

An der Haustür hielt die Pförtnerin, die mit einer Schaufel den Schnee beiseite schob, inne und sah ihn aufmerksam an: »Wieviel Uhr ist es?« fragte er. »Neun«, gab sie zur Antwort und folgte ihm neugierig mit ihren geröteten Augen. »Seid Ihr in den letzten Tagen auswärts gewesen?« fragte sie schließlich. »In welchen Tagen?« sagte er, und es kostete ihn ungeheure Mühe, die Worte auszusprechen, »ich habe mich nie aus der Stadt fortbegeben.« »War ja nur eine Frage, weil ich Euch nicht mehr gesehen habe«, erklärte die Pförtnerin.

Der Mann wollte sie eigentlich daran erinnern, daß er doch am Abend vorher vorbeigekommen sei, um in ihrer ärmlichen Kammer die Post zu holen, doch dann dachte er, es sei unnütz, sich mit so einer Hexe abzugeben. Und er ging weiter die vereiste Straße hinab, gefolgt von ihren dummen Blicken.

Es war neun Uhr; er würde in die Milchbar gehen, um zu frühstücken, und dann würde er versuchen, irgendwie die Stunden hinzubringen bis zu dem Augenblick, da er zu ihr gehen würde. Am Tag zuvor hatte er sie nicht sehen können, weil Feiertag war. »Gräßlich, so ein Sonntag«, dachte er. Er erinnerte sich, daß er den ganzen Tag durch die Straßen der

Stadt geirrt war, an den hohen, finsteren Häusern entlang, im schmutzigen Schnee, und daß er versucht hatte, irgendwo jene rundlichen, nackten Waden, jene liebreizenden Vogelaugen zu entdecken. Vielleicht war er deshalb mit zerschlagenen Gliedern aufgewacht. Natürlich war gestern all sein törichtes Umherirren vergeblich gewesen; aber heute würde er sie sehen wie immer. Bei dieser Gewißheit legte sich ein Nebel über seine Augen, und das Blut strömte ihm zum Herzen, daß sein Atem stockte.

Er ging auf dem weichen Schnee, ohne sich umzuschauen, und oft sanken seine Füße in die schwarzen Hufspuren der Pferde ein. Hohe, schattenlose Bäume überragten die Häuser mit den weißen Dächern. Vor der Milchbar hatten drei Männer ein Feuer angezündet; er setzte sich an den gewohnten Platz, mit dem Rücken zum trüben Spiegel, und nahm die Brille ab. Eilfertig lief die Milchfrau zu ihm hin; aber er hatte das Gefühl, als sehe er die Gesichter um sich her seltsam verzerrt und verkrampft, voller Augen und ohne Lippen. Wieder war ihm, als ob er taumelte.

»Der Herr ist wohl krank gewesen in den letzten Tagen?« fragte die Stimme der Milchfrau. »Aber nein!« erwiderte er schroff, »Ihr werdet Euch erinnern, daß ich gestern abend hier war und daß es mir sehr gutging.« »Was!« rief die Frau bestürzt, »seit Sonntag seid Ihr nicht hier gewesen!« »Eben, gestern war ja Sonntag«, murmelte er erschöpft. »Aber heute ist Donnerstag«, fuhr die Frau fort.

Er schüttelte den Kopf und schwieg verächtlich. Niemand konnte sich besser als er daran erinnern, daß der Tag zuvor ein Sonntag gewesen war; niemand kannte wie er das schmachtende Fieber der Sonntage, das fortwährende Im-Kreise-Irren, das vergebliche Warten. Jetzt wurde der unbegreifliche Nebel dichter um ihn her, und er empfand eine dunkle Furcht, er würde an diesem Ort ohnmächtig werden. »Meine Stirn wird gegen den Marmor des Tischchens schlagen«, dachte er. Doch er spürte, daß seine Zähne in das frische Brot eindrangen und seine ausgetrocknete Zunge feucht wurde. Seine Hände zitterten, als er das Brot brach, und er schluckte mit Mühe. Hinter den trüben Fensterscheiben sah er die Bäume jetzt deutlicher, die großen, reglosen Vögeln glichen. Ihm war, als höre er das Pfeifen des Windes, und er ging auf die Straße hinaus; aus dem Milchladen folgten ihm mitleidige Blicke. »Heute ist Donnerstag«, dachte er, »und gestern war Sonntag. Das ist doch nicht möglich.« Und er lachte höhnisch über diese Sinnlosigkeit. »Sag mal, mein Junge, welcher Wochentag ist heute?« fragte er einen Stallknecht mit dem Gebaren eines Betrunkenen. »Donnerstag«, erwiderte dieser und sah ihn finster und mißtrauisch an. »Mein Gott!« murmelte er und versuchte angestrengt, sich zu besinnen; er sah ganz deutlich den gestrigen Abend wieder vor sich, den Sonntagabend. Die geschlossenen Geschäfte, die Menschenmenge, seine Unruhe und wie er sich, als es Nacht wurde, in sein Zimmer einschloß, nachdem er bei der Pförtnerin die Post abgeholt hatte.

Er überquerte die Eisenbrücke mit dem arabesken geschmückten Geländer, die über dem gefrorenen Fluß schwebte. Der grünlich schimmernde Himmel lastete schwer. Die Kuppeln und spitzen Kirchtürme der Stadt wurden sichtbar. »Wo sind nur diese drei Tage geblieben?« dachte er finster. Und er lachte schallend, als er seine Stimme über die leere Brücke hallen hörte. »Aber ich trinke doch nie«, sagte er laut, wie um sich zu rechtfertigen. Und plötzlich merkte er, daß er sich schon in der Nähe der Schule befand. Der Hof war sorgfältig gefegt, aber das Dach mit Schnee bedeckt. »Noch zwei Stunden, bis sie herauskommen«, dachte er verwirrt und ging im Schulhof auf und ab, mit herabhängenden Armen wie eine Marionette. Schließlich verließ er den Hof und ging träge die Wiese entlang, wobei er auf das quälende Knirschen des Schnees unter seinen Füßen lauschte. Unter einem niedrigen Baum mit dünnen, trockenen Zweigen blieb er stehen und lächelte bei dem Gedanken, daß er jetzt nur noch zu warten brauchte und sie dann sehen würde. Doch es schien ihm, als sähe er sein Lächeln neu und verzerrt wie in einem Spiegel vor sich, und er zuckte zusammen.

Nie ging jemand durch diese Straße; zuweilen vernahm er das gedämpfte Geräusch eines Wagens und Pferdehufe, die auf den Schnee aufschlugen. Aber all das war in weiter Ferne. Die Kälte und die Reglosigkeit machten ihn träge, und diese Trägheit erschreckte ihn. Doch der Gedanke, ein Glied seines Körpers zu bewegen, und sei es auch nur, die Hand zu heben oder mit den Wimpern zu zucken, erfüllte ihn mit noch größerem Schrecken. Er hatte das Gefühl, als halte er sich nur mühsam im Gleichgewicht vor einer ungeheuren Leere und als werde er bei der geringsten Bewegung über den Rand schlittern. »Jetzt verliere ich den Verstand, ich werde blind, ich werde fallen, ich kann es nicht hindern«, dachte er mit plötzlicher Hellsichtigkeit.

In diesem Augenblick hörte er die Schulglocke läuten. Gleich darauf vernahm er das Geschrei der Schülerinnen und sah die ersten herauslaufen mit ihren Regenmänteln und Mützen und den an den Riemen baumelnden Schulmappen. Sie redeten laut, lachten und hielten sich umgefaßt; ihm war, als sähe er jenes bestimmte Lächeln aufblitzen, und ein krampfartiges Zittern erfaßte ihn; aber er hatte sich getäuscht. Jetzt spürte er in seinem ganzen Körper eine Hitze aufwallen, außer in den Händen, die schweißnaß und eiskalt waren.

Endlich sah er *ihre* Gruppe herauskommen. Er erkannte die drei Mädchen sogleich, die jeden Tag mit *ihr* zusammen kamen, doch heute war *sie* nicht dabei. Sie gingen ruhig, ohne miteinander zu reden, und von weitem erkannte er den braunen Mantel der größten, ihre stolze Art zu gehen und dabei das Kinn vorzustrecken. Er spürte, daß er die Erwartung und den Zweifel keine Minute länger ertragen würde, aber er rührte sich nicht. Nun sah er deutlich, wie eines der drei Mädchen sich aus der Gruppe löste und in seine Richtung lief. Während diese kräftige Kleine allmählich näher kam, konnte er sie genauer betrachten, ihr rundes Gesicht mit den dunklen, lebhaften Augen und die rosigen Hände, die den Schulranzen trugen. Sie hatte einen kurzen Mantel an, unter dem ein Zipfel ihrer Schürze hervorschaute. Ihre Beine waren nicht nackt wie die der andern, sondern mit Wollstrümpfen bekleidet. Sie blieb vor ihm stehen und starrte ihn fragend an, während sie kaum die Lippen bewegte. Er hatte den verzweifelten Willen, eine Frage zu stellen, doch es drang kein Laut aus seiner Brust.

»Sie ist gestern gestorben«, sagte das Mädchen, ohne auf die Frage zu warten, »sie ist ganz plötzlich gestorben, aber sie war schon lange krank.«

»Wie?« fragte er und erschrak, als er seine Stimme klar und deutlich hörte.

»Der Lehrer hat über sie gesprochen, und wir sind alle aufgestanden«, fuhr das Mädchen fort. »Als ihr Name aufgerufen wurde, habe auch ich ›hier‹ gesagt.«

Während das Mädchen sprach, beobachtete es den Mann mit aufmerksamer Neugier. Er stand gegen den Baum gelehnt, und die beschlagene Brille verbarg seinen Blick; er war seltsam geschwollen an den Schläfen und auf der Stirn, und der Bart ließ sein schwammiges und krankes Gesicht grau erscheinen. Seine herabfallenden, farblosen Lippen stammelten leise, und sein Körper, an dem die schmutzigen Kleider wie angeklebt waren, schüttelte sich wie im Krampf; es sah aus, als klammerten seine Hände sich irgendwo im Leeren fest. Wortlos wandte er sich um, und das Mädchen sah ihn den Pfad hinuntergehen. Mit seinen schlenkernden Armen und den gebeugten Schultern schien er in schwerfälliger Plumpheit vorwärts zu fallen durch den Nebel.

Das Mädchen blickte zur Schule zurück; die Gefährtinnen, wohl müde geworden zu warten, waren fortgegangen, und die Fenster waren geschlossen; auch das Gittertor war geschlossen, und die Kleine wunderte sich, daß die Schule, die eben noch so voller Leben gewesen war, nach wenigen Minuten verlassen dalag. Es schien ihr, als habe sie eine lange

Zeitspanne vor sich, und sie wußte nicht, was sie damit anfangen sollte. Ein unerwarteter, schwerer Nebel hatte sich über den tiefer gelegenen Teil der Stadt gelegt, aber die Kuppeln und Turmspitzen ragten noch heraus, und es schien, als schwebten sie in der Höhe. Von dem offenen Platz aus sah sie die Straßen, die Brücke und den Fluß, doch alles undeutlich und versunken. Sie wanderte zwischen den Bäumen hindurch, und schon war die Schule nicht mehr zu sehen. Auf einem unberührten Schneepfad beschleunigte sie den Schritt und dachte: »Ich gehe zu ihr.«

Der Ort, zu dem sie gelangte, war ihr unbekannt; er war von Nebel überflutet, und hohe Gebäude ragten auf, deren Umrisse und Farben man nicht erkennen konnte. Ein dunkles Volk lief dort in fieberhafter Eile umher, ohne daß jemand sich stieß oder stehenblieb. Es gelang ihr nicht, in dieser zahllosen Menschenmenge die Gesichter und Kleider zu unterscheiden; alle kreuzten oder überholten einander rings um sie her, und fortwährend ertönten die Schritte, einem Regen ähnlich und wie von einer unendlichen Entfernung gedämpft.

Auch sie fing an zu laufen. »Maria!« rief sie laut; und ihr Ruf kam als Echo zurück und dann ein zweites Mal aus weiterer Ferne. »Maria!« rief sie noch einmal und blieb verwirrt stehen. Eine Stimme, so erstickt und flüchtig, wie wenn man Verstecken spielt, antwortete schließlich: »Clara.« Sie lief ziellos durch die hastende Menge, die sie streifte, ohne sie zu berühren; immer wieder rief sie den Namen der Freundin, bis sie sie mitten zwischen den Leuten stehen sah. Sie erkannte sie ganz deutlich: Sie hatte nur ihre Schulschürze an, und ihre Augen waren starr und weit aufgerissen.

»Frierst du nicht?« fragte sie sie, erhielt aber keine Antwort. »Der Wind hat dich ganz zerzaust«, sagte sie.

Da strich sich Maria zerstreut mit den Fingern durch die Locken.

»Weißt du, daß ich ihn gesehen und mit ihm gesprochen habe?« fuhr Clara leise fort. Die Freundin trat von ihr weg mit verwirrtem Blick und schüttelte den Kopf. »Ich wollte dir keine angst machen«, entschuldigte Clara sich rasch, und eine schmerzende Beklommenheit erfaßte sie. Auf dem Gesicht ihrer Gefährtin waren Falten entstanden, ihre Augen hatten sich getrübt, und sie sah plötzlich viel magerer aus. »Das ist gewiß wegen der Krankheit«, dachte Clara.

»Er war es, der mich getötet hat«, sagte die Freundin sogleich mit einer so schrillen Stimme, daß Clara zusammenzuckte. Doch es war nicht mehr möglich, sich verständlich zu machen, ohne zu schreien; alle diese Menschen, die auf der Flucht zu sein schienen, verursachten nun ringsum einen tosenden Wind, und man mußte die Arme dicht an den Körper pressen, um die Kleider festzuhalten. »Warum willst du mitten unter all den Menschen reden?« fragte sie, »warum ziehen wir uns nicht in eine Ecke zurück?« Aber es gelang ihr nicht, ihre Frage und ihren vorwurfsvollen Ton hörbar zu machen.

Maria neigte den Kopf ernst und versunken wie jemand, den es große Mühe kostet, sich zu erinnern. Als sie wieder zu sprechen begann, dämpfte sie ihre Stimme, so daß ihre Worte sich im Sausen der Luft verloren und nur durch die Bewegung der Lippen verständlich waren. Sie schien den Nebel und die Flucht ringsumher nicht zu bemerken; bald sprach sie hastig, bald langsam, wie ein verirrter Vogel, der mit den Flügeln schlägt.

»Er wartete jeden Tag auf mich bei dem Baum«, murmelte sie, verstohlen um sich blickend.

»Jeden Tag bei dem Baum«, wiederholte die Freundin nachdenklich.

»Und als ich krank wurde«, fuhr die andere geheimnisvoll fort, »trat er plötzlich in mein Zimmer. Die Luft war nicht klar, und ich glaubte, ich sei mit euch auf der Straße, ihr lachtet über seine Brille, und ich rief euch zu, ihr solltet ihn davonjagen; aber dann erinnerte ich mich, daß ich wegen des Fiebers im Bett lag und daß dies mein Zimmer war. Er wurde immer größer wie ein schwarzer Fleck, der aus der Tiefe der

Wand hervorkam, und sagte: ›Da bin ich, ich bin gekommen.‹ Seine Zähne schlugen aufeinander, während er zu lächeln versuchte. Ich schrie: ›Ich kenne dich nicht! Geh fort!‹

Da nahm er seine Brille ab, damit ich ihn erkennen sollte, und entblößte seine reglosen Augen. ›Warum starrst du wie ein Blinder?‹ fragte ich. ›Weil ich schlafe‹, antwortete er mir, ›ich bin müde. Gestern war Sonntag, du hattest frei, und ich bin bis zum Abend herumgelaufen, um dich zu finden, und habe im Schnee gesucht wie ein Hund, um die Spuren deiner Füße zu entdecken. Ich bin müde, meine Arme sind schwer, meine Knie versagen.‹ ›Geh fort‹, sagte ich zu ihm, ›dies Zimmer gehört mir. Ich habe Angst!‹

›Ich will dir angst machen‹, erwiderte er stotternd, ›aber noch wage ich nicht, dich zu berühren.‹ Und aus der Art, wie er mit den Händen fuchtelte, begriff ich, daß er mich töten würde. Ich schämte mich, mit meiner Mutter darüber zu sprechen, die ihn nicht sah, obwohl er immerfort in einer Ecke stand. Den ganzen Tag und die ganze Nacht blieb er dort stehen, und ich starrte ihn an und konnte keine Minute schlafen, denn die Matratze brannte, und die Decken waren so schwer. Am nächsten Tag sagte er zu mir: ›Morgen‹, und immer leiser wiederholte er: ›Morgen.‹ Ich wollte auf die Straße fliehen, aber ich hatte keine Kraft mehr in den Beinen. Niemand befreite mich.

Alle gingen auf Zehenspitzen, und dann fing ich an zu schreien, denn das Zimmer wurde ganz leer, und ich sah nichts mehr, nur ihn. Er hatte einen schlechten Anzug an und war bleich, seine Augen starrten mich an, er taumelte, ballte die Fäuste und lächelte mir zu. Ich spürte den Schnee ringsum fallen, und die Wände bogen sich herab über mich und über ihn. Da sagte meine Mutter: ›Sogar mit all den vielen Decken friert sie noch. Sie zittert, die Kleine. Man muß ihr das andere Nachthemd anziehen, das wollene.‹

Als die zweite Nacht vorüber war, wurde der dritte Tag kurz wie eine Minute, und ich hörte, wie der Mann lachte mit einem tiefen Klang. Sein Lachen lief durch das Zimmer wie eine Maus, und es gelang mir nicht, sie fortzujagen, nicht einmal wenn ich mir die Ohren zuhielt. Ich hörte von ferne eure Stimmen, die von mir sprachen, und ich begriff, daß ihr um mein Bett standet. ›Es ist nicht möglich‹, dachte ich, ›daß sie ihm erlauben werden, sich mir zu nähern.‹ Aber im Gesicht spürte ich seinen Atem. ›Nein!‹ schrie ich, ›ich will nicht!‹ Er sagte nichts mehr, und nachdem seine Hände mich getötet hatten, blieben sie schlaff liegen wie Fetzen. Er ging davon auf einer fernen Straße, stieg eine Holztreppe hinauf bis zu einer Tür, und seine Augen schlossen sich vor Müdigkeit. Nun konnte ich mich von ihm entfernen.«

»Du hast sehr laut geschrien, *vorher*«, bemerkte Clara, in Gedanken versunken.

»Niemand verstand es«, sagte die andere zornig, mit weinerlicher Stimme; und sie wandte der Freundin ihr fast alt gewordenes Gesicht zu mit den trockenen Augen, die vergrößert schienen wie von schwarzer Schminke. »Er ist nicht mehr da«, murmelte sie mit einem Seufzer, »er ist fortgegangen.«

Mitten zwischen diesen hohen gestaltlosen Häusern sah sie so klein aus, daß Clara Mitleid mit ihr hatte; da erzählte sie ihr heimlich: »Heute haben wir alle ›hier‹ geantwortet beim Aufrufen, als dein Name verlesen wurde.«

Maria schüttelte sich und sagte: »Komm!« Die beiden Freundinnen faßten einander bei der Hand. Maria ging ängstlich voraus und führte Clara, indem sie ihr neues, verwelktes Gesichtchen nach vorne schob. Der Wind wurde schwächer und die Menschenmenge spärlicher, je weiter sie voranschritten. Als sie zu einer niedrigen, grasbewachsenen Mauer kamen, war der Nebel durchsichtig geworden wie Fensterglas.

»Hier ist niemand mehr«, flüsterten sie.

Maria hielt verstohlen inne, noch außer Atem. Dann schüttelte sie den Kopf und kauerte sich dicht an die Mauer mit einem sehnsüchtigen, absonderlichen Lächeln.

»Schau!« rief sie in einem kurzen, triumphierenden Schrei. Und langsam, mit unendlicher Angst und Ehrfurcht, wie jemand, der ein Geheimnis entdeckt, öffnete sie vorne den Halsausschnitt ihrer Schulschürze. »Darunter hat sie nichts an«, dachte die Freundin.

Und mit geneigten Köpfen schauten sie beide und hielten den Atem an vor Verwunderung. Man sah, daß die Brust zu wachsen begann; auf der kindlichen weißen Haut sprossen auf beiden Seiten zwei kleine nackte Dinge hervor, zwei wachsenden Blumenknospen gleich.

Sie lachten miteinander, ganz leise.

Unschuld

Gewiß ist es nicht weise, eine gebrechliche Großmutter mit einem Enkel allein zu Haus zu lassen, der gerade erst die Milchzähne verliert. Die Schuld an dem, was geschehen kann, wird nicht die beiden treffen, sondern die anderen.

Der kleine Camillo war mit der Großmutter allein zu Haus geblieben. Diese Großmutter war schwerhörig, und die zahllosen Jahre hatten sie so ausgelaugt, daß sie beinah nur noch ein kleines hölzernes Gerippe war. Nicht nur, aber doch um ihre paar hölzernen Knöchelchen zusammenzuhalten, war sie gezwungen, sich unter den Röcken ganz fest zu wickeln, wie ein Säugling. Ihr winziger, runder, fast kahler Kopf wackelte, und die grauen Augenlider waren stets gesenkt. Sie gehörte nicht zu jenen Großmüttern, die Märchen erzählen: Geduckt kauerte sie in dem Sessel mit der hohen Lehne und murmelte Worte vor sich hin, die über ihr zitterndes Zahnfleisch glitten. Und der Enkel saß ruhig auf dem Schemel und zählte die Steine des Fußbodens (denn er hatte erst kürzlich das Zählen gelernt).

Während sie so die Zeit verbrachten, hörte man es laut an die Türe klopfen. Aufgeregt schrie Camillo:

»Großmutter, es klopft!«

»Aber nein, nein, es ist noch nicht Zeit für dein Süppchen«, brummte die Großmutter, die, wie schon gesagt, schwerhörig war.

»Ach was, Großmutter, ich habe gesagt, es klopft!« schrie der Junge lauter.

»Möchtest du Brühe oder ein Milchsüppchen?« fragte die Großmutter nuschelnd.

Da schüttelte Camillo resigniert den Kopf, sprang vom Schemel und lief öffnen. Zu seiner Verwunderung sah er eine große, schöne Dame in einem veilchenblauen Pelzmantel vor sich, mit dunklen Locken um das kranke, ovale Gesicht, die langen, makellosen Finger matt ineinander verschränkt. »Darf ich?« fragte die Dame mit einer trägen Stimme, die wie Orgelklang tönte. Und Camillo, unerfahren wie er war, sagte:

»Treten Sie ein.«

Die Dame setzte sich ins Vorzimmer, und ihr Körper, halbnackt unter dem Pelzmantel, glich einer Statue; ihr Gesicht jedoch war nicht das einer Statue, es war das Gesicht einer traurigen, verrückten Frau, und um diesen Anschein zu vermehren, raufte sie sich ab und zu die Haare. So zerzaust sah sie aus wie ein schwarzes Gewitter. Camillo dachte, es sei seine Pflicht, die Dame zu unterhalten, und begann, ihr von der Großmutter zu erzählen:

»Meine Großmutter«, sagte er, »hat die falschen Ohren und versteht gar nichts. Wenn ich ›zwei‹ zu ihr sage, versteht sie ›eins‹ (da er erst kürzlich das Zählen gelernt hatte, prunkte er mit Zahlenbeispielen).

»So werden die Großmütter«, stotterte die Dame mit heiserer Stimme. Und schlug frech die nackten Beine übereinander.

»Meine Großmutter hat kein Blut«, fügte Camillo hinzu, »sie ist wie eine Ameise. Meine Großmutter hat keine Zähne zum Kauen. Als ich noch klein war, hatte ich auch keine, aber jetzt schon. Schau: Hier ist eine kleine Lücke, bald wird mir der neue Zahn wachsen.«

»Blätter, Blumen und Zähne wachsen«, urteilte die Besucherin mit strenger Miene und starrte ihn finster an.

»Meine Großmutter geht nie aus dem Haus«, fuhr Camillo in altklugem Ton fort, »sie kann nicht gehen, sie ist wie ein Stuhl, wie... wie die Wand. Doch ab und zu sagt sie etwas, und niemand hört auf sie. Meine Großmutter ist fünfundneunzig Jahre alt.«

»Vierundneunzig Lenze und Schluß«, verbesserte die Dame. Und nach diesen Worten zerzauste sie sich heftig die Haare und hatte eine Art Schluckauf.

»Der Lenz ist eine Jahreszeit«, rief Camillo, stolz auf sein Wissen. »Wenn ich groß bin, kaufe ich der Großmutter ein Gebiß mit Goldzähnen und auch einen Eselskarren, um sie spazierenzufahren.«

»Ha, ha, ha! Unschuldiges Kind, unschuldiges!« rief die Dame und sprang mit einem dreisten, schrecklichen Gelächter auf. »Ade, mein schönes unschuldiges Kind. Ich gehe.«

»Wartest du nicht?« fragte Camillo enttäuscht.

»Ha, ha, ha, ich gehe«, wiederholte die Dame, und Camillo bemerkte, daß sie im Hinausgehen ich weiß nicht, was in einer Ecke aufhob und es in der Faust unter dem Pelzmantel versteckte; so etwas wie ein Holzpüppchen, schien es Camillo.

»Was hast du gestohlen?« schrie er und rannte ihr auf der Treppe hinterher. Doch sie, die Haare im Wind, ging immer noch gräßlich lachend davon, und es klang wie der Donner, wenn er verhallt.

Wütend kehrte Camillo zur Großmutter zurück und fand sie eingeschlafen. Dieser Schlaf dauerte in alle Ewigkeit. Erst jetzt, groß geworden, hat Camillo alles begriffen. Der geheimnisvolle Gegenstand, den jene Dame gestohlen und den er für ein Holzpüppchen gehalten hatte, war nämlich die Seele der Großmutter. Denn jene wunderschöne Dame, die er aus Unschuld selbst hereingelassen hatte, war der Tod.

Das heimliche Spiel

Auf dem Platz stand immer eine merkwürdige, altmodische Mietskutsche, die nie jemand mietete. Der schläfrige Kutscher schreckte jedesmal auf, wenn vom Kirchturm die Stunden schlugen, aber dann ließ er das Kinn wieder auf die Brust sinken. An der Ecke bei dem verblichenen gelben Gebäude des Rathauses war ein Brunnen, in den aus einem seltsamen Marmorgesicht ein dünner Wasserstrahl lief. Dicke, gedrehte Locken wanden sich wie Schlangen um dieses Gesicht, und die vorstehenden, pupillenlosen Augen hatten einen toten Blick.

Seit fast dreihundert Jahren stand ein Palazzo auf der anderen Seite, dem Rathaus gegenüber. Es war ein Patrizierhaus, einst prunkvoll, jetzt aber verfallen und düster. Die mit Verzierungen überladene Fassade war grau geworden von der Zeit und wies die Zeichen der Zerstörung auf. Die schwebenden Putten, die den Eingang bewachten, waren zerfressen und schmutzig, von den Marmorgirlanden bröckelten die Blumen und Blätter ab, und das verschlossene Portal zeigte Schimmelflecken. Dennoch war das Haus bewohnt; aber die Besitzer, Erben eines erlauchten, aber heruntergekommenen Namens, ließen sich selten blicken. Nur manchmal erhielten sie den Besuch des Priesters oder des Arztes, und im Abstand von Jahren schneiten Verwandte aus fernen Städten herein, die bald wieder abreisten.

Im Innern des Palazzo reihten sich große, leere Säle aneinander, in die an stürmischen Tagen durch die zerbrochenen Fensterscheiben wirbelnd Staub und Regen eindrangen. Von den Wänden hingen zerrissene Tapetenfetzen, Reste von durchlöcherten Gobelins, und an den Zimmerdecken schwebten zwischen schimmernden und bauschigen Wolken nackte Engelchen und Schwäne, und zwischen Girlanden aus Blumen und Früchten schauten wunderbare Frauen hervor. Einige Säle waren mit Fresken von Abenteuern und Sagen ausgemalt; darauf tummelten sich königliche Gestalten, die auf Kamelen ritten oder in dichtbelaubten Gärten spielten, zwischen Affen und Falken.

Das Haus schaute an zwei Seiten auf verlassene, enge Straßen hinaus, an der dritten Seite lag ein eingeschlossener Garten, eine Art Gefängnis mit einer hohen Mauer, in dem ein paar wenige Lorbeer- und Orangenbäume verkümmerten. Weil kein Gärtner da war, hatten wilde Brennnesseln diese kleine Fläche überwuchert, und auf den Mauern wuchsen Gräser mit mickrigen bläulichen Blüten.

Die Familie des Marchese, welchem der Palazzo gehörte, ließ fast alle Zimmer unbewohnt und hatte sich in eine kleine, mit altertümlichen Möbeln ausgestattete Wohnung im zweiten Stock zurückgezogen, und in der Stille der Nacht hörte man dort die schwachen, klagenden Geräusche der Holzwürmer. Die Marchesa und der Marchese sahen elend und unbedeutend aus; ihre Züge wiesen jene traurige Ähnlichkeit auf, die manchmal nach jahrelangem Zusammenleben durch Angleichung entsteht. Mager und welk, mit blassen Lippen und hängenden Wangen bewegten sie sich wie Marionetten. Vielleicht floß in ihren Adern anstelle des Blutes eine träge gelbliche Substanz, und nur eine Kraft beherrschte ihr Wesen: Bei der Frau war es die Autorität, beim Mann die Angst. Früher war der Marchese ein leichtsinniger und jovialer Landedelmann gewesen, dessen einzige Sorge war, den letzten Rest seines Erbes auf irgendeine Weise durchzubringen. Aber die Marchesa hatte ihn erzogen. Ihrer Auffassung nach mußte sich der ideale Mensch vor Lachen und lautem Sprechen hüten, und vor allem mußte er seine geheimen Schwächen gewissenhaft vor den andern verbergen. Nach ihren Grundsätzen war es ein Verbrechen, die Lippen zu verziehen, sich aufzuregen oder sich energisch die Nase zu schneuzen; und der Marchese, der fürchtete, durch unerlaubte Gesten und Geräusche aufzufallen, vermied seit langer Zeit jegliche Geste und jegliches Geräusch; so wurde er zu einer Art Mumie mit sanften Augen und gesenktem Haupt. Trotzdem konnte er nicht verhindern, daß er Schelte und Vorwürfe bekam. Die Marchesa, hochgebildet und scharfzüngig, verletzte ihn oft mit stichelnden Vorwürfen oder Anspielungen auf gewisse, nicht genannte Personen, die nur Schande verdienten. Diese Leute, sagte sie, die selbst nicht wüßten, was sie wollten, und unfähig seien, ihre eigenen Kinder zu erziehen, würden das Haus zugrunde richten, hätte nicht ein gnädiges Geschick ihnen eine Ehefrau geschenkt. Der Marchese erduldete, ohne mit der Wimper zu zucken, solche Quälereien bis zu der Stunde, da er sich mit dem wenigen Kleingeld in der Tasche, das die strenge Verwalterin ihm zugestand, zum Spaziergang aufmachte. Vielleicht überließ er sich in der Einsamkeit der Feldwege weit ausladenden Gebärden, schmetterte Lieder und schneuzte sich dröhnend die Nase. Jedenfalls glänzte, wenn er heimkehrte, ein seltsames Licht in seinen Augen, und diese unfreiwillige Enthüllung seiner vergnüglichen und ungezogenen inneren Welt erweckte den Argwohn der Marchesa. Den ganzen Abend setzte sie ihm dann zu mit erniedrigenden und immer raffinierteren Fragen, um ihm kompromittierende Äußerungen zu entreißen. Und der Ärmste gab sich durch sein Hüsteln, sein Stammeln und Erröten immer mehr Blößen, so daß die Marchesa eine kleinliche und strenge Kontrolle über ihren Mann auszuüben begann und sich oft entschloß, ihn auf dem Spaziergang zu begleiten. Er fügte sich ergeben; aber die Flamme in seinen kleinen Augen brannte starr und besessen und nicht mehr vor Fröhlichkeit.

Von diesem Paar stammten drei Kinder ab, und in ihren ersten Lebensjahren war die Welt für sie nach dem Ebenbild der Eltern geschaffen. Die andern Leute im Dorf traten nur undeutlich in Erscheinung, als unsympathische und boshafte

Gören, Frauen mit dicken schwarzen Strümpfen und langen, öligen Haaren oder fromme und traurige alte Leute. Alle diese schlechtgekleideten Figuren irrten durch die engen Gassen, über die Piazza und die schmalen Brücken. Die drei Kinder haßten das Dorf. Wenn sie im Gänsemarsch mit dem einzigen Diener ausgingen und an den Mauern entlangstreiften, waren ihre Blicke scheel und verächtlich. Die Buben des Ortes zahlten es ihnen heim, indem sie sie verhöhnten und düsteren Schrecken in ihnen weckten.

Der Diener war ein etwas gewöhnlicher Mann von hohem Wuchs; seine Hände waren behaart, seine Nasenflügel breit und rötlich, seine Augen klein und unstet. Von der Marchesa wurde er in Furcht und Unterwürfigkeit gehalten, und dafür rächte er sich an den Kindern, indem er sie wie ein Gebieter behandelte; wenn er sie, sich leicht in den Hüften wiegend und von oben auf sie herabblickend, begleitete oder sie mit harter Stimme zur Ordnung rief, bebten sie vor Haß. Doch die kurzen mütterlichen Ermahnungen folgten ihnen bis auf die Straße, und die Kinder schritten gesittet, schweigsam und ernst vorwärts.

Fast immer wurde der Spaziergang bei der Kirche unterbrochen. Man betrat sie zwischen zwei Säulen, die von einem kräftigen, ruhig blickenden Löwenpaar getragen wurden. Hoch oben ließ eine große Rosette ein bläuliches, kühles Licht ins Kirchenschiff fallen, in dem die Flammen der Kerzen leise schwankten. In der Apsis sah man einen großen Leichnam Christi, aus dessen Wunden violettes Blut tropfte, und ringsherum Gestalten, die gestikulierten und sich mit schwerfälligen Bewegungen zu Boden warfen.

Die drei zerknirschten Kinder knieten nieder und falteten die Hände.

Obwohl Antonietta, die älteste, schon siebzehn Jahre alt war, hatte sie noch den Körper eines Kindes und war auch wie ein Kind gekleidet. Sie war mager und ohne Anmut, und da es im Palazzo nicht Brauch war, häufig die Haare zu waschen, strömte ihr glattes Haar immer einen leichten Mäusegeruch aus. Es war in der Mitte gescheitelt, und dieser Scheitel war im Nacken zwischen den kürzeren und feineren Haaren frei zu sehen und erweckte Mitleid, als müsse er beschützt werden. Ihre Nase war lang, gebogen und zart, und ihre dünnen Lippen zuckten beim Sprechen. In ihrem bleichen und mageren Gesicht bewegten sich die Augen mit glühender Leidenschaft; nur wenn die Marchesa zugegen war, blieben sie trüb und gesenkt.

Sie trug Zöpfe bis auf die Schultern und einen schwarzen Kittel, der so kurz war, daß man, wenn sie sich allzu lebhaft bückte, ihre engen leinenen Unterhosen sehen konnte, die mit einem roten Bändchen verziert waren und fast bis zum Knie reichten. Der Kittel war hinten über dem mit Spitzen besetzten Unterkleid zugeknöpft. Die schwarzen Strümpfe waren mit einem einfachen Gummiband befestigt, das zerschlissen und umgerollt war.

Pietro, der zweite, war etwa sechzehn Jahre alt und sehr sanft. Er bewegte seinen kleinen untersetzten Körper mit einer gewissen Langsamkeit, und die Augen unter seinen dichten Brauen hatten einen verhaltenen Glanz. Sein Lächeln war zutraulich und gutmütig, und seine Abhängigkeit von den beiden Geschwistern war auf den ersten Blick zu erkennen.

Giovanni, der Jüngste, war der häßlichste der ganzen Familie. Sein kümmerlicher Körper schien schon alt auf die Welt gekommen und allzu verwelkt zu sein, um noch zu wachsen; seine leuchtenden und aufgeweckten Augen aber glichen denen der Schwester. Nach kurzen Zeiten nervöser Lebhaftigkeit pflegte er in plötzliche Erschöpfung zu verfallen, auf die Fieber folgte. Der Arzt sagte von ihm: Ich glaube nicht, daß er das Entwicklungsalter überlebt.

Wenn das Fieber ihn ergriff, unerklärlich und sonderbar, überliefen ihn Schauer, die elektrischen Schlägen glichen. Er wußte, daß dies die ersten Anzeichen waren, und wartete mit verzerrten Lippen und aufgerissenen Augen auf den weiteren

Verlauf des Anfalls. Tagelang irrten die Alpträume rings um sein Bett mit fortwährendem Summen, und eine gestaltlose Langeweile lastete auf ihm in einer dunstigen Atmosphäre. Dann kam die Genesung; und da er zu schwach war, um sich zu bewegen, kauerte er sich in einen Sessel und klopfte im Takt mit den Fingern auf die Armlehnen. Dann überließ er sich seinen Gedanken. Oder er las.

Die Marchesa, beschäftigt mit ihren Tätigkeiten als sparsame Hausfrau, kümmerte sich nicht viel um die Erziehung und den Unterricht der Kinder. Es genügte ihr, daß sie schwiegen und sich nicht rührten. So hatte Giovanni Gelegenheit, sonderbare Bücher zu lesen, die er hier und dort aufgestöbert hatte und in denen Gestalten mit nie gesehenen Kleidern vorkamen, mit breitrandigen Hüten, enganliegenden, langen Samtwesten, Schwertern und Perücken; und die Damen trugen phantastische Gewänder, waren mit Edelsteinen und golddurchwirkten Schleiern geschmückt.

Diese Wesen sprachen eine beflügelte Sprache, die Höhen und Abgründe zu beschreiben wußte, die süß war in der Liebe und wild im Zorn, und sie durchlebten Abenteuer und Träume, über welche der Knabe lange nachgrübelte. Er teilte seine Entdeckung den Geschwistern mit, und alle drei hielten die Gestalten der Bücher für dieselben, die Wände und Zimmerdecken im Palazzo bevölkerten und die seit langem in ihnen lebendig, doch in den Untergründen ihrer Kindheit verborgen waren und jetzt ans Licht kamen. Bald bestand unter den Geschwistern ein heimliches Einverständnis. Wenn niemand sie hören konnte, sprachen sie von ihren Geschöpfen, nahmen sie gleichsam auseinander und setzten sie wieder zusammen und redeten so ausführlich über sie, bis sie in ihnen lebten und atmeten. Haßgefühle oder tiefe Liebe verbanden sie mit dieser oder jener Gestalt, und häufig kam es vor, daß die drei Kinder in der Nacht wach blieben, um sich mit *jenen* Worten miteinander zu unterhalten. Antonietta schlief allein in einem mit dem Zimmer der Brüder direkt verbundenen

Kämmerchen; das Schlafzimmer der Eltern war von diesen Räumen durch einen weiten Saal, eine Art Wohn- oder Speisezimmer, getrennt. Also hörte die Kinder niemand, wenn sie, jedes von seinem Bett aus, Dialoge führten, bei denen sie die geliebten Figuren verkörperten.

Es waren neue und köstliche Gespräche.

»Leblanc, Ritter Leblanc«, flüsterte vom Bett rechts die ein wenig spröde Stimme Giovannis, »habt Ihr die glänzenden Schwerter geschärft für das Duell? Die blutige Morgenröte steigt bald herauf, und Ihr wißt, Ritter, der stolze Lord Arthur kennt kein menschliches Erbarmen und zittert nicht vor dem Tod.«

»Ach, Bruder mein«, stöhnte die klagende Stimme Antoniettas, »schon sind die schneeweißen Binden und duftenden Salben bereitet. Möge der Himmel es wünschen, daß sie dazu dienen, den Leichnam Eures Feindes zu salben.«

»Das blutige Morgenrot, das blutige Morgenrot«, murmelte Pietro, der weniger phantasievoll und immer ein wenig schläfrig war. Aber Giovanni unterbrach ihn sogleich und flüsterte ihm die Worte zu:

»Du mußt antworten, daß du unerschrocken der Gefahr entgegentreten wirst und daß nicht einmal ein Graf Arthur dich jemals wird zurückweichen sehen, ja, daß ein solcher Mann überhaupt noch nicht geboren ist.«

So geschah es, daß die drei Kinder das Theater entdeckten. Ihre Personen entstiegen ganz und gar, mit Waffengeklirre und raschelnden Gewändern, dem Nebel der Erfindung. Sie nahmen eine Stimme und einen Körper aus Fleisch und Blut an, und für die Kinder begann ein doppeltes Leben. Sobald die Marchesa sich in ihr Zimmer, der Diener sich in die Küche zurückzog und der Marchese sich zu seinem Spaziergang aufmachte, verwandelte sich jedes in die von ihm gewählte Figur. Mit klopfendem Herzen schloß Antonietta die beiden Türflügel und wurde zur Prinzessin Isabella; den in Isabella verliebten Roberto verkörperte Giovanni. Nur Pietro hatte keine genau festgelegte Rolle und stellte einmal den Rivalen, einmal den Diener und dann wieder den Kapitän eines Schiffes dar. So lebendig war die Kraft der Verstellung, daß jedes seine wirkliche Persönlichkeit vergaß. Oftmals, wenn sie, von der Marchesa überwacht, gelangweilt stillsitzen mußten, machte dieses wunderbare, allzusehr unterdrückte Geheimnis sich Luft in verstohlenen, leuchtenden Blicken, die »nachher« bedeuteten, »nachher spielen wir *das Spiel*«. Abends im Dunkeln unter den Bettdecken bevölkerten die Geschöpfe des Spiels die Einsamkeit der Kinder, und die Geschehnisse, die sich am nächsten Tag zutragen würden, nahmen Gestalt an; sie lächelten im stillen darüber, aber wenn das Schauspiel gewaltsam oder tragisch war, ballten sie die Fäuste.

Im Frühling erlangte auch der gefängnisartige Garten ein Scheinleben. In einem sonnigen Winkel streckte sich die rotgestreifte Katze und schloß lange die grünlichen Augen. Sonderbare, plötzliche und lebhafte Gerüche schienen hier und dort hervorzubrechen aus einem Busch oder einem Erdhaufen. Schattenkranke Blüten öffneten sich und fielen still zu Boden, und die faulenden Blumenblätter häuften sich zwischen den Steinen; die Gerüche lockten träge Schmetterlinge an, die Blütenstaub fallen ließen.

Am Abend ging oft ein lauer, dumpfer Regen nieder, der die Erde nur leicht befeuchtete. Darauf folgte ein leiser Wind, schwer von Düften, die durch die Nacht schwebten. Der Marchese und die Marchesa schliefen nach dem Essen auf ihren Stühlen ein; die Gespräche der Dorfbewohner bei Sonnenuntergang klangen wie Komplotte.

Das heimliche Spiel war eine Art Verschwörung geworden, die auf einem märchenhaften fernen Planeten stattfand, den nur die drei Kinder kannten. Von Verzauberung ergriffen, schliefen sie nicht in der Nacht, sondern grübelten darüber nach. Einmal lagen sie sehr lange wach; Isabella und Roberto, die Liebenden, denen man so viele Hindernisse in den Weg legte, mußten sich für eine Flucht verabreden, und die Kinder überlegten fieberhaft, wie sie diese schweren Probleme lösen könnten. Endlich schlummerten die beiden Knaben ein, und die Gesichter der erfundenen Personen zuckten noch kurz unter ihren Augenlidern auf, hellleuchtend und dann wieder dunkel, bis sie ganz erloschen.

Aber Antonietta gelang es nicht einzuschlafen. Bisweilen schien es ihr, als höre sie eine heisere, langanhaltende Klage in der Nacht, und sie horchte angespannt. Eigentümliche Geräusche in den Dachkammern unterbrachen ab und zu blitzartig das Schauspiel, in welchem sie lebte, während sie es, den Kopf unter der Bettdecke, erdachte. Schließlich stieg sie aus dem Bett, trat vorsichtig in das Zimmer der Brüder und rief sie mit leiser Stimme.

Giovanni, der einen leichten Schlaf hatte, setzte sich mit einem Ruck im Bett auf. Die Schwester hatte über das Nachthemd, das ihr kaum bis zu den Knien reichte, ein abgetragenes Mäntelchen aus schwarzer Wolle gezogen. Ihr glattes Haar, das weder sehr dicht noch sehr lang war, hing lose herunter, ihre Augen glänzten zwischen schrägen schwarzen Schatten im Schein einer Kerze, die sie mit beiden Händen festhielt.

»Weck Pietro auf«, sagte sie und beugte sich über das Bett des Bruders mit ungeduldiger und fiebriger Eile. In diesem Augenblick rührte sich Pietro im anderen Bett und blinzelte verschlafen. »Ich komme wegen des Spiels«, erklärte sie.

Träge, beinahe unwillig richtete Pietro sich auf dem Ellenbogen auf; beide Knaben schauten die Schwester an, der ältere mit zerstreuter und stumpfer Miene, der andere aber war schon neugierig geworden und wandte sein Gesicht mit den alten und zugleich kindlichen Zügen der Kerzenflamme zu.

»Es hat sich zugetragen«, begann Antonietta mit hastigem Eifer wie jemand, der von einem unerwarteten und schwerwiegenden Ereignis spricht, »daß Roberto während der Jagdpartie eine Botschaft geschrieben und sie in der Höhlung eines Baumstammes verborgen hat. Der Windhund Isabellas läuft wie durch ein Wunder zu jenem Baum und kehrt mit dem Brieflein im Maul zurück. ›Tu so, als verirrtest du dich‹, steht darin, ›und finde dich, sobald es dunkelt, in dem Walde ein, der Schloß Challant umgibt. Von dort werden wir fliehen!‹ So entwische ich, während alle den Fuchs hetzen, und treffe mich mit Roberto. Und der Wind bläst, und Roberto hebt mich auf sein Pferd, und wir entfliehen in der Nacht. Die Ritter aber bemerken unsere Abwesenheit und verfolgen uns mit Trompetenklang.«

»Wollen wir, daß sie sie finden?« fragte Giovanni mit im rötlichen Licht aufgeregten und neugierigen Augen.

Die Schwester konnte nicht stillhalten und fuchtelte mit beiden Händen in der Luft herum, so daß die Kerzenflamme in einem Aufruhr von zuckenden Blitzen und riesigen Schatten schwankte.

»Das weiß man noch nicht«, erwiderte sie und fügte mit einem geheimnisvollen und triumphierenden Lachen hinzu, »denn jetzt gehen wir in den Jagdsaal, um das Spiel zu spielen.«

»In den Jagdsaal! Das ist unmöglich!« sagte Pietro kopfschüttelnd. »Du machst wohl Scherze! In der Nacht! Sie werden uns hören und uns entdecken. Und dann ist alles aus.« Aber die beiden andern entgegneten ihm entrüstet: »Schämst du dich gar nicht? Was du für eine Angst hast!«

Mit dem festen Vorsatz zu rebellieren, streckte Pietro sich von neuem im Bett aus:

»Nein, ich komme nicht mit«, sagte er. Da verlegte Antonietta sich aufs Flehen:

»Verdirb doch nicht alles«, bat sie. »Du mußt die Jäger spielen und die Trompete blasen.« Auf diese Weise brach sie den letzten Widerstand Pietros, der sich entschloß aufzustehen. Er hatte, genau wie sein Bruder, ein verwaschenes Flanellhemd an, über das er die kurzen Hosen zog. Antonietta öffnete mit äußerster Vorsicht die Tür, die zur Treppe führte:

»Nehmt auch eure Kerze mit«, mahnte sie ganz leise, »im Saal sind keine Lampen.«

Und die drei Kinder gingen nacheinander die ziemlich schmale Treppe aus schmutzigem, stumpfem Marmor hinunter. Der »Jagdsaal« befand sich im ersten Stock, gleich neben der Treppe. Er war einer der größten Räume des Palazzo, und die Verlassenheit, welche die anderen Räume düster erscheinen ließ, war hier durch ausladende Fresken belebt, welche die Wände und die Decke schmückten. Es waren Darstellungen von Jagdszenen vor einer felsigen Landschaft, in der stachlige, dunkle Bäume wuchsen. Eine Unmenge von Windhunden, die Schnauzen vorgeschoben und mit gestreckten Hinterbeinen, lief in schneller Flucht, während die Pferde hochsprangen oder feierlich einherschritten in ihren roten und goldenen Schabracken. Jäger in eigentümlicher Kleidung aus Samt und Seide, die wie schuppige Fischhaut schillerte, bliesen die Trompeten, auf dem Kopf grüne Dreispitze oder hohe Hüte mit wallenden Federn. Lange Bänder hingen von den Trompeten herab, gelbe und rote Seidentücher flatterten vor dem trüben Himmel, und aus den Felsen sprossen Pflanzen mit spitzen Blättern hervor und steife, weitgeöffnete Blumen, die Steinen glichen. Dies alles war von der Finsternis verschlungen. Die Kerzen mit ihrem schwachen Schein warfen in der Weite des Saales hier und dort einen Schimmer auf die lebhaften Farben der Sättel oder die weißen Rücken der Pferde. Die Schatten der Kinder schwankten riesig an den Wänden, ihre Gebärden waren vergrößert und ihre Schritte wie die von Gespenstern.

Sie schlossen die Türen. Das Drama begann.

Die Stille der Nacht war ungeheuer; der Wind hatte sich gelegt, so daß die Bäume des Waldes nicht rauschten. Antonietta stand neben einem gemalten Baum, in dem plötzlich die Säfte zu fließen begannen. Schlafende, aber lebendige Vögel saßen zwischen dem Laub. Und wie durch ein Wunder wuchs über Antonietta ein langes Gewand, prächtig und pflanzengleich geschnitten, daran hing eine goldene Tasche. Ihr Haar teilte sich in zwei blonde Zöpfe, und ihre Pupillen waren geweitet vor Verzückung und Angst.

»Nur Mut, meine Geliebte, ich bin ja bei dir«, flüsterte der Bruder, indem er sich in einen kräftigen Ritter verwandelte. Sein zartes und faunisches Gesicht beugte sich vor in die Dunkelheit. »Roberto!« sagte sie mit einem schwachen Aufschrei, »Roberto, umarme mich, mein Geliebter!«

Eine plötzliche Anmut blühte in ihr auf. Ihre Zähne und ihre Augen leuchteten von Anmut; auf ihrem gebogenen Hals und auf ihren Lippen nistete Anmut. Antonietta sank nieder, und ihre nackten Knie berührten den Boden. »Was tust du, meine Braut?« fragte er, »erhebe dich!«

Sie zuckte zusammen. »Du bist gekommen«, wisperte sie fast stöhnend, »und es ist nicht mehr Nacht, ich fürchte mich nicht mehr. Endlich bin ich dir nah! Ich bin wie in einer Festung, wie in einem Nest. Wenn du wüßtest, wie traurig ich war, wie ich weinte in diesen einsamen Nächten! Und du, mein Herz, was tatest du in diesen Nächten?«

»Ich irrte auf meinem Pferd umher«, sagte er, »und dachte nach, wie ich dich rauben könnte. Aber, meine Liebste, vergiß nun die Zeit der Einsamkeit. Jetzt ist alles überstanden. Keine Macht kann uns mehr trennen. Wir sind vereint für die Ewigkeit.«

»Für die Ewigkeit!« wiederholte sie verwirrt. Sie lächelte mit gesenkten Lidern, sie seufzte und bebte. Plötzlich fuhr sie zusammen und schmiegte sich an ihn: »Scheint es dir nicht auch«, sagte sie, »als hörtest du in der Ferne Trompetenschall?«

Roberto lauschte angespannt. »Soll ich Trompete blasen?« (das konnte er besonders gut) fragte Pietro und lief herbei. Er wußte den Klang der Blasinstrumente und die Stimmen der Tiere nachzuahmen, und dabei blähten seine Backen sich auf, seltsam und ungeheuerlich.

»Ja«, flüsterten die beiden andern.

Aus dem Hintergrund erklang Trompetenschall, rauh und leise, der allmählich näher kam und lauter wurde. Im Wald erhob sich der Wind; ein plötzlicher Sturm riß an den Baumwipfeln wie an Fahnentüchern. Die Pferde sprangen auf, die Ritter zuckten im Sattel zusammen, die Falken kreisten in der zischenden Luft. Die Windhunde stürzten sich in die Finsternis, und die Ritter bliesen ins Horn und mit dem Ruf:

»Holla! Holla!« eilten sie vorwärts zwischen den Fackeln, die Kreise und Streifen von Rauch in die Luft zeichneten.

Isabella stieß einen Schrei aus und warf den Kopf nach hinten, sich an Roberto klammernd:

»Meine Königin«, rief er, »niemand wird dich aus diesen Armen reißen! Ich schwöre es. Und mit diesem Kuß besiegle ich den Schwur. Kommt nur herbei! Kommt herbei, wenn ihr den Mut dazu habt!«

Die beiden Kinder küßten sich auf die Lippen, Giovanni schien größer zu werden. Mit geröteten Wangen und pochenden Schläfen umschlang er die Schwester. Und Antonietta begann mit wirrem Haar und brennendem Mund einen rasenden Tanz. »Kommt, Ritter und Rosse!« schrien sie, und Pietro sprang hierhin und dorthin, auf seinem plumpen Körper schwankend und die Backen aufblasend gleich einem dicken Dudelsack.

In diesem Augenblick brachen die Tragödie und die lärmende Fröhlichkeit ab. Bäume und Ritter erstarrten, verloren ihre Gestalt, und ein staubiges Schweigen drang durch den Raum. Im Licht der Kerzen standen nur noch drei häßliche Kinder.

Die Tür war aufgegangen. Eine plötzliche Eingebung hatte die Marchesa veranlaßt, dem Zimmer der Kinder einen nächtlichen Besuch abzustatten, und schließlich hatte ihre Suche sie in den Jagdsaal geführt. »Was ist das für eine Komödie?« rief sie mit schriller, erschrockener Stimme. Und einen hohen Leuchter in der Hand, trat sie ein, gefolgt vom Marchese.

Ihre grotesken langen Schatten streiften an der gegen-
überliegenden Wand entlang. Das Kinn und die spitze Nase,
die dürren Finger und der oben auf dem Kopf aufgesteckte
Zopf der Marchesa schwankten leicht in dem Licht, das jetzt
heller geworden war, und die kleine demütige Gestalt des
Marchese blieb unbeweglich zurück. Er trug eine zerschlissene, gelb und rot gestreifte Hausjacke, in welcher er einem
Käfer glich, und die spärlichen grauen Haare, die er immer
mit einer Pomade einrieb, sträubten sich auf seinem Schädel
und verliehen ihm den Ausdruck des Entsetzens. Er stand
ängstlich um sich blickend da, als fürchte er zu stolpern, und
hielt die ausgestreckte Hand vor die Kerzenflamme.

Die Marchesa ließ einen scharfen Blick über die Kinder
gleiten, der sie versteinerte; dann wandte sie sich mit hoch-
gezogenen Brauen und einem höhnischen und verächtlichen
Lächeln an die Tochter. »Schau sie mal an«, rief sie, »wie nied-
lich! Oh, wie reizend, wie reizend!«, und plötzlich wütend
und kampflustig geworden, fuhr sie in lauterem Ton fort: »Ihr
solltet Euch schämen, Antonia! Ihr werdet mir erklären...«

Die Kinder schwiegen. Doch während die beiden Brüder
verlegen mit gesenkten Augen dastanden, blickte Antonietta,
bei ihrem jetzt leblosen Baum niederkauernd, die Mutter mit
aufgerissenen, verstörten Augen an, einer jungen Wachtel
gleich, die vom Sperber aufgespürt worden ist. Dann zog über
ihr bleiches Gesicht mit den weiß gewordenen Lippen eine
flackernde, heftige Röte, die ihre Haut mit dunklen Flecken
bedeckte. Ihre Lippen zuckten, und sie bäumte sich einen
Augenblick hilflos auf, überwältigt von einer schmerzenden,
unbezähmbaren Scham. Sie wich immer weiter in ihre Ecke
zurück, als fürchte sie, irgend jemand wolle sie anrühren und
schlagen.

Die beiden Brüder erschraken über die Szene, die nun folgte. Die Schwester fiel plötzlich auf die Knie, und sie glaubten,
sie wolle um Verzeihung bitten; statt dessen aber bedeckte
sie ihr glühendes Gesicht mit den Händen und begann, sich

seltsam zu schütteln mit einem heiseren und fiebrigen Lachen, das rasch in wütendes Weinen überging. Sie zeigte ihr verzerrtes Gesicht, und mit steifen Beinen auf dem Boden ausgestreckt, fing sie an, sich unentwegt mit kindlichem Gebaren die aufgelösten Haare zu raufen.

»Antonietta! Was geht hier vor?« rief der Marchese bestürzt. »Sei du still!« befahl die Marchesa, und da die Tochter bei der heftigen Bewegung ihre schlanken weißen Beine entblößt hatte, wandte sie voll Abscheu den Kopf ab.

»Steht auf, Antonietta«, befahl sie. Doch ihre Stimme erbitterte die Tochter, die von Furien besessen schien; es war die Entdeckung ihres eifersüchtig gehüteten Geheimnisses, was sie so tief erschütterte. Stumm entfernten sich die Brüder, und sie blieb allein in der Mitte des Saals liegen und schüttelte den Kopf, als wolle sie ihn sich vom Hals reißen, und dabei keuchte sie mit verstörten und anstößigen Gebärden. »Helft mir, sie aufzuheben«, sagte schließlich die Marchesa, und sobald die Eltern sie anrührten, bewegte Antonietta sich nicht mehr, sie war völlig erschöpft. Unter den Achseln gestützt, stieg sie ohne Bewußtsein die schwach erleuchtete Treppe hinauf; ihre Augen waren trocken und starr, auf ihre Lippen trat der Schaum des Zornes, und ihr Schreien war einer erstickten und abgerissenen Klage gewichen, die voller Haß war. Auch in ihrem Bett, in das sie nun gelegt wurde, fuhr sie fort, so zu klagen; und man ließ sie allein.

Die Brüder in dem danebenliegenden Zimmer konnten nicht umhin, auf diese Klage zu lauschen, die sie jetzt von dem Gedanken an das entdeckte Geheimnis ablenkte. Dann wurde Pietro von einem traumlosen Schlaf übermannt, und Giovanni blieb allein wach in der Finsternis. Ruhelos wälzte er sich bald auf die eine, bald auf die andere Seite; endlich faßte er den Entschluß, aus dem Bett zu steigen und barfuß in das Zimmer der Schwester zu gehen. Es war ein schmaler, länglicher Raum, in dem man die Luft der Kindheit atmete – allerdings einer unterdrückten Kindheit wie in einer Erziehungsanstalt. Die Decke war mit einem verblaßten Figürchen geschmückt: Eine schlanke, geschmeidige Frau, in orangefarbene Schleier gehüllt, streckte tanzend die Arme nach einer bemalten Vase aus. Die Zimmerwände waren fleckig und düster; ein paar alte rote Pantoffeln standen neben dem hölzernen Bett, und an der Wand hielt ein Engel mit ausgebreiteten Flügeln eine Weihwasserschale in der Hand. Die Nachtlampe brannte und warf einen bläulichen, schwachen Schein auf das Bett.

»Antonietta!« rief Giovanni. »Ich bin es...«

Die Schwester schien den Ruf nicht wahrzunehmen, obwohl ihre tränenerfüllten Augen geöffnet waren; sie lag in ihren kindlichen Schmerz versunken mit zusammengepreßten, bebenden Lippen da und rührte sich nicht; ganz allmählich schlossen sich ihre Augen, und die nassen Wimpern waren zu sehen, lang und strahlenförmig. Auf einmal zuckte sie zusammen und rief:

»Roberto!«, und dieser Name und die herbe Süße der Stimme, die voll Bedauern war, erschreckten den Bruder.

»Antonietta!« wiederholte er. »Ich bin es, dein Bruder Giovanni!«

»Roberto«, sagte sie noch einmal mit leiser Stimme. Nun beruhigte sie sich langsam und schien ganz in sich gesammelt und aufmerksam wie jemand, der behutsam die Spuren eines Traumes verfolgt. In der Stille spürte auch der Bruder die Anwesenheit Robertos; hochgewachsen, ein wenig prahlerisch, mit dem enganliegenden schwarzen Samtrock, der mit Arabesken verzierten Waffe und den Silberspangen stand Roberto zwischen den beiden.

Antonietta schien nun ruhig eingeschlafen zu sein; Giovanni ging in den Korridor hinaus. Hier umfing ihn das Schweigen des Hauses, ein eingeschlossenes und zugleich grenzenloses Schweigen wie jenes der Gräber. Übelkeit und ein Gefühl, als müsse er ersticken, schnürten ihm die Kehle zu, so daß er zum großen Fenster im Treppenhaus ging und es öffnete. Er hörte in der Nacht leichte, dumpfe Aufschläge, als ob weiche Körper auf den Sand des Gartens fielen; lebendig und greifbar nah erschien ihm der Raum jenseits des Gartens, und das Bedürfnis zu fliehen, das er auch früher schon, wenn auch trügerisch und undeutlich, gespürt hatte, ergriff ihn jetzt plötzlich und unwiderstehlich.

Ohne zu denken, fast leblos, kehrte er in sein Zimmer zurück und schlüpfte im Dunkeln in seine Kleider. Die Schuhe in der Hand, stieg er die Treppe hinunter, und das Knarren der Haustür, die sich hinter ihm schloß, erschreckte und entzückte ihn, als sei es ein Lied. »Addio, Antonietta«, sagte er leise. Er dachte, er würde Antonietta, das Haus und den Dorfplatz nie wiedersehen und er brauche nur geradeaus zu laufen, damit das alles nicht mehr existiere.

Auf dem verlassenen Platz hörte man das heisere Tropfen des Brunnens, und Giovanni kehrte sich zur anderen Seite und wandte den Blick von jenem kalten und traurigen Marmorgesicht ab. Er lief durch die bekannten Straßen, bis er zu den Feldwegen und dann zu den offenen Feldern kam. Das Korn stand schon hoch und grün zur Rechten und zur Linken, die Berge im Hintergrund sahen aus wie undeutliches Gewölk, und die vorgeschrittene Nacht atmete wie erschöpft, feucht und still unter den funkelnden Lichtern der Sterne. »Ich werde zu jener Gebirgskette kommen«, dachte er, »und dann ans Meer.« Er hatte das Meer noch nie gesehen, und das trügerische und dunkle Rauschen einer Muschel, die er als Kind oft zum Spaß an sein Ohr gehalten hatte, fiel ihm wieder ein. Jetzt aber hörte er es lebendig und ringsum widerhallend, so daß es ihm vorkam, als breiteten sich links und rechts von ihm anstelle der Felder zwei stille Gewässer aus mit ständiger Brandung. Nach einiger Zeit meinte er, schon weit gegangen zu sein, während er sich erst wenig von seinem Heimatort entfernt hatte. Erschöpft wollte er sich ausruhen am Fuß eines Baumes mit glattem Stamm und breiter Krone, die in zwei lange Äste geteilt war, den beiden Armen eines Kreuzes ähnlich.

Kaum hatte er den Kopf an die Rinde gelehnt, als er einen Schauer verspürte: »Der Anfall!« dachte er entsetzt und dennoch ruhig. Das Fieber drang in ihn, bohrte sich mit glühenden Wurzeln in seinen Körper, der schon zu schwach war, um wieder aufzustehen. Sogleich waren seine Augen geschärft, so daß er jetzt das Gewimmel der Nachttiere unterschied, die einen Kreis um ihn bildeten; und er sah das Blinken und Verlöschen ihrer Augen, die trüben Feuern glichen.

Sie zwinkerten ihm zu, er erkannte sie alle, vielleicht hätte er sie nacheinander rufen und ihnen die endlosen Fragen stellen können, die sich seit seiner Kindheit angesammelt hatten.

Doch mit seltsamer Eile ging die Nacht schon in den Tag über. Eine klare Morgendämmerung brach an, und es schien, als habe sich die Landschaft in eine weite Stadt aus Lehm verwandelt, staubig und verlassen, in welcher gedrungene Säulen und Hütten, Erdhügeln gleich, verstreut waren. In dieser Stadt erschien auf der Sonnenseite Isabella, groß vor dem Himmel wie eine Wolke, und ihr Gewand war wie der Kelch einer roten Blume. Sie kam ihm entgegen, obwohl ihre Füße sich nicht bewegten. Ihre nackten Schultern hingen locker herab vor Müdigkeit, während ihr geschlossener Mund zu lächeln schien; und ihre gläsernen, starren Augen sahen ihn still an, um ihn zum Einschlafen zu bringen.

Folgsam schlummerte er ein; und als es vollends Tag wurde, war es ausgerechnet der verhaßte Diener, der ihn fand und auf seinen plumpen Armen nach Hause trug. Wie schon so oft lag Giovanni tagelang in seinem Bett, ohne sich des Lebens bewußt zu sein; seine Schwester Antonietta wachte bei ihm. Sie saß träge und ruhig da, manchmal nähte sie, oft war sie müßig. Sie betrachtete den Bruder, der in seinen rotglühenden Welten schwebte, und dann und wann reichte sie ihm ein wenig Wasser. Mit ihrer Kittelschürze und dem glattgekämmten Haar saß sie da wie eine Dienerin im Kloster.

Ihre Lippen waren wie verbrannt.

Der Kutscher

Ich war Student und wurde in ein altes, abgelegenes Haus geschickt, um dort die Ferien zu verbringen. Ich wußte, daß darin gern Gespenster spukten, und in der Tat hörte ich sie gleich in der ersten Nacht. Es handelte sich um gutmütige Gespenster; sie klopften zurückhaltend an die Scheiben, ließen die Fenster knarren und das Bett wackeln, aber nur gerade genug, um einen in den Schlaf zu wiegen. Mitten in der Nacht jedoch hörte ich eine Baßstimme ein Lied singen, das im Dorf vor vierzig Jahren in Mode war: »Morgen da ist Sonntag / da geh' ich auf die Jagd.« Diese Stimme hatte etwas Spöttisches, und in ihrer Monotonie manche Noten, die das Blut stocken ließen. Dennoch übermannte mich eine unheilvolle Neugier, und ich beschloß, mit eigenen Augen zu sehen, aus welchem Körper das Lied kam. Ich stieg also aus dem Bett und ging in den schwarzen Fluren dem schwachen Klang jener Stimme nach. Weder ließ ich mich von den Windstößen erschrecken, die mich im Vorübergehen anwehten, noch von den kurzen Pfiffen, die über mir von Wand zu Wand flogen. Schließlich stand ich vor der angelehnten Tür eines beleuchteten Zimmers, und noch bevor ich um Einlaß gebeten hatte, befahl dieselbe Stimme: »Herein! Herein!«

Kaum eingetreten, war ich enttäuscht, denn ich sah nur den alten Richter vor mir, den Onkel meiner Gastgeber, der einen Flügel des Palazzo bewohnte. Ich erkannte ihn sogleich, obwohl er nie bei Tisch oder im Salon erschien und sich darauf beschränkte, mit einem ironischen und hinterhältigen Lächeln den Kopf aus dem Gartenfenster zu strecken oder in seinem bequemen und zerschlissenen Morgenrock mit Schottenmuster auf leisen Pantoffeln durch die Räume zu gehen. Meine Gastgeber waren nicht sonderlich erpicht, ihn den Freunden vorzustellen oder über ihn zu sprechen; sie hatten sich damit begnügt, mir anzudeuten, daß er in seiner Jugend ein Lebemann gewesen und ein Original sei. Sein Charakter, erklärten sie mir, hatte einen schweren Schock erlitten durch den Tod seines alten Kutschers, den er nach dreißig Dienstjahren fortgejagt hatte und der, mit Verlaub gesagt, im Elend krepiert war.

In jenem Augenblick saß der Richter auf dem Bett, die Steppdecken und Laken zu seinen Füßen aufgehäuft. Er trug einfache Wollunterwäsche, Unterhose und Leibchen, die eng anlag und, an den Fesseln mit Bändern zugebunden, nur seine nackten Füße und den Ansatz seiner behaarten Brust freiließ. Er war ein alter Mann von riesiger Statur und ziemlich fett, mit blassen Hängebacken, einem großen, vom Tabak vergilbten Schnauzbart, buschigen Augenbrauen über schweren Lidern und dichtem schlohweißen Haar. Unter den gerafften Vorhängen des Alkovens hockte er in dem schmutzigen, wüsten Zimmer, in dem die prunkvolle Beleuchtung jedes Staubkorn auf den wurmstichigen Möbeln und Tapetenfetzen glitzern ließ.

»Verzeihen Sie, Exzellenz«, stotterte ich. »Sie überraschen mich«, antwortete er augenzwinkernd, »im *négligé*.« Ich hielt es für meine Plicht, mich zurückzuziehen, doch er forderte mich mit Nachdruck auf:

»Bleiben Sie, junger Mann. Wir kennen uns schon, meine ich.«

»In der Tat, ich habe die Ehre...«, sagte ich. Jetzt, da ich seine Stimme hörte, verstand ich, warum meine Gastgeber es vermieden, ihn im Salon zu präsentieren. »Gewiß«, fuhr er mit einer langsamen Grimasse fort, »hat mein Liedchen Sie geweckt. Es ist ein Lied«, fügte er, mit der Hand den Takt schlagend, hinzu, »das sich wirklich gut eignet, um den Trott der Pferde zu begleiten. Hören Sie:

Morgen da ist Sonntag,
da geh' ich auf die Jagd.

»Freilich!« sagte ich. »Bei der Arbeit singe ich es immer vor mich hin«, vertraute er mir augenzwinkernd an, »ich bin nämlich Kutscher, von Beruf Kutscher.«

»Ach so«, stotterte ich. Ich verstand nicht, ob er einen Scherz machen wollte oder ob seine »Originalität« eben darin bestand zu glauben, er sei jener Kutscher geworden, der durch seine Schuld viele Jahre zuvor gestorben war. »Tja«, bestätigte er, »oder besser gesagt, ich war Kutscher. Der Alte kündigte mir, und ich schwöre, daß er es aus Abscheu und Scham tat, weil ich zu viele Dinge gesehen hatte. Der Alte war ein Sünder und ein Wüstling!«

»Aber nein, was reden Sie«, mische ich mich ein.

»Ein Wüstling!« schrie er lauter. »Und«, fuhr er fort, »wissen Sie, was ich tat, als ich fortgejagt wurde? Ich versteckte mich nachts in seinem Schlafzimmer, mit geladener Pistole, und pum! pum! entlud ich ihm die Pistole in den Bauch.«

An dieser Stelle lachte er ein schmieriges, hüpfendes kleines Lachen. »Sie«, erklärte er mir belustigt, auf die Verwandten im Haus anspielend, »wissen nicht, daß ich tot bin.«

Und seine nasale, zitternde, auf schreckliche Art musikalische Stimme stieg in der Tonlage: »Wir sind alle beide verdammt«, sagte er bestürzt, »Kutscher und Herr, auf ewig rasen wir in der Kutsche durch einen schwarzen Sturm und werden niemals ankommen! Hü, Pferde, hü!«

Hier war es, daß ich mit eigenen Augen sah, wie eine Windböe durch den Alkoven fuhr und, während alles rund um mich im Zimmer regungslos und still blieb, die weißen Strähnen des Alten sich wild bewegten, seine Zähne aufeinander schlugen, seine Haut fahl wurde und Laken und Vorhänge knatterten wie die Segel eines sinkenden Schiffs. Da stürzte ich mit einem Schrei aus jenem Zimmer.

Die Pilgerin

Sie kommt. Ich höre ihre Schritte«, flüsterte die junge Schwiegertochter und sah verstohlen zur Zimmertür, schon auf der Hut; und ihr kindliches Gesicht wurde traurig. Einen Augenblick später trat die Alte herein, und die Familie erhob sich. In einer Reihe kreischten die Kinder mit einem kleinen Bückling: »Guten Abend, Großmutter!«, und der Sohn reichte ihr den Arm und geleitete sie zu ihrem Platz am Kopfende des Tisches. Rundherum warteten alle auf ein Zeichen von ihr, um sich zu setzen; sie bekreuzigte sich hastig, und dann näherte sich vom Ende des Raums der Diener mit der Vorspeise.

Schweigsam fixierte der Sohn den Kronleuchter, dessen neun Glühbirnen an jenem Abend alle brannten. Auch die Schwiegertochter sagte kein Wort, doch ihre Unterlippe, voll und dunkelrot wie eine Kirsche, zitterte wie gewöhnlich oft und kläglich. Die Kinder, die dank des Festtags (es war der Pfingstabend) am Tisch der Erwachsenen zugelassen waren, genossen ihr Privileg nicht so sehr wie erhofft, weil die Gestalt der Großmutter sie mit Angst erfüllte. Groß und massig war sie mit dem schweren Schritt eines Soldaten hereingekommen, den Kopf voll stolzer Zurückhaltung und Ironie ein wenig schräg zur Schulter geneigt. Sie hatte ein breites, bleiches Gesicht, schwarze Pupillen, die ab und zu mit drohender Strenge unter den wimpernlosen Lidern hervorblickten, noch kräftige, wenn auch vom Rauchen gelb gewordene Zähne. Und über der sehr hohen, fast glatten Stirn einen schlohweißen Zopf.

Wegen des Rauchens und Trinkens klang ihre Stimme heiser, aber stechend. Während sie sprach, sah man, wie sie unter den Wangen die Kiefer aufeinanderpreßte und sich ihre schmalen Lippen zu einer sarkastischen Grimasse verzogen.

Gleich nach dem Obst erhob sie sich zu ihrer vollen Größe, und sofort standen auch alle anderen auf. Der Sohn beeilte sich, ihr den schwarzseidenen Schal über den Schultern zu glätten, und sie gebot dem Diener, ihr Hut und Stock zu bringen.

»Geht Ihr aus, Mama?« fragte der Sohn schüchtern. Sie antwortete: »Ja, ich gehe« und fügte nichts weiter hinzu. Ohne in den Spiegel zu schauen, setzte sie sich eigenhändig ihren kleinen Witwenhut mit den langen Schleiern auf; und bei jedem Schritt mit ihrem Stock aufklopfend, verließ sie den Raum.

Als sie verschwunden war, erwähnte sie niemand mit dem geringsten Wort. Aber die Gesten des Dieners wurden luftig wie die eines Jongleurs, würde ich sagen, als er anmutig das Tablett mit dem Kaffee brachte. Die Schwiegertochter verwandelte das Zittern ihrer Lippe, das schon fast in Weinen überzugehen schien, in Lachen; und ihre rundliche Gestalt an ihren Mann gelehnt, begann sie, mit ihm über verschiedene Pläne zu plaudern: Kleider, Bootsausflüge, Tapeten. Die Kinder wiederum, ganz berauscht davon, abends aufsein zu dürfen, veranstalteten zwischen den Möbeln des Salons jene Wettläufe, die gewöhnlich nur auf der Wiese erlaubt sind. Es war der Pfingstabend, ein großes Fest, und im Vorraum, vor dem Bild der Muttergottes, brannte die Kerze.

Es kam die Stunde, da die Gouvernante die müden Kinder auf den Arm nahm und sie forttrug. Dann kam die Stunde, da sich die Dienstboten, nach beendeter Hausarbeit, in ihre Räume zurückzogen. Schließlich kam die Stunde, da in der Stadt immer mehr Lichter erloschen und im Haus nur noch die Schlafzimmer erleuchtet waren; doch die Alte war noch nicht zurückgekehrt.

»Seltsam, Mama verspätet sich«, murmelte der Sohn; aber seine Frau bemerkte, die Alte habe die Schlüssel für das Gittertor und die Haustür, und daher sei es nicht nötig, auf sie zu warten. Also beschlossen die Eheleute, zu Bett zu gehen, und nachdem sie ihre schwarzen Zöpfe gelöst hatte, schlief die Frau bald ein. Im Gegensatz dazu wurde ihr Mann von einem dumpfen, angstvollen Unbehagen wachgehalten und lag über eine Stunde mit offenen Augen im Dunkeln. Zuletzt nahm er seinen Mut zusammen, lief durch den schwarzen Flur und klopfte ans Zimmer seiner Mutter. Niemand antwortete.

Also öffnete er die Tür und knipste die Lampe an. Die Uhr auf dem Nachttisch der Alten zeigte Mitternacht. Das Bett der Alten war leer.

Im selben Augenblick kaufte die Alte bei einem fliegenden Händler an der Ecke der Kathedrale einen Windschutz aus Papier und eine große Kerze und brach zusammen mit mehr als tausend Pilgern im feierlichen Pfingstnacht-Zug zum Heiligtum der Jungfrau Maria auf.

Es war vor zweihundert Jahren, als das Bild der Jungfrau, mit groben Strichen auf die Wand einer alten Festung gemalt, einen von wütenden Hunden angefallenen Pilger durch ein Wunder befreit hatte. Seitdem hatte das gesegnete Bild, das in einem hochgelegenen Heiligtum verehrt wurde, niemandem die erbetene Gnade verwehrt. Deshalb unternahmen die Leute jedes Jahr im Herzen der Nacht die lange Wallfahrt bis zu dem Heiligtum. Viele gingen barfuß, und alle trugen eine brennende Kerze.

In der mondlosen Nacht war jene unendliche Reihe von Flammen auf dem verlassen daliegenden Land das einzig Helle, was man auf der Erde sah. Hinter den Kerzenflammen schienen die Gesichter sonderbar abgezehrt; und die Körper, die im Schatten blieben, schienen ganz schwarz zu sein. Die Augen, in denen der Widerschein der Lichter funkelte wie im Wasser, waren fest nach oben gerichtet, auf den Punkt, wo nach stundenlanger Wanderung das Heiligtum auftauchen würde.

Mit dabei, auf den Arm ihres ältesten Sohnes gestützt, war die Witwe Beatrice Sabatini, Strümpfestopferin. Außer jenem Sohn hatte sie nur noch eine Tochter, der ein glühendes Fieber mit heftigen Krämpfen in der frühen Kindheit das Gehirn zerfressen und den Verstand geraubt hatte. Wie in den Jahren zuvor stiegen Mutter und Sohn zum Heiligtum hinauf, um zu erbitten, daß das Mädchen geheilt werde. Sie war inzwischen in dem Alter, in dem andere Mädchen zu heiraten pflegen. Gewiß würde die Jungfrau die beiden Gläubigen in diesem oder im nächsten Jahr erhören.

Dabei war auch der Polizist Carlo Ilari, der schon lange den Rang eines Maresciallo anstrebte und sich gerade anschickte, die Prüfung zu machen: Dafür erbat er die Hilfe der Jungfrau Maria.

Dabei war Stefano Cesari, Zimmermann, zusammen mit der jungen Frau, die er im Jahr zuvor geehelicht hatte. Stefano trug die Kerze, und seine Frau trug im Arm ihren Erstgeborenen, den sie in Sackleinen gewickelt hatte, um ihn warmzuhalten. Der Arzt hatte ihnen just in jenen Tagen mitgeteilt, daß die Augen des kleinen Geschöpfs, von ich weiß nicht, welchem tückischen Wasser angegriffen, allmählich erloschen und bald erblinden würden. Doch die beiden Jungvermählten hatten sich ausgedacht, das Kind zur Jungfrau des Heiligtums zu bringen, die es gewiß um der kostbaren Augen ihres göttlichen Sohnes willen heilen würde.

Die Familie des Kaufmanns Giacomo Aliprandi, von Bankrott und Ruin bedroht, folgte ihrem Oberhaupt, und barfuß stimmte Aliprandi aus dem Gesangbuch die Laudi und Hymnen auf die Jungfrau an, während seine älteste Tochter ihm mit ihrer Kerze die Seite beleuchtete. Sie hofften, Maria werde ihrem erbarmungslosesten Gläubiger eingeben, ihnen noch einen Aufschub zu gewähren.

Viele junge Mädchen und Burschen, manche in Soldatenuniform, hatten der Jungfrau ihre Liebesgeheimnisse anvertraut und erwarteten Beistand von ihr. Was die Kinder anging, so verlangten sie keine Gnade, sondern freuten sich nur an dem Fest; eins nach dem anderen die heiligen Lieder singend, merkten sie gar nicht, wie weit der Weg war; gegenseitig zündeten sie einander die Kerzen an und tauschten sie aus; und auf den Steinen an den Kreuzungen entzündeten sie kleine Feuer, damit Marias Augen sich daran erfreuten.

Die Alte vermied es, sich unter diese Menge zu mischen, und hielt sich abseits, am Straßenrand. In ihren schwarzen Witwenschleiern, den Kopf leicht schräg zur linken Schulter geneigt, sah sie mit hochmütigem, harten Blick starr vor sich hin, damit alle begriffen, daß sie Vertraulichkeiten nicht liebte. Auch sie wollte eine Gnade erbitten, fand aber deswegen noch längst keine Ähnlichkeit zwischen sich und diesen schlechtgekleideten Armen. Um sich nicht mit ihnen gemein zu machen, schwieg die Alte, wenn sie »Es lebe Maria!« riefen, und wenn sie die Laudi sangen, betete die Alte den Rosenkranz. »Ihr Elenden«, dachte sie, während sie die anderen betrachtete, »ihr macht einen langen Weg und lauft euch die Füße wund, damit euch ein paar Gramm von eurer Last genommen werden. Und ihr kehrt froh zurück, ins Joch eines solchen Lebens gespannt wie vor einen Karren. Arme Esel.«

Wenn sie das Ave-Maria rezitierten, wiederholte die Alte die Laudi. Wenn sie die Hymne sangen, flüsterte sie das Gebet.

Bevor sie den Fuß aufsetzte, tastete sie mit ihrem Stock den dunklen Weg ab, um nicht über Steine zu stolpern. Und ihre Kerze hielt sie gerade vor sich, wie ein Soldat seine Lanze. Dann, ganz in sich gekehrt, vergaß sie die Menge und wandte sich an die Jungfrau Maria:

»Du«, sagte sie zu ihr, »hast mich stolz und nur nach Autorität dürstend geschaffen. Ich hätte als Kaiserin geboren werden müssen, ja, dann wäre meine Seele befriedigt gewesen. Gefürchtet zu werden, womöglich gar gehaßt, von einem ganzen Volk, das sich bei meinem Vorübergehen in den Staub wirft, das, ja, das wäre mir angemessen. Doch was hast du statt dessen aus mir gemacht? Eine bescheidene Familienmutter, die Witwe eines Wohlhabenden, mit Schwiegertochter und Enkeln. Sie fürchten mich, das ist wahr, aber welchen Wert soll die Furcht einer fetten, albernen Frau und drei kleiner Kinder für mich haben? Ich kann die Wut nicht unterdrücken, wenn ich die Lippen meiner Schwiegertochter in meiner Gegenwart zittern sehe wie die Lippen einer Schülerin vor der Lehrerin. Sie hassen mich, aber ihr Haß vergiftet mich. Oh Jungfrau Maria, nachdem du mir die hochmütige und unbeugsame Seele gegeben hast, die einer Königin geziemt, hast du mich in dieses Tal der Demütigung gestoßen. Deshalb komme ich als Pilgerin zu deinem Heiligtum. Ich bin alt, und ein solches Leben ekelt mich an. Ich bitte dich, mir den Tod zu geben.«

Dies also war die Gnade, die sie wollte. Und indem sie darum bat, biß sie die Zähne zusammen und senkte die Lider, unter denen das Schwarz ihrer Augen lauerte. Unter ihrem schwarzen Gewand, dessen Saum längst ganz eingestaubt war, pochte ihr Herz langsam und schwer, und alle ihre Nerven waren angespannt. Sie mußte beim Erbitten jener Gnade all ihre Lebensgeister in sich versammeln, damit Maria sie hörte.

Der Gesang der Pilger wurde seltener, die Mattigkeit siegte mit der zu Ende gehenden Nacht; und im Osten sah man eine silbrige Helle heraufziehen, fast wie Mondschein, doch war es der Tag. Zur gleichen Zeit tauchte gegenüber, aber noch fern, auf dem Gipfel eines Hügels eine Kirchenfassade auf, von allen Seiten mit Lampen beleuchtet, bis zur Spitze des Kreuzes. Da riefen alle: »Es lebe Maria!«, und viele sanken auf die Knie; viele, hauptsächlich Kinder, liefen voraus, um als erste anzukommen.

Die hohen Kreuze und die Standarten schwankten, weil die Hände, die sie trugen, zu zittern begonnen hatten.

Je nach den Biegungen der Straße und der Höhe der Hügel verschwand das Licht des Heiligtums und erschien dann wieder vor dem Auge; zuletzt erklomm die Menge den Hang, der zum Hügel des Heiligtums führte, und das Dunkel des Himmels verwandelte sich in violettes Blau. In dieser Morgendämmerung, die von allen Seiten heraufzog, flammte auf einmal mit Jubel das Rot der Standarten auf, und die Pilger erschienen nicht mehr schwarz, wie sie in der Nacht gewirkt hatten, sondern in festliche Farben gekleidet. Tiefblau und gelb funkelte es im Feld des Tages wie in einem beleuchteten Spiegel; unter den Kopftüchern mit den verknoteten Enden waren die Gesichter der Frauen bleich. Und auf die Standarten war blaß und in Gold gefaßt das königliche Gesicht Marias gemalt.

An den Kreuzwegstationen, die den Weg säumten, ließen die Pilger die brennenden Kerzen zurück; doch die Flammen erschienen nur noch rosa und verblaßten immer mehr. Zwei große Täler öffneten sich zu Füßen des Heiligtums: Eines, das tiefere, lag verlassen, und über seinem Rand ging die Sonne auf und beschien nach und nach seine Wiesen. Über dem anderen aber lagerten die Pilger, die aus den Dörfern auf Karren eingetroffen waren, welche sie nun in Zelte verwandelt hatten. Rundherum weideten Pferde mit herrlich gestriegeltem roten Fell; und die Bäuerinnen in scharlachroten Leibchen und golddurchwirkten Baumwollröcken näherten sich psalmodierend in einer Reihe. Die Mädchen schmückten inzwischen die Karren mit schönen Papierblumen.

Auf dem Gipfel des Hügels, im Freien, zelebrierte der Priester unter einem rotsamtenen Baldachin in prächtigen Paramenten die Messe und hob die geweihte Hostie in die Höhe. Dort drängte sich der größte Teil der Menge. Einige knieten an den Beichtstühlen und flüsterten nahe an den Gittern aus geflochtenen Binsen; andere stellten sich schon an für die heilige Kommunion; wieder andere sangen zu Ehren der Jungfrau wunderbare Laudi und gaben ihr Namen wie: *Königin der Märtyrer, Arche des Bundes, Himmelspforte.*

Wieder andere, soeben erst beim Heiligtum eingetroffen, hatten sich, von Müdigkeit überwältigt, am Hang ins Gras gelegt und schliefen; und das waren vor allem die Kinder. Die Alte ging seitlich um die Kirche herum, die Menge meidend, die vor dem Portal wogte, und blieb an einem Außengitter stehen, durch das man, genau gegenüber und von vier Lampen beleuchtet, das wundertätige Bild der Jungfrau sehen konnte. Die Jahrhunderte hatten es verblassen lassen, und Marias schmales Gesicht war so bleich, daß es dem Verschwinden nahe schien. Auch den Mund, dem eines hinscheidenden Mädchens ähnlich, färbte blassestes Rosa. Die Augen aber waren noch lebendig. Sie waren weit offen und starr, beinahe aneinanderstoßend, und so groß, daß sie über die ganze Breite der Stirn bis zu den Schläfen reichten: schwarz und mandelförmig.

Die sehr mageren Finger hielten das gekrönte, in goldene Windeln gewickelte Kind gleich einem Idol. Rund um das Gemälde hingen Votivgaben aus Edelstein und Herzen aus Seide und Silber.

Die Alte stand vor dem Gitter, sah der Jungfrau gerade in die Augen und wiederholte, kaum die Lippen bewegend: »Hier bin ich, vor dir; meine Pilgerreise ist zu Ende. Du weißt, daß ich nicht mehr leben will. Ich bitte dich, mir den Tod zu geben. Ich bitte dich, mir den Tod zu geben.« Während sie sprach, wandte sie ihren Blick nicht von jenen großen schwarzen Augen, die wie Wolkenschatten eine schwarze Decke über sie breiteten. Die Alte schauderte bis in die Knochen, wandte sich vom Gitter ab und stieg den Hügel des Heiligtums wieder hinunter.

Ein Volksfest belebte in jener Morgenröte das Dorf. Im Trott kamen und gingen mit Papierblumen bekränzte Maultiere, die mit Blüten verzierte Karren zogen. Die Papierblumenverkäuferinnen, die zwischen ihren Girlanden und Sträußen die Straße säumten, machten beste Geschäfte: Gab es doch kein Mädchen, keinen Burschen, die sich nicht mit jenen Blumen schmückten, um sich schön zu machen vor den Augen der Jungfrau. Außerdem sah man Zigeunerinnen, die

Zukunft verkauften, den Käfig mit dem Papagei und die Kassette mit den Schicksalslosen über der Schulter tragend. Und die Fotografen stellten prächtige Prospekte für die Paare auf, während an gutbestückten Ständen Spielzeug und Medaillen verkauft wurden.

»Sie sind wie Kinder«, dachte die Alte, als sie hochmütig durch jene Leute schritt, »Kinder, die sich am Klang einer Blechtrompete erfreuen. Sie gehen ihren Weg, von dem sie nicht wissen, wohin er führt, wie Schafe, die zur Schlachtbank gebracht werden.«

Nun begann die Alte nach der durchwachten Nacht und der langen Wanderung die Müdigkeit zu spüren: Ihre Knie gaben nach, und ihr schwarzseidener Schal, der ihr von einer Schulter gerutscht war, schleifte im Staub.

Es gab eine Osteria, im Freien unter den Zweigen hergerichtet, und die Wirtin zapfte aus Fässern Wein, dessen prickelnder, frischer Geruch den ländlichen Morgen durchzog. Die Alte hätte sich gern hingesetzt und mit dem Wein den brennenden Durst in ihrer Kehle gelöscht; doch unter den Zweigen stand nur ein langer gemeinsamer Tisch, der schon von einer Menge festlich gekleideter Pilger besetzt war. Die Leute schienen, nach ihrer Fröhlichkeit zu urteilen, irgendein freudiges Ereignis zu feiern, eine Taufe oder eine Hochzeit. Die strahlenden Augen der Frauen, kaum getrübt vom langen Wachen, lachten unter den bunten Kopftüchern.

Kalte Verachtung zur Schau stellend, wollte die Alte ihren Weg fortsetzen; doch ihre Augenlider wogen schwer wie Steine, und der Staub vermehrte ihren unerträglich brennenden Durst. »Nun ist es schon gleich«, sagte sich die Alte, »nun kann ich mich ebensogut setzen.« Und mit einem tiefen Seufzer ließ sie sich auf die Gemeinschaftsbank fallen.

Niemand von jenen Leuten zeigte Erstaunen oder besonderen Respekt vor der Autorität der neuen Tischgenossin. Sie begriff, daß die Anwesenden sie so akzeptierten, wie sie war, nach Art der Kinder, die sich beim Ringelreihen an der

Hand halten und, ohne mit Singen aufzuhören, einen neuen Spielgefährten in ihren Kreis aufnehmen. Doch irgend etwas an ihrem Äußeren schien sie zu rühren oder zu beunruhigen. Eine Frau sagte: »Sie ist zu weit gelaufen, die arme Alte«, und eine andere fügte kopfschüttelnd hinzu: »In einem gewissen Alter schaffen sie es allein nicht mehr, sie werden wieder wie kleine Kinder. In der letzten Zeit, als meine Mutter noch lebte, mußte ich sie auf den Armen bis zu ihrem Stuhl tragen. Nicht daß sie mir zu schwer gewesen wäre, gar nicht, es war, als trüge man ein Lamm, sie bestand nur noch aus einem Häuflein Knochen, die arme Alte.«

Derlei Reden hätten die Alte bis vor einer Stunde noch zur Weißglut gebracht. Jetzt dagegen empfand sie beim Zuhören ein tröstliches Gefühl von Vertrauen und lächelte schwach.

»Wie heißt Ihr?« fragte die Frau, die zuletzt gesprochen hatte. Halblaut sagte die Alte:

»Adelaide.«

»Ein Glas für Adelaide!« befahl die Frau, und wenig später reichte sie ihr ein sauber gespültes Glas, randvoll mit schimmerndem Wein. Da aber die Hände der Alten zitterten, schüttelte die Frau den Kopf und hielt ihr das Glas, aus dem die Alte gierig trank, an den Mund; danach trocknete sie mit ihrem Schal den Ausschnitt von Adelaides Kleid, auf den etwas Wein getropft war.

Als sie ausgetrunken hatte, fühlte die Alte, wie ihre Augen glühten und funkelten, und sie zwinkerte der Frau zu, die ihr geholfen hatte. Das Gesicht der Frau war leicht zur Seite geneigt auf dem langen Hals, und ihre Züge erinnerten im Profil, wie es häufig bei den Bäuerinnen jener Gegend vorkommt, an einen Raubvogel; zugleich aber waren diese Züge sanft und liebenswert. In der Nähe dieser Frau fühlte sich die Alte beschützt und beruhigte sich. In dem Augenblick rief ein Mann mittleren Alters, der nicht weit weg saß, gewiß aus Mitleid mit ihrer Blässe:

»Ein Hoch auf Adelaide!«

»Auf Adelaide! Auf Adelaide!« riefen alle, um die Wette ihre Gläser hebend. Die Alte hielt es für ihre Pflicht aufzustehen.

»Es geht mir gut bei euch«, sagte sie, »es geht mir sehr gut bei euch. Äußert eure Wünsche. Ich werde allen ein Geschenk machen.«

«Hoch! Sie lebe hoch!« riefen alle, und dann stimmten sie mit lachendem, gewichtigem Gesicht die Hymne der Jungfrau Maria an. Die Alte öffnete die Lippen, um mitzusingen, doch aus ihrem Mund drang nur das Geräusch ihrer Zähne, die klappernd aufeinanderschlugen.

»Sie wird ohnmächtig. Sie ist zu erschöpft«, sagte die Frau, die neben ihr saß, faltete ihren Schal wie ein Kissen zusammen und schob ihn auf dem Tisch der Alten hin, damit sie den Kopf darauf legen konnte. So tat die Alte und überließ sich ihrer Müdigkeit, die ihr unter jenen Leuten Ruhe gab. Wie bei einem Kind, dem die Augen zufallen, weil es bis spät im Wohnzimmer bei den lieben Verwandten auf war, und das gedämpft noch die Stimme der Mutter sagen hört: »Jetzt schläft es ein, mein Kind.«

Und gerade wollte die Alte einschlafen, als sie am Tisch, genau ihr gegenüber, die Anwesenheit einer jungen Frau bemerkte, die sich nicht am Fest der anderen beteiligte und sie, die Alte, fixierte. Sie saß zwar, ragte aber weit heraus, und ihr Gesicht war so bleich und fein, daß es einer Kerzenflamme glich, die sich im Tageslicht verzehrt. Die Lippen waren stumm und blutleer, doch die Augen, die sie unverwandt ansahen, beinahe zusammenstoßend in der Blässe der Schläfen, kamen der Alten vor wie zwei schwarze Wolkenschatten, die über sie fielen.

»Nein«, stotterte sie hilflos, »nicht jetzt. Laß mich hier bei ihnen«, doch obgleich sie darum betete, verstand sie, daß eine solche Bitte sinnlos war. So als wollte man einem Baum bitten, keinen Schatten auf die Erde zu werfen, wenn sich allmählich die Nacht nähert.

Taub für die Worte der Alten, wandte die Junge die schwarzen Augen, ähnlich einem Feuer, das kein Licht gibt, nicht von ihr. Stumm und streng schien sie mit den Wimpern ein Kommando anzudeuten; und die Alte rückte zu ihr und folgte ihr beim Abstieg den Hang hinunter.

Rendezvous

Jeden Abend um Mitternacht hatte Prinzessin Carola ein Rendezvous mit einem Traum. Sie hieß Prinzessin Carola Aaganil, war aber eine geborene Marchesa Antònoli-Perth. Ihr Adel aus der Kindheit ergab, summiert mit dem Adel ihres Gatten, solch unerhörten Adel, daß die Doppelreihe der Lakaien beim Erscheinen von Prinzessin Carola in den wunderbaren Empfangshallen der Paläste niederkniete wie bei der Prozession, wenn die Statue des Schutzheiligen vorbeigetragen wird. Die Prinzessin schritt über die spiegelnden Marmorböden mit der fabelhaften Leichtigkeit eines schmalen Boots, das den Fluß hinabeilt. Ihr Kopf unter dem hoch aufgesteckten Haar von so blassem Gold, daß es an Silber grenzte, war zu schwer für ihren zarten Hals und neigte sich deshalb stets nach einer Seite. Ein Raunen ging durch die Hallen: »Es ist die Prinzessin, es ist die Prinzessin«, und wenn Carola an ihnen vorübergegangen war, schnupperten die Lakaien wie Hunde in der Luft und seufzten: »Ah, welch guter Geruch.«

Schon ab dreiundzwanzig Uhr begann Prinzessin Carola in der Gruppe der königlichen Matronen und der Adeligen mit dem Kopf zu schaukeln wie jemand, der sich nach einem Kissen sehnt; sie klapperte mit den zartlila getönten Augenlidern und verbarg hinter dem Fächer ein Gähnen, leicht wie ein Hauch. Ihr Gatte, Fürst Filippo Aaganil, verzog den Mund unter dem graumelierten Schnauzbart zu einer Grimasse wohlerzogenen Verdrusses:

»Jeden Abend das gleiche, Lola«, tadelte er sie leise mit seiner heiseren Stimme, »Ihr seid müde.«

»Oh, Fifi«, flüsterte sie, »es ist nicht meine Schuld«, und vor lauter Anstrengung, ein weiteres Gähnen zu unterdrücken, traten ihr zwei Tränen in die Augen.

Fürst Filippo zog die Schultern hoch. Jede Nacht litt er unter Schlaflosigkeit und war gezwungen, die Stunden matt mit Hilfe von Tabak und Spielkarten herumzubringen. Hätten ihn wenigstens seine Knochen in Frieden gelassen! Aber nein, sie hörten nicht auf, ihm mit plötzlichen stechenden Schmerzen und Knacksen das Wetter des folgenden Tages vorherzusagen, ob Regen oder Trockenheit. Und Tabak zerkrümelnd und murrend sah der Fürst das Morgengrauen heraufziehen.

Auf dem Höhepunkt der festlichen Empfänge, eine halbe Stunde vor Mitternacht, begann Prinzessin Carola, ihre Augen zerstreut über die Fresken und Deckengewölbe der Salons schweifen zu lassen. Sie glich einem vom Licht geblendeten Schmetterling. Auf einmal sprang sie leichtfüßig vom Sofa der Matronen auf und sagte:

»Gute Nacht.«

»Ich komme später nach«, sagte ihr Gatte vom Whisttisch her zu ihr. Und sie schritt mit klopfendem Herzen, ein intimes Lächeln und Küsse auf den Lippen, eilens die marmornen Freitreppen herab und sprang dann mit wehender Schleppe in die Kutsche.

Zu Hause zog sie nichts weiter an als ein bodenlanges Spitzenhemdchen und löste ihr Haar, damit sich ihr Kopf leichter anfühlte; dann entließ sie ihre Zofen (an dem Punkt schlug es Mitternacht) und schloß die Augen in Erwartung des Traums.

Womit könnte man diesen Traum von Prinzessin Carola wohl vergleichen? Mit einer Biene, die zart an ihren Lippen saugt? Mit einem schmalen Jüngling mit anmutigem Scheitel und schmeichelndem goldenem Schnauzbart? Mit einem Zephir, mit einem Blumengeschenk? Schwieriges Unterfangen. Dieser Traum öffnete galant die Türen und rief lachend: »Oh Geliebte!« In ihrer Nähe wurde er fügsam, kühn und doch scheu. Er kämmte sie, und dabei küßte er die Spitzen ihrer Locken und kratzte sie sacht am Hals, um sie zu kitzeln, wie man es bei Tauben macht.

Eines Abends im Salon der Baronin Carassi-Anselmi wurde amüsant über die sonderbare Ehe der Gräfin d'Albifiore gelästert. Prinzessin Carola war mit von der Partie und bemerkte nicht, wie die Zeit verging; plötzlich hörte sie, wie es dreiviertel zwölf schlug: »Ich habe mich verspätet!« dachte sie auffahrend, raffte ihre Schleppe zusammen und lief mit einem hastigen Gruß davon. In der Eile verlor sie ihren bemalten feinen Seidenschal, kümmerte sich aber nicht darum. »Ich werde zu spät kommen«, wiederholte sie sich bestürzt, während sie wie ein liebenswürdiger Windstoß zwischen den erstaunten Blicken der Pagen hindurchfegte. Und am ganzen Leib zitternd, bestieg sie die Kutsche.

»Da muß etwas dahinter sein«, sagte sich der mißtrauische Fürst Filippo, »und wen würde es schließlich wundern, wenn auch die Müdigkeit jeden Abend nichts weiter ist als geschickte Verstellung?« Und sogleich ließ er sich von einem Diener seinen Pelz aus Bisamratte reichen, nahm irgendeine Mietdroschke und eilte auf Carolas Spuren heim.

Als er ankam (nun war es Mitternacht), hatte seine Gattin sich schon hingelegt und schlief, völlig angekleidet, zwischen den rosigen Laken und Rüschen des Bettes. Filippo beugte sich über sie, um mit dem Monokel diesen zarten Kopf aus blassem Porzellan zu betrachten, diese noch vom Band gehaltenen Locken, die wie Glyziniendolden herabfielen. Sie lächelte im Schlaf und zog einen Schmollmund, sie zuckte die Achsel und winkte ade: »Zum Donnerwetter«, sagte sich der Fürst, »mit wem kokettiert sie da?« und umklammerte fieberhaft den Elfenbeinknauf seines Spazierstocks. Jetzt bewegte Prinzessin Carola die Lippen: »Oh, mein Verlangen«, stammelte sie, »oh Gunst, oh Thron, flüchtige Morgenröte, teure Gnade.« »Einen Mann redet man nicht so an«, sagte sich der Fürst durchaus beruhigt. »Oh Goldener Duft«, flüsterte in diesem Augenblick Prinzessin Carola. Und da der Fürst jeden Morgen, wenn der Barbier sein Werk vollendet hatte, ein Parfüm namens Tabac Doré verwendete, sagte er sich verblendet: »Aber dann träumt sie ja von mir!«, und voller Reue, sie verdächtigt zu haben, küßte er sie auf die Stirn.

Der Gefährte

Ich war ein Knabe von dreizehn Jahren, Schüler des Gymnasiums. Unter all meinen weder schönen noch häßlichen Mitschülern gab es einen, der wunderschön war. Er war zu aufsässig und zu faul, um Klassenbester zu sein; aber alle wußten, die geringste Anstrengung hätte genügt, und er wäre es geworden. Keiner von uns besaß eine so klare und glückliche Intelligenz wie er. Der Klassenbeste war ich; ich hatte ein poetisches Wesen, und wenn ich an den Gefährten dachte, nannte ich ihn unwillkürlich *Erzengel*.

Wenn ich ihn mit diesem Namen wieder heraufbeschwöre, sehe ich sein goldschimmerndes, ziemlich langes Haar, das stolze Licht seiner Augen, die Rundung seiner Wangen, die so lieblich mit den Linien seiner Lippen übereinstimmte. Ich höre sogar sein Lachen wieder, das voll von kindlichem Übermut war; gleich einem Wasser, das all diese Jahre hindurch klar und rein geblieben ist.

Der Gefährte war so verwöhnt von der Natur, daß niemand von uns daran zweifelte, er werde auch vom Schicksal verwöhnt werden. Sein Hochmut war berechtigt, denn gewiß war er der reichste von uns allen. Sein Haar war sorgfältig gekämmt, er trug hübsche Krawatten, und seine Schulbücher waren in schönes, leuchtendrotes Papier eingebunden. Niemand von uns hielt sich für würdig, in seinem Hause zugelassen zu werden, das wir uns, ohne es je gesehen zu haben, fürstlich vorstellten.

Jeden Tag kam eine Frau, um ihn abzuholen, die, wie er selbst uns sagte, seine Dienerin war. Von großer Gestalt und zurückhaltendem Wesen hätte man sie beinahe hochmütig

nennen können; sie hatte bleiche Wangen und dünne Augenlider wie jemand, der nachts wenig schläft, und ihr Zopf war
so prächtig und schwer, daß er aussah wie aus purem Gold; er
war im Nacken zu einem Knoten geschlungen, wie die Bäuerinnen ihn zu tragen pflegen.

Die beiden tauschten ein Lächeln, in dem ich heute das
Zeichen eines geheimen Einverständnisses erkenne; dann
nahm die Frau mit der demütigen Eilfertigkeit einer Dienerin dem Knaben die Schulmappe aus der Hand. Und sie gingen zusammen zu jenem nie gesehenen Haus, um das meine
Phantasien kreisten.

Obwohl ich und nicht er der Klassenbeste war, erfüllte es
mich mit großem Stolz, wenn er mich mit meinem Vornamen
Augusto nannte und nicht mit dem Nachnamen, wie er es bei
den anderen Schülern tat.

Eines Tages, als der Gefährte zum Lehrerpult gerufen
wurde, um geprüft zu werden, fiel einigen von uns sogleich
auf, daß sein Gesicht anders war als sonst. In seinen Augen lag eine Art heimliches Entsetzen. Er sah aus wie jemand, so dachte ich voll Mitleid, der beim Fortgehen einen
schrecklichen Gast zu Hause zurückgelassen hat, welcher
während seiner Abwesenheit über die geliebten Dingen her-
fallen kann. Bei der ersten Frage des Lehrers starrte er mit
seinen erschrockenen Augen das Pult an, dann brach er in
ein seltsames Weinen aus. Seltsam, weil es nicht befreiend
und spontan war wie das Weinen anderer Kinder seines Alters, sondern mühsam und bitter wie das der Erwachsenen,
deren Schmerz versteinert und ausweglos ist. Als wir ihn
so weinen sahen, den Kopf auf die Arme gebeugt und vom
Schluchzen geschüttelt, überkam uns dasselbe beklomme-
ne Unbehagen, das man empfindet, wenn man einen Mann
weinen sieht.

Am nächsten Morgen erfuhren wir die Ursache von al-
ledem: Der Gefährte kam nicht zur Schule, denn seine Mutter, die seit ein paar Tagen krank gewesen, war in der Nacht

gestorben. Wir erfuhren auch, daß seine Mutter eben jene Bäuerin gewesen war, die nach der Schule auf ihn zu warten pflegte; gewiß schämte er sich seiner Armut, und deshalb hatte er so getan, als sei sie seine Dienerin.

Diese niederträchtige Komödie erregte unsere Verachtung; aber da er nicht mehr in die Schule kam, konnten die anderen Schüler ihm ihre Verachtung nicht beweisen. Die Vergeltung blieb mir vorbehalten. Der Gefährte, der schon früh den Vater verloren und sonst keine nahen Verwandten mehr hatte, wurde aus Mitleid von einem Onkel aufgenommen, der einen Laden besaß und ihn als Gehilfen anstellte. Wenige Monate waren vergangen, seitdem er die Schule verlassen hatte, als ich durch Zufall diesen Laden betrat und den Gefährten dort wiederfand. Ich kam gerade vom Unterricht und hielt meine Bücher unter dem Arm. Er trug einen zu engen und zu kurzen Anzug, und auf seinen ziemlich schmächtigen Schultern war sein kindliches Gesicht so schön, daß ich gegen meinen Willen nicht umhinkonnte, ihn im stillen wie früher *Erzengel* zu nennen. Als er mich anschaute, erschien auf seinem Gesicht das gezwungene kleine Lächeln eines Kindes, das geschlagen worden ist und das, um einem keine Genugtuung zu geben, so tut, als sei nichts geschehen. Doch als er mich kalt und schweigend auf der anderen Seite des Ladentisches stehen sah, ahnte er vielleicht die Verachtung, die ich wie alle anderen Knaben für ihn empfand. Seine Augen blitzten vor Hochmut, sein Lächeln wurde triumphierend, und höhnisch sagte er zu mir mit leiser Stimme: »Streber.«

Wer für mich die Antwort formte und sie über meine Kinderlippen brachte, weiß ich nicht. Sonderbar fremd hallte sie in mir wider, und doch sprach ich sie aus: »Sohn einer Dienerin«, sagte ich zu ihm. Darauf hatte ich kaum die Zeit, seine brennende Röte und gleich danach seine Blässe wahrzunehmen; er kam mir so verlassen und schutzlos vor in seiner Erniedrigung, daß ich mit einemmal meine kindliche Liebe für ihn voll und ganz wiederfand. Ich rannte aus dem Laden.

Seit damals habe ich ihn nicht wiedergesehen und habe auch nie mehr von ihm sprechen hören. Aber noch heute ist trotz meiner Verachtung das Gefühl für jenen Knaben so stark, daß ich, wenn ich ihn im Gefängnis wüßte (ich begreife nicht, warum meine Gedanken bei dieser Möglichkeit als der wahrscheinlichsten verweilen), bereit wäre, seinen Platz einzunehmen, damit er freigelassen würde.

Der Baron

Er war schon beinah ein alter Mann, der Baron, als ihm das
Leben auf dem Land beschwerlich erschien: Und nachdem
er seine Ländereien verkauft hatte, zog er in sein Stadthaus.
Mehr denn eine Stadt war sein neuer Wohnort in Wahrheit
ein uraltes Dorf im Süden, erbaut auf dem Rücken eines Hügels zwischen baufälligen hohen Türmen, in denen schwarze
Vögel nisteten, und Palazzi, die in der Sonne zerbröckelten. In
einem Labyrinth von Gassen und Sträßchen spielte sich das
Leben der Bürger ab, ausgebreitet unter der flammenden Sonne. Vor den offenen Türen verstellten Waren, Hausrat, Hüh-
nerställe die schmalen Wege, Hennen gackerten, halbnackte
Kinder sprangen herum, manchmal kamen gelockte Ziegen
vorbei, mit einer versonnenen Traurigkeit im Blick. Und die
Abfallhaufen, die gelblichen Rinnsale, die in den Kanälen
flossen, gärten und faulten in der glühenden Luft. Auch die
Bewohner lagen in einer fast ununterbrochenen Siesta meist
vor ihrer Schwelle und schützten sich träge mit erhobenem
Arm vor dem blendenden Licht. Lebhaft in der Kindheit, wurden sie später schweigsam, nüchtern und still; auch bewahr-
ten sie sich trotz dieses Lebens in Gemeinschaft eine wilde
und finstere Einsamkeit. Fast alle arm, trugen sie so zerlumpte
und spärliche Kleidung, daß man denken konnte, die Sonne
habe sie ihnen am Leib zerfressen. Die Wohnung des Barons
lag im Zentrum, in einem altersschwachen Palazzo, über einem engen Hof, der eine Illusion von Kühle vermittelte; er
zog dort allein mit seiner Haushälterin Matelda ein.
 Bis zu jenem Tag hatte er bald hier, bald dort auf seinen
Landgütern gelebt, die er allein überwachen und verwalten

mußte, da er keine Verwandten hatte. Um sich an eine Zeit zu erinnern, zu der er nicht allein war, mußte er bis zur Kindheit und Jugend zurückgehen, als seine Angehörigen noch lebten. Außer den recht strengen Eltern waren dies zärtliche Tanten, die ihn streichelten und über seine Pausbacken lachten, Onkel, die ihm Predigten hielten, Cousinen mit Spitzenkrägelchen. Ein Erdbeben hatte sie alle getötet und nur ihn verschont, weil er außerhalb studierte. Und unversehens war er zum einzigen Besitzer von weiten Ländereien und widerspenstigen, vom Unglück verängstigten Leuten geworden. Aufgrund seines scheuen Wesens hatte es ihn Mühe und Leid gekostet, zu diesen Leuten die notwendigen Beziehungen herzustellen; nicht wenige Fremde hielten ihn zu Unrecht für feige, und nur manche suchten seine Gesellschaft. Er war von riesiger, sanguinischer Statur, ging schlenkernd und glich jenen Bären, die auf Jahrmärkten auf glühendem Pflaster tanzen; doch sein breites, gutmütiges Gesicht, lebhaft gerötet, mit dreifachem Kinn, sah aus, als hätte sich das Alter darauf beschränkt, seine Züge mit Fett zu überziehen und ihm den harmlosen Ausdruck der ersten Lebensmonate zu lassen. Der Baron schleppte diesen Körper und dieses Gesicht mit einer Verschämtheit mit sich herum, die fast an Scham grenzte: Seine kleinen, sanften, leicht zu Tränen gerührten Augen schweiften manchmal unsicher umher, ohne den Mut, sich auf den Gesprächspartner zu richten. Und er war so schüchtern, daß er sich nie traute, irgendeinen Gedanken oder ein Gefühl auszudrücken, und seine Stimme sogar beim Aussprechen der unerläßlichen Worte zitterte. In seinem ganzen Leben hatte ihn das peinliche Bewußtsein seines Äußeren nicht eine Sekunde verlassen, und vor allem dessen Plumpheit im Gegensatz zu seinen geheimen Sehnsüchten machte ihn ungeschickt. Nach hohen Schönheitsidealen strebte sein inniges Begehren. Bei den kurzen Begegnungen mit ihm waren die schönsten Damen der Gesellschaft oft überrascht über seine flehenden und scheuen Blicke. In der Kirche oder in einem Salon ließ ihn die Erscheinung einer hochgewachsenen, stolzen Person, einer weißen Stirn unter herabfallenden Locken, eines makellosen, gestickten Strumpfes oft plötzlich erblassen. Einmal erhielt ein wunderschönes junges Mädchen vom Baron einen Heiratsantrag, in dem sie mit so glühenden Sätzen um Erbarmen gebeten wurde, daß ihr das Billett die Finger verbrennen mußte. Sie machte sich über ihn lustig, und der Verliebte wurde zu einer Witzfigur für ihre Freundinnen. Die Frauen konnten dem Baron sein unordentliches, gutmütiges Aussehen nicht verzeihen und zogen ihm andere, dümmere und ärmere Männer vor.

Seitdem wagte er es nie mehr, zu einer Frau von Liebe zu sprechen, und zog sich aufs Land zurück, wo er alt wurde. Das Haus, in dem er den größten Teil des Jahres verbrachte, erhob sich wie eine Burg auf einer schmalen Anhöhe zwischen unermeßlich weiten, flachen Feldern: Wenn er später an jene Zeit zurückdachte, erinnerte er sich vor allem an manche endlos langen Ritte durch Grasland, das im Morgengrauen schimmerte. Mit näherrückendem Alter erschreckte ihn diese Isolation. Wirre Wünsche aus dem vergangenen Lebensalter tauchten aus der Tiefe wieder auf, als er eines schönen Tages, um gegen die schmerzlichen Erinnerungen und Sehnsüchte anzukämpfen und sich zugleich von einem lang empfundenen Ekel zu befreien, seine Ländereien zum Verkauf anbot. Von seinen Dienstboten behielt er, wie gesagt, nur Matelda, die Haushälterin. Und gleich nach der entschiedenen Tat und der abrupten Ablösung übermannten ihn dann, wie es schüchternen Menschen geschieht, Gefühle von Bestürzung und Staunen.

Innen glich die Stadtwohnung des Barons einem Theater. Der Speisesaal mit den vier hinter schweren Vorhängen verborgenen Türen, den fast immer geschlossenen Fenstern und dem großen klirrenden Kronleuchter voller Glasgehänge stellte die Bühne dar. Uralter Staub bildete Krusten auf den schwarzen Möbeln, der jahrhundertealte, nie erneuerte

Fußboden wies Dellen und Löcher auf, und trotz des Reichtums des Besitzers strahlte jener Ort ein auffälliges Elend aus. Der Rest des Hauses wirkte wie die Hinterbühne des Theaters; eine Abfolge von kleinen Zimmern, schlechtschließenden Türen und glatten Stufen in schwankendem Gleichgewicht; durch die trüben Scheiben hoher Fensterchen fiel entstelltes Licht, das in wirrer Öde silberdurchwirkten Damast, verzierte Waffen und Portraits von Damen mit rußgefleckten Gesichtern hervorhob. Hier und da Wappen aus Gold und Seide mit steigenden Tigern auf zinnoberrotem Grund und verblichene Fotografien, manche davon verschimmelt, als wären sie in einem Verlies aufbewahrt worden, doch alle mit jenem seltsamen, halb verblödeten, halb geblendeten Ausdruck, der den Fotografien der Toten eigen ist.

Wie ein Lurch am Grund eines Teichs, nur selten den Kopf zur Oberfläche hebend, lebte Matelda in jenem Reich aus Brokat und Staub. Durch ihren gedrungenen, aufgeblähten Körper, ihren winzigen, faltigen Kopf und ihre sehr kurzen Arme glich sie in ihrem Äußeren einer Schildkröte. Ständig schien sie halb im Winterschlaf versunken, schlaff und klebrig hingen ihre Lider herab und ließen kaum einen Streifen der trägen, stumpfen Augen frei, in denen kein Zeichen eines Gedankens oder Gefühls zu lesen war. Verborgen unter den Stangen ihres Korsetts trug sie ein schmutziges, geknotetes Taschentuch, in dem sie die gehorteten Erträge geiziger Dienstjahre verwahrte. Einem Tabernakel gleich, ragte im Zimmer des Barons der verschlossene Tresor vor ihr auf. Auch in den Fluren gab es abgeschlossene Truhen, die mit Macht ihre Wünsche weckten, so wie unerforschte Länder bei einem Kind. Alle anderen Dinge rundherum waren ihr vertraut. Beim Erledigen der Hausarbeit hielt sie ab und zu inne, um einen Gegenstand zu betrachten, sie wog ihn in der Hand und stellte ihn andächtig an seinen Platz zurück. Nachts, vor dem Einschlafen, noch mit dem Glitzern jener alten Pracht in den Augen, zählte sie gierig und still ihre Ersparnisse.

Schleppend erfüllte sie ihre Aufgaben, die immer anspruchsloser wurden, weil das Leben ihres Herrn nach dem Umzug in die Stadt noch einfacher und öder geworden war. Er konnte hier aufgrund seiner Schüchternheit und der langen Isolation bei niemandem Freundschaft und Vertrauen finden; und seine Ankunft hatte weder Neugier erregt noch die Bewohner aus ihrer passiven Gleichgültigkeit aufgerüttelt. Nach und nach schien sich der Baron auch an die neue Einsamkeit zu gewöhnen, die der Müßiggang noch leerer machte. Einen großen Teil des Tages verbrachte er damit, wie ein Schlafwandler durch seine unbewohnten Zimmer zu irren. Manchmal ging er aus und wanderte durch die Straßen, wo ihm nur einige Lieferanten oder ehemalige Bedienstete einen zerstreuten Gruß zuwarfen; verträumt und riesig blieb er zwischen zwei alten Türmen oder unter einem zerfallenden Bogen stehen, fast zweifelnd, und die Sonne brannte auf seine grauen Haare. Zuletzt kehrte er enttäuscht zurück, da er nicht wußte, wohin er sich wenden sollte. Zu Haus sah er Matelda zu, die mit methodischer Langsamkeit auf breiten, schweren Füßen ihrer Hausarbeit nachging, und folgte ihr von einem Zimmer ins andere; oder er blieb mit versonnener Miene am Salonfenster stehen, wo man auf die verräucherten Steine und die funkelnden Glasscheiben einer Kirche blickte.

Wenn der Abend kam, stieß er einen tiefen Seufzer aus, eine Art Gebrüll, vielleicht, um sich auf diese Weise von der Last des Tages zu befreien; und waren die Lampen angezündet, setzte er sich in einen Sessel und begann zu dösen. Sogleich kam Matelda, um ihm die Schuhe auszuziehen, befreite ihn von Kragen und Monokel und breitete ihm eine Reisedecke über die Knie; er bedankte sich, schon beinah eingeschlafen, mit einem Lächeln des Wohlbehagens.

Dieser erste Schlaf währte eine Stunde, und die ganze Zeit schwankte der Kopf des Barons sacht, wie ein Boot auf ruhiger Fahrt. Eine wehrlose Unschuld legte sich über seine geröteten Wangen, um seine halbgeschlossenen, wulstigen Lippen. Der

Baron schwamm im Schlaf mit dem gefräßigen Staunen eines Säuglings; manchmal zuckten seine Hände und suchten tastend Halt, wie Kinderhände auf der Mutterbrust.

Plötzlich, um die Sechzig herum, veränderten sich Verhaltensweisen und Sprache des Barons. Eines schönen Tages, als er nach kurzem Selbstgespräch das Haus verlassen hatte, machte er sich mit martialischem Schritt auf den Weg durch die Stadt und begann eine angeregte Unterhaltung, obgleich kein Gesprächspartner ihn begleitete: Seine Haare waren leicht zerzaust, seine Augen glänzten. Es schien, als begeisterte ihn das Reden: Bald erging er sich mit ausholender, feierlicher Geste in Ausführungen, bald ereiferte er sich in Wortwechseln, bald schüttelte er mit feinem, nachsichtigem Lächeln den Kopf. Auf den Bürgersteigen, aus Häusern und Löchern verfolgten ihn langsame, hämische Blicke, Kommentare, oft unverhohlenes Gelächter, und einige Gassenjungen äfften ihn nach. Doch er schien sich nicht im geringsten um die Gegenwart seiner Mitbürger zu kümmern, obgleich er ihnen, fern und ernst, hinter seinem Monokel spitze Blicke zuwarf: Zu wichtig war gewiß die unbekannte Person, mit der er sprach. Von da an wiederholte sich jeden Tag ein ähnliches Schauspiel.

Außerdem nahm er die Gewohnheit an, am Tresen in den Wirtshäusern zu verweilen, aber nicht mit dem gierigen, verrohten Gehabe der anderen Trinker; er schlürfte den Wein vielmehr langsam, wie einen Likör, blickte dabei mit würdevoller Zurückhaltung um sich und warf dann seine Münze auf die Theke wie einen Fehdehandschuh. Der Wein erregte seine alte Begierde, mit seinesgleichen zu kommunizieren, die nun, da die Dämme niedergerissen, aus ihm hervorbrach. Doch vielleicht war sein Geist in all den beklemmenden, öden Jahren unvermutet in Gegenden ausgewandert, die den Leuten fremd waren. Seine Worte ergriffen jetzt, obwohl sein Ton warm und überzeugend war, jedesmal die Flucht und gingen über den Verstand jener Menschen. Die Wirtshausbesucher, die fliegenden Händler, die alten Landstreicher stimmten ihm zu, nachdem sie ihn angehört hatten, lachten töricht oder schwiegen fassungslos. Er schilderte Pferde, die im Galopp das Gras zertrampeln und riesige Wiesen in Wüste verwandeln. »Oh«, sagte er, »ihr könnt euch nicht an damals erinnern, als die Kirche eingestürzt ist. Die Gesichter der Heiligen, so bleich und weiß, waren blutverschmiert, die Madonna war erblindet, alle Blumen verwelkt, die Kerzen zerbrochen. Dann«, schloß er plötzlich, »stürmten die Pferde über jene eingestürzten Mauern, mit stampfenden Hufen. Ich habe noch die Narben«, fügte er leise vertraulich hinzu.

»Ach ja, sieh einer an«, antworteten sie und stupsten einander mit dem Ellenbogen.

Sprach er aber von einem strahlenförmigen Kamm, leuchtete er. »Sind sie aus der Mode gekommen«, informierte er sich, »diese Kämme? Er muß aus Schildpatt gewesen sein, mit Smaragden«, und dabei zeichnete er ein Gebilde in die Luft, indem er eine Art Heiligenschein um seinen Kopf beschrieb. »Ich besitze eine ganze Kiste voll davon«, murmelte er dann mit einem Schauder. Und er hörte nicht auf, pathetisch, mit den geröteten Augen zwinkernd, gutmütig den Kopf zu schütteln, und lächelte freundschaftlich den rissigen Mauern zu, den auf der Straße kauernden Hunden.

Eines Nachmittags wirkte er froh und geheimnisvoll: Er wurde gesehen, wie er brabbelte und argumentierte, immer wieder stehenblieb und schließlich lächelte. Gewiß leitete ihn ein guter Geist, ein schwärmerisches Licht leuchtete in seinen Augen, er ging zerstreut wie ein Kind, das an der Hand geführt wird. Zuletzt kehrte er entschlossen nach Hause zurück, trat vor Matelda hin und sagte, nachdem er eine Verbeugung gemacht hatte, mit der stockenden und tiefen Stimme, die er in der letzten Zeit hatte:

»Salute, oh einzige, treue Gefährtin meines Lebens! Salute, oh Baronessa!«

»Was zum Teufel wird er wieder ausgeheckt haben?« dachte die Frau und zog mit einem respektvollen, verhaltenen kleinen Lachen den Kopf ein. Wie ein gütiger Gott blickte er von oben auf sie herab: »Mit Billigung von meinesgleichen«, erklärte er, jede Silbe betonend, und legte die Hand aufs Herz, »habe ich beschlossen, um Eure Hand anzuhalten.«

Erhaben und feierlich war sein Ton, doch schwang eine weit zurückliegende, fast mütterliche Angst darin mit. Das sofortige Glitzern in ihren Pupillen unter den geschwollenen Lidern verbergend, verzog Matelda ihr verwirrtes Gesicht abermals zu einem mißtrauischeren und bebenden Lachen. »Ich warte auf Eure Antwort«, sagte er, und kindliche Freude breitete sich über sein Gesicht. Die Frau wehrte spröde ab, da sie glaubte, es handle sich um einen Scherz; doch der Baron nahm ihren Arm und führte sie mit einem feierlichen Lächeln aus der Küche hinaus.

Die Hochzeit fand statt: Zwei bedrückte Brautjungfern trugen die Schleppe der Braut, die unter dem Schleier vermummt, blaß und mit verschlagenem Blick, wie die Äbtin eines bizarren, abgelegenen Klosters aussah. Die Leute gafften, zu beiden Seiten der Straße; und der Baron, stolz und gedankenverloren, glich einem Turm, der mit dem Fundament auf der Erde steht und mit den zinnengekrönten Höhen zwischen den Wolken schwankt.

Als Baronessa veränderte Matelda ihr Leben und Verhalten kaum. Aus Geiz widersetzte sie sich dem Drängen ihres Gatten, der zahlreichere Dienerschaft forderte; und sie kümmerte sich weiterhin um den Baron und das Haus, scheinbar gleichgültig gegenüber dem ihr zuteil gewordenen Glück. Manchmal betrachtete sie den Ring an ihrem vom vielen Waschen geröteten Finger, als traute sie ihren Augen nicht. Mit der gleichen fügsamen Ergebenheit wie früher kam sie abends, um ihrem Mann die Schuhe auszuziehen, und dieser stieß bei ihrem Anblick aus tiefster Brust einen zufriedenen Seufzer aus und klopfte ihr mit freundschaftlicher Gebärde auf die Schulter. Im übrigen waren ihre Beziehungen ungefähr genau wie zuvor, abgesehen von den langen Reden und vertraulichen Geständnissen des Barons, zu denen Matelda zustimmende kleine Kopfbewegungen machte, ohne etwas zu verstehen. Und während er sie stets mit *Baronessa* anredete, fuhr sie fort, ihn *Exzellenz* zu nennen.

Jahrhundertealter Schmuck kam wieder ans Licht, der traditionsgemäß den Bräuten zustand. Armreifen in Gestalt von Schlangen, Diademe und Kämme, Broschen, geformt wie Blüten, wie goldene Wespen, mit Edelsteinen übersät. Die Jungvermählte betrachtete sie fasziniert, und stumpfe, fahle Lichter entzündeten sich in ihren Augen. Doch für Matelda handelte es sich um Idole, die man auf Altären verehrte und nicht am Handgelenk oder im Haar trug. Er dagegen, von Wahn und Vergessen überwältigt, belud sie mit Juwelen und verlangte, daß sie, so geschmückt, das Hütchen über den Augenbrauen, jeden Tag an seinem Arm ausging. Das war die unangenehmste Stunde für Matelda. Sie gingen durch die steinigen, mit Lumpen beflaggten Straßen, zwischen den schwärzlichen Türmen voller Nester, Eisengitter und Zinnen; und der Baron, immer fettleibiger, mit zerraufter, mittlerweile ergrauter Mähne, verbeugte sich nach rechts und links, zog den Hut und lächelte wie ein Herrscher, der mit seiner königlichen Gemahlin vorüberschreitet. Frohlockend und stolzgeschwellt stützte er sie hier beim Überqueren einer Pfütze, ließ ihr andernorts an einem Bogen oder Tor den Vortritt; und sie trippelte mit hastigen Schrittchen hinter ihm her, ohne seine Wonne zu teilen. Es gab dort rundherum eine ganze Gesellschaft, deren Hochachtung Matelda sich durchaus bewahren wollte: die aufrecht hinter ihren Aufbauten aus gelben Spaghetti stehenden Nudelverkäufer, die über ihr versengtes Brett gebeugten Büglerinnen, die buckligen Schuster. Viele traten neugierig auf die Schwelle, ohne ihr hämisches Lächeln zu verbergen, das bis zu Mateldas zurückgebliebenem Hirn durchdrang. Sie schrumpfte in dem Wunsch, sich zu verstecken, senkte das entsetzte, törichte Gesicht unter den zerdrückten Blumen des Hütchens. Doch die Edelsteine funkelten triumphierend an ihrem wogenden, im Mieder zusammengepreßten Busen.

Der Baron öffnete die alten, in den Fluren aufgereihten Truhen und zog changierende, raschelnde Atlasstoffe hervor, arabeskengeschmückte Schals, kostbare alte Spitze, deren Fäden zu märchenhaften Mustern verschränkt waren, um seine Frau damit zu kleiden. Er selbst drapierte an ihrer Person mit einer neuen, erlesenen Kennerschaft die Raffungen und Faltenwürfe; und dann lief er im Zimmer umher und beurteilte von weitem die Wirkung. Matelda stand da, störrisch und plump, ohne den Mut, sich gegen solche Dekorierung aufzulehnen; einmal nämlich, als sie es gewagt hatte, war ein irres Flackern in den Augen des Barons aufgeflammt, das sie erschreckt hatte. Wenn er sie anschaute, legte sich ein Schleier über die kleinen blauen Augen ihres Mannes: Vor den orangefarbenen Drachen, den blassen, auf schwarzem Samt erblühenden Lilien schien der Baron in Betrachtung zu versinken: »Schön, schön«, wiederholte er; und es war, als riefe ihm dieses Wort jedesmal geheimnisvolle Landschaften in Erinnerung.

Doch vielleicht ermüdeten ihn diese Anproben, denn eines Tages hörten sie trotz Mateldas sklavischer Folgsamkeit gänzlich auf. Der Baron wurde streng und wortkarg und schien in der Einsamkeit zwischen langen Seufzern heimliche Leidenschaften und Träume, Unternehmungen und Racheakte auszubrüten. An manchen Nachmittagen, besonders, wenn Wolken aufzogen und sich die stürmischen, schwülen Gewitter jener Orte ankündigten, schloß er die vier Türen des Speisezimmers, und man erfuhr nie, was er dann tat. Es war, als flammten in allen Ecken des Hauses Schlachten auf, rasende Horden trampelten hufeklappernd über die Fußböden voller Ritzen, Klingen pfiffen durch die Luft, Rüstungen klirrten. Und Matelda, die geschwollenen Plattfüße in den Pantoffeln nachziehend, kauerte sich lauschend hinter eine der Türen. Eine niederträchtige Abneigung gegen ihren Mann begann in ihr zu keimen, ähnlich der einer Maus gegen die Katze. Nun, da sie sich in einem dumpfen, trüben Rausch als Herrin fühlte, kam er ihr wie ein großes Tier mit schweren Füßen und leerem Blick vor, das in ihr Reich eindrang. Frühmorgens hörte sie voll Verdruß das Geräusch seiner Schritte und sah ihn in der Tür erscheinen, zuweilen finster und niedergeschlagen, mit hängendem, zerzaustem Kopf, zuweilen überaus munter mit Augen voll unbeschwertem Wahnsinn, die er über die Gegenstände schweifen ließ, welche sie eifersüchtig hütete. In diesem Fall sprach der Baron den ganzen Vormittag lang, mischte in sein Geplauder eine kindliche Zerstreutheit, eine ferne Verzweiflung, eine heimliche Freude. Augenblicksweise erfaßte ihn eine solche Liebe zu allen Menschen, daß er weinte wie ein Knabe; und manche seiner noch vagen Pläne für fürstliche Wohltätigkeit ließen seiner Frau das Blut in den Adern gefrieren. Sie gab jedoch nicht das geringste Anzeichen für soviel Groll und Furcht zu erkennen: Träge und farblos, aber hartnäckig, entwickelten sich die Gedanken hinter ihrer niedrigen Stirn und reiften langsam.

Die beiden schliefen wie zuvor in getrennten Zimmern, und gewöhnlich ging Matelda vor ihrem Mann zu Bett, nachdem sie die Wasserkaraffe auf seinem Nachttisch abgestellt und den riesigen gestreiften Schlafanzug auf seiner Steppdecke zurechtgelegt hatte. Eines Abends rief der Baron sie ins Speisezimmer und befahl ihr in distanziertem und zugleich vertraulichem Ton:

»Bitte, Baronessa, legt, bevor Ihr Euch zurückzieht, das Tischtuch aus flämischem Leinen auf und deckt zwei Flaschen alten Weins und vier Kelchgläser. Ich habe heute abend Gäste.«

»Wen erwartet Ihr, Exzellenz?« fragte sie ohne Erstaunen, vor der Brust die Hände ringend.

Zufrieden lächelnd erwiderte er: »Der Onkel Kardinal, Tante Isotta und Cousine Antonia werden kommen.«

Matelda lächelte schwach, ohne die Lippen zu öffnen: »Aber sie sind doch alle bei dem Erdbeben umgekommen, Exzellenz.«

»Was!« schrie er, und in seinen Augen trat ein so wilder Blick, daß Matelda vor Entsetzen schauderte und eilig die Befehle ausführte. Danach verabschiedete sie sich im Schein des geschliffenen Kronleuchters an der mit Stickereien und Kristall geschmückten Tafel von dem Baron und sagte in unterwürfigem Ton: »Gute Nacht, Exzellenz«, und ihr großer, schwankender Hintern verschwand zwischen den Falten des Vorhangs, während der Baron breitbeinig und mit verschränkten Armen auf seine Gäste wartete. Doch die ehemalige Hausangestellte zog sich nicht aus dem Raum zurück; sie verbarg sich lauernd zwischen der düsteren Draperie und der Tür, und verharrte einige Minuten lang geduldig und regungslos in der staubigen Finsternis. Der Empfang des Barons war stumm; nicht ein Ton drang aus dem Speisezimmer. Mit der behutsamen Geste einer Katze, die das Pfötchen hebt, schob Matelda den Vorhang unmerklich beiseite und sah, daß sich der Baron zu Tisch gesetzt hatte, vor drei leere Lehnstühle. Sein Gesicht strahlte selig vor vollkommener Gastfreundschaft, während er, die Augen auf die Stühle gerichtet, das gefüllte Glas an die Lippen führte. Viele Kelche leerte er, mit ruhigem genießerischem Entzücken und einem immer lebhafteren Funkeln der Augen im blanken, glücklichen Gesicht. Derweil, doch ohne ein Wort zu sagen, wandte er sich bald an den einen, bald an den anderen der Lehnstühle mit der lächelnden Gebärde dessen, der höfliche Reden hält.

Von da an zog der Baron jeden Abend seinen Frack an und erwartete, nachdem er seine Frau verabschiedet hatte, seine Gäste. Matelda deckte, ohne die geringste Neugier zu zeigen, prächtig den Tisch, mit dem goldenen Salzfaß in der Mitte und gründlich gespülten und polierten Gläsern. Zuletzt brachte sie, vorsichtig mit ihrem schleichenden Schritt näherkommend, den überaus dunklen Wein, fast schwarz, mit

Reflexen von glühendem Rot, voll bitterer Geschmacksnuancen. Bedeutsam, mit der gewissen Würde einer Priesterin im Gesicht stellte sie ihn auf den Tisch, als vollzöge sie ein dunkles Ritual; und gleich darauf, von Feigheit gepackt, entfernte sie sich rasch vom Tisch. Während der Baron sich glücklich seinen geheimnisvollen Festen widmete, blieb sie in ihrem dunklen Zimmer wach und lauschte mit gespitzten Ohren auf das manchmal wie musikalische Noten langgezogene Knarren, das von den wurmstichigen Möbeln kam. Tagsüber wirkte sie noch passiver und stumpfer, eine beständige Scham ließ sie den Kopf zwischen den verkrampften Schultern gesenkt halten, während ihre Augen häufig hervorquollen und wie unruhige Vögel umherschweiften. Der Baron dagegen, stets ein wenig benommen vom nächtlichen Rausch, war auch tagsüber noch darin befangen, und ein geheimnisvolles Lächeln auf dem Gesicht mit den geröteten Bäckchen, schien er zum Flug anzusetzen wie ein großer zerstörter Engel.

Doch im Lauf der Tage und der aufeinanderfolgenden Gelage ereilte ihn eine seltsame Krankheit. Sein ehemals blühendes Gesicht wurde erdfahl, um die Augen legten sich dunkle Ringe. Stundenlang zitterte der Baron und klapperte mit den Zähnen, von Schrecken und Ekel erfaßt, verweigerte er die Nahrung und schrie häufig unter grausamen Schmerzen auf seinem Bett. Jeden Tag kam der Arzt, und die Baronessa öffnete ihm persönlich die Tür: Es war ein schmächtiger kleiner Mann mit kalten Händen; er sprach mit schriller Stimme, während er sein ausdrucksloses Gesicht mit den großen feuchten Hundeaugen abwandte. Schon im Eingang hörte man die Klage des Barons: »Treten Sie näher, treten Sie näher, Dottore«, sagte Matelda, ungewöhnlich fürsorglich und gesprächig; und dann, zum Zimmer hin: »Nur ruhig, Exzellenz. Hier kommt der Doktor. Hier kommt der Doktor, der alle Leiden heilt. Ruhig, ruhig, Exzellenz.«

War die Visite bei dem Kranken beendet, berieten sich die Baronessa und der Arzt noch ein wenig in einem angrenzenden, wegen der nahenden Nacht schon beinahe dunklen Salon. Ohne die Lampen anzuzünden oder sich ins Gesicht zu sehen, sprachen sie mit gedämpfter Stimme zwischen den sich kreuzenden Schatten. Mühsam schlurfend, mit gebeugten Schultern, tauchte der Baron manchmal traurig im Türrahmen auf, und sie schwiegen sofort.

Sein Zustand verschlimmerte sich von Tag zu Tag. In den schmerzfreien Stunden, mit dem riesigen Körper auf einen Stuhl mit hoher Rückenlehne gesunken, schien er lange nachzudenken. Seit sein Gesicht den einstigen Ausdruck seliger Einfachheit verloren hatte, war es ernst und tragisch geworden. Es war, als versinke er immer tiefer in seinen düsteren Träumen, die wie Schatten von allen Seiten nach ihm griffen. Seine Augen wanderten fieberhaft suchend umher: Er hatte Durst und empfand Ekel vor dem Getränk; oft kam ein rasselndes, heiseres Stöhnen über seine Lippen. Doch mit dem gewohnten, einladenden Glanz richtete er seinen abendlichen Empfang aus. Nur hielt er nun während des Gastmahls keine Reden mehr, sondern beschränkte sich darauf, den Kopf zu schütteln, als riefe er die drei Gäste zu Zeugen seines Martyriums auf, und trank voll Überwindung einen Schluck jenes bitteren Weins. Eines Abends schließlich konnte er den Kelchrand kaum zum Mund führen und wich sogleich vor Abscheu erbleichend zurück.

Später in der Nacht wand er sich auf seinem unbequemen Prachtbett wie jemand, der eine furchtbare Anstrengung erleidet. Ausgedörrt öffnete er die Lippen und biß mit einem schaurigen Pfeifen die gelb gewordenen Zähne zusammen; und im Morgengrauen, schweißgebadet, mit einem Aufbäumen und einem tiefen Seufzer der Erleichterung, starb er endlich.

Im schwarzen Gewand der Klageweiber kamen einige käufliche Frauen, die erst den Leichnam ankleideten und sich dann mit erhobenen Armen jammernd um das Bett stellten: »Baron«, riefen sie. »Der Baron ist tot! Baron Consalvo! Er ist tot!« Matelda, die Kleidung in Unordnung, die Haare offen, schlug sich mit den Fäusten auf die Brust: »Mein Mann!« kreischte sie, »Mein Schutz! Consalvo! Meine Stütze ist tot!« Und der Baron lag dort in der Mitte, gekleidet in seinen besten Frack; in seinen doch so verblaßten, verwüsteten Zügen, auf der niedrigen Stirn, den struppigen Brauen, den dicken, halbgeöffneten Lippen kam wieder die Schüchternheit zum Vorschein, die wehrlose und ängstliche Kindlichkeit, die er einst im Schlaf an sich hatte: »Der Hausherr!

Der Baumstamm!« wimmerten sie rund um ihn. Und er schien sich zu schämen, die Aufmerksamkeit so vieler Leute auf sich zu ziehen, während er in diesem prätentiösen Anzug auf dem Rücken lag, das Gesicht unbedeckt in seiner seltsamen, unzüchtigen Blässe.

Dann verstummten die Schreie, Matelda trat vom Bett zurück, und als sie an dem Tresor vorüberging, warf sie in einer Aufwallung komplizenhafter Liebe verstohlen einen Blick darauf. Bei dem Baron blieben die schwarzen, schweigenden Frauen und hielten mit vor Müdigkeit stumpfen Augen die Totenwache. Sie wußten nicht, daß ihre Mühe vergeblich war: Zwischen ihnen und dem Baron hatte sich eine ungeheure Kluft aufgetan. Nun stieg einem in der Flucht schiefer Zimmerchen zwischen Nippes, Damast und Spinnweben ein Geruch nach Staub in die Nase; die drückende, laue Luft, dem Atem eines Tieres ähnlich, das schnuppernd herumläuft, gemahnte an die Luft vor einem Erdbeben. Solcherart war Mateldas Reich.

Noch immer herrscht sie dort; einer alten Vestalin gleich, allein und mißtrauisch, lebt sie im Haus, verläßt es selten, mit niedergeschlagenen, unsteten Augen, in prächtige Lumpen gehüllt. Auf geheimnisvolle Weise ist die Liebe zu prachtvollen Lumpen von ihrem Mann auf sie übergegangen. Es heißt, nachts besuchten seltsame Gestalten ihr Haus. Der Onkel Kardinal, gebrechlich, mit blasser, zitternder Kinnlade, im staubigen Purpurgewand; Tante Isotta, halb gelähmt, in ihrem changierenden Brokatkleid unter dem Wollschal; Cousine Antonia, eine verhutzelte alte Jungfer mit großen rauchgrauen Augen.

Alle drei setzen sich um den Tisch: So durchsichtig und körperlos schweben die Kelche zwischen ihnen, daß sie unwirklichen, ephemeren Musikinstrumenten gleichen, die nur einen Augenblick in anhaltendem Echo erklingen, um dann fortzufliegen.

Nur ein Stuhl bleibt leer: der des Gastgebers. Alle drei blicken ihn kopfschüttelnd an und beschließen jede Nacht im Familienrat die Verurteilung Mateldas, die den Baron vergiftet hat.

Das Pferd des Gemüsemanns

Ich besaß einen Garten am Rand der fruchtbaren Campagna; und die Früchte dieses, wie man so sagt, nicht mehr als handtuchgroßen Fleckchens Erde genügten mir, neben meiner kleinen Rente. Ich lebte also in meiner einsamen Hütte: Mein einziger Luxus war ein herrliches Pferd.

Ich wußte, daß mein Pferd irgendwie den Teufel im Leib hatte. Man mußte es übrigens nur aufmerksam betrachten, um das zu merken. Feingliedrig und schwarz, mit blauen Reflexen im Fell, gleich einem Frösteln; mit großen, durchdringenden, zärtlichen Augen, glänzend wie Käfer; die Beine unruhig und mager, und Mähne und Schweif lebhaft wie vom Wind genährte Flammen. Wenn ich an die Kindheit meines Pferdes zurückdenke, sehe ich sie schon als etwas Legendäres. Mit welch naivem, freiem Ungestüm es lostrabte, fast als müßte es durch einen Feuerreifen springen! Welch kindlicher, wilder Schrei war sein Wiehern, das alle Kräfte der Hölle anzurufen schien, um die Farben des Himmels zu verherrlichen! In seiner Seligkeit lag etwas Verzweifeltes; und wie sehr es mich im Grunde liebte! Wie sehr ich es liebte!

Anfangs war sein launisches Wesen meine Lust; doch im Lauf der Zeit, als die Pflege des Gartens immer mehr ins Zentrum meiner Seele rückte und sie schließlich ganz ausfüllte, beschloß ich, mein Pferd zum Transport der Kohlköpfe und Hülsenfrüchte zu verwenden. Ich begann also, es zu peitschen, wenn es sich aufbäumte, ihm Lasten aufzubürden, und gewöhnte es bald an eine Kost aus lauwarmem, wenig gesalzenem Brei. Voll Zufriedenheit sah ich, wie das gebündelte Funkeln in seinen Augen von Tag zu Tag mehr erlosch

und einer diffusen Stumpfheit wich, wie sich der hemmungs-
lose Bewegungsdrang seiner Beine beruhigte und in vorsichtigen Trott verwandelte, die fröhliche Wildheit seines
Lachens (einst lachte es) zu einer Art schläfriger Grimasse
wurde. Zuletzt unterjochte ich es.

»Vivat!« sagte ich mir. Es erfüllte seine Pflicht mit erge-
bener und, könnte ich vielleicht behaupten, zufriedener Be-
scheidenheit. Es transportierte seine keineswegs übermäßige
Last, trabte zum Markt und zurück und fraß schließlich – so
groß ist die Macht der Gewohnheit – meine vertraute Brot-
suppe lieber als das Gras der Weiden. Ich dachte, es hätte
seine ursprüngliche Natur vergessen; und auch ich schickte
mich an, sie zu vergessen. Fast war ich geneigt zu glauben,
ich hätte mich einer phantastischen Illusion gebeugt, indem
ich es für einen überirdischen Geist hielt.

Als es ehrlich gealtert war, überkam mein Pferd jenes Zittern der Knochen, jener eisige Atem, wie es häufig bei Pferden passiert, die an der Deichsel alt geworden sind. Der Tier-
arzt erklärte, daß seine Wissenschaft nichts mehr vermochte.
Und geduldig, mit einem Verdrehen der Augen, schickte sich
das Pferd in das Kommen des Todes.

Doch in dem Moment, als seine Seele sich vom Körper lösen mußte, sah ich mit einem Schrei, daß mein Pferd plötzlich
Feuer fing, so wie sich manchmal Bäume im Wald von selbst
entzünden. Blitzschnell verwandelte es sich in eine hohe zün-
gelnde Flamme, in der ich (war es Erinnerung, Luftspiegelung
oder Traum?) einen Flug schwebender Kathedralen, einen
Meeresgrund und scharfe Profile roter Statuen zu erkennen
vermeinte. Der Anblick jenes Feuers verhieß mir unbeschreib-
liche Freuden, unerhörtes Vergessen. Hätte man mir in jenem
Augenblick gesagt, daß mein Gemüsekarren umgestürzt und
seine ganze Ladung in den Staub gekippt sei, hätte ich wahrscheinlich keinen Finger gerührt.

Doch schon blieb von jener lodernden Fackel, die der Leib
meines Pferdes gewesen war, nur noch ein feiner Rauchfaden.

Und in Wahrheit atmete ich, nun, da alles vorbei war, mit einer gewissen Erleichterung auf, daß ich mich von ihm befreit hatte.

Doch seit jenem Tag ist mein Frieden dahin, und eine Frage treibt mich unablässig um: Auf welche Weise werden die Kräfte der Hölle und des Himmels sich rächen für das, was ich getan habe? Denn auch der Himmel war an der Schöpfung meines wilden Pferds beteiligt. Das ist sicher.

Der Beichtvater

In jenem Winter klingelte es oft an der Tür des Arztes; die Jahreszeit lauerte den Alten und Kranken auf, denen es gelungen war, sich bis hierhin zu schleppen, von einem Jahr zum andern, und die sich nun erbleichend beugten. Das Wasser gefror in den Leitungen, und über den Tälern und Gebirgsausläufern, wo die Stadt lag, prallten flüchtende Windstöße aufeinander, vermischt mit Schnee. Die Stadt glich einem Wald, und auf der höchsten Kirche saß das letzte Türmchen wie ein Dornenzweig; von dort irrte der vom Sturm erstickte Glockenklang klagend durch die engen Straßen und hallte mit einem Klirren am vereisten Fluß wider. Jener lange, singende Zweig war der lebendigste Teil der Stadt. Auch wenn der Nebel ihn verbarg, hörte man ihn leise vibrieren, über den großen, begrabenen Kuppeln in der Luft schwebend.

Gleich beim Eintreten des Patienten ins Haus des Arztes spähten neugierig zwei große schwarze Augen, glänzend im Rund der überlangen Wimpern, durch den Spalt einer Tür, die zum Vorraum führte. Es war der einzige Sohn des Arztes, ein schmächtiges Bübchen mit abstehenden Ohren, empfindsamen Lippen, gekleidet in einen Kittel, der ihm kaum bis zu den Knien reichte. Auf einen Wink des Mädchens, das die Tür geöffnet hatte, zogen sich die großen Augen zurück. Mit gesenktem Blick geleitete das Mädchen den Patienten an den aufgereihten Truhen vorbei durch den hohen Vorraum, leise, leise, wie sie es im Kloster gelernt hatte. Denn sie kam aus dem Kloster; sie hieß Olimpia. Ihre Körperformen waren langgezogen und weich, der Kopf mit den dünnen, federleichten Haaren immer geneigt über dem langen Hals, die Hände geschwollen und gerötet. Manchmal überflutete plötzliche Röte ihre von blondem Flaum bedeckte Haut, eine stumpfe Starre machte ihre ziemlich hervorstehenden Augen schwer. Ihre Lippen, die sie beim Atmen halb geöffnet hielt, erweckten einen gequälten Eindruck, so als bereite ihr das Gehen Mühe. In dem fensterlosen Vorraum mit dem Rautenfußboden brannte stets eine Lampe. Es war kalt, aber im Behandlungszimmer des Arztes war der Ofen geheizt, zusätzlich zu dem prasselnden Feuer im Kamin. Groß, mit gebeugten Schultern, trat der Arzt in die Tür. Er war noch jung, blond, mit langen schmalen Händen. Über seine gerunzelte hohe Stirn, die kurzsichtigen, nebligblauen Augen, die schmalen Lippen huschte so etwas wie ein höfliches, demütiges Lächeln. Dieser Hauch von Lächeln gewann ihm die Sympathie der Patienten, die ihn trotz seines Unglücks respektierten; alle wußten freilich, daß seine Frau ihn einige Monate zuvor verlassen hatte, um einem Theaterkünstler zu folgen. Sie verziehen ihm auch, daß er niemandem sein Herz ausschüttete, was die Neugier der Leute anfangs enttäuscht hatte. Er bewahrte in seinem Beruf jene Selbstbeherrschung und jene freundliche, resignierte Nachsicht, die Vertrauen einflößten. Seine Stimme war schleppend und leise, und die mageren, gelenkigen Hände berührten die Flaschen und das Thermometer mit kurvenreicher Zartheit, so als schnitzten sie immer wohldurchdachte, weiche Figuren. Niemand hätte erkennen können, was nach der Abreise seiner Frau in ihm vorgegangen war, wäre da nicht das Zittern jener Hände gewesen, das nach dem Ereignis viele Tage anhielt. Im übrigen war im Haus des Arztes alles weitergegangen wie zuvor; nur die alte Hausangestellte hatte er, da sie nach der Flucht der Signora eine gewisse Unverfrorenheit an den Tag legte, entlassen und als Ersatz dieses ungehobelte Bauernmädchen eingestellt, diese Olimpia, die aus Barmherzigkeit von den Nonnen aufgenommen worden war, weil alle ihre Verwandten gestorben waren, und die später vielleicht selbst die Gelübde ablegen würde. Recht bald hatte sie aus

dem Klatsch der Krämer und Nachbarn die Geschichte ihres
Herrn erfahren. Doch auf Fragen zog sie sich beinahe erschrocken in sich selbst zurück, starrte den Neugierigen feindselig
an oder senkte den Kopf in mißtrauischem Schweigen. So
daß nach einer gewissen Zeit niemand mehr versuchte, sie
über die Geschichte mit der Signora zum Reden zu bringen.
Nicht daß sie nicht daran dachte; im Gegenteil, obwohl sie die
Signora nie auch nur auf einem Bild gesehen hatte, dachte
sie unausgesetzt daran, mit einer Mischung aus Empörung
und Abscheu, und zuweilen bekreuzigte sie sich, wenn jener
Gedanke sie verfolgte, wie bei einer Erscheinung des Teufels.
Zum Ausgleich überschüttete sie die beiden Unschuldigen mit
einer Woge eifersüchtiger und pathetischer, wenn auch scheuer Zärtlichkeit. Aus Schamgefühl und Respekt hielt sie sich
bei dem Arzt zurück; doch dem Kind gegenüber zeigte sie
ein despotisches, manchmal gewalttätiges Verhalten. Der Arzt
hatte ihr befohlen, mit dem Kind nie von der Mutter zu sprechen. Und wenn der Bub von ihr erzählte, biß Olimpia sich
auf die Lippen, stieß in ihrem Herzen Verwünschungen aus
und flehte die Heiligen an. In ruhigen Momenten erzählte sie
dem Kind mystische Geschichten, und dann wurde sie lebhaft,
wenngleich sie häufig unvermittelt und grundlos abbrach und
mit verzauberter Miene ins Leere starrte. Die Wirkung ihrer
unbeholfenen Schilderungen zeigte sich in bestimmten Zeichnungen, die der Kleine als Kommentar anfertigte, wobei er
bei der Arbeit die Augen aufriß und die Brauen runzelte mit
einem, je nach Gegenstand, bald entsetzten, bald beifälligen
Ausdruck. Diese Zeichnungen waren reich an unruhiger Einbildungskraft, in der sich kindliche Unschuld mit einer Art
senilem Fieber mischte, erfüllt von absurden Alpträumen und
Phantastereien. Olimpia lachte darüber mit ihren makellosen
Zähnen; und versonnen lauschte sie den Erklärungen des
Buben, der ihr gestikulierend und mit vor Ausdrucksdrang
klopfendem Herzen seine Gestalten erläuterte. Zuletzt küßte
sie ihn heftig und drückte ihn an die Brust; doch sogleich ver-

finsterte sie sich, wenn sie an das Unglück des Vaters dachte, und seufzte tief.

Sie stand im Morgengrauen auf, und von der Messe zurückgekehrt, arbeitete sie den ganzen Tag mit der dumpfen Ausdauer der Tiere. Das Haus und das Behandlungszimmer waren nämlich ausschließlich ihrer Pflege anvertraut. Und obgleich der Arzt von seinem Beruf in Anspruch genommen war, dem er sich nun mit äußerster Willensanstrengung widmete, während er für alles übrige kaum Sinn hatte, beglückwünschte er sich doch zu dieser Neuerwerbung. Olimpia nämlich erledigte die Hausarbeit weniger mit dem Eifer eines fleißigen Dienstmädchens als vielmehr mit der aufmerksamen Hingabe einer verliebten Ehefrau und Mutter. Dies merkte man zum Beispiel an der Sorgfalt, mit der sie die Gegenstände im Schlafzimmer ihres Herrn aufräumte oder seine Hemden faltete, und an ihrem Einfallsreichtum in der Küche. Während ihre Herrschaft aß, blieb Olimpia wie ein treuer Hund in Erwartung der Befehle an der Schwelle stehen. Nicht ohne Stolz betrachtete sie den Doktor, der die von ihr zubereiteten Speisen zum Mund führte; doch leider war der Appetit des Arztes gering, und eine Falte des Ekels, ein Zeichen resignierter Müdigkeit erschien auf seinem Gesicht, sosehr er sich auch anstrengte. Man muß sagen, daß jeden Abend, sobald er allein war, die Maske von ihm abfiel, die er den ganzen Tag mit soviel Mühe getragen hatte. Dann schienen seine Züge brutal zu zerfallen und sich zu verzerren, überwältigt von Verwunderung und Furcht. Verwunderung darüber, am Ende eines weiteren Tages angelangt zu sein, und Furcht vor der Nacht, die ihn erwartete, leer, ohne die Beschäftigungen, die ihn betäubten. Neben ihm gab es nur den unruhigen Schlaf seines Sohnes und die Präsenz der Möbel und Gegenstände, und all dies wühlte unbarmherzig seine Erinnerung auf. Auch der Schlaf befreite ihn nicht, da er nur eine erschöpfte, von wirren Gestalten bevölkerte Bewußtlosigkeit für ihn bedeutete, aus der er mit kalten Erschütterungen erwachte. Muskeln und Nerven anspannend, befahl er seinen

Zügen, am Morgen wieder Haltung anzunehmen; aber nicht so sehr, daß ihn nicht, wenn er im geringsten von seiner Arbeit abgelenkt war und vergaß, daß er beobachtet wurde, eine flüchtige Verkrampfung, ein Zittern erfaßte. Olimpia merkte es, und ihre Ergebenheit verwandelte sich in angstvolle Passion, erkennbar nur an einem hektischen Flackern ihrer Pupillen und einem Erschlaffen ihrer Lippen, die farblos herabhingen. Doch ihr Herr gewahrte ihre Verwandlung nicht, ebensowenig wie ihre demütigen, leicht irren Blicke, starr auf seine Hände gerichtet, die, während seine Gedanken abschweiften, zärtlich die Gegenstände formten oder mit geöffneten Fingern auf der Tischdecke lagen. Er vernahm nicht einmal das nervöse Geplapper des Kindes, auf das häufig niemand achtete. Nur Olimpia dankte er manchmal, sich plötzlich aufraffend, wenn sie auf Filzpantoffeln kam, um seinen Teller auszuwechseln. Stets bewahrte er gegenüber dem Dienstmädchen eine ernste, schwermütige, herrschaftliche Höflichkeit. Und diese seine männliche Ruhe verhinderte jede Vertraulichkeit, erstickte bei Olimpia jeden Impuls. Es stimmt zwar, daß sie in ihrem Zimmer ihrem vollen Herzen Luft machte. Auf Knien preßte sie mit den Handflächen ihren jungfräulichen Busen zusammen, gefühllos gemacht von einem rauhen Leibchen, das sie wie einen Bußgürtel auf der Haut trug, und rief stöhnend die Heiligen an. Die Empörung über das betrügerische Weib, das überbordende Mitleid mit dem Betrogenen drängten Olimpia zu Liebes- und Haßbekenntnissen. Die Religion wurde in ihr zu einem abergläubischen Drama, in dem Sünder und Richter, Schuld und seltsame Rachevorstellungen glühende, feierliche Auftritte hatten. Und das Mitleid verursachte ihr ein rein körperliches Martyrium, genauso wie es eine Wunde tun könnte. Doch anstatt dieses Martyrium zu meiden, suchte sie es begierig. Nach einem Tag leidenschaftlicher Mühsal stürzte sie sich beinahe trunken in ihr zermürbendes Gebet: »Mein Gott, rette ihn«, flehte sie unter Klagen und warf sich kalt wie Eis zu Boden. »Bestrafe diese ...« – und dann sagte sie Wörter, die nur zu denken schon eine Schuld war, und derer sie sich in anderen Momenten selbst angeklagt hätte. Statt dessen bezichtigte sie sich nicht einmal in der Beichte jener Wörter, denn die Signora schien ihr jede Beleidigung zu verdienen, und ihre Sünde ohne Vergebung. Olimpia lehnte sich auf gegen die Ermahnungen, für sie zu beten. »Auch Gott wird sie verdammt haben«, dachte sie, »einen solchen Mann verläßt man nicht, noch dazu mit einem unschuldigen Kind.« Und vor dem Gitter des Beichtstuhls erging sie sich in dergleichen Beschuldigungen, stammelte Lobpreisungen auf ihren Herrn. Jeden Morgen, die von Erfrierungen geschwollenen Hände unter dem Schal verborgen, lief sie im Schneegestöber durch die finsteren Straßen, in denen die brennenden Lampen schwankten. Eine helle, hastige Wonne drängte sie zur Kirche hin; keinen Ort liebte sie mehr als diesen. Es war die Kathedrale der Stadt, ein gotisches Gebäude mit zahlreichen Altären voller Kerzenflammen und dunklen Säulenreihen, die die tiefen, hallenden Kirchenschiffe unterteilten. Beichtstühle aus geschnitztem schwarzem Holz standen an den Wänden; man begegnete verstohlen mit gesenktem Kopf durch die Stille huschenden Priestern, deren Soutane an den Betstühlen entlangraschelte. Ein Geruch nach Verwesung und Weihrauch hing in jeder Ecke und erfüllte die Luft, so daß man beim Eintreten davon umfangen wurde, bis man ihn im Mund schmeckte. Und vom Pfeifenwerk der Orgel, das man hoch oben in dem schwindelerregenden Bogen aufblitzen sah, tönten Stimmen herab, die zuweilen wie Hochzeitschöre jubelten, zuweilen in zermürbender Süße verklangen, zuweilen Hymnen anstimmten wie Kriegstrompeten. In diese Echos, diese Düfte versunken, von einer heftigen Seligkeit besessen, weinte Olimpia; und bald war ihr Taschentuch durchnäßt, und die Tränen liefen ihr über die Finger und brannten in den offenen Wunden. Hatte sie dann ihre Gewissensprüfung beendet, näherte sie sich zerknirscht dem Beichtstuhl, wo der Beichtvater hinter dem Gitter zu ihr sagte: »Sprich, meine Tochter.«

Eines Morgens kam diese Aufforderung von einer Stimme, die neu und so freundlich war, daß Olimpia sich gerührt fühlte und ihr Blut in Wallung geriet. Jene Stimme war zu spüren, fast als besäße sie einen Körper, schmeichelnd, liebevoll und, ich weiß nicht, wie, voll Keuschheit und Vertraulichkeit zugleich. Mahnte sie, und das geschah selten, so nachsichtig war jene Stimme, so nahm sie einen ernsten Tonfall an; manchmal schwang in ihr ein sachtes, kaum angedeutetes Lachen, und in dem Fall bekam sie eine kindliche Naivität. Sie hatte ein eigenes, geheimnisvolles Gesicht, diese Stimme, von dem man sagen konnte: »Jetzt schaut es finster. Jetzt schlägt es die Augen nieder. Jetzt lacht es.« Ganz gesammelt, an den Beichtstuhl geklammert, kostete Olimpia dieses Gemurmel aus, aber sie war so verwirrt, daß sie nur ab und zu zwischen abgehackten Sätzen stammeln konnte: »Padre, Padre...«

Im Lauf der Tage jedoch faßte sie Zutrauen, und die Kathedrale, die sie schon über alles liebte, füllte sich für sie mit einem freudigen, feierlichen Zauber. Olimpia genoß schon im voraus die Stunde der Beichte und kam beklommen, außer Atem in der Kirche an, wie zu einem Stelldichein. Von da an machte sie es sich zur Gewohnheit, jener Stimme ihre Qualen, ihre Ergebenheit und ihre Tröstungen bezüglich ihres Herrn anzuvertrauen. Mit Begeisterung stimmte sie ein Loblied auf ihn an: »Er ist schön wie ein Engel«, wiederholte sie bebend, »er ist fromm wie ein Lamm.«

»Ja«, murmelte die Stimme, »das bezweifle ich nicht, meine Tochter. Und ich weiß, daß das Leben nicht immer heiter ist, aber du darfst dich nicht grämen. Mir scheint, daß du bei diesem armen Herrn immer deine Pflicht tust. Mach weiter so, mein braves Kind. Hilf ihm, sein Unglück zu ertragen, und der Herrgott wird es dir vergelten. So ist's recht. Aber, je nun ... findest du es angemessen, ein Menschenwesen mit den Heiligen, den Engeln des Himmels zu vergleichen? Nein, das schickt sich nicht, mein Töchterchen, und für diese kleine

Verfehlung, die dir in der Beichte unterlaufen ist, wirst du ein Ave-Maria mehr beten und die Heilige Jungfrau um Verzeihung bitten. Sprich mit mir den Reueakt. Ego te absolvo ...«

Zuletzt stand Olimpia auf, das Kinn auf der Brust, selig, aber nicht satt, und kehrte ganz zerknirscht und eifrig nach Hause zurück. Bald überkam sie der Wunsch, jenen Beichtvater zu sehen, mehr um sich zu erkennen zu geben als um ihn kennenzulernen. Und nach der Beichte wartete sie, bis sich alle anderen Büßerinnen zurückgezogen hatten, auf Knien liegend und lauernd. Doch in der Dunkelheit konnte sie nur eine undeutliche Gestalt wahrnehmen, die in der Kutte davonglitt, das Gesicht auf die gefalteten Hände gesenkt. Wie sehr sich Olimpia auch voll Inbrunst bewegte, jener Schatten bemerkte sie nicht, noch hob er das Gesicht.

Eines Tages, als sie sich in der Kirche verspätet hatte, empfing sie ihr Herr, der vielleicht eine schlimmere Nacht als sonst verbracht hatte, ungewöhnlich gereizt: »In Ihrer Abwesenheit sind schon zwei Patienten gekommen«, sagte er mit verhärteten Zügen und schneidender Stimme, »mir scheint, es wäre besser, Sie würden für Ihre täglichen Gebete eine passendere Stunde wählen.« Sicherlich hätte er sich die Wirkung seines Vorwurfs nie vorstellen können; denn er hatte ihn noch kaum ausgesprochen, als Olimpia, geblendet jene schmalen, zitternden Hände betrachtend, fieberhaft den Kopf schüttelte, hochrot im Gesicht. Und wie von Sinnen fiel sie auf die Knie, schlug sich auf die Brust und schluchzte: »Ich, ich muß mir das von meinem Herrn sagen lassen!« jammerte sie. »Ich schwöre Ihnen, bei der gesegneten Seele meines Vaters und meiner Mutter, mein Herr ...« Und hier ließ sie ihren Leidenschaften freien Lauf und verhedderte sich in einer langen Rede, in der das unschuldige Kind des Doktors, das sie wie ihren eigenen Sohn liebte, und die Seele ihrer Toten und ihre Ergebenheit in glühenden, abgerissenen Sätzen wieder auftauchten. Der Arzt, bestürzt über diesen Strom von Worten und Tränen, versuchte widerstrebend, ihn aufzuhalten, nicht ohne ein müdes

Staunen: »Aber nein, nicht doch«, wiederholte er sanft, die Finger hebend, um Schweigen zu gebieten, »aber das wollte ich doch niemals sagen, mein Mädchen...« Einen Augenblick lang erfaßte ihn ein unbestimmter Schrecken, während er das gerötete Gesicht, die geweiteten Augen betrachtete. Aber mitleidig lächelnd riß er sich sogleich zusammen: »So stehen Sie doch auf«, sagte er freundlich. »Es reicht, es reicht. Ich schätze Sie, ich bin mit Ihnen zufrieden. Stehen Sie auf, meine Tochter.« Und sie erhob sich und ging gekrümmt in die Küche, die Brust noch voll Schluchzen, demütig wie ein geprügelter Hund.

Es schien, als sollte dieser Vorfall keine Folgen haben, aber so war es nicht, zumindest für Olimpia. Den ganzen Tag lang behielt sie einen verträumten Ausdruck, wie wenn man sich nach einem Fieber erhebt und die betäubenden Erscheinungen, die im Zimmer umgehen, noch nicht ganz verflogen sind. Es war, als müßte sie, nach der nachlässigen und matten Art zu urteilen, mit der sie ihre Hausarbeiten erledigte, für diese materiellen Handlungen jedesmal von einem unwirklichen Zufluchtsort herabsteigen. Und am nächsten Morgen flüsterte sie auf dem Weg zur Kirche mit frostbleichen Lippen wer weiß welche wichtigen Reden vor sich hin. Sie hatte die Gewohnheit angenommen, ihren Namen zu sagen, wenn sie im Beichtstuhl niederkniete, und ihr schien, als habe sie damit eine besondere Intimität zu der Stimme auf der anderen Seite des Gitters hergestellt. Kaum war sie an jenem Morgen wohlwollend aufgefordert worden: »Sprich nur, meine Tochter«, als sie mit einer gewissen dramatischen Atemnot verkündete:

»Gestern, Padre, hat mein Herr mir eine Ohrfeige gegeben.«

»Oh, was sagst du mir da, meine Tochter!« flüsterte jene sanfte Stimme ziemlich empört. »Ich möchte glauben, daß diese heftige Geste durch eine Verfehlung deinerseits ausgelöst wurde, was sie zwar nicht rechtfertigt, aber doch begreiflich machen kann, wenn man an die schmerzliche Lage denkt, in der sich dein Herr deinen Worten nach befindet. Ich bin sicher, daß du dich nicht gewehrt hast, nicht wahr?«

Aufgeregt wie die Kinder, wenn sie alles daransetzen, damit die anderen ihre Lügenmärchen glauben, schilderte Olimpia die Szene, die mit fortschreitender Erzählung immer schrecklicher wurde, und fühlte sich dabei von Beklemmung und Seelenschmerz überwältigt. Und als sie sich wieder erhob, war sie erschöpft und ausgelaugt, aber gleichzeitig ekstatisch. Danach begann für sie eine Reihe von eher imaginären als gelebten Tagen; wie es unter der Einwirkung mancher Drogen geschieht, blähte sich das geringste reale Indiz in ihrer Phantasie auf, und wie in einer schillernden Seifenblase spiegelten sich darin beweglich verzerrt alle Farben und Gegenstände. Mit aufmerksamem Scharfblick sammelte sie jede Regung, jedes Wort ihres Herrn und legte sie andächtig auf ihre trügerischen, anstrengenden Altäre. Diese unablässige innerliche Tätigkeit nahm sie so gefangen, daß schon erste Spuren davon in ihrem Verhalten erkennbar wurden. Wenn sie dem Kind die gewohnten Geschichten erzählte, stockte sie immer häufiger mittendrin wie verzaubert, und auf sein Drängen: »Und dann, und dann?« antwortete sie nichts, wie taub, und in einer Art schwachsinnigem Stupor befangen; oder sie umarmte den Buben in einer plötzlichen Aufwallung, bis sie ihn fast erstickte. Bei der Hausarbeit schien es manchmal, als erstarrten ihre Hände, und sie hielt erstaunt inne. Auch ihr gelegentliches Zusammenzucken und flehentliche Blicke voll wilder, manchmal erschreckender Ergebenheit entgingen ihrem Herrn nicht. Doch er versank immer mehr in einem schmerzlichen Limbus und schreckte außerhalb seiner Arbeit vor jeder Notwendigkeit zu handeln zurück, gefangen in unbezwingbarem Leid, so daß er Entscheidungen immer aufschob. Übrigens hatte er in Wirklichkeit keinen Grund, sich über Olimpia zu beklagen, die in jenen Tagen ihren Eifer verdoppelte; und dann überschlugen sich die Geschehnisse so rasch, so unerwartet, daß ihm, selbst wenn er hätte nachforschen und etwas unternehmen wollen, keine Zeit dazu geblieben wäre.

Jeden Morgen im Beichtstuhl redete Olimpia wie im Wahn in den langen Sitzungen, die ihr stets viel zu kurz vorkamen. Eine bizarre Figur ihres Herrn, halb Heiliger, halb Tyrann, zu der die wirkliche Person verzerrt wurde, zeichnete sich in diesen Erzählungen ab. Vor allem grausame Szenen malte sie hemmungslos darin aus. Eines Tages erzählte sie, sie sei ausgepeitscht worden, und fügte mit einem Schaudern, fast als würde sie an dieser Stelle durchbohrt, heimlich hinzu: »Ich bin voller Striemen.« »Oh, mein Töchterchen, was sagst du mir da!« seufzte die Stimme. »Es scheint wirklich, als habe das Unglück deinem Herrn das Gewissen getrübt. Doch was soll man machen, hoffen wir, daß der Herrgott früher oder später sein Herz rührt und daß sein Schmerz ihn nicht mehr verrohen, sondern heilig werden läßt. Und du, mein Töchterchen, ertrage diese Qual. Wer weiß, ob du nicht als Werkzeug dienst, damit ein verirrtes Schaf zur Herde heimkehrt? Wie können wir, meine Tochter, die Wege des Herrn erkennen?« Und hier schimmerte durch die sanften, geflüsterten Worte jenes teure, innige Lachen hindurch, das Olimpia jubeln und erbeben ließ. Von Mal zu Mal forschend oder vorsichtig oder zärtlich, schien jene Stimme Olimpia bald mit feinen Dornen zu durchbohren, die sie mit Entzücken spürte, bald einen überaus milden Balsam auf ihre Wunden zu streichen, um ihren Schmerz zu lindern. Und Olimpia wußte kaum noch, was sie mehr liebte, ihre imaginären Wunden oder jene honigsüße Stimme, die sie heilte. Einmal dann, als ihr Herr sie, ihren Worten nach, »weiß und ohnmächtig« hatte liegenlassen und als ihr die Stimme darauf nachdenklich riet, sie solle sich an die Polizei wenden, falls es so weiterginge, protestierte sie sogleich erschrocken, betonte in einer flammenden, schmachtenden Lobrede, wie sehr sie ihren Herrn vergötterte, und fügte in duldsamem Ton hinzu: »Ich will alles geduldig ertragen.«

Von jenem Tag an spielte sie eifriger mit einem Gedanken, der ihr schon durch den Sinn gegangen war, doch hatte sie ihre bäuerliche Sittsamkeit bisher daran gehindert, ihn zu konkretisieren und in Worte zu fassen. Es war also an der Zeit, der Stimme anzuvertrauen, daß ihr Herr sie reuig küßte, nachdem er sie übel zugerichtet hatte. Ja, um sie wieder aufzurichten, legte er die Zerschundene hin und küßte sie. Im ersten Augenblick schreckte sie vor einem solchen Gedanken zurück, da sie darin den Teufel erkannte. Doch insgeheim zog er sie immer verführerischer an, und Olimpia empfand Jubel und verzehrte sich in der Erwartung, ihn auszusprechen. Was würde die Stimme dazu sagen? Würde sie sich entsetzt weigern, Olimpia die Absolution zu erteilen für diese Sünde ... Todsünde? Olimpia bekam Angst, aber ihr Gedanke und das Bangen vor dem Morgen waren so heftig, daß sie ab und zu allein darüber lächelte.

Gerade als sie, in diese Phantasien verstrickt, dennoch unverdrossen der Hausarbeit nachging und das Kind in der Schule war, ertönte ein zurückhaltendes Klingeln an der Tür. Und vom Wind geschoben, trat eine grazile junge Frau herein, mit pechschwarzen, zu großen Augen im Gesicht. Eingemummt in einen kurzen Pelzmantel, Nase und Wangen vom Frost gerötet, trug sie eine Mütze, ebenfalls aus Pelz, auf der langsam der Schnee schmolz und unter der ein schwarzer, um den Kopf geschlungener Zopf hervorsah. Bevor sie zu reden begann, schöpfte sie Atem, und beim Sprechen klapperte sie mit den Zähnen, sowohl wegen der Kälte als auch wegen einer gewissen Scham oder Schüchternheit, die ihre ganze Haltung durchdrang: Mit unsicherer, rauher Stimme sagte sie, man möge den Doktor verständigen, daß Signora Caterina da sei, ob er sie empfangen könne. Und in ihren Worten schwang außer Furcht etwas kurios Geheimnisvolles mit, die ängstliche Freude dessen, der eine Überraschung bereithält, und insgesamt ein spielerischer Ton. In der Tat gehörte Caterina zu jenen Geschöpfen, denen eine hartnäckige Kindlichkeit eigen ist. Es genügte, ihre unsteten, gedächtnislosen Augen anzuschauen, um zu verstehen, daß ihre Traurigkeiten keinen Grund und ihre Taten kein eigentliches Motiv hatten. Solche Geschöpfe leben von ständigen Fluchten und Pausen voller Staunen und können in denen, die sie sehen, großen Neid oder großes Mitleid erregen. Olimpia aber empfand weder das eine noch das andere dieser Gefühle. Instinktiv sensibel wie manche Tiere, die den Sturm vorher spüren, starrte sie die Frau mit wildem Mißtrauen an. Dann wandte sie sich unwillig ab, um dem Arzt die Botschaft zu überbringen.

Kaum hatte dieser den Namen »Caterina« vernommen, entstellte Röte sein Gesicht, und der Blutandrang war so heftig, daß er beinahe ohnmächtig wurde. Darauf folgte tödliche Blässe, doch sogleich eilte der Arzt in den Vorraum, so überstürzt, als fürchtete er, die Besucherin könnte in der Zwischenzeit geflohen sein.

Die Türen standen offen, und die beiden sorgten sich weder darum, sie zu schließen, noch fühlten sie, daß Olimpias Blicke die ganze Zeit mit begehrlichem Grauen auf sie gerichtet waren. Caterina begann ein paar zusammenhanglose Sätze zu stottern, aber der Doktor wiederholte, ohne ihr zuzuhören, immer wieder: »Du! Du bist es!« Und wie ein Blinder tastete er fieberhaft ihr Gesicht ab, vielleicht um sich zu überzeugen, daß es wahr war, und um sie besser wiederzuerkennen. Dann hob er sie mit einem trunkenen, kindischen Lachen mit beiden Armen hoch, trug sie ins Nebenzimmer und setzte sie dort auf einem Sofa ab. Und über sie gebeugt, noch immer mit dieser nicht ganz überzeugten Raserei und Verblüffung, küßte er ihr bald die pelzgefütterten Stiefelchen, bald den Zopf, bald das tränenüberströmte Gesicht. »Wirklich«, flüsterte sie krampfhaft, »darf ich wirklich bleiben? Schickst du mich wirklich nicht fort?« Statt aller Antwort lachte er wie ein Irrer und küßte ihr die Hände. Da wagte sie mit immer brüchigerer Stimme zu fragen: »Und Lucio...? Bestimmt erinnert er sich nicht mehr an mich.« Doch der Doktor zog ihr, wie er es bei einem kranken Kind gemacht hätte, den Pelzmantel, die Mütze und die Schuhe aus, alles vom Schnee durchnäßt, öffnete ein klein wenig den Verschluß ihres Kleides und berührte mit zärtlichem, freundlichem Bangen mit den Lippen ihren Hals: »Jeden Tag haben wir auf dich gewartet«, sagte er zu ihr, »auf Lucios liebe Mama, meine Seele.« Alle Augenblicke schauten sie sich an und lachten und weinten.

Da kündigte ein lärmendes Klingeln die Ankunft des Kindes an. Olimpia löste sich mit Mühe von ihrem Beobachtungsposten und ging öffnen. Als sie den Knaben sah, überwältigte sie ein Tumult von Gefühlen, und schluchzend riß sie ihn in eine ihrer stürmischen Umarmungen: »Armes Kind«, sagte sie immer wieder zu ihm, »armes unschuldiges Kind.« Doch der Kleine, der die Mutter schon gesehen und erkannt hatte, riß sich los und lief ihr entgegen. Und obwohl Caterina heftig weinte, hörte sie nicht auf, das Kind hochzuheben und mit festlicher Miene hin und her zu drehen; und sie küßten sich und verschlangen sich ineinander wie zwei spielende Welpen.

Von jenem Augenblick an senkte sich zwischen Olimpia und den anderen eine schwarze Decke der Angst. Zeitweise sah sie jedoch die Dinge jenseits dieses Schwarz mit zwanghafter Klarheit, und Gedanken und Vorsätze wimmelten in ihr. Ein Gedanke überragte alles: Das Haus war verflucht durch die Anwesenheit jener Sünderin, ein Teufelszauber vollzog sich, es war eine Schande, ein Skandal. Bei jeder Bewegung, jedem Kuß, jeder Träne Caterinas erstarkte dieser Gedanke nun wie eine Stichflamme, die unausgesetzt genährt wird. Wenn der Sohn sich an die Mutter lehnte, auf ihre Knie sprang oder ihre Liebkosung suchte, schauderte Olimpia im Gedanken an jene geschändete Unschuld, verdorben durch die unkeusche Berührung der Sünderin. Wenn ihr Herr seine Gattin anlächelte oder anschaute, dachte Olimpia, daß die Sünderin ihn verhext habe, und flehte Gott an, sie zu Asche werden zu lassen. Ein zugleich fleischlicher und mystischer Haß verzehrte sie. Doch sie versäumte nicht, ihre Pflichten zu erfüllen, obwohl sie mit der Starre eines Automaten handelte und verstummt zu sein schien. Die anderen jedoch waren so von der Glut in Anspruch genommen, sich wiedergefunden zu haben, daß sie nicht weiter auf Olimpias Schweigen achteten und es ihrer ungezähmten Widerspenstigkeit zuschrieben. Nur Catarina sagte im Gespräch, während Olimpia sich entfernte, zu ihrem Mann: »Und das neue Dienstmädchen?« Und als er erwiderte: »Ja, ein braves junges Ding«, runzelte sie mit einer Grimasse, die an Abscheu grenzte, die Stirn und bemerkte:

»Ihre Augen gefallen mir nicht.«

Der Gedanke an die Beichte, den Olimpia bis kurz zuvor hegte und pflegte, war anfangs ein Trost für ihren verstörten Geist. Doch gegen Abend, wenn der nächste Morgen mit seinen frommen Übungen näherrückte, schreckte Olimpia mit einem abergläubischen Widerwillen davor zurück. In der Tat war ja alles anders geworden; jene früheren, glücklichen Tage, von der gegenwärtigen Wirklichkeit entwürdigt, gingen ihr in der Erinnerung wie fahle, klebrige Gespenster immer wieder durch den Sinn und hinterließen Spuren qualvoller Röte. Jede Phantasie, jeder Traum, jede Absicht wurden vergiftet von jenem neuen Gedanken an sie. Und bei der Vorstellung, sie würde jener Stimme etwas über sie erzählen, fühlte Olimpia eine Eiseskälte. In der Nacht und in der Einsamkeit vergrößerte sich ihr Schmerz und nahm konkrete Formen an, so daß ihr war, als sähe sie dort ein Kreuz, einen blutigen Stein, und sie selbst wand sich schweißgebadet am Grund einer großen Schwärze. Am nächsten Morgen irrte sie in ihrem kurzen Schal um die Kathedrale wie eine ruhelose Seele. Mehrmals begann sie die Freitreppe zu den hohen Bronzetüren hinaufzusteigen. Doch sie kehrte um, ohne die Kirche betreten zu haben.

Den ganzen Tag lang war der Arzt unterwegs bei seinen Kranken, und während der Bub in der Schule war, blieben im Haus nur noch Olimpia und Caterina. In ihrer arglosen Unbeschwertheit, in ihrem Bedürfnis nach Übereinstimmung und

Freundschaft suchte diese zu Beginn Olimpias Gesellschaft, lockte sie mit kleinen Fragen, mit freundlichen Hilfsangeboten und folgte ihr von einem Zimmer ins andere. Doch bald mußte sie sich wieder zurückziehen angesichts Olimpias feindseliger Gehemmtheit, die in manchen Momenten einen tiefen Abscheu enthüllte. Und sie sah in dem starren, verhärteten Blick des Dienstmädchens etwas Seltsames, Besessenes, das sie eisig berührte und ihr die gleiche unerklärliche und beinahe heilige Furcht einjagte, die Kinder nachts im Dunkeln empfinden. Dennoch versuchte sie sich zu zerstreuen an jenem langen Vormittag, verloren in dem bekannten, kalten Haus, während Olimpia derweil in der Küche fieberhaft die Ohren spitzte, Caterinas Atem belauschte und sie sah, als wären die Wände aus Glas; da, sie geht zum Fenster, zieht den Vorhang beiseite, säubert mit dem Finger die beschlagene Scheibe. Jetzt setzt sie sich aufs Sofa und läßt dabei die Pantoffeln fallen. Jetzt spielt sie mit den Perlen ihrer Kette. Und was macht sie bloß im Behandlungszimmer des Doktors? Jedes Geräusch, jeder Atemzug, der von dort kam, hallte in Olimpia wider. Ihr schien, als schände Caterinas Gegenwart jeden Winkel des Hauses, als verhexe sie ruchlos und heimtückisch alle Gegenstände und raube ihnen die Seele. Und empört, daß Gott jene Schamlose nicht strafte, mischte sie in all ihre Gebete und Beschwörungen eine bittere Raserei; denn ihr Glaube war solcher Art, daß er nicht Unterweisung und Linderung bot, sondern vielmehr Nahrung für ihren Haß. Sogar die Schwäche, die wehrlose Demut Caterinas stachelten ihren Zerstörungs- und Rachewahn an.

So vergingen noch ein Tag und noch eine Nacht. Vor Sonnenaufgang wurde der Arzt plötzlich zu einem Kranken gerufen. Olimpia selbst, rasch aufgestanden, begleitete ihn zur Tür und half ihm, Mantel und Stiefel anzuziehen; auch trat sie nicht von der Schwelle zurück, bis sie ihn nicht in der noch tiefen, nebligen Nacht hatte verschwinden sehen. Dann wieder im Bett, begann sie in der Stille des schlaferfüllten Hauses mit den Zähnen zu klappern, nicht nur vor Kälte, sondern vor Ekel und Furcht, und rief ihre Mutter und alle Heiligen an, den Rosenkranz zwischen den verkrampften Fingern. Nun quälten sie Gewissensbisse und eine heftige Sehnsucht nach ihrem Beichtstuhl, nach jener Stimme. Vielleicht war es ihre Schuld, daß sie am Morgen die Kirche nicht hatte betreten können; denn Gott wandte die Augen ab vom Haus der Sünde. Daraufhin übermannte sie großes Mitleid mit sich selbst, und darin züngelte ab und zu, wie eine spitze Flamme in aufgestocherter Asche, der Haß.

An dieser Stelle pochte die schmeichlerische Stimme aus dem Beichtstuhl ihr an die Schläfen: »Du bist nicht gekommen! Was hast du heute gemacht?« – »Padre ...«, flüsterte sie zurückweichend, ohne den Mut, die Augen zu heben. Jener Klang wühlte ihren ganzen Körper auf, durchbohrte sie, liebkoste sie; doch als sie ganz nah einen Atem vernahm, sagte sie leise: »Ihr seid hier, Padre.«

Und als sie sich umwandte, sah sie den Doktor neben dem Bett stehen. Sie fragte sich nicht, wie er hereingekommen war, ohne Türen und Fenster zu öffnen, sondern betrachtete sogleich seine Hände, die er gefaltet hatte, denn sie war sicher, daß er sie bald erheben würde, um sie zu schlagen oder zu streicheln. Doch er rührte sich nicht, unverwandt starrte er auf ihren bloßen, kleinen, geröteten Busen und lächelte leicht, mit einer Grimasse. »Du bist nicht gekommen«, wiederholte er, im tiefen Ton des Schlafs, hauchleise und gefräßig wie das Knistern einer Flamme.

»Sie ist zurückgekommen, Padre«, sagte Olimpia.

»Dieses Haus ist verflucht«, sagte er, »was für eine Schande! Gott verfluche dieses Haus. Die Schamlose kehrt zurück zu jenem Unschuldigen, man öffnet ihr Tür und Tor, und Gott straft sie nicht. Arme Olimpia, deine arme Jugend, mein Töchterchen.«

»Du bist der Herr«, sagte Olimpia mit gepreßter, heiserer Stimme.

»Töte sie«, sagte er, und gedämpft von einer Entfernung und einer Stille, vernahm man in den Worten jenes geliebte Lachen. In derselben Minute schlug vom hohen Kirchturm mit geschwächtem, zitterndem Glockenklang die Stunde, und schon durchdrang den Nebel die erste Morgenröte, die die Umrisse der Figuren auflöste und sie blutleer und trübe machte. Da begann die Stimme hastig wieder zu sprechen: Manchmal schien sie zu ersterben, zu verlöschen und schöpfte mit einem sanften Gurgeln wieder Atem. Olimpia, fasziniert von den gefalteten Händen ihres Herrn, von seinen fernen, beim Sprechen starr auf ihre Brust gerichteten Augen, zitterte bald stumm, bald bedeckte sie sich den Busen mit einem feinen Lachen. Doch mehr regte sich in ihr, verzehrend und aufregend, ein stechender Eifer. »Was für eine Schande«, wiederholte die Stimme unaufhörlich, »man darf eine solche Schande nicht erlauben. Die Schamlose küßt das Kind, drückt es an die Brust. Sie lacht mit dem Doktor, sieht ihn an, küßt ihn im Schlafzimmer. Sie flicht sich den Zopf und spricht mit dem Kind. Sie spricht mit dem Kind, schneidet ihm Grimassen, nennt es ihren Sohn. Ihr Fleisch ist schneeweiß, pfui. Sie lacht und drückt des Doktors Arm. Sie lacht.«

»Sie hat ihn verhext«, flüsterte Olimpia im Ton eines Urteils.

»Das Haus ist beschmutzt. Man muß es von der Sünde befreien, mein Töchterchen. Verjagt den Teufel. Wer kann die Wege des Herrn kennen, Olimpia, mein Töchterchen? Die Schlange zu zertreten ist keine Sünde. Im Schlafzimmer zieht sie sich aus, zeigt die Brust und lacht.«

»Gott will die Strafe«, sagte Olimpia. »Töte sie«, wiederholte die Stimme. Schweißgebadet, demütig wie eine Sklavin, erhob sich Olimpia aus dem Bett und stammelte: »Dottore, mein lieber Herr ...« Im Gehen hallte die süße Stimme in ihrem Hirn wider, zerfraß es und zappelte wie ein wahnsinniges Insekt. Und mit immer entschlossenerem, blinderem Willen erreichte Olimpia Caterinas großes Bett.

Caterina schlief friedlich mit geneigtem Kopf, so daß ihr Atem den Spitzenbesatz des Nachthemds leicht bewegte; ihre schwarzen, teils zusammengebundenen, teils aufgelösten Haare breiteten sich in Wellen und Locken auf dem Kissen aus. Ihre Wangen, die durch die Ruhe Farbe bekommen hatten, wirkten jünger, obwohl sie etwas im Schlaf überschattete, zwischen Stirn und Wimpern flatternd.

»Bist du es, Luciolo?« murmelte sie mit ihrer kindlichen Stimme voller Zärtlichkeit, als sie spürte, daß jemand sie am Hals berührte. Doch sobald sie Olimpia erkannte, stieß sie sogar in dieser ersten Benommenheit des Halbschlafs entsetzt einen matten Schrei aus und versuchte sich loszureißen. In dieser Minute fand Olimpia in den Händen ihre ganze Kraft einer Bäuerin wieder, aufgebracht durch den Anblick jener verspielten Spitzen, jenes zarten Gesichts, so daß Caterinas Agonie schlicht und kurz war wie die eines Vogels: Und bald lag sie reglos da, eisig und fahl.

An diesem Punkt drehte sich der Türknauf, und von einer unbestimmten Angst geweckt, trat der Bub ins Zimmer. Obwohl noch verständnislos und erstaunt, schüttelte er die Mutter schluchzend und klammerte sich wie hilfesuchend an Olimpia. Diese befreite sich mit einem Ruck von ihm und lief auf den Flur hinaus. »Ich bin fertig, Herr«, sagte sie laut mit heller Stimme. Doch ihr Zimmer, dessen Decke noch im Schatten lag, war leer: Nur der Wintertag drang langsam und kalt herein und enthüllte das zerwühlte schmale Bett, die Schlaflosigkeit und die Schweißausbrüche der Nacht. »Dottore!« schrie Olimpia, »Herr!« Und keuchend, mit den schweren Knien an den Möbeln aneckend, irrte sie ein wenig durch den kleinen Raum. Dann hielt sie plötzlich inne und starrte gedankenverloren auf ihre Hände; und mit seltsam regungslosen Augen begann sie glucksend in sich hineinzulachen, wie eine verliebte Turteltaube.

Die zwei Saphire

Die Signora blieb vor dem Schaufenster ihres Juweliers stehen wie am Eingang eines Gartens. Auf leuchtendem Kies
öffneten sich Pfauenräder voller Augen, und in der Mitte der
verschlungenen Flora, zwischen kunstvoll arrangierten Ta-
felaufsätzen voll facettierter und runder Früchte funkelten,
zwei Brunnen ähnlich, zwei in Platinreifen gefaßte Saphire. Der Anblick dieser Ohrringe weckte in ihrer Kehle jenes
Tremolo, das dem vollen Gesang und dem Flug vorausgeht.
Begierig setzte sie zum Flug an und trat ein.

Alle in diesem Geschäft liebten die Signora; sie begrüßten
sie freudig, verwöhnten sie, ersannen immer neue Zierden
und Girlanden für ihre Schönheit. »Dieser Perlenschmuck ist
wie extra für Sie gemacht, Signora«, seufzte die Verkäuferin.
Und der Verkäufer: »Als die winzige ›goldene Chimäre‹ eingetroffen ist, haben wir alle gerufen, daß man sie sofort der
Signora an ihr schwarzes Kleid stecken muß, der Cavaliere
kann es bezeugen.«
   Doch die Signora deutete mit dem Finger auf die beiden
Saphire in der Auslage. Während sie sie nun betrachtete, von
nahem und schon die ihren, hörte sie zerstreut dem Juwelier
zu, der eine Zahl nannte, und schwankte einen Augenblick
zwischen ja und nein; doch sogleich schüttelte sie den Kopf,
sagte: »Warum nicht?« und kaufte die Saphire. In ihrer Handtasche verschlossen, ließen sie die Signora leichtfüßiger und
beschwingter gehen, fast als wären es Flügel.
   »Nach einer solchen Ausgabe«, murmelte sie vor sich hin,
»will ich sparen.« Und zu diesem Zweck nahm sie die Straßen-

bahn, anstatt ein Taxi zu rufen. Vor ihr saßen zwei Frauen aus dem Volk. Eine davon, bildschön, hielt ein etwa zweijähriges Kind auf dem Schoß. Das Kleine war von der gleichen Schönheit wie die Mutter, mild, blaß und königlich; allerdings waren die Augen der Mutter schwarz, die des Kindes jedoch blau, und ihre sanfte, wässerige Farbe erschien seltsam getrübt.

Eben wegen dieser Äuglein, erklärte die Mutter der anderen Frau, sei sie beim Arzt gewesen; und der Doktor habe sie ehrlich darauf hingewiesen, daß der Kleine allmählich erblinden werde. Man könnte es zwar mit einer Operation versuchen, wohl wahr, aber die kostete tausend Lire, und woher sollte man eine solche Summe nehmen? Resigniert schüttelten die beiden Frauen aus dem Volk den Kopf. Die Mutter hielt ihr Kind mit anmutiger Gebärde und unbeschreiblicher Majestät, doch wandte sie den Blick von ihm ab und sah auf die Straße, während die andere dem Kleinen mitleidig über die Stirn strich.

Die halberloschenen Pupillen des Kindes waren auf die Signora gerichtet; und diese begann mit einem schrecklichen Herzklopfen und glühendem Gesicht zu denken: »In meiner Handtasche sind noch genau tausend Lire. Ich brauche sie nur zu nehmen und dieser armen Frau zu geben. Die Operation wird gelingen, und diese Augen werden wieder hell werden wie meine beiden Saphire, wenn jemand sie angehaucht hat. Nichts einfacher als das. Jetzt sage ich es und tue es.« Doch während sie es noch dachte und beinahe schon die Lippen bewegte, um zu sagen: »Hören Sie, meine liebe junge Frau...«, vernahm sie zusammenzuckend, wie der Straßenbahnschaffner rief: »Piazza Rossini! Piazza Rossini!« Genau an diesem Platz wohnte die Signora; hastig, die geschlossene Handtasche an sich gedrückt, stieg sie aus der Straßenbahn, die ratternd davonfuhr und bald verschwunden war.

In ihrem Schlafzimmer konnte die Signora die zwei Saphire in aller Muße betrachten. Ihr Licht funkelte rein und ohne

Schleier, ähnlich wie die Iris kleiner Kinder. Kokett prüfte die Signora vor dem Spiegel, wie die Saphire zur Blässe ihrer Stirn, zu ihren rosigen Wangen, ihrer zarten Hand paßten. Doch auf einmal war ihr, als durchzöge ein leises, zitterndes Weinen die Luft, und sie schauderte.

Die Zwillinge

Die Botschaft, daß sie Zwillinge zur Welt gebracht hatte, brachte die Mutter unter ihrem Nachthäubchen zum Lächeln. Sogleich bat sie dringend, man möge den beiden Säuglingen verschiedenfarbene Bändchen ums Handgelenk binden, um sie auseinanderzuhalten. So bekam Pietro ein rotes Band und Antonio ein schwarzes Band.

Die Kindheit der zwei Brüder war eines der seltenen Beispiele für liebevolle Zuwendung in jener Stadt von Geizkrägen und Schweigern. Auf den steilen Straßen, auf den Gassen und den abschüssigen Treppenfluchten begegnete man nur eiligen Leuten, die Fäuste in den Taschen geballt aus Angst um ihr Geld, mit niedergeschlagenen Augen, die niemandem ins Gesicht sahen. Noch immer gibt es den engen Hof hinter der hohen Mauer, wo die beiden Kinder spielten. Seit dem Tag ihrer Geburt waren sie nie getrennt gewesen. Die Amme fuhr sie zusammen spazieren, sie schliefen in zwei zusammengerückten Wiegen. Schon in dem Alter, die Dinge zu verstehen, verglichen sie sich selbst miteinander im Spiegel, und da sie sahen, daß sie gleich waren, teilten sie zärtlich Gelächter und Geplauder. Wenn zufällig eines fortgeholt wurde, rief es das andere sofort weinend und schreiend zurück. Ihre körperliche Ähnlichkeit und die gemeinsamen Erfahrungen hatten eine Art Komplizenschaft zwischen ihnen entstehen lassen. Viele Jahre lang fügte sich die ganze Welt des einen in allen Formen um das Äußere des anderen.

Dennoch drifteten sie in ihrem innersten Wesen im Lauf der Zeit auseinander. Antonio entwickelte früh eine wortkarge Reife: Sein lebhafter Verstand, der ihn in der Schule zu den

Besten gehören ließ, paarte sich mit einer Empfindsamkeit, derentwegen er häufig melancholisch und besorgt erschien. Außerdem beherrschte ihn ein zunehmender, teilweise uneingestandener Ehrgeiz, der bei der Pflege seiner Person und seiner Kleidung beinahe in Eitelkeit mündete. Bald nahm Antonio in der Gesellschaft seiner Gleichaltrigen den ersten Platz ein und ließ seinen Bruder mit riesigem Abstand hinter sich.

Pietro besaß trotz seiner frischen, phantasievollen Verstandeskraft keinerlei Ehrgeiz, und unfähig, sich zu mäßigen, überließ er sich der Faulheit und Gewalt. Kein Gegenstand fesselte ihn länger als eine Stunde, nichts verabscheute er mehr als Disziplin und Stille. Das einzige Geschöpf, für das er eine nun mit scheuer Bewunderung gemischte Zuneigung hegte, war sein Bruder Antonio. Fast jeden Tag sah Antonio, wenn er, stolz auf seine glänzenden Locken und seinen eleganten Anzug, aus der Schule kam, an der Ecke seinen Bruder stehen, der auf ihn wartete. Pietro war nicht in der Schule gewesen, sondern hatte den Vormittag in den kleinen Sträßchen am Hafen verbracht, wo er mit den Gassenjungen raufte oder mit den durchreisenden Matrosen trank. Und ungekämmt und schmutzig, mit zerkratzten Knien, kam er nun, seiner zärtlichen Gewohnheit treu, dem Bruder entgegen. Dieser, im Kreis seiner Kameraden, die ihn schon wie einen Meister achteten, errötete bei seinem Anblick. Zuletzt verursachte ihm der Gedanke an jene unschickliche Kopie seiner selbst, die ihn jeden Tag am Ausgang erwartete, einen dunklen Groll. Er hätte, das ist wahr (mit Unbehagen gestand er es sich ein), dank seiner Macht über Pietro versuchen können, dessen wildes Wesen zu verwandeln; doch in ihm keimte ein verschlossener, harter Egoismus, der ihn vor seiner eigenen, zu lebhaften Empfindsamkeit schützte. Und Pietro verwahrloste unterdessen immer mehr, sein wüster, dreister Wahnsinn trieb jeden Tag neue Blüten. Antonio mußte erleichtert aufatmen, als sein Bruder aus der Stadt verschwand, wer weiß, wohin, und zwanzig Jahre fortblieb.

Während dieser zwanzig Jahre ließ Pietro nie etwas von sich hören. In der Zwischenzeit heiratete Antonio, der in seiner Geburtsstadt geblieben war, die fügsame, anmutige Tochter eines reichen Vaters und wurde bald eine wichtige Persönlichkeit der Stadt. Die Mutter und die anderen Verwandten waren gestorben, seine Ehe hatte keine Früchte getragen; daher verliefen seine Tage eintönig und ruhig zwischen der respektvollen Zuneigung seiner Frau und den vielen Ehren. Ich habe gesagt die Tage, nicht jedoch die Nächte. Denn Antonio hatte sich getäuscht, als er bei der Abreise seines Bruders glaubte, er habe sich von ihm befreit. Ein unsichtbarer Faden, der mit spitzem Ende in seinem lebendigen Zentrum bohrte, band ihn an Pietro. Oft hörte seine Frau ihn im Schlaf stöhnen und schreien, vom Delirium überwältigt. Am folgenden Morgen erhob er sich todmüde, mit trüben Augen und schweren Lidern, und bevor er die seinem Amt geschuldeten Orden und Ehrenzeichen anlegte, erzählte er seiner Frau, er habe wieder einmal von seinem Bruder geträumt. Derlei Träume hatten nichts Körperloses oder Wirres an sich; er erlebte sie mit solch beängstigender Lebhaftigkeit, daß er beim Erwachen noch körperlich und geistig davon gezeichnet war. Und die Liebe zu seinem Bruder, von der Antonio dachte, sie sei zu Ende, beherrschte ihn darin mit ungebrochener Kraft. Nachts begleitete er seinen Bruder durch trostlose Straßen und dunkle Gefahren und strengte sich an, ihn zu verteidigen, wie er es in Wirklichkeit niemals getan hatte, aber vergebens. Er selbst nämlich, hinter Pietros Gestalt, die konkret erschien und sich mit schneidender Deutlichkeit vom Hintergrund abhob, er selbst war im Traum nur eine schwache Spur, die sogleich verschwand, ein Phantom, dessen Vorhandensein Pietro nicht wahrnahm. Und wie es in Träumen geschieht, hatte Antonio, wenn er für den Bruder um Hilfe rufen wollte, keine Stimme; wenn er für ihn kämpfen wollte, fühlte er, daß seine Arme gefesselt, seine Füße festgenagelt waren. »Habt Erbarmen mit ihm! Laßt ihn frei!« schrie Antonio erwachend und fuhr im Bett auf, am ganzen Körper zitternd und schweißgebadet.

Zwanzig Jahre lang hörten diese Träume nicht auf, mit Unterbrechungen seine Nächte zu bevölkern; und im Lauf der Zeit unterschied sich Pietro darin immer mehr von dem Jüngling, der er zu Beginn gewesen war. Er hatte sich in einen dicken, blassen Mann verwandelt, seine Haare waren schütter geworden, die Schultern gebeugt, die Pupillen glänzten im Fieber oder vor Erstaunen. So erschien er im grausamsten und wunderlichsten jener Träume: Darin sah Antonio sich selbst, stets in Form einer nutzlosen Larve, dem von Wachen verfolgten Bruder durch die überfüllten, nebligen Straßen einer fremden Stadt hinterherlaufen. Als er zuletzt umzingelt war, stellte Pietro sich taub und schwachsinnig. »Ja!« rief Antonio den Wachen zu (doch natürlich dröhnte dieser Schrei nur in seiner Brust), »rührt ihn nicht an! Er ist ein armer Irrer, ein Idiot!« Und um sie zu überzeugen, deutete er auf Pietros umnachtete, demütige Augen, seine hängenden Lippen, die zusammenhanglose Worte stammelten, seine tödliche Blässe; und eine niedrige Verzweiflung, fast ein Wille zur Selbstvernichtung übermannte ihn, während er so den Bruder herabsetzt, um ihm zu helfen und ihn zu retten. Doch an dem triumphierenden Lächeln der Wachen, die schon Hand an Pietro legten, erkannte man, daß die Verstellung zwecklos gewesen war; da kam der Schrei, den Antonio sich vergeblich im Traum auszustoßen bemühte, als Wehklage aus seinem Mund, die seine Gattin aufweckte.

»Was ist denn?« fragte die Frau. »Ein böser Traum«, erwiderte Antonio, aufgerüttelt von jener verschlafenen Stimme. So gab er sich dunkel der Illusion hin, er könne sich von der Angst befreien, indem er sie Traum und Einbildung nannte; die Rückkehr des Bewußtseins hingegen klärte ihn so deutlich über jene Angst auf, daß er schluchzte. Und die Anwesenheit seiner Frau vergessend, sagte er laut und erregt: »Es ist meine Schuld. Warum habe ich ihn gehen lassen? Er hatte so viel

Respekt vor mir, daß ich ihn mit einem Rat hätte retten können. Seit Jahren lasse ich mich nach rechts und links über alles mögliche aus und verschwende meine Redegewandtheit für meine Eitelkeit. Und für das Leben meines Bruders habe ich kein einziges Wort gefunden!« So wiederholte er mehrmals, und seine Frau suchte nach überzeugenden Worten, um ihn zu trösten. Doch ihm wäre es lieber gewesen, jemand hätte ihn anklagend angeschrien: »Du bist schuld!« und ihn womöglich blutig geschlagen. So hätte er sich selbst und seinen Bruder in einer einzigen Qual vereinen und vielleicht zu der Überzeugung gelangen können, gemeinsam mit ihm ein Unrecht zu erleiden, und hätte von diesem Gefühl beruhigt in Frieden wieder einschlafen können.

In diese Zeit fiel Pietros Rückkehr in seine Heimatstadt. Als Antonio unerwartet gemeldet wurde, daß ihn sein Bruder unten erwartete, eilte er blaß vor Freude die Treppe hinunter, in der seltsamen Gewißheit, dem Jüngling entgegenzugehen, den er zwanzig Jahre zuvor gekannt hatte; und er zuckte zusammen, als er den Mann seiner jüngsten Träume vorfand.

Dennoch war jener Jüngling irgendwie bei ihrer Begegnung präsent; und ihm galt Antonios herzliche, freudige Umarmung. Bei diesem Empfang strahlte Pietro vor Dankbarkeit und Staunen; aber, bemerkte Antonio kalt, er hatte etwas Unterwürfiges an sich. Mit einer Mischung aus wachsamem Mißtrauen und beinahe mütterlichem Stolz stotterte er, indem er Antonio betrachtete: »Wie gut du aussiehst«, und während er sich dann umsah: »Was für ein schönes Haus. Wie weit du es gebracht hast.« Antonio betrachtete ihn seinerseits und erkannte voller Mitleid und Schrecken nacheinander alle bekannten Einzelheiten jener Elendsgestalt wieder. Schon schlich sich ganz leise anstelle des ersten großherzigen Impulses ein unangenehmes Gefühl in ihm ein, und ein einziger Gedanke setzte sich in seinem Kopf fest: »Der Kerl sieht mein Haus, mein schönes, wohlverdientes Haus, er, der es nie verstanden hat, sich eines zu schaffen. Da kommt er nach so vielen Jahren zurück, nachdem er Gott weiß wie seinen Teil durchgebracht hat; er hat einen sentimentalen Bruder, und natürlich nimmt er sich vor, das auszunützen. Es ist ja bequem für ihn, ein solches Haus vorzufinden, das bereit ist, seine Schande zu beherbergen. Doch vielleicht irrt er sich. Vielleicht bin ich nicht so unbedarft, wie er glaubt. Nun, nun. Ich werde ihm selbstverständlich etwas Geld geben. Aber das genügt.« Und schon, von geiziger Panik überwältigt, hörte er seine Stimme, die dem Bruder in süßlichem, falschem Tonfall ein Hotel in der Stadt vorschlug. »Ich würde dich ja selbst aufnehmen«, fügte er entschuldigend hinzu, »aber weißt du, ich bin nicht allein. Und vielleicht fänden meine Frau und ihre Verwandten etwas auszusetzen.« Die Lüge weckte in ihm, wer weiß, warum, eine Unruhe, eine begierige Hast, den indiskreten Gast loszuwerden. Da bat Pietro ihn flüsternd um finanziellen Beistand; obwohl er sich kurz zuvor selbst vorgenommen hatte, ihm zu helfen, empfand Antonio eine Regung verächtlichen Ärgers; und mehr denn ein Geschenk war es ein demütigendes Almosen, das er dem Bruder reichte. So sah er endlich die fetten und gebeugten Schultern samt dem schäbigen Anzug jenseits der Tür verschwinden.

Bald war Pietros skandalöses Leben für die Bewohner der Stadt kein Geheimnis mehr. Überdies erzählten manche, die nichts von Pietros Rückkehr wußten und Antonio länger nicht gesehen hatten, getäuscht durch die Ähnlichkeit der Zwillingsbrüder, sie hätten die hochstehende Persönlichkeit – aber wie fett geworden und verändert! – an den verrufensten Orten oder im Wirtshaus oder in unwürdiger Gesellschaft betrunken auf der Straße ertappt. Andere versuchten, eifersüchtig auf Antonios Glück, diesem die Schande des Bruders in die Schuhe zu schieben, um ihm zu schaden. Es dauerte nicht lang, bis diese Gerüchte an Antonios aufmerksames Ohr drangen; und schon wähnte er seinen Ruf und den Namen seines Hauses in den Schmutz gezogen. Gerade im Begriff, seine erlesensten Befriedigungen auszukosten, erinnerte er sich schaudernd an jenes Zerrbild seiner selbst, das im selben Augenblick, in wer weiß welchem Winkel der Stadt, seinen mühsam erworbenen Ruhm zunichte machte. Nicht mehr aus schmerzlichem Mitleid wie zuvor in den Träumen, sondern aus Abneigung und gemeiner Angst, verfolgte ihn Pietros Gesicht mit den gewissenlosen, glänzenden Augen und der häßlichen Blässe unausgesetzt. Er ließ dem Bruder Geld, Ratschläge und Drohungen zukommen; da all dies nichts fruchtete, dachte er daran, ihn der Stadt verweisen zu lassen; aber hier fielen ihm seine Träume wieder ein. Nein, solange Pietro lebte, gab es für ihn keine Hoffnung. Diese unsinnige Gewißheit von Pietros Tod als einziger Rettung ließ ihn von jenem Moment an nicht mehr los und funkelte hell und scharf vor seinen Augen. Da er wußte, daß seine Frau gläubig war, sagte er mit einem forcierten Lächeln zu ihr: »Bete, daß er sterben möge. Sein Leben ist ein Übel für ihn und die anderen, er hat mir nichts als Übel beschert, er ist mein Ruin.« Dieser finstere Wahn beherrschte ihn; als aus seinem Geist sogar die Befürchtungen, die Hoffnungen und die Ziele verschwunden waren, die ihn zuerst ausgelöst und genährt hatten, schrie der Haß in den noch unerforschten Tiefen seines Inneren wie ein hungriger einsamer Wolf in einer winterlichen Steppe. Er selbst war nur noch ein Wolf, taub für alles andere außer für die Notwendigkeit einer lebenden Beute, in die er seine Zähne schlagen konnte. Ihm war, als müsse er überallhin ein totes und verächtliches Gewicht mitschleppen, auf das alle hohnlachend mit dem Finger zeigten, mit dessen Schande empörte Stimmen ihn gemein machten, und zugleich war ihm, als hörte er, jedesmal überzeugender, eine Stimme, die flüsterte: »Befreie dich. Könnte er nicht in eine Schlägerei verwickelt werden? Eine provozierte Schlägerei? Verstehst du, die gut bezahlt wird?« An dieser Stelle wandte er sich insgeheim an einige Elendsgestalten der Stadt, skrupellose und habgierige Leute. Mit seiner eigenen Autorität Schweigen und Vergessen garantierend, beauftragte er sie, irgendwie einen Streit vom Zaun zu brechen, ein blutiges Handgemenge, in dem sein Bruder den Tod fände. Und während er mit jenen Mördern paktierte, fand in ihm ein ruhiges Gespräch mit seinem Bruder statt: »Siehst du, Pietro, es genügt dir nicht, mich zu deinem Opfer gemacht zu haben. Deinetwegen muß ich mich in meinem ehrbaren Leben jetzt auch noch mit diesen Mördern abgeben. Endlich bekommst du, was du gewollt hast: Mich in der Schande an dich zu binden.« Kurz, Antonio gab nicht sich selbst, sondern seinem Bruder die Schuld an dem Verbrechen, fast als habe nur der drängende Wille des anderen ihn zu seinem Tun angestachelt.

Als er die Männer entlassen hatte, zwang er sich, sie zu vergessen wie irgendeinen der vielen Zwischenfälle seines Tages; nachdem er den Türsteher gerufen hatte, begann er sogar, bestimmte alte Papiere zu konsultieren; doch wie ein kleiner furchterregender Schatten im Halbschlaf eines Knaben tauchte jener schwarze Punkt an jeder Ecke wieder auf, und plötzlich, mit einer kalten, blitzartigen Helligkeit, eröffnete sich ihm die Wirklichkeit: »Pietro wird vom Erdboden verschwinden, er wird für immer außerhalb meiner Macht sein, und ich werde mit ihm nicht mehr über jene Dinge sprechen können, ich werde ihn nicht glücklich machen können. Was wird mir dann noch bleiben? Ich werde keinen Ausweg mehr haben. Ich selbst werde meinen Bruder getötet haben, dabei liebe ich ihn! Ich selbst! Doch vielleicht ist noch nichts Unwiderrufliches geschehen, vielleicht komme ich noch rechtzeitig, um die Sache zu verhindern. Hier bin ich, Pietro, mein Bruder; wenn ich dich retten kann, will ich mich von jetzt an auf der Erde nur noch um dich kümmern, du wirst mein einziger Ruhm sein.« In jener bewölkten, verwüsteten Ebene, die seine Seele war, verwandelten sich dieselben Erscheinungen unausgesetzt und trieben in bald schmeichlerischer, bald wilder Gestalt ihr Spiel mit ihm. Antonio war schon in seinen Pelzmantel geschlüpft und eilte auf die Straße. Ohne Ansehen seiner Würde, ja geradezu selbstvergessen fragte er alle mit zitternden Lippen nach seinem Bruder. Hastig lief er die Treppen und steilen Sträßchen am Hafen hinauf und hinunter, lauschte auf der Schwelle der Wirtshäuser den angeheiterten, streitsüchtigen Stimmen und spähte durch die Tür nach den Gesichtern der Trinker. Pietro saß allein in einer Schenke, und als er den Bruder sah, flüsterte er: »Antonio«, und erhob sich mit furchtsamer Miene.

»Ja«, rief Antonio, beugte sich herab und küßte ihm die fetten, feuchten Hände. Da richtete Pietro zwei stumpfe und doch seltsam unbeschwerte, verträumte Augen auf sein Gesicht und schlug ihm nicht ohne Staunen mit lebhafter Stimme vor: »Möchtest du mit mir trinken?« »Natürlich«, erwiderte Antonio, und die beiden tranken zusammen wie als Studenten, wenn es manchmal vorkam, daß der Klügere sich von dem anderen mitreißen ließ.

Plötzlich tauchten, während sie tranken, an den Fenstern der Schenke die Köpfe jener Männer auf, die Antonio wenige Stunden zuvor getroffen hatte. Schwankend erhob sich Antonio: »Wen sucht ihr?« rief er mit lautem Gelächter, »es war doch ein Scherz, es war alles ein Scherz.« Und da jene ihn fassungslos ansahen, befahl er drohend, voll Wut: »Haut ab! Weg hier! Weg!«

Die Männer zogen ab. Und Antonio kehrte strahlend an Pietros Tisch zurück. Die vielen Sätze, die er sich in den Stunden der Reue zurechtgelegt hatte, wollten nun nicht über seine Lippen. Seine Lippen zitterten immer noch, ebenso seine Hände. Eine Weile sah er den Bruder stumm an; dann sagte er wie einer, der etwas betrachtet, was er zu verlieren fürchtet, und der sich selbst reiche Gaben verspricht und märchenhafte Geschichten erzählt, zu ihm: »Du wirst zu mir nach Hause kommen, wir werden immer Freunde sein. Du wirst auf dich achten, nicht mehr so blaß sein, und ich werde dir einen schönen Anzug geben. Nicht wahr?« Scheu blickte er den Bruder an, fast als fürchtete er eine Ablehnung. Und indem er ihm die Hände drückte, sagte er wiederholt: »Armer Sohn meiner Mutter.«

Als sie aber, mit der Freiheit, die der Wein verleiht, Arm in Arm auf die Gasse hinaustraten, erfaßte sie eine gemeinsame Begeisterung, eine Lust zu scherzen, weshalb sie sich, anstatt lange Gespräche zu führen, gegenseitig auf die Schulter klopften und einander mit Spitznamen betitelten wie: »Fettsack« und »Verehrtester«. Die Stadt war eine andere. Nachdem Furcht, Habgier und Ehrgeiz wie finstere, schroffe Masken von jenen hohen Gebäuden abgefallen waren, herrschte der kühne, großherzige Instinkt des Menschen vor, der die Straßen mit einem frischen, glückverheißenden Wind erfüllte; und jener Stein färbte sich heiter wie eine Wiese mit leuchtenden Farben.

Das war die schönste Stunde in Antonios ganzem Leben. Die Unterhaltungen, die sie führten, waren höchst albern und zeitweise ohne Sinn und Verstand. Es war ein Wettstreit der Zeremonien und Komplimente: »Wieviel wirst du zu erzählen haben, du bist so weit in der Welt herumgekommen«, sagte Antonio. »Was bin ich dagegen? Ich bin hier verschimmelt. Sag du's mir auch, Pietro. Nenn mich: Schimmelpilz.«

»Schimmelpilz«, sagte Pietro lachend. »Du aber nenn mich: Pest.«

An dieser Stelle brachte Antonio einen alten Scherz an: »Wer versichert uns«, sagte er, »daß wir als Kinder nicht zum Spaß unsere Bändchen vertauscht haben? In dem Fall wäre ich Pietro und du wärst Antonio. Das wäre doch kurios, nicht wahr?«

»Allerdings!« rief Pietro nachdenklich aus, »das wäre ein Zufall! Aber ich werde nicht recht schlau daraus. In dem Fall wären du und ich ...«

»Laß gut sein, zerbrich dir nicht den Kopf«, sagte Antonio. »Tatsache ist, daß wir im Hemd, wenn wir diese Lumpen abgelegt haben, ganz gleich sind, du und ich. Verehrtester! Bettler und großer Herr! Ha, ha, ha! Ich werde dir ein schönes

Seidenhemd geben, du wirst schon sehen, ob dann nicht du der Verehrteste bist. Oh, ich habe dich wiedergefunden, mein Freund, möge der Herr unserer Mutter Frieden schenken!«

Er selbst überwachte die Vorbereitungen in dem schönen Zimmer, das er für Pietro ausgewählt hatte. In jenem Zimmer empfand er die Fröhlichkeit, den Eifer einer jungen Braut, die ihr Haus einrichtet: ein Gefühl, in dem sich Spielerisches mit Heiligem mischte. In solch liebevollem Überschwang schlief er in jener Nacht ein, während er beinahe Pietros Atem auf der anderen Seite der Wand vernahm.

Am nächsten Morgen erwachte er benommen und erinnerte sich nur mit Mühe an die Ereignisse des vorigen Tages, wie es geschieht, wenn man gerade einen Rausch ausgeschlafen hat. Ein unerfreuliches Gewicht lastete auf seiner Brust, und erst nach mehreren Minuten kam ihm die Realität ganz zu Bewußtsein. Die Gastfreundschaft, die er dem Bruder gewährt hatte, stellte sich ihm nun als impulsive Geste dar und zuletzt als Wahnsinnstat, begangen in einem Augenblick des Deliriums. Alle möglichen Auswirkungen jener Präsenz in seinem Hause drängten sich ihm in Gedanken auf, ja aus Lust an Selbstquälerei begann er, sich immer noch schlimmere Dinge auszumalen, und sah schon sein Haus verpestet, sich selbst ruiniert, sogar die Treue seiner Gattin durch Pietro gefährdet. Vom ersten Moment des Erwachens an glaubte er auf dem Gesicht des Dieners, der ihm beim Ankleiden half, einen Ausdruck von Empörung und Ironie zu lesen. Pietro schlief noch, als sein Bruder ausging, doch sein beunruhigender Schatten ließ Antonio nicht los; den ganzen Weg über zeigte ihm seine Einbildungskraft, angeregt von jener geizigen, ihn beherrschenden Liebe zu seinem Tagesablauf, beharrlich die erniedrigendsten Szenen. »Dahin hat mich meine törichte Sentimentalität nun gebracht«, sagte er sich. Und ihm schien, als erkenne er im Gruß der Passanten ein schlecht verhohlenes Lächeln. Doch auch die untertänigsten Verbeugungen und die ehrfürchtigsten Blicke verschärften sein Leiden: »All dies wird bald zu Ende sein«, wiederholte er sich, »seinetwegen.« Ihm war, als zerbröckelte alles, was er sich mühsam aufgebaut hatte, mit irritierendem Klang unter seinen Füßen.

Bei Tisch brachte Pietros ungeschicktes Benehmen, von soviel Reichtum eingeschüchtert, ihn endgültig auf. Scham und Groll überwältigten ihn, während er mit erbarmungsloser Aufmerksamkeit den Bruder beobachtete, der die schöne Tischdecke beschmutzte, stotterte, wenn er mit dem Diener sprach, beim Schlucken peinliche Zischlaute machte oder wegen seiner schlechten Zähne mit widerwärtiger Anstrengung kaute. Der Diener versorgte ihn mit ehrerbietiger, beleidigender Unerschütterlichkeit, und er sah wie ein schuldbewußter Junge verstohlen zu Antonio hin. Dieser überraschte später in der Diele zwei Dienstmädchen dabei, wie sie die abstoßende Unordnung in Pietros Zimmer kommentierten, und da stieg schwarzer dickflüssiger Zorn in ihm auf. Stöhnend setzte er sich in die Eingangshalle, und sein Bruder ging vorbei und warf ihm ein unsicheres Lächeln zu, fast als hoffte er, den Freund vom Vorabend wiederzufinden. Statt dessen spürte er die Feindseligkeit jenes fremden Gesichts und zog sich plötzlich errötend zurück. »Hier tut eine Entscheidung not«, stotterte Antonio und trat leichenblaß in Pietros Zimmer. Anstelle des Bruders sah er nur noch einen Schandfleck, von dem er sich befreien mußte; andererseits machte ihn sein Schuldbewußtsein grausam zu dem anderen und zu sich selbst und gab ihm demütigende Worte ein: »Hör zu«, sagte er und sah sich mit einem langsamen, angeekelten Blick um, ohne Pietro anzuschauen, »du mußt dich schon heute darum kümmern, eine Unterkunft zu finden. Ich verberge dir in der Tat nicht, daß du aus vielerlei Gründen (die du teilweise verstehen wirst) nicht lange als Gast in meinem Haus bleiben kannst. Daher wird es gut sein, wenn du dir im Lauf der Woche, spätestens übermorgen oder ... morgen ...« »Noch heute abend, wenn du willst«, stotterte Pietro. »Also ... wenn du meinst ... nun gut, noch heute abend«, sagte Antonio. »Hier ist Geld für dich«, fügte er rasch hinzu, in einer Art Aufschluchzen, »hier, nimm das auch noch.« Mit verwirrtem Lächeln schloß der Bruder die Faust um die Scheine.

In den folgenden Tagen lebte Antonio unter dem Einfluß einer Macht außerhalb seiner selbst, die ihn drängte, sich zu beeilen, seine brillanten Geschäfte abzuschließen, weil später keine Zeit mehr dafür bleiben würde, und die ihn in einen stumpfen Schlafzustand versetzte, was den Bruder betraf. »Wir dürfen nie wieder von ihm sprechen«, sagte er zu seiner Frau. Und von jenem Augenblick an zwang er sich, Pietros Existenz zu ignorieren; und ihm war, als sei es ihm gelungen, fast als gehöre jene Existenz nur noch zu den Gespenstern eines nächtlichen Fiebers.

Auf diese Weise kam die kälteste Nacht jenes Winters. Durch die reiche, geizige, steinerne Stadt klang ab und zu gedämpft und klagend das Heulen der Sirenen am Hafen und hallte als Echo von den eisbedeckten Bergen wider. In den kleinen Häusern am Hafen erzählte man von Segeln, die der Sturm zerfetzt hatte, von ertrunkenen Fischern, die in der Strömung abgedriftet waren. An den nebligen Straßenkreuzungen entfachten Stadtpolizisten in Mänteln und Stiefeln offene Feuer wie in den Feldlagern und stampften mit den Füßen, vergeblich gegen Nebel, Schneeregen und Wind ankämpfend.

Obwohl alle Kamine im Haus brannten, so daß auch bei abgeschalteten Lampen ein angenehmes rotes Licht auf die Tapeten fiel, begann Antonio schon am Nachmittag an heftigem Schüttelfrost zu leiden. In Haube und Schlafrock aus Wolle bereitete seine Gattin ein dampfendes Getränk zu; aber Antonios erstarrte Finger konnten die Tasse nicht halten, und die Frau mußte ihm den Rand zwischen die Lippen schieben wie bei einem Kind. Genau wie ein Kind jammerte er mit verlorenem Lächeln: »Ich friere.« Er legte sich zu Bett, doch nicht einmal zwischen den Decken und Federkissen verließ ihn jenes seltsame, eisige Fieber; er klapperte mit den Zähnen, und sein Schüttelfrost ließ das Bett erbeben. Er schlummerte ein, schreckte aber, da ihm schien, sein Körper sei ein Eisblock, kurz darauf wieder hoch und schrie: »Pietro! Sucht ihn! Schnell!« Und er befahl, seine Wachen sollten geweckt werden und die ganze Stadt mit Laternen nach dem Bruder absuchen.

Bis gegen Morgen gönnte sein Angstdelirium ihm keine Ruhe. Alle bat er, ihm zu helfen, noch ein Feuer anzuzünden, und wiederholte Pietros Namen; im Morgengrauen aber murmelte er, daß er einen Schritt auf der Treppe höre, und rief mit einem Lachen: »Da ist er!« Tatsächlich öffnete sich die Tür, und ein blasser, in seinen Polizistenmantel eingemummter junger Mann mit schwarzem, vereistem Schnauzbart erklärte mit leiser Stimme, daß Pietro erfroren war. Gewiß betrunken, hatte er sich zum Schlafen auf der Mole in einen Winkel geworfen, und erst vor wenigen Minuten war seine Leiche von den Wachen, die die Stadt absuchten, gefunden worden.

Eine frivole Geschichte über die Anmut

Dies ist das Gesetz: Manche schwitzen und laufen sich die Füße wund, um Anmut zu erlangen, sie schreien sich heiser nach ihr, aber vergeblich, weil die Anmut sie zurückweist. Andere dagegen, die unbedacht leben und sich treiben lassen wie Blätter auf dem Wasser und sich nicht um die Anmut kümmern und sie womöglich ablehnen, werden ständig von ihr behütet und geküßt und finden sie an ihrem Kopfkissen vor, am Tage ihres Todes.

Man erzählt von einem Mann, der von Kind auf stets von seinem Schutzengel begleitet wurde. Er konnte sich nicht umwenden, ohne dessen hohe, blasse Gestalt, die Augen voller Segenswünsche und Melancholie und das Zeichen der makellosen Hände zu sehen. Als er groß geworden war, lehnte der Mann sich auf: »Was soll das«, rief er, »werde ich denn niemals mein eigener Herr sein und tun und lassen können, was mir paßt?« und jagte den Engel fort. Wie ein Gesicht, das sich hinter den Händen verbirgt, um zu weinen, hüllte dieser sich ganz in seine Flügel und verschwand gleich einem leichten Dunst.

»Es war Zeit!« sagte der Mann aufatmend. Und zum Zeichen seiner Unabhängigkeit mietete er sich eine elegante Junggesellenwohnung und machte sich auf die Suche nach einer Haushälterin. Viele stellten sich vor, und er ließ sie in einer Reihe antreten und musterte sie nacheinander. Die eine hatte ein rotes, wildes Gesicht, tiefliegende, freche Augen; die andere lachte dreist und tückisch, und ihre Zähne sahen aus wie Hundezähne; die dritte, schmierig und scheinheilig, mit Haaren, die abstanden wie Stacheln, hatte ein trotziges Kinn und hielt den lippenlosen Mund geschlossen: »Paßt nicht, paßt nicht.« Doch eine war dabei, mit ovalem Gesicht, rosiger Kehle und bescheidenem Blick, die vor Schüchternheit in ihrer Schürze zu versinken schien. Die gefiel ihm, und er nahm sie in seinen Dienst.

Nie wieder, meine Freunde, wird es eine solche Haushälterin geben. Ihr Herr brauchte nicht einmal den kleinsten Befehl oder Wunsch zu äußern, da fand er ihn schon erfüllt. In den Winternächten stand beim Heimkommen neben seinem Bett ein Glas Glühwein bereit, gewürzt mit Rosinen und duftenden Kräutern. Darüber hinaus bewies die Haushälterin bei jeder Gelegenheit eine geniale Phantasie. Zum Beispiel fand ihr Herr jeden Morgen, wenn er sich zu Tisch setzte, seine Serviette anders gefaltet vor: in geflügelter Form, als Händchen, als Lilie. Kurzum, jeder Tag brachte eine Überraschung und, so wiederholte der Betroffene seinen Freunden, ein Mann kann sich entschieden glücklich schätzen, wenn er auf eine solche Haushälterin trifft.

Eines Morgens, als er früh aufgestanden war, sah der Mann, daß die Tür zur Kammer, in der die Haushälterin schlief, ein wenig offen stand, näherte sich auf Zehenspitzen und spähte hinein. Die Haushälterin war schon wach und zog sich an: Nur mit einem Hemdchen bekleidet, wollte sie gerade ihr Mieder in der Taille zuhaken; aber (ihr Herr hatte Mühe, einen Schrei zu unterdrücken) im Augenblick war sie noch damit beschäftigt, ganz vorsichtig zwei große, hauchdünne Flügel zusammenzufalten, die ihr an den Schultern wuchsen, und sie sorgfältig unter dem enganliegenden Mieder zu verbergen.

Sich ertappt fühlend, errötete sie, am ganzen Leib zitternd vor Scham, und sah sich mit einem verlorenen, angstvollen Blick um. Jeder wird begriffen haben, daß sie niemand anders war als der Schutzengel, der diese kleine List erfunden hatte, um die seiner Obhut anvertraute Seele nicht allein zu lassen.

Eine Liebesgeschichte

Das Dorf war so unwirtlich und bitter, daß kein Ausländer sich je dort angesiedelt hatte. Nur Durchreisende besuchten die uralte, große Kirche, deren Innenraum mit den vielen Säulen an uralte Tropfsteinhöhlen denken ließ. Diese Kirche war aus nacktem Stein, und ihre Schönheit zeigte sich besonders an Wintertagen, wenn die Sonne verdeckt war; die schwarz gewordene Fassade mit den hohen Türen, die elementaren, reinen Formen der Basreliefs, das leere Kirchenschiff und der strenge Zuschnitt der Fenster, alles entfaltete dann in der unbewegten Weiße des Lichts seine wunderbare Wirkung. Auch der Altar war aus Stein und so schmucklos, daß man meinen konnte, keine Messe würde hier zelebriert; und es gab auch keine Betstühle, so daß die Gläubigen auf dem Boden knien mußten. Doch wenn man zwischen den kindlichen, stolzen und ekstatischen Relieffiguren in dieses großartige Gebäude eintrat, wurde man von einer seltsamen, kargen Seligkeit überwältigt.

In jener Gegend war die Erde fast schwarz und so staubig, als wäre sie mit Kohle vermischt; und riesig und plump ragten in der grenzenlosen Leere einige prähistorische Bauten auf, in deren Schatten Pferde weideten. Es waren magere, schnelle, feingliedrige Pferde, deren Augen etwas Hinterhältiges, Schwarzes an sich hatten, genau wie die Menschen. Auch die Häuser waren plump, eher klein, mit wenigen Fenstern; und die Bewohner, auch die reichen, waren geizig und machten sich nichts aus Kleidung oder Essen. Die Frauen, anmutig, aber von spröder Schüchternheit, trugen strenge, weite Röcke von rotbrauner Farbe; doch die Textur jener schweren, mit mattgoldenen Fäden durchwirkten Stoffe offenbarte den königlichen Stolz, der sich in jenen Naturen verbarg.

Eine reiche Frau namens Giovanna beschloß eines Tages, in jenem Dorf zu bleiben. Sie reiste in Begleitung einer sehr alten Gouvernante, eines ebenfalls alten und von den Jahren gebeugten Dieners und eines jungen Lehrers, den sie kurz zuvor eingestellt hatte, damit er sie die Sprache dieser fremdländischen Orte lehrte und außerdem für sie dolmetschte. Die Frau mietete bei einer Familie aus dem Ort ein einstöckiges Haus, das viele Jahre unbewohnt gewesen war und dessen Türen beim Öffnen lange quietschten. Doch als der Staub von den Möbeln gewischt und die Vorhänge gewaschen waren, als herrliche, im Dorf gewebte dunkle Überwürfe mit kostbaren Mustern über die Betten gebreitet und die Petroleumlampen angezündet waren, da wirkte das Haus mit seinen dicken Mauern freundlich und einladend. Die Decken waren verputzt und eher niedrig; die Fußböden mit den kleinen, blanken Kacheln waren in lebhaften Farben gehalten, leuchtend grün und rot.

Giovanna war in einem ganz anderen Teil der Welt geboren worden, als bildschönes Kind verliebter Eltern. Bald war sie Waise geworden, hatte es aber fast nicht bemerkt, denn der Schmerz floh sie, da er fürchtete, ihr schönes Gesicht zu verderben. Wenn sie zu jener Zeit auf der Straße ging, blieben viele stehen und starrten sie an, und die Kühnsten riefen ihr nach: »Gott, bist du schön!« Als sie heranwuchs, hatte sie lange, weiche Glieder, schmale Füße und eine blasse, wunderbare Hautfarbe. Ihr Kopf, der sich mit dem stolzen Lachen der Engel neigte, war von schweren, aber zarten Locken gerahmt, die Blumen glichen. Und zusammen mit soviel Majestät brachte sie eine Kindlichkeit mit, die alle, die ihr begegneten, vor Liebe zittern ließ. Ihre Stirn war naiv und ungetrübt, der Mund kaum verzogen in einer widerspenstigen Kurve, wie oft bei Kindern, und nur drei kurze Linien durchzogen ihre

Handfläche. Alle ihre Verwandten und Freunde erfanden Worte und Kosenamen für sie, nannten sie Täubchen, Lämmchen oder Lilie. Nur ihre Launen leiteten sie; unwissentlich genoß sie es zu sehen, wie die Gesichter vor ihr erbleichten, die Augen sich trübten; doch nichts von alldem brachte ihr Blut in Wallung. Noch war sie nicht fünfzehn, als man sie mit einem sehr hübschen Jüngling aus reicher Familie verheiratete.

Wenige Monate nach der Hochzeit verließ der junge Ehemann ihr Haus, und wer ihn sah, sagte, daß er abgemagert und nicht wiederzuerkennen war. Doch seine Frau hatte ihn bald vergessen. So unbeschwert war sie, daß sie sich nicht einmal um ihre eigene Schönheit kümmerte; es genügte ihr, sie um sich herum lebendig zu spüren, natürlich und strahlend wie der Tag. Oft sah man sie mit zerzausten Haaren, ohne Halsketten oder Ringe, und manchmal ging sie nachlässig gekleidet und barfuß in den Garten hinunter. An manchen Tagen betrachtete sie sich nicht einmal im Spiegel.

Deshalb nahm sie nicht sofort wahr, was mit ihr geschah. Zu der Zeit, in der ihr Körper zur Fülle reifte und ihre Farbe weich und leidenschaftlich wurde, griff plötzlich das Alter nach ihr. Es kam vielleicht nachts, berührte sacht ihr Gesicht und verdarb dessen blühende Kindheit, um sie in einen blassen, unreinen Tod zu verwandeln. Fast unbemerkt tat es sein Werk; doch zuletzt war von der Stirn bis zu den Augenlidern bis zum Mund das ganze Leben jenes Gesichts verwüstet. Auf den Wangen traten Schatten und Furchen an die Stelle der zarten Töne, und bösartige Falten zeichneten die Blässe. Die ausgetrockneten Lippen schienen zu einer erbarmungswürdigen Grimasse verzerrt, und die frisch und unberührt gebliebenen Augen baten um Hilfe. Eines Morgens sah Giovanna im Spiegel die traurige Maske einer alten Frau vor sich.

Von da an hatte dieses Selbstbild sie in seiner Gewalt. Oft betrachtete sie es beinahe fasziniert, und stets zuckte sie zusammen, wenn sie es sah. Um sie herum entstand gähnende Leere, und darüber weinte Giovanna. Früher hatte sie die spontane Zuneigung der anderen weder erstaunt noch entzückt. Wer war je, als König geboren, seinen Dienern dankbar? Doch nun stockte ihr bei dieser Gleichgültigkeit, diesem Abscheu und Hohn das Blut in den Adern. Anfangs konnte es passieren, daß sie ihr neues Gesicht vergaß und sich dabei überraschte, wie sie zärtlich lachte, fast als wäre ihr Mund noch schön. Sie blieb bis spät in die Nacht wach, um sich zu salben, einzucremen und zu parfümieren, und hoffte, daß im Schlaf unter ihrem Verfall die ursprüngliche Frische wieder erblühen würde. Doch nur fahle Gestalten, seltsame Visionen von kranken verstümmelten Bäumen, von fauligen Blättern, von unfruchtbarer, verdorbener Erde kamen im Traum zu ihr. Und beim Erwachen kam ihr sogleich ihr eigenes Bild einer alten Frau entgegen.

Es war zwecklos, bei den anderen scheu bittend und schmeichelnd nach Zeichen der früheren Zuneigung zu spähen; sie lernte, wie eine Schuldige um die Ecke zu huschen in dem Versuch, sich zu verstecken. Eine doppeldeutige, unbesiegbare Präsenz hatte sich ihrer bemächtigt. Ihr schien, als sei ihr Leiden ein wütender Hund, der sie innerlich aushöhlte und zerfraß, und zugleich ein hohes, lautloses Gespenst, das ihr stets über die Schulter sah und ihr unermüdlich folgte. Sie zitterte davor, diese Präsenz bei ihrem wahren Namen Tod zu nennen, doch ihr schien, nur auf der Flucht könnte sie das ständige Geräusch jenes Schrittes vergessen. Deshalb beschloß sie zu reisen.

Alles demütigte sie inzwischen; nicht nur die Menschen, auch die Dinge sagten bei jedem Schritt abweisend zu ihr: Du bist häßlich. Vor allem die hellen Landschaften, wo die Ölbäume wachsen, und die sonnige Orte liebenden Schwalben und die Luft, die voll ist von ihrer unschuldigen Raserei, stießen Giovanna voll Abscheu zurück. Aus diesem Grund wählte sie jenes finstere, rauhe Dorf.

Auf einer Reise hatte sie den jungen Lehrer kennengelernt. Er gab zu der Zeit hier und da Privatstunden und war den ganzen Tag von einer Familie zur anderen unterwegs; Giovanna sah ihn zum erstenmal in einem verwahrlosten Haus im Norden. Der Nebel, der durch die Fensterritzen drang, verdichtete sich zu trüben Schichten auf den Gegenständen; aber die Anwesenheit des Jünglings vermittelte das bizarre Gefühl, daß im Zimmer ein Baum wachse. Er hieß Paolo, und seine hohe, magere Gestalt wirkte beim Gehen ein wenig ungelenk; das übermäßige Lernen hatte seine von Natur aus gelenkigen, anmutigen Glieder verbogen und steif werden lassen, während die Kurzsichtigkeit seinem noch zarten Gesicht etwas Zerstreutes verlieh. Sein Schritt war sehr leicht und sein Haar blond und weich, aber so zottelig, daß man Lust bekam, es ihm in kunstvollen Locken zu frisieren, wie die Mütter es bei Kindern machen. In Wirklichkeit hatten Schüchternheit und Kurzsichtigkeit immer einen Abstand zwischen ihm und den Dingen bezeichnet, und er schien noch in einem Kindheitszustand befangen zu sein. Unsicher und linkisch errötete er bei jeder Frage und antwortete zitternd mit einem seltenen, verwirrten Lächeln, wobei er ein klein wenig die weit auseinander stehenden, aber makellosen und glatten Zähne entblößte. Dennoch deutete seine Distanz zu den Dingen irgendwie auf Geringschätzung oder Gleichgültigkeit hin; es wirkte, als sei das Reich seiner Begierden sehr fern und als könnten nur Mitleid oder Höflichkeit ihn von dort herabholen. Gewiß verfolgte er etwas, das, hätte man sagen können, flog. Oder strebte er etwa nur nach einer Ausschreibung? Nach einem Lehramt? Während des Unterrichts allerdings nahm er einen ruhigen, sicheren Ton, einen Ausdruck respektvoller Zurückhaltung an und verlor jede Scheu; es war, als spielte er in jener Stunde mit Erfolg eine Rolle.

Giovannas erster Gedanke bei seinem Anblick war nur: »Ich werde ihm vorschlagen, mit mir zu reisen und mir Deutsch und Englisch beizubringen.« Denn auch sie selbst ahnte nichts von dem verborgenen Zweck, zu dem sie seine Hilfe suchte; und er, bettelarm und Waise, nahm sofort an. Sein Zimmer in dem neuen Haus lag neben denen der Dienstboten: etwa acht Quadratmeter verblaßter roter Backsteinboden. Dort verbrachte er den Großteil seines Tages und lernte. Zur Unterrichtsstunde kam er herunter, mit verschleierten, müden Augen, ein wenig gebeugt in dem schlechtgebügelten Anzug; doch der leichte Geschmack von Verachtung, den er im Mund hatte, ließ eine geheimnisvolle Gewißheit, einen stolzen Ehrgeiz erraten. Sie setzten sich an einen kleinen Tisch, und er begann mit ruhiger Stimme zu erklären, wie ein alter erfahrener Lehrer. Nur wenn ihn unvermutet jemand unterbrach und von etwas anderem sprach, kam die Schüchternheit plötzlich mit einem Schwall lebhafter Röte wieder in ihm hoch, und er zitterte. Aber Giovanna lag nichts daran, ihn über unterrichtsfremde Dinge auszufragen. Diese Stunde beruhigte sie und ließ sie beinahe das Untier vergessen, das in ihrer Brust sein Werk tat, den Schatten, der ihr über die Schulter blickte. Sie zwang sich, mit Interesse Paolos Erläuterungen zu folgen, beachtete mit kindlichem Eifer die Regeln und Zeichen. Und die Gleichgültigkeit des Jungen, daß er ihr nicht einmal ins Gesicht sah, demütigte sie nicht; denn er schien so sehr auf etwas anderes fixiert, daß er die Personen, die ihm nahe kamen, gar nicht wahrnahm.

Einmal aber, als sie unter der Petroleumlampe Aufgaben machten (es war ein Regentag und dämmerte früh), bemerkte Giovanna, daß Paolo verzaubert auf ihre weiße Hand starrte. In Wirklichkeit schaute er auf einen Brillantring in Kreuzform, den sie am Finger trug und in dem sich die beiden Lichter, das stürmische von draußen und das der Lampe, fingen, wodurch er düster funkelte wie nächtliches Wasser. Der Jüngling blickte also auf den Ring; doch Giovanna gab es einen Stich, weil sie fühlte, daß ihre Hand betrachtet wurde. Diese Hand war immer noch sehr schön, klein und schmal, mit vornehmen, blassen Fingernägeln und biegsamer Weichheit an

Hand- und Fingergelenken. Keine Falte entstellte sie, und die Handfläche wies bis heute nur jene drei Linien auf, die sie von Geburt an hatte. Nach der Stunde blieb Giovanna sitzen und betrachtete ihre Hand, und am Abend schlief sie mit Illusionen ein. Am nächsten Tag wusch sie sich die Hand vor dem Unterricht mit parfümiertem Wasser, cremte sie mit einer schneeweißen Salbe ein und betupfte sie mit einer Essenz; dann schmückte sie sie ganz mit Gold und Edelsteinen, wie ein Idol. Im Unterricht begann sie, die Hand sacht auf den Blättern zu bewegen, strich sehnsüchtig über die Bücher und verweilte auf der roten Seide ihres Kleides. Wieder betrachtete der junge Mann hingerissen die Edelsteine; und Giovanna zitterte, da sie glaubte, er meine ihre Hand.

So ging es viele Tage lang; sie erfand neue Ornamente, indem sie entweder an jedem Finger einen schmalen Goldreif trug oder nur einen Ring mit grünem Stein an den Mittelfinger steckte; oder sie kleidete die ganze Hand in antiken Gold- und Silberschmuck, der bizarre Formen und Figuren darstellte. Und wenn die Augen des Lehrers vom Buch aufsahen und diese erstaunlichen Darstellungen verfolgten, zitterte Giovanna in dem Glauben, Paolo liebe nur ihre Hand. Daher beschloß sie eines Tages fröhlich, ihre Hand so zu lassen, wie sie war; sie pflegte sie, das ist wahr, mit Cremes und Duftölen, aber sie schmückte sie nicht mit Juwelen. Und so kam sie mit ihrem nackten Händchen zum Unterricht und schob es beklommen ins Licht. Doch der junge Mann warf kaum einen verträumten Blick darauf und kehrte sofort gleichgültig zu den Büchern zurück. Auf diese Weise begriff sie, daß Paolo nicht ihre Hand liebte, sondern sich wie einfache Gemüter an dem Glanz begeisterte.

An jenem Abend weinte sie; nachdem sie nun aber begonnen hatte, sich Illusionen zu machen, konnte sie nicht mehr darauf verzichten. Da sie meinte, ihre Haare hätten noch ein wenig Schönheit bewahrt, fing sie an, neue Frisuren zu tragen, Locken, die den Kopf umstanden, oder lange

Zöpfe oder künstlich aufgetürmte Wellen über der Stirn. Sie schmückte sie auch mit Blumen, schob den Stiel zwischen die Locken und ließ nur die rote Blüte hervorstehen oder krönte die Frisur mit Blättern. Sie benutzte Haarnadeln aus hellem Schildpatt, goldene Spangen und Diademe, denn sie war nun feige geworden und bat vielleicht nur noch um ein bißchen Liebe für ihre schönen Steine. Doch nicht einmal diese sah der junge Mann, schon ermüdet. Und sie versuchte, ihre heisere Stimme melodiöser klingen zu lassen, schminkte sich die Lippen und die Augen und lächelte, gab sich jung und ein wenig trunken. Paolo merkte nichts; abwesend und respektvoll erklärte er seine Grammatik, schloß am Ende der Stunde schweigend die Bücher und erhob sich. Nie zeigte er Abscheu oder Aufmerksamkeit für sie: Seine verschwommenen blauen Augen blickten weiterhin ins Leere, gewiß sorgte er sich um sein Lehramt und die Ausschreibung. Damit er ihr schwarzes Schühchen sähe, wenn er sich hinunterbeugte, ließ Giovanna ein Buch fallen; und Paolo hob es sofort zuvorkommend auf, aber ohne im geringsten ihren eleganten Fuß zu beachten. Sie ging sogar, obwohl es ihr irgendwie unangenehm war, so weit, ihm die Hand auf den Arm zu legen, doch er verhaspelte sich, wie auf frischer Tat ertappt, und wehrte errötend ab.

Darum weinte Giovanna unausgesetzt, wenn sie allein war, und suchte, ohne zu wissen, wo, nach irgendeiner Hoffnung. Als sie eines Morgens auf ihrem Bett schluchzte, hörte sie, wie sich die beiden Dienstboten im Nebenzimmer bei der Hausarbeit über eine Frau aus dem Dorf unterhielten, eine Witwe, die Assunta hieß und sich darauf verstand, Liebestränke zuzubereiten. Neugierig sprang Giovanna auf und legte das Ohr an die Tür, während sie sich mit dem Saum ihres Kleides die Tränen trocknete. Sie kannte Assunta und das Haus am Feldrand, wo diese wohnte; und als sie dem Gespräch der Dienstboten lauschte, begann sie mit dem Gedanken zu liebäugeln, solch einen mächtigen Trank zu besitzen.

Am Nachmittag ging sie allein aus, in ihrem Pelzmantel, mit Samthut und einer Tasche voller Geldscheine.

Assuntas Tür führte von der Küche direkt auf die von staubigen Sträuchern überwucherte Straße. Als Giovanna ankam, war ihr Kleid eingestaubt, und sie mußte es mit der Hand ausschütteln. Die junge Hexe war neben dem Herd eingeschlummert, aber sobald die Fremde die Tür aufschob, genügte dieses Geräusch, damit sie die Augen öffnete, die denen eines Lammes glichen.

Groß und dunkel umrandet, unterschieden sie sich durch ihre blaue Farbe von denen der übrigen Dorffrauen. Doch von Wuchs war die junge Frau ebenso klein wie die anderen und ihr Gesicht abgezehrt, mit blassen, sommersprossigen Wangen. Sie wirkte ständig verängstigt und auf der Hut, wie ein Kind, das Schläge gewöhnt ist; und als Giovanna ihr sagte, daß sie von ihren Zaubereien wisse, begann Assunta zu zittern: »Das ist nicht wahr«, sagte sie, indem sie sich zusammenkauerte und schützend den Arm hob, »solche Sachen mache ich nicht, solche Sachen mache ich nicht.«

Daraufhin versprach Giovanna ihr viel Geld und sagte, damit könne Assunta sich Kleider kaufen: »Schämen Sie sich nicht«, fragte sie sie, »in diesem zerlumpten Aufzug? Ihr Kopf ist hübsch, aber man sieht es überhaupt nicht. Sie brauchen einen schönen Kamm, und wenn Sie gut angezogen sind, können Sie zu Pferd bis in die Stadt spazierenreiten.«

»Wieviel Geld?« fragte Assunta. Und Giovanna zeigte ihr die Handtasche.

»Werden Sie es auch niemandem sagen?« stotterte Assunta und erklärte, daß sie wegen ihrer Geheimkenntnisse und Heilmittel verprügelt und eingesperrt worden war. »Sind Sie verrückt?« antwortete Giovanna ihr. »Meinen Sie, ich hätte etwas davon, es auszuplaudern? Natürlich sage ich nichts.«

»Wollen Sie einen leichten oder einen starken, verzehrenden Trank?« fragte Assunta und wurde bei ihren Worten vor Scham so flammend rot, daß das Fleisch ihres Gesichts weicher und beinahe zerschlagen aussah. »Den stärksten, den Sie haben«, erwiderte Giovanna, glücklich, daß sie reich war und bezahlen konnte.

»Dann müssen Sie mir auch noch den Ring geben«, murmelte Assunta, und ihre Augen glitzerten, als sie das funkelnde Kreuz betrachteten. »Nun denn«, sagte Giovanna und zog sich mit einem Seufzer den Ring vom Finger.

Assunta verschwand die Stiege hinauf, die in ihr Schlafzimmer führte, und kam mit einer dieser kleinen Korbflaschen zurück, die die Schankwirte verwenden, gefüllt mit einem schweren, beinahe schwarzen Rotwein, wie er im Dorf getrunken wurde. Giovanna blickte sie enttäuscht an. »Aber«, flüsterte sie, »das sieht ja aus wie Wein.« »Es ist Wein«, sagte Assunta, »aber ich habe ihn mit bestimmten Worten besprochen. Sie müssen ihn ihm noch heute abend zu trinken geben, sonst verfliegen die Worte. Der Geschmack ist wie Wein, weder süß noch bitter.«

Giovanna nahm die Flasche und hielt Assunta das Geld und den Ring hin; und beide begannen innerlich zu lachen, so sehr beglückte sie der neu erworbene Besitz. Doch gehemmt, weil sie sich noch gegenüberstanden, wagten sie nicht, einander anzublicken.

Freude übermannte Giovanna, während sie mit dem Trank heimkehrte. Sie spürte, daß sie einen Todeshauch einatmete, aber es war ein wunderbarer Tod, wie eine Schlacht mit Pferden, Trompeten und Lanzen. Und gleichzeitig verging sie vor zärtlicher Eigenliebe.

Es war nicht mehr der gewohnte tägliche Unterricht, für den sie sich einige Stunden später anzog und zurechtmachte, sondern ein geheimnisvolles Rendezvous. Bei jedem Detail der Kleidung und bei jedem Handgriff, ob sie sich nun die schwarzseidenen Strümpfe überstreifte oder einen Haken schloß, durchzuckte sie ein seltsames Lustgefühl; auch bedauerte sie es nicht sonderlich, alt zu sein. Sie zwängte sich in ein sehr enges Korsett, schminkte sich die Augenlider mit

Bister und puderte sich. Ihr schien, als sei sie größer geworden und voller königlichem Prestige, und sie behängte sich mit Juwelen und Gold, so als schmückte sie ein Heiligenbild mit Votivgaben. Als sie aber ein Glas und jene Flasche Wein zwischen die Bücher auf den Tisch stellte, lachte sie wie ein kleines Mädchen, das einen Streich aisheckt.

Ungeduldig wie ein Kind hörte sie nichts vom Unterricht: »Wie kann ich ihn zum Trinken überreden?« überlegte sie ratlos. Dann bemerkte sie die Blässe des Lehrers und fragte ihn, ob er krank sei. »Ich, Signora?« stammelte er. »Sie sind blaß«, sagte sie mit Nachdruck, schon blind in das Abenteuer verwickelt. »Trinken Sie diesen Wein, er wird Ihnen guttun. Ich habe ihn extra für Sie bereitgestellt.«

Errötend versuchte er, sich zu wehren, doch seine eigene Schüchternheit hinderte ihn daran, auf seiner Ablehnung zu bestehen. Widerstrebend legten sich seine blassen Finger um das Glas, dann aber, magisch angezogen, leerte er es auf einen Zug. Giovanna war, als schliefe sie, und doch hatte sie sich nie so lebendig gefühlt, so, daß sogar der Stoff ihres Kleides lebte.

Anfangs sah man keine Veränderung; nur, daß die Stimme des Lehrers voller tönte und die Worte, die über seine Lippen kamen, einen seltsamen Sinn annahmen, der nicht mehr von ihrer Bedeutung, sondern von ihrem Klang abhing. Nach einigen Minuten schien er selbst erstaunt über diese Kraft seiner Stimme und unterbrach sich, wie einer, der innehält, um zu lauschen. Seine Stimme dröhnte ihm im Ohr wie das Meeresrauschen, das man in einer Muschel hört. Der junge Mann schüttelte den Kopf, denn er wollte die Melodie verscheuchen.

»Diesen Plural gibt es zum Beispiel auch in meinem Dialekt«, nahm er seine Erklärungen wieder auf, und während er in meinem Dialekt sagte, wurde er plötzlich von Heimweh nach seiner Geburtsstadt erfaßt. In seiner Stadt lag fast immer Schnee, und jener Schnee, der ihm früher grausam und schrecklich erschienen war, glitzerte nun in der Distanz und tauchte die ganze Stadt in bläulichen Schimmer. In dem kurzen Sommer erlosch der Widerschein des Lichts dann überhaupt nie, nicht einmal nachts, und an einem solchen Tag voller Stille wirkte jene prächtige, zurückhaltende Architektur wie von Engeln entworfen. Mit ihrem zugefrorenen Fluß zwischen den Eisenbrücken und den schneeweißen Plätzen war die Fata Morgana der Stadt für ihn verführerisch wie eine gesegnete, mit Eisen bewaffnete und in Poemen gefeierte Jungfrau. Er hätte nie geglaubt, daß er vor Leidenschaft für ein steinernes Phantom vergehen könnte.

In der Stadt lebte seine Schwester Sigrid als Nonne. Sie war ein etwas törichtes, dickes, unförmiges Mädchen und von den Verwandten ins Kloster geschickt worden, eben weil zu häßlich und zu arm; doch es gab keine glücklichere Seele als ihre. Sie war rein, ohne sich darüber klar zu sein, und glücklich, ohne es zu wissen. Paolo lachte aus vollem Hals beim Gedanken an jenen dicken, schiefen Körper, der durch das Kloster irrte, während die Seele, so phantasierte er kindlich, oben auf der Jakobsleiter den Engeln den Aufstieg verschönte.

Sein eigenes Gelächter brachte ihn wieder zu sich. Was hatte er in der Zeit, in der ihn diese neuen Gedanken bewegten, getan? War er vielleicht in seinen Unterricht fortgefahren? Als ihm bewußt wurde, daß er diese Dinge, von denen er glaubte, er hätte sie nur gedacht, tatsächlich gesagt hatte, zuckte er zusammen. Den Gegenstand seines Unterrichts, der ihm absurd und weit weg erschien, vergessend, hatte er jene emphatischen Worte ausgesprochen, derentwegen er nun vor Scham zitterte. Die Signora hörte ihm mit aufgerissenen, schwarzumrandeten Augen zu, und ihm war, als hätte er in einem Theaterstück mitgespielt; in Wirklichkeit waren ihm die Gefühle, die ihn wenige Augenblicke zuvor beherrscht hatten, nun fremd. In ihm hatte sich eine wüste Leere breitgemacht, und etwas, das sich noch nicht erkennen ließ, wurde darin langsam immer größer. Vorerst freilich nahm er nichts wahr außer jener Leere, in der sich wie ein nebliger, schleimiger Fleck seine düstere Scham regte. Niemals hätte er solch geheime, kindische Worte aussprechen dürfen. Der Nachhall seines schallenden Gelächters traf ihn wie eine Peitsche.

Er sah Giovanna an und musterte sie, diesmal schweigend, genau: »Sie ist eine häßliche, groteske Frau«, sagte er sich. »Als genügten die dunklen Ringe nicht, die ihre Augen verunstalten, betont sie sie auch noch mit Bister. Die Wangen sind in Wirklichkeit so blaß, daß dieses staubige Rouge sie hohl und krank aussehen läßt. Und die Falten bilden ein Netz von traurigen, dunklen Zeichen, es sind so viele, daß sie das Gesicht zu einer Art Fratze verzerren. Der Hals wirkt in der enganliegenden Goldkette noch magerer und abgezehrter. Meine Signora gleicht einem maskierten Geripppe. Ja, ihr Fleisch stirbt.«

Obgleich nur gedacht, kamen ihm diese Worte wie eine Beleidigung für die Frau vor, die vor ihm saß, und er bereute sie sofort. Auf die Gewissensbisse folgte so lebhaftes Mitleid, daß ihm war, als verbrenne es ihn heftig, als wäre er eine Beute von Feuer und Wind zugleich. Doch dieses Mitleid verhalf ihm zu nie besessener Würde: Es verwandelte ihn unversehens von einem Jungen in einen Mann; es gab ihm ein Gefühl von Macht und vielleicht von Herrschaft über diese Frau. Kühn sagte er zu ihr: »Warum trinken Sie nicht auch?« Sie schüttelte den Kopf und antwortete mit einer beinahe angeekelten Geste: »Ich trinke nicht.«

Das stürzte ihn, wer weiß, warum, in leichte Verwirrung. Vielleicht meinte er, der gemeinsam getrunkene Wein hätte irgendeine Verbindung zwischen ihnen herstellen können, während er schon in seine wüste Leere voller Wind und Flammen aufstieg und sie blaß und ahnungslos wie ein kleines Mädchen allein und fern dasaß. Er fühlte sich in seine Wüste fortgerissen, aber gleichzeitig zu Giovanna hingezogen durch das schmerzliche Mitleid, das vor seinen Augen jede Falte in ihrem Gesicht vertiefte und das Fleisch weicher machte. Er bekam Lust, diese runzelige Haut zu streicheln. »Laß mich deine Hand küssen«, bat er. Aber Giovanna überlief ein Schauder des Abscheus, und sie zog sich erbleichend zurück; er verstand jenen Schauder, und da bebte er bis auf die Knochen und schwieg mit einem verstörten Lächeln, in dem die alte Schüchternheit wiederkehrte.

Mit sehr klaren Augen sah er jede Regung an ihr. Giovanna begriff, daß alles eintreten würde, was sie gewollt hatte, doch bei dem bloßen Gedanken, in irgendeiner Art daran teilzunehmen, graute ihr. Von Kindheit an hatte sie den Eindruck gehabt, sie wäre aus einem anderen Stoff gemacht als die anderen, vielleicht ein reiner Diamant, und jede Berührung mit ihnen erregte ihren Widerwillen. Und nun wurde diese Empfindung so übermächtig, daß sie sich kurz vor der Ohnmacht fühlte.

Der junge Mann war wie ein Idiot mit hängenden Armen, geweiteten Augen und offenem Mund vor ihr stehen geblieben und starrte sie an. »Wie konnten Sie es wagen?« herrschte sie ihn unvermittelt mit wuterstickter Stimme an. Er fuhr sich mit der Hand über die Augen, als wollte er ein Insekt verjagen, und sagte, ohne es zu wollen, laut: »Hab Mitleid.«

Gleich darauf wunderte er sich über seine eigenen Worte; war es denn nicht sie gewesen, die ihm kurz vorher leid getan hatte? Solches Mitleid mit sich selbst demütigte ihn nun, nahm ihm die ursprüngliche Kraft, bis er feige wurde wie ein Tier. Die Nacht war längst hereingebrochen, und schon schwiegen die Rufe, mit denen die Dörfler die Pferde heimtrieben. Nur ein nächtliches Wiehern vernahm man dann und wann, ausgestoßen in wildem, unruhigem Schlaf. Die Petroleumlampe brannte und beleuchtete mit ihrer gleißenden Flamme Giovanna, aber nicht ganz; ein quer verlaufender Schatten trennte das dunkle Gesicht vom hellen Körper, und die Gesichtszüge waren unbestimmt und fern. Die funkelnden Juwelen warfen von unten kurze Lichtblitze darauf bei jeder Zuckung des Körpers, der in seinem grünen Samtkleid mit dem schönen Gürtel elend und hilfsbedürftig wirkte.

»Gott, wie schön sie ist!« dachte Paolo; und es gab ihm einen Stich ins Herz, der ihm den Atem nahm. »Signora«, sagte er daraufhin, »mach das Licht aus. Ich will dich nicht sehen«, doch im gleichen Augenblick gewahrte er, daß er sie umarmt hatte und sie auf die ausgetrockneten, gekräuselten Haare, auf die welken, nach Puder duftenden Wangen küßte mit einem Schmerz, der sich mit Begehren mischte und der ihn nicht mehr verließ bis zur letzten Minute.

Giovanna stieß erstickte Klagelaute aus und zappelte wie ein auf den Leim gegangener Vogel; Paolos Raserei war zwar gewaltig, aber linkisch und von einer Zärtlichkeit durchdrungen, die ihn unfähig machte, weh zu tun. So gelang es ihr bald, sich von ihm zu loszumachen: »Gehen Sie«, sagte sie mit vor Ekel verkrampften Lippen zu ihm, »fort, Sie Unglücksmensch.«

Der junge Mann tastete nach seiner Brille, die ihm heruntergefallen war; plump beugte er sich zwischen den langgezogenen, fahlen Gegenständen herunter und streckte die Arme vor. Als er seine Brille gefunden hatte, zog er sich in sein Zimmer zurück. Giovanna sah noch einmal seine leicht gebeugten Schultern, schmal wie die eines zu schnell gewachsenen Buben. Und er schloß sich in seinem Zimmer ein und sah Giovanna von jenem Augenblick an nicht mehr; er sah nur eine Larve von ihr, flüchtig und weich, die vor Fieber glühte und ihn mit Unterbrechungen die ganze Nacht begleitete.

Im Zimmer des Jünglings standen wenige bescheidene Möbel: ein plumpes, schwarzgestrichenes Tischchen voller Bücher, ein hoher, schmaler Schrank mit einem langen, erblindeten Spiegel, ein oder zwei Strohstühle und am Bett aus Nußbaumholz ein Nachttisch, auf dem neben der Bibel ein Bild von Sigrid lag. Ich beschreibe all diese Möbelstücke genau, weil Giovannas Larve sich die ganze Nacht lang in ihnen verbarg oder vielmehr sich mit ihnen verwob, in seltsamen und monströsen, aber zugleich schmerzhaft zärtlichen Verwandlungen. Diese Larve war von grenzenloser Sanftheit und Grausamkeit; ihre Ähnlichkeit mit Giovanna war so groß und so überdeutlich, daß sich jeder ihrer Züge mit einem steinernen Mal in Paolo einprägte. Doch sobald er sie fassen wollte, löste sie sich auf wie Wasser, in einer Art stummem Lachen voller Ekel. Dann wurde er so respektvoll, daß er nicht einmal versuchte, sie mit einem Finger zu berühren; und dies kostete ihn einen schrecklichen Kampf, weil jede Faser seines Seins zu ihr hinstrebte wie das Feuer zum Himmel und er diese Kraft in sich ersticken mußte, bis er sich zu Asche werden fühlte. Die ganze Nacht tobte er und wand sich zwischen den schweißnassen Laken und bildete sich ein, daß die Larve nichts von seinem Delirium bemerkte. Er war schon erschöpft, aber sein Mund hörte nicht auf, zu ihr zu sprechen, mit sonorer Stimme, so wie sie einem manchmal im Ohr hallt, wenn man aus einem Traum erwacht.

Er flehte sie an, wenigstens nicht wegzugehen und ihn anzuhören; und um ihn zu erschrecken, tat sie ab und zu so, als würde sie verschwinden und tauchte dann mit geistesabwesendem, scharfem Blick in der Ecke wieder auf. So spielte sie mit ihm wie ein kleines Mädchen, doch dies stand im Widerspruch zu ihrem zerstörten Gesicht voll dunklen Mitleids. Und er wurde es nie müde, mit ihr zu plaudern, obwohl er wußte, daß es absurd war, wie die Worte, die man gegen hallende Felsen schleudert und die unverändert, aber mit gespenstischem, unmenschlichem Klang zurückkommen. Er wußte, daß sie die Sprache, in der er redete, nicht verstand; aber er konnte sich nicht enthalten, immer weiter zu erzählen und zu erzählen.

Zeitweise sprach er in vertraulichem Ton von Dingen, die, das wußte er wohl, sie gar nicht interessieren konnten: »Ich weiß, daß es dir gleichgültig ist«, flocht er häufig zur Entschuldigung ein, »aber laß es mich sagen.« Er schilderte ihr weit zurückliegende, ja schon vergessene Begebenheiten aus seiner Kindheit, die nun, wer weiß, wie, wieder auftauchten. Zum Beispiel, wie sein Vater einmal am Ostertag aus Versehen mit dem Stiefel auf den Kopf seines Lieblingskükens getreten war und er das Tierchen, schon halbtot und mit zerquetschtem Kopf, in das Sonnenquadrat des Fensters gelegt hatte in der Hoffnung, es möge genesen. Diese Kleinigkeiten bauschten sich beim Sprechen in ihm auf; ihm war, als risse er sie aus der tiefsten Tiefe seines Selbst, was ihm heftige Qual bereitete, durch die er sich einen Moment lang befreit fühlte. Er enthüllte ihr, daß er als kleiner Bub dachte, er werde ein Held, und ging so weit, ihr vom ersten bis zum letzten Vers ein Gedicht aufzusagen, das er mit zwölf Jahren geschrieben hatte.

Sie langweilte sich sichtlich bei soviel Gerede. Ihm schien, als sähe er sie gähnen, bis sie sich fast im Schlaf auflöste. Mit einem Schrei rief er sie zurück.

Bei der bloßen Vorstellung, daß jene Form Giovannas, obgleich unberührbar und fahl, verschwinden könnte, brach ihm der kalte Schweiß aus. Kurz vorher wäre es ihm absurd vorgekommen, doch nun setzte er jedes frühere Begehren mit dem jetzigen Begehren nach dieser Form gleich, nach dieser und keiner anderen. Bedürfnis nach Freundschaft und Gesellschaft, Lust auf Liebe, Appetit auf Reichtum, Hoffnung, wenn auch uneingestanden, auf Ruhm, Opferbereitschaft, jede mögliche egoistische oder großherzige Regung, alles floß in einer glühenden, formlosen Masse ineinander, aus der sich jenes einzige Gesicht erhob, dem kein anderes glich. Er wollte jene Augen und jene Lippen besitzen, ihnen irgendwie das Zeichen seines eigenen lebendigen Fleisches aufdrücken, doch er fiel stets erregt auf sein schweißnasses Bett zurück. Alle menschlichen Gefühle, vom Mitleid bis zum Neid, vom Haß bis zur Anbetung, drängten ihn zu jener Form hin. Um sich vor ihr zu brüsten, verriet er ihr seine Zukunftspläne. Er setzte ihr aufs genaueste eine philosophische Entdeckung auseinander, die er gemacht hatte, eine neue Weltanschauung: ein kompliziertes und geniales Werk, das er in vielen Bänden zu beschreiben sich anschickte und das ihn berühmt machen würde. Er offenbarte ihr auch, daß er nach seiner Rückkehr in die Heimat eine bestimmte Schule gründen wollte, aus der die Menschen klug und als Helden hervorgehen würden und die an einem Ort entstehen sollte, den er schon ausgewählt hatte, in der Nähe von Sigrids Kloster. »Doch wirst du mit mir kommen?« fragte er sie. Es gab keine Erinnerung, keinen Traum seines vergangenen Lebens, keine zukünftige Absicht oder Begierde, die er ihr nicht darbot. Zuletzt erbitterte ihn ihre Gleichgültigkeit. Er schrie ihr Beleidigungen und obszöne Sätze entgegen, überschüttete sie mit allen erdenklichen Schmähungen. Und dann rief er sie, damit sie ihm verzieh, mit Schmeicheleien und eben ausgedachten, höchst läppischen Koseworten zurück, wie Mütter sie erfinden, wenn sie ihre Kinder auf den Knien wiegen. Und er erwog auch, sie umzubringen, um sich von ihr zu befreien.

Die ganze Nacht lang schüttelte die Signora ihre weiche Trägheit nicht ab, so daß sie zeitweise gänzlich leblos wirkte, doch dann durchzuckten sie wieder beinahe höhnische Regungen. Vor Langeweile hing ihr Kopf manchmal ganz auf einer Seite herunter, wie bei Marionetten mit schlaffem Hals, und ihre Knie knickten ein, die Augen fielen ihr zu und ihre Gelenke lockerten sich. Dann schrie Paolo um Hilfe, und er flehte sie an zu bleiben, wie man Gott anfleht.

Doch warum sich weiter bei der Schilderung einer solchen Nacht aufhalten? Die Larve verschwand ja beim ersten Hahnenschrei wie alle Gespenster. Sie sackte in sich zusammen wie die Puppen, die eine unter ihren Lumpen verborgene Hand bewegt und gestikulieren läßt und die man am Ende der Aufführung unter der Bühne auf den gemeinsamen Haufen wirft. Sie wurde vom letzten Winkel der Nacht verschluckt, der noch im Zimmer übrigblieb. Da stieg der Jüngling aus dem Bett, wo er sich, ohne sich dessen bewußt zu sein, in Kleidern niedergelegt hatte.

Ihm schien, als sei das ganze Gewicht seines Blutes und seines Lebens in seine Knie gesunken, so daß er nur unter Qualen die Beine nachziehen konnte. Auch die anderen Glieder bis hin zu den Fingern wogen unendlich schwer, es war eine Todesschwere wie die, die vom Fieber kommt. Und alle seine Muskeln waren geschwollen und angespannt wie ein dickes Seil, weshalb ihm jede Bewegung einen dumpfen Schmerz verursachte. Nur sein Gehirn arbeitete wahnsinnig weiter und drehte sich wie ein quälender Mechanismus mit Zahnrädern um jenen einzigen glühenden Traum.

Er erreichte die verschlossene Tür, hinter der Giovanna schlief, und ganz kurz erwachte in ihm ein junges, heroisches Leben, eine triumphierende Hoffnung; und eine weiche Glut von schwermütiger Süße füllte ihm den Mund. Daraufhin preßten sich seine Lippen mit solcher Kraft auf die Tür, daß ein blutiger Abdruck auf dem Holz zurückblieb.

Da der Himmel ganz mit Wolken bedeckt war, zog das allererste Morgengrauen unmerklich von allen Seiten herauf. Man vernahm vereinzelte Stimmen und Rufe; die Pferde schüttelten den Schlaf ab und trotteten um die großen Steinhügel.

Mit seinem langen Anzünder betrat der Mesner die Kirche und beleuchtete den Altar für die Frühmette. Die Kerzenflammen spiegelten sich flackernd auf dem Steinboden, wo Paolo niederkniete und sich schluchzend krümmte. Er biß sich auf die Hände und gab bebend kindliche Schreie von sich, die im Widerspruch zu seiner großen Gestalt standen, so daß die wenigen in der Kirche zusammengekommenen Bauern lachten, als sie ihm zusahen. Ihre Lippen, wenig ans Lachen gewöhnt, öffneten sich starr und schmal in den abgezehrten Gesichtern unter spitzen Hüten oder pechschwarzen Locken. Und die Marmorfiguren rundherum, reglos auf großen Füßen, mit gleichen Gesichtern und ohne Pupillen, drängten sich um Paolo. Mühsam erhob er sich, doch er wußte längst, daß es vergeblich war; er glich einer auf den Leim gegangenen Fliege, die mit den Flügeln schlägt und mit den Beinen zappelt, aber am Ende doch aufgeben muß. In der Feuchte des anbrechenden Tages wanderte er zwischen den schwarzen Steinblöcken über die Felder und schwankte wie ein Betrunkener von einem Fuß auf den anderen; er lächelte ein ironisches Lächeln, und eine Strähne seiner blonden glatten Haare hing ihm übers Auge. Aber er war schon blind.

Es heißt, auf jenem Weg seien ihm große Abenteuer begegnet. Anscheinend wurde er beobachtet, wie er die Muskeln an den Armen wie ein Athlet anspannte und mit einem hellen, jungen Schrei mit Fäusten auf einen der Riesensteine einhieb. Ich glaube hinzufügen zu können, daß er anstelle des Steins einen Helden sah, den er von Kindheit an stets beneidet und verehrt hatte und den er, hatte er sich geschworen, eines Tages besiegen würde. Er erschien ihm in Gestalt eines Soldaten von nachlässiger Schönheit, dessen abgespanntes Gesicht mit den buschigen Brauen in seiner Blässe etwas Strahlendes hatte. Dieser Mann vereinte auf sich in jener unwirtlichen Ebene Paolos gesammelten Haß, alle seine Siege oder Hoffnungen. Paolo erschlug ihn, und gleich darauf fiel er selbst mit der Wange auf die rissige Erde; wenig später kam ein Pferd vorüber, doch es scheute zurück, sich aufbäumend, wie Tiere es manchmal vor Toten tun.

Am nächsten Tag wurde Paolo ohne Pomp oder Gefolge begraben, da er in jenem abgelegenen Dorf keine Freunde hatte. Am Nachmittag des darauffolgenden Sonntags ging Giovanna in einem weiten taubengrauen Kleid und einem mit weißen Federn geschmückten Hut spazieren. Etwas an ihr bewirkte, daß ihr im Vorübergehen alle Herzen zuflogen, wie bei der Begegnung mit unschuldigen neugeborenen Geschöpfen, Kindern oder jungen Bäumen. Es schien, als wären ihre Adern neu und zart, und das Blut floß in diesem verletzlichen

Lauf wie ein Strom hellsten Wassers. Die Haut ihres Gesichts war nicht mehr ganz frisch, sondern sogar ein bißchen welk, doch diese weichen Zeichen machten die strahlenden Augen und die blühenden Lippen nur um so süßer. Niemand erkannte sie; ein Mann, der auf einem Feld arbeitete, hielt inne und sagte zu ihr: »Gott, bist du schön!«

Sie verbarg ihre Anmut hinter dem roten Spitzenfächer, und über ihr Gesicht breitete sich eine vage Röte, wie hinter einem Licht.

Der Hund

Mein Hund war im Zeichen des Saturn zur Welt gekommen. Ihr wißt hoffentlich, welch seltsame Farbe, fahles Grün, violett, gelb und blutrot gestreift, den Tagen derer bestimmt ist, die unter diesem Zeichen geboren werden. Man spürte bei ihm ständig den Einfluß seines Geburtssterns: Er war anders als die üblichen Hunde. Wir wollen ihn »Er« nennen, um ihn von dem anderen zu unterscheiden, der unerwartet in sein Leben trat und es auslöschte.

Er flößte allen, die ihn ansahen, Bewunderung und Mitleid ein, manchmal auch unruhigen Kummer. Er hatte eine unterwürfige und zärtliche Art und erkannte jedermann als Herrn an, in dem Sinn, daß die Liebe zu allen Menschen, besonders den großen und kräftigen, ihn verzehrte. Wurde er zurückgewiesen, verzog er sich rasch, die Augen voll ängstlicher Scham: Die Demütigung entlockte diesen Augen zähe Tränen, trüb gefärbt, fast als wären sie mit Blut vermischt. Empfing man ihn freudig und behandelte ihn wie einen Welpen, überkam ihn beinahe eine vitale Raserei, und er sprang mit ungeduldiger Begierde und Freudengeheul herum; doch selbst darin klang noch der Schmerz durch. Diesen dumpfen Nachhall konnte man bei seiner Stimme nie vergessen. Manchmal lachte er, ein krampfhaftes Lachen mit heraushängender Zunge und angelegten Ohren. In Mondnächten sang er leise eine wilde, klagende Hymne.

Warum soll man es nicht sagen? Er war verwöhnt und feige. Sah man genau hin, las man in seinen Augen außer Liebe und der absurden Sehnsucht, ein Welpe zu bleiben, eine verzweifelte, atavistische Feigheit. Ich weiß, daß er sich an diese Wurzel der Feigheit klammerte und daraus rastlos Leben saugte. Ich möchte hinzufügen, daß niemand in jenem menschlichen und kindlichen Dorf ihm diesbezüglich einen Vorwurf machte: Nicht daß es nicht bemerkt wurde, aber alle wollten es lieber vergessen. Im Gegenteil, keusch und achtsam hielten sie die Gelegenheit von ihm fern, seine blasse Wurzel auszugraben. Von einem Tier, das lachen und weinen konnte und die Kunst des Gesangs kannte, verlangten weder Mensch noch Hund jemals, sich aufs Raufen zu verstehen. Wie gesagt, er war verwöhnt. Er galt als begehrter Führer (er war ein Gelehrter, der schnuppernd antike Ruinen entdeckte); die Leute sagten »Bello«, schöner Hund, zu ihm, obwohl er nur ein gewöhnlicher Mischling war. Die Gassenjungen fütterten ihn mit aufgeweichtem Brot und die jungen Damen mit so viel rohem Fleisch, daß er einmal ein Ekzem bekam. An dieser Stelle muß man zugeben, daß er nicht besonders gern badete. Er hörte es gern, wenn man »Bello« zu ihm sagte, dann lachte er und wedelte mit der Zunge.

Er war etwa zehn Jahre alt, als er eines Tages eine steinerne Treppe hinaufflief und einen schönen Wolfshund traf, der zu ihm sagte: »He!« Warum nicht lieber gleich sagen: »einen Wolf«? Wildheit zuckte ihm in jedem Muskel und befeuchtete rot seine Lefzen. In seinem »He« lag nicht einmal die Herablassung einer Herausforderung, sondern eine unbekümmerte Gewißheit und das sich selbst gegebene Versprechen, das Spiel rasch zu erledigen. Er lachte, um den anderen zu besänftigen und so zu tun, als handle es sich um einen Scherz, aber unter sich in der Erde fühlte er, daß sich die taube Wurzel regte. Der andere bemerkte die göttliche Neuigkeit jenes Lachens überhaupt nicht und schüttelte den Kopf, dem jedes Zeichen von gesitteter Urbanität, zärtlichem Respekt und Wohlerzogenheit abging; er schüttelte ihn, als wollte er schon den Sieg einläuten. Nun gut, er versuchte, all seine Kunststücke vorzuführen, und als erstes sang er. Ich kenne die Töne, die er bei derartigen Gelegenheiten anschlagen konnte, und bin sicher, daß er Ölbaum im Mondschein sang. Doch was sollte das dem anderen bedeuten? Seit Jahrhunderten rief seinesgleichen eine Stimme, die wie Gelächter klang, voll wütender, glücklicher Verachtung, und dies war das Gesetz: »Kratzen wir diese nutzlosen Krusten von der Erde ab.«

Er war daraufhin ganz Feigheit; in Form einer lachenden Furie wühlte sie keuchend in allen seinen Poren. Er begann, seine komischen, mühsamen, rötlichen Tränen zu weinen und fühlte im Mund einen bitteren, weichen Geschmack, der schon als solcher eine Schande war und den ich »Hundegeschmack« nennen könnte. Der andere sagte: »He! He!«

Er ließ sich von einer müden, törichten Einsamkeit überwältigen. Und vor Fieber und Ekel zitternd, erwartete er den ersten Sprung des anderen.

Nach dem kurzen Angriff machte er sich auf den Heimweg. Nicht mehr die Feigheit war bei ihm, sondern der kläffende Tod, und er sang die schönste Hymne, die er je hervorgebracht, irdisch und schwarz wie getrübtes Blut, aber unbesiegbar wie die Nacht. Der Tod begleitete ihn bis nach Haus. Hier beugte sich der Küchenjunge über seinen augenlosen Körper voll schändlicher Verletzungen und stammelte, ganz aufgeregt, über den Kampf und das Blut: »Totgebissen, das arme Tier.«

Ein Mann ohne Charakter

Ich hatte das erste Universitätsjahr beendet und begab mich wie gewohnt für die Sommerferien in mein Heimatdorf F. zu meinen Eltern. Damals war ich ein zartfühlender, schüchterner junger Mann. Diese Eigenschaften sowie meine blonden Haare und mein strahlendes Lächeln hatten mir bei meinen Gefährten den Spitznamen »Poet« eingetragen. Andere verglichen mich meines Aussehens wegen mit einem Ritter. Nur schade, daß mir zum Poeten die Begabung und zum Ritter der Mut fehlte.

Mein Examen hatte erst sehr spät stattgefunden, und als ich eine ganze Weile nach den andern Sommerfrischlern in F. eintraf, stellte ich fest, daß meine Altersgenossen in diesem Jahr einen neuen Zeitvertreib gefunden hatten. Man muß zugeben, daß es in F. an Vergnügungsmöglichkeiten fehlte. Die Mädchen waren, der alten Sitte gemäß, zurückhaltend und häuslich; Theater gab es nicht. Es blieb einem nichts übrig, als ein bißchen Schabernack zu treiben oder eine Partie Karten zu spielen.

In jenem Jahr jedoch tauchte im Dorf ein neuer Feriengast auf, Signorina Candida V., die bei ihrer alten unverheirateten Tante zu Besuch war. Eigentlich war auch die Signorina kaum etwas anderes als eine alte Jungfer, denn sie hatte schon vor etlichen Jahren die Dreißig überschritten. Sie behauptete, sie sei sechsundzwanzig, und sie sah auch noch ziemlich frisch aus. Klein und dick, kam sie, sich gravitätisch in den Hüften wiegend, auf ihren kurzen Beinen daher. Sie hatte eine mächtige schwarze Mähne, ein rundes Gesicht mit leuchtenden Augen, lange Wimpern, weiße und winzige Zähne. Die Geschichte dieser Signorina ist bald erzählt.

Sie hatte ihre Jugend allein mit ihrem verwitweten Vater in einer Provinzstadt in Süditalien verbracht. Als Gefangene des strengen, eifersüchtigen Alten war ihr Leben das einer sogenannten »Hausnonne« gewesen; und so hatte sie aus Furcht vor dem väterlichen Zorn ihr eigenes überschwengliches Wesen abgetötet. Sie war neugierig, naschhaft und feige, doch ihre gutmütige Unschuld war unversehrt geblieben.

Als ihr Vater starb, hinterließ er ihr ein äußerst bescheidenes Vermögen, und das Mädchen, das jetzt ganz allein war, zog in die Hauptstadt, um dort die Zeit der Trauer bei recht fröhlichen Cousinen zu verbringen. Ihre Trauer, ihre Ahnungslosigkeit und Unbeholfenheit hinderten sie daran, an dem Leben der Cousinen teilzunehmen, das sie jedoch mit großen, gierigen Augen beobachtete. Diese glücklichen jungen Mädchen lebten nur für ihr Vergnügen, beschäftigten sich nur mit Nichtigkeiten, und das Thema ihres Geplauders, das sie am leidenschaftlichsten bewegte, war die Liebe.

Als die Trauerzeit um war, lehrten die Cousinen Candida die Kunst, sich das Gesicht zu schminken, und berieten sie bei der Anschaffung von hellen Kleidern, aber insgeheim lachten sie über sie. Ein Mädchen, das immer nur graue Kittelschürzen getragen, das niemals Puder benutzt hat und das sich zum erstenmal mit Locken, rosigen Wangen und himmelblauen Kleidern im Spiegel erblickt, kann gar nicht anders, als sich schön zu finden. Signorina Candida hielt sich für wunderschön, und da sie ihrer Natur nach ein wenig einfältig war, legte sie ihrem plötzlichen Überschwang keine Zügel an.

Gerade in dieser Zeit kam sie in die Sommerfrische nach F.; und während sie in der Großstadt ihre Schamhaftigkeit als Provinzlerin verlegen gemacht hatte, fühlte Candida sich hier nach ihrem Aufenthalt in der Metropole beinahe als Großstädterin unter Provinzlern. Nun kam sie also, in eine Wolke von Selbstbewußtsein und Glückseligkeit gehüllt, zu uns herabgestiegen. Sie kleidete sich in kurze Röckchen mit vielen Volants in grellen Farben; sie trug »Herzensdieb-

Löckchen« auf die Stirn geklebt, beschmierte sich das Gesicht und sogar die Nasenlöcher und Ohrläppchen mit Puder und Rouge; und sie schritt mit hocherhobenem Haupt, blitzendem Triumph in den Augen, an uns vorüber.

Dies alles läßt sich nur dadurch erklären, daß ihre unterdrückte Jugend mit einemmal stürmisch und zur Unzeit reifte; und Candida, von einem Wahn besessen, lebte in Träumen von Leidenschaften und Heirat. Überzeugt, die Allerschönste zu sein, zögerte sie nicht, sich für unwiderstehlich zu halten. Alle diese reizenden jungen Männer liebten sie, sagte ihr harmloses und seliges Herz zu ihr: Sie liebten sie anders, als man die Mädchen liebt, um deren Hand man anhält; sie liebten sie wie die Frauen, die in Romanen gefeiert werden, und wie jene Edelfräulein, deren Namen die Ritter in alten Zeiten auf ihren Schild einritzten; und wenn sie ihr gegenüber schwiegen, so geschah es aus Liebe, und wenn sie vor ihr flohen, so geschah es aus übergroßer Liebe.

In dieser ihrer Liebeswelt benahm sie sich wie toll; man sah sie umherspringen, man hörte sie zwitschern. In der Überzeugung, beneidet zu werden, vertraute sie sich einigen Frauen an: »Der da liebt mich; dieser da macht mir den Hof«, und die Frauen taten verwundert, doch hinter ihrem Rücken lachten sie. Die einzige treue und gutgläubige Vertraute war ihre Tante, die ihr am Abend gern zuhörte und an diesen Träumen ihre Freude hatte.

Für meine Altersgenossen bedeutete Candidas täglicher Spaziergang bald ein wahres Schauspiel. Anfangs, wenn sie Candida festlich und herausfordernd aufgetakelt daherkommen sahen, umringten sie sie unter Gelächter und Späßen, die Candida für Komplimente hielt. Aber um sich noch besser zu amüsieren, beschlossen sie endlich, Candidas Wünschen entgegenzukommen. Bald war es der eine, bald der andere, der auf irgendeinem abgelegenen Feldweg ihr von Liebe sprach mit romanhafter Übertreibung, genau wie sie es gern wollte; und hinterher erzählten sie einander unter Gespött von den

Seufzern und dem Augenaufschlagen und der keuschen Sprödigkeit, mit welcher Candida jeder Liebeserklärung begegnete. Unter all diesen Huldigungen schien die Signorina aufzublühen und täglich fetter und stolzer zu werden. Bald hatten ihr alle ihre Liebe erklärt außer mir. Obwohl ich es nicht einzugestehen wagte, teilte ich die Belustigung der anderen nicht; in Wirklichkeit hegte ich für die überschwenglichen Worte, welche sie gebrauchten, um Candida hinters Licht zu führen, in meinem Herzen eine zu große Ehrfurcht, als daß ich sie zum Gegenstand eines Spiels machen wollte. Ich behielt sie als heilige Opfergabe einem Mädchen vor, das mir noch nicht begegnet war, aber das ich mir schlicht und wunderschön vorstellte. Überdies erschien mir Candida eher bemitleidenswert als lächerlich. Wenn ich sie in ihren bunten Kleidchen so kühn an uns vorüberschreiten sah, ich weiß nicht, was für ein unangenehmes Gefühl mich dann erschauern ließ. Und ich konnte nicht ohne Unbehagen in ihrer Nähe sein.

Sie wunderte sich über soviel Gleichgültigkeit meinerseits und war gekränkt. Meine romantische Erscheinung, von der ich weiter oben gesprochen habe, hatte sicherlich am meisten Ähnlichkeit mit ihren Idealen. Oft blickte sie mich mit fragender, lachender Miene an, fast als wolle sie mich auffordern. Meine Gefährten stießen mich in den Rücken und ermunterten mich: »Los, Poet! Nur Mut! Tu nicht so schüchtern, enthülle der Signorina deine Gefühle!«

Candida glaubte selbstverständlich, daß derartige Gefühle wirklich vorhanden seien und daß nur meine Schüchternheit mich davon abhalte, ihnen Ausdruck zu verleihen. Von diesem Tage an schaute sie, wenn sie mit uns zusammentraf, vor allen anderen mich an mit einem Blick, der von heimlichem Einverständnis und weiblicher Wohlgefälligkeit erfüllt war und mir kalte Schauer durch die Adern trieb. Vor lauter Gereiztheit, vor Scham und lästigem Mitleid wurde ich flammend rot im Gesicht, und das forderte den Spott meiner Freunde doppelt heraus.

Da reifte in mir der Entschluß, von dem ich gleich berichten werde. Was nur gab ihn mir ein? Es waren, wenn ich mein Gewissen befrage, die Ehrenhaftigkeit, die Wahrheitsliebe, die Barmherzigkeit und andere edle Eigenschaften. Zuweilen aber belügt uns sogar unser eigenes Gewissen.

Eines schönen Tages, als ich allein spazierenging, begegnete ich Candida. Sie warf mir einen funkelnden Blick zu und setzte mit wippendem Röckchen ihren Weg fort; aber ich folgte ihr, zitternd und rot im Gesicht, und rief ihr nach:

»Signorina! Signorina!«

Mit der Miene einer Königin wandte sie sich um; stotternd sagte ich ihr, daß ich mit ihr reden müsse. »Warum auch nicht?« erwiderte sie kokett. Meine Verwirrung und mein bebender Mund verhießen ihr wer weiß, welche süßen Worte. Ihre einfältige Überspanntheit, die ich genau und deutlich spürte, brachte mich in Verlegenheit, und fast war ich versucht zu fliehen. Aber nun war ich schon in die Sache verwickelt und nahm meinen Mut zusammen. Da war ich, wie es schüchternen Leuten bisweilen geschieht, mit einemmal im Besitz einer klarsichtigen Kühnheit, deren ich mich nur selten erfreute.

Wir gingen durch ein Gäßchen zum Dorfplatz, an dem sich der sogenannte »Circolo« befand, ein Saal, in dem die Einheimischen zusammenkamen, um Radio zu hören oder Karten zu spielen. Ich wußte, daß meine Gefährten sich um diese Zeit im Circolo aufhielten; ich selbst hatte sie erst vor kurzem dort verlassen. Ich blieb also auf dem Gäßchen stehen und legte mit Beschützermiene, wenn auch nicht ohne einen leichten Widerwillen, meine Hand auf Candidas nackten roten Arm.

Sie lachte und entzog ihn mir. »Nein, ich bitte Sie, Signorina«, sagte ich zu ihr, »geben Sie meiner Geste nicht die Bedeutung, die Ihre Ahnungslosigkeit Ihnen vortäuscht. Ja, Sie täuschen sich, aber ich bin Ihnen ein wahrer Freund und will Ihnen den Schleier von den Augen reißen. Signorina, ich weiß, daß meine Gefährten in ihrem Übermut von Liebe und ähnlichen Dingen zu Ihnen gesprochen haben. Und obwohl Sie kein kleines Kind mehr sind, haben Sie ihnen geglaubt. Nun, damit Sie es wissen, in Wirklichkeit liebt Sie keiner von ihnen. Signorina, es ist Zeit, daß Sie sich selbst und das Leben kennenlernen. Einer Frau in Ihrem Alter und von Ihrem Stand bietet das Leben andere Dinge. Sie könnten schöne Bücher lesen, Handarbeiten machen oder sich wohltätigen Werken widmen. Sie müssen nämlich wissen, daß meine Gefährten Sie zum besten haben und sich hinter Ihrem Rücken über Sie lustig machen; mit einem Wort, Sie sind ihr Spottvogel und die größte Belustigung in diesem dreckigen Dorf. Soll ich Ihnen den Beweis dafür liefern?« Sie sah mich bestürzt an und lächelte mit ungläubigen Augen. »Bleiben Sie hier hinter dem Vorhang stehen«, riet ich ihr, »und schauen Sie und hören Sie gut zu. Ich werde meine Gefährten dazu bringen, von Ihnen zu sprechen, und Sie werden selbst erfahren, was sie von Ihnen halten.«

So ließ ich Candida hinter dem Vorhang des Circolo stehen und trat in den düsteren Saal ein. Ich war bleich, meine Augen brannten, und ich spürte eine überschwengliche Kühnheit, die unnatürlich an mir war. Aber ich brauchte meine Freunde gar nicht erst dazu herauszufordern, von Candida zu reden; sie empfingen mich mit johlendem Gelächter, nicht ahnend, daß das Mädchen noch in der Nähe war und sie hörte: »Wo hast du deine Schöne gelassen?« fragten sie, »wir haben euch eben vom Fenster aus gesehen; du warst rot wie ein Hahnenkamm, und sie plusterte sich auf wie ein Pfau!« »Ich habe mich ihr erklärt!« rief ich mit gespieltem Zynismus. Meine Worte riefen bei meinen Gefährten die tollste Heiterkeit hervor. »Was hast du zu ihr gesagt, Poet? Was hat sie geantwortet?« fragte der eine. »Hast du sie tüchtig hochgenommen?« erkundigte sich ein anderer. Ein dritter äffte Candida nach mit Lauten und Bewegungen, die eher die einer Ente als die eines Mädchens waren. Und alle taten es ihm gleich und schmückten ihre Komödie mit ausgelassenem Gelächter und derben und wenig anständigen Bemerkungen aus, die ich hier nicht wiederholen möchte.

Als ich glaubte, der Beweis sei nun selbst für Candidas einfache Seele zur Genüge erbracht, schlüpfte ich auf den Korridor hinaus und fand das Mädchen hinter dem Vorhang. Nie werde ich den veränderten Anblick vergessen, den sie mir bot. Sie weinte, und sogleich verurteilte ich dieses Weinen als dumm und unwürdig. Aber das Zucken ihres Körpers glich eher einem Fieberschauer als dem Schluchzen des Schmerzes. Sie blickte mich an, als sehe sie mich nicht; und ihre Augen waren von einem tiefen Entsetzen erfüllt, den Augen eines Kindes gleich, das einem Gespenst begegnet. Warum dieser Anblick Abscheu und Groll in mir erweckte, weiß ich nicht. Als ich das Mädchen heimbegleitete, vermied ich es, ihr fettes, von schwarzer Schminke und Tränen verschmiertes Gesicht anzusehen, auf dem mit einemmal die Runzeln des Alters sichtbar waren. Aber obwohl ich mit gesenkten Augen ging und mein Gesicht von ihr abwandte, redete ich den ganzen Weg lang haßerfüllt auf Candida ein. Ich setzte ihr auseinander, wie unwürdig ihr Benehmen, wie lächerlich ihre Kleider, wie unverschämt ihre Schminke und wie eitel und leer ihr ganzes Leben sei. Mit heuchlerischer Aufrichtigkeit ermahnte ich sie erneut, sich bescheidenen Dingen zu widmen, wie es reiferen Mädchen geziemt. Sie gab keine Antwort, schüttelte nur den Kopf und biß sich auf die Lippen mit einer Grimasse, wie Kinder sie machen, wenn sie weinen. Schließlich stammelte sie mühsam: »Ach, hören Sie doch auf, hören Sie auf!« Und mit einem letzten Seufzer lief sie von mir fort auf ihr Haus zu. Ich ging ebenfalls nach Hause; ich spürte einen bitteren Geschmack im Munde, hatte zerschlagene Glieder wie nach einer körperlichen Anstrengung.

Es wurde Herbst, und der Tag meiner Rückkehr in die Stadt kam, ohne daß ich Candida wiedergesehen hätte. Vielleicht traute sie sich vor lauter Scham nicht mehr aus dem Haus. Ich aber dachte bald darauf in dem häßlichen möblierten Zimmer, das in der Stadt mein ganzes Reich war, und in der Einsamkeit, zu der mein scheues Wesen mich zwang, oft an jenen letzten Auftritt zwischen mir und Candida zurück; bis dieses Gesicht, das anzublicken ich vermieden hatte, mir schließlich wie die Maske des schlechten Gewissens und des Mitleids erschien. »Sie war glücklich«, sagte ich mir immer wieder, »warum mußte ich ihr diese Illusion zerstören?« Und ich erinnerte mich an meinen Schmerz, als mir in meiner Kindheit ein schlauerer Knabe beigebracht hatte, daß es den Weihnachtsmann gar nicht gibt. Andere quälende Erinnerungen an meine Jugendzeit, an meine Träume und meinen enttäuschten Ehrgeiz vermischten sich mit meinem schlechten Gewissen, so sehr, daß ich manchmal darüber weinte. In der trüben Überspanntheit jener einsamen Stunden fing ich an, mir auszumalen, ich würde, um den Schaden, den ich angerichtet hatte, wiedergutzumachen, zu Candida eilen, sie um Vergebung bitten und sie heiraten. Und in der regnerischen Dunkelheit des Herbstes warf ich mich in Ungewißheit und beklemmender Angst auf dem Bett hin und her. Aber der Aufruhr in meinem Herzen erreichte seinen Höhepunkt, als ich die Nachricht erhielt, daß Candida bald nach meiner Abreise an Typhus erkrankt und gestorben war und daß man sie auf dem kleinen Friedhof meines Heimatortes begraben habe. Meine Mutter war es, die mir in einem ihrer Briefe unter den Neuigkeiten und dem Dorfklatsch diesen Tod mitteilte, nicht ahnend, welchen verworrenen und seltsamen Schmerz sie damit in mir verursachte. In Wirklichkeit war ich krankhaft romantisch; und bald war ich überzeugt, daß ich es gewesen sei, der Candida getötet habe. »Nur die Täuschung war ihr Leben«, sagte ich mir immer wieder, »und als ich diese Täuschung in ihr tötete, habe ich sie selbst getötet.« Unter solchen Selbstvorwürfen und Gewissensbissen wurde es Weihnachten. Da ich Weihnachten zu Hause bei meinen

Eltern zu verbringen pflegte, reiste ich am Tag vor Heilig-
abend in mein Dorf. Es war ein nicht kalter, aber stürmischer
Dezember. Heftige Regenschauer, vermischt mit einem fast
lauen Wind, machten die Trübsal jener Nachmittage noch
düsterer. Ich stand auf dem Platz des Circolo, dort, wo ich
zu Candida gesagt hatte: »Sie werden es selbst erfahren, Signorina…«, und dort überfiel mich brennender als je zuvor
das Bedauern über nichtbegangene großmütige Taten, über
nichtvollbrachte Barmherzigkeit und zugleich der heftige
Wunsch, das Böse, das ich angerichtet hatte, auf irgendeine
Weise wiedergutzumachen.

In meiner Seele – wahrhaft einer feigen und wankelmüti-
gen Seele – war mir ein Rest von abergläubischer Religiosität
geblieben, letzte Frucht der mütterlichen Belehrungen, der
heiligen Geschichten, die mir von der Amme erzählt worden
waren, der kindlichen Gebete. Ich erlebte einen Augenblick
mystischen Eifers, der mir riet, Candida eine letzte Huldigung
darzubringen, um ihren pathetischen Schatten zu besänftigen
und mir ihre Vergebung zu verdienen. Und nachdem ich im
Garten hinter unserem Haus ein paar armselige Chrysanthemen und Gräser gepflückt hatte, die spärliche Blüte der Jahreszeit, band ich sie zu einem Strauß und machte mich auf
den Weg zum Friedhof, um ihn auf Candidas Grab zu legen.

Ich ging mit klopfendem Herzen in einer Art von galanter
Inbrunst durch den regnerischen Nebel, gleichsam ein verliebter Page, der heimlich seiner Dame ein Geschenk bringt.
Als ich zwischen zwei Steinmäuerchen den Feldweg entlang-
gegangen war, konnte ich durch die Fäden des Regens schon
undeutlich das Friedhofstor erkennen, an dem auf einem
Stein die Mahnung steht: »Pulvis et umbra sumus – Siste,
viator.« Doch plötzlich begegnete ich einem eleganten jungen Mann, einem der fröhlichen Gefährten von damals. Mit
dem Ausdruck eines verächtlichen Lachens um seinen roten
Mund rief er mir zu: »He, Poet, was willst du denn mit diesem
›Bouquet‹?«

»Wie?« stammelte ich, »meinst du etwa dieses Sträuß-chen?« Und mehr denn je kam ich mir lächerlich und kin-disch vor und errötete vor Scham. Ich glaubte, dem Gefährten irgendeine Erklärung schuldig zu sein, und erfand in aller Eile, daß ich die Chrysanthemen von einem Bauernmädchen bekommen habe, von einer kleinen Bettlerin, der ich eben ein Almosen gegeben hätte. »Sie wollte mir dieses Zeug da um jeden Preis aufdrängen«, schloß ich ganz ungezwungen mit einem falschen Lachen, »aber ich weiß wahrhaftig nicht, was ich damit anfangen soll.« Und mit diesen Worten warf ich den Blumenstrauß wütend an den Wegrand, wo ihn später die Ziegen fraßen.

Dann, unterwürfig über ich weiß nicht, welche Albern-heit lachend, die mir der Gefährte erzählte, machte ich mich gemeinsam mit ihm auf den Heimweg unter meinem großen Regenschirm.

Der Dieb der Totenlichter

Obwohl ich noch keine genügende Zahl von Jahren gelebt habe, um es glauben zu können, bin ich doch beinahe sicher, daß ich jenes kleine Mädchen gewesen bin. Deutlich sehe ich die enge, schmutzige Straße, wo die Risse in dem alten Verputz Figuren und Flecken zeichneten. Das fünfstöckige Haus, in dem meine Familie das oberste Stockwerk bewohnte, war das höchste der Straße. Am Ende stand die Synagoge.

Ich war nicht älter als sechs Jahre. Von den Fenstern aus sah ich die bleichen Männer vorübergehen, die dunkelhaarigen Frauen mit fast immer vulgärem oder finsterem Gesichtsausdruck, die halbnackten Kinder, die grau waren vom Staub. Gegenüber sah ich ein gelbliches Haus mit Strohmatten vor den Fenstern, und an der Seite einen geräumigen Hof, in dem kein Gras wuchs.

Oft wartete in diesem Hof eine Reihe Männer, meistens Soldaten. Einer nach dem andern traten sie für wenige Minuten in das Haus und entfernten sich dann, indem sie Sticheleien austauschten oder schwatzten. An den Fenstern im ersten Stock zeigten sich immer geheimnisvolle, lachende Frauen mit geröteten Gesichtern, schwarzumrandeten Augen und lauten entschlossenen Stimmen. Besonders nachts hörte ich die leisen Rufe ihrer Stimmen. Wenn mein Vater aus dem Café zurückkam, forderten sie ihn auf, obwohl er nur ein buckliger Alter war: »Willst du nicht heraufkommen, schöner Junge? Komm doch!«

Meine Mutter, noch jung und schlank, hatte ein anmutiges, aber vom Kummer zerstörtes Gesicht. Bei jeder Gelegenheit schlug sie sich wütend mit den Fäusten gegen die Stirn, und wenn ich etwas falsch machte, pflegte sie mich in einem feierlichen Hebräisch zu verfluchen, wobei sie ihr verblühtes Gesicht zur Synagoge hinwandte. Dann war ich bestürzt, weil ich wußte, daß die Verfluchungen der Väter und Mütter, als Echo widerhallend, immer zu Gott gelangen.

Sobald es dunkel wurde und mein Vater sich zu seinem Café aufmachte, ging sie mit meiner älteren Schwester, die schön und hochmütig war, auf dem Stadtwall spazieren. Ich blieb zu Hause, um die Großmutter nicht allein zu lassen, denn die Alte war taub und wie aus Holz. Eine Folge von unzähligen Jahren hatte sie langsam ausgesogen, bis sie nur noch ein kleines hölzernes Skelett war, das vielleicht nicht einmal mehr sterben konnte. Ihr Kopf war beinahe kahl, und die dunklen Augenlider waren immer gesenkt. Die Hände mit den blau unterlaufenen Nägeln ließ sie reglos an den Seiten herabhängen. Zu meinem Erstaunen hatte ich entdeckt, daß sie sich Brust und Hüften umwickelte, wie man es bei kleinen Kindern macht, und über all diese Wickelbinden zog sie weite graue Lumpen. Man sagte, daß sie reich sei.

Sobald die andern ausgegangen waren, befahl sie mir mit verstümmelten Worten, die sie mühsam zwischen ihrem Zahnfleisch hervorpreßte, das Licht zu löschen; es sei unnütz, für uns beide allein Petroleum zu verschwenden. Dann wurde sie stumm und unbeweglich. Ich gehorchte, obwohl ich zitterte. Kaum hatte ich nämlich das Schräubchen an der Lampe herabgedreht, richtete sich das Gespenst der Finsternis und der Angst hinter meinem Rücken auf und zeigte an der Stelle der Augen zwei schwarze Löcher. Und ich kauerte mich ganz nah ans Fenster, um ein bißchen Helligkeit zu haben.

Die Geschichte ereignete sich vor mehr als fünfzig Jahren.

Vom Fenster aus konnte ich die Synagoge sehen, ihre wuchtige Kuppel, die Stufen und die langen Fenster mit den bunten Scheiben; und durch das Glas erspähte ich den trüben, rötlichen Schimmer der Totenlampen. Diese schmiedeeisernen Ampeln hingen im Innern der Synagoge, und wer einem Toten ein solches Licht stiften wollte, mußte dem Wächter Jusvin etwas bezahlen, damit er die Lampe mit Öl versorgte und aufpaßte, daß sie weder am Tag noch in der Nacht erlosch. Die Toten waren in ihrer Finsternis sehr viel ruhiger, wenn sie eine Lampe besaßen.

Nur von meinen Fenstern aus konnte man das Innere der Synagoge mit den roten Lichtern wahrnehmen. Ich sah den Wächter Jusvin jeden Abend die Stufen hinaufsteigen, um das Öl nachzufüllen und die Synagoge abzuschließen. Er war ein dunkelhäutiger Mann, der schön und feierlich aussah, mit schwarzen Augen und lockigem Haar und Bart. So dunkel, wie er war, glich er im Dämmerlicht einem Propheten oder einem Engel, wenn er mit seinem schwankenden Schritt zur Synagoge hinaufstieg und die schweren Schlüssel trug. Eines Abends jedoch sah ich, bald nachdem er eingetreten war, wie die Lampen eine nach der andern erloschen; dann kam er vorsichtig mit seinem Löschhütchen heraus, ein ungeheures Dunkel hinter sich lassend.

»Großmutter!« schrie ich, »Jusvin hat alle Totenlichter ausgemacht!«

»Nein«, brummelte die Schwerhörige, »es wird kein Petroleum verschwendet, die Lampe wird nicht angezündet.«

»Verstehst du nicht?« schrie ich, am ganzen Leibe zitternd, »Jusvin hat die Lichter gelöscht, die Lichter!«

»Ja, ja, Marianna wird bald zurückkommen«, erwiderte sie.

Da verzichtete ich darauf, ihr jenes Geheimnis mitzuteilen. Rings um mich her sah ich die Gestalten der Finsternis, und ich zitterte vor Angst, daß sie ihre Münder öffnen und zu mir sprechen könnten. Mir graute vor dem, was sie mir vielleicht sagen würden, und vor dem, was Gott der Herr sagen würde.

Von diesem Tage an sah ich jeden Abend, wie Jusvin das Portal der Synagoge hinter sich abschloß und die Lichter löschte. Er tat es, um Öl zu sparen und an den Beträgen, die er für die Versorgung der Lampen erhielt, zu verdienen. So erklärte es mir meine Mutter; sie sagte auch, ich solle schweigen, denn der Mann habe sechs kleine Kinder, und durch eine Anzeige würde er seine Stellung verlieren. Also Stillschweigen. Gott sah ihn, und er würde daran denken, den zu bestrafen, der den Toten das Licht stahl. Gott würde Gerechtigkeit üben.

»Dieb! Dieb!« schrien all meine Sinne, wenn ich jenen Schatten langsam die Treppe hinaufsteigen sah. Ich wartete ängstlich darauf, daß seine Hände abfielen wie zwei Fetzen. Am liebsten wäre ich zur Synagoge gerannt und hätte laut gerufen: »Ich sehe dich! Ich sehe dich, wenn du den Toten das Licht stiehlst! Hast du keine Angst… vor Gott?« Doch ich blieb reglos und wie gelähmt an der Fensteröffnung stehen. Ich dachte an die Toten unter der Erde, so ganz ohne Licht. Und um nichts sehen zu müssen, bedeckte ich mein Gesicht, bis ich von neuem angezogen war von dem langen Schatten, der jetzt mit seinem Löschhütchen herabkam und in den Gassen verschwand.

Eines Abends kam er nicht, und die roten Flämmchen leuchteten ruhig hinter den Fensterscheiben. Als er nach mehreren Tagen wieder erschien, konnte er nicht mehr sprechen. Mühsam brachte er aus seiner Kehle heisere Laute und ein Gestammel hervor und riß dabei die Augen auf mit den Gebärden eines Hampelmanns, wie es die Stummen machen. Und eines Tages hallten die Gassen wider von einem tierischen Brüllen und Röcheln. Es war der sterbende Jusvin. »Das ist die Gerechtigkeit des Herrn«, sagten die Leute. Der Finger Gottes hatte seine Zunge berührt, und Jusvins verfluchte Zunge wurde nun zu einer furchtbaren Wunde. Es war ein Leiden, das die Leute nur mit Angst zu nennen wagten (mich ließ sein phantastischer Name an die Welt der grausamen Meerestiere und an einen Wendekreis in Afrika denken), und jene Schreie liefen durch alle Straßen, es war ihnen anzuhören, daß der Leib des Sünders sich wand und krümmte. Und sie gaben keinen Augenblick Ruhe, bis sie verstummten.

»Er wird niemals Frieden finden«, sagten die Leute und schüttelten den Kopf, »er nicht und auch seine Kinder nicht.«

Oft, wenn ich zur Schule ging, begegnete ich seinen Kindern, besonders Angiolo und Esther. Sie sahen sehr schön aus, obwohl sie schmutzig und halb nackt waren. Angiolos große Augen glichen zwei Feuern, und wenn er lachte, hatte er Grübchen in den Wangen. Esther hatte wundervolle Locken, schlanke Beine, und ihr rundes Gesicht glich einer Frucht. Ich beobachtete sie voller Angst. Ich glaubte, der Finger Gottes würde auch ihre Zunge berühren, wie er die des Vaters berührt hatte, dem dann das seltsame afrikanische Tier die Zunge zerfraß, und sie würden hinterher nicht mehr sprechen können, sondern nur noch traurige Laute von sich geben. Stumm, mit einer Wunde im Mund, würden Jusvins Kinder und Kindeskinder eines nach dem andern vor Gott dem Herrn vorübergehen müssen.

Dieses Schauspiel quälte mich in meiner kindlichen Einsamkeit und erschien immer wieder in meinen Träumen. Aber an einem Sommerabend in der Nähe der Synagoge kam mir etwas Deutlicheres zum Bewußtsein.

Mir war ein schlimmes Mißgeschick passiert: Mein Vater hatte mir ein Geldstück gegeben und mir aufgetragen, drei Zahlen im Lotto zu spielen. In Phantastereien versunken, hatte ich auf dem Rückweg vom Lottobüro den gekauften Zettel mit den Zahlen verloren. Fieberhaft war ich durch alle Straßen geirrt, hatte leise schluchzend den Staub durchwühlt. Nichts. Dann hielt ich inne, kauerte mich im nächtlichen Schatten der Synagoge neben die hohe Mauer. Ich überlegte mir, daß ich nicht mehr nach Hause zurückkehren, aus dem Ghetto fortgehen, die Stadt verlassen und sterben würde. In dieser Stunde und bei diesem Gedanken rief ich meinen Vater mit dem Spitznamen, den die Leute ihm gegeben hatten: »Krummbuckel«. Wie oft war ich gefragt worden: »Bist du die Tochter vom Krummbuckel?« Und jetzt in meiner Angst gingen mir neue Gedanken wie frevelhafte Blitze durch den

Sinn: »Der Krummbuckel wird mich schlagen. Warum darf er mich eigentlich schlagen? Ich bin klein, aber hübsch, ich habe zwei lange Zöpfe und kann lesen. Er ist bucklig. Ich will nicht von ihm geschlagen werden. Aber ich habe den Lottozettel, der vielleicht gewonnen hätte, verloren. Ich habe etwas Schlimmes angestellt; der Zettel gehörte ihm, und deshalb wird er mich schlagen. Und meine Mutter wird mich verfluchen. Das ist die Strafe. Ich bin herumgestreunt und habe die Häuser, die Fenster und Gesichter angeschaut, ohne an den Zettel zu denken; ich habe gesündigt. Auch Jusvin hat gesündigt, und Gott hat ihn bestraft.«

Ich sehe Jusvin im Angesicht des Herrn. Der Herr hat weder Leib noch Gesicht; er ist wie eine Gewitterwolke, wie der Schatten eines Berges: »Erbarmen, Herr, ich habe es für meine Kinder getan! Wasser für meine Zunge, Schlaf für meine Augen, Mitleid mit meinem ruhlosen Wandern, das mich die friedvollen Toten beneiden läßt.« Dies sind die Worte, die sich niemals auf seinen Lippen formen und die er in seiner Kehle begräbt. Sein Mund verzerrt sich, stößt gurgelnde Laute aus; Jusvin gestikuliert und windet sich. Aber Gott, der Gestaltlose, antwortet nicht. Sein Schweigen bedeutet: Du bist ein Dieb.

Unterdessen sind viele andere dazugekommen, sind schweigsam aus den Mauern der Synagoge hervorgetreten. Ihre Leiber sind eine dunkle Masse, ihre Gesichter Masken mit leeren Augenhöhlen, und doch scheint es mir, als erkenne ich manche. Dies ist die alte Mitilda, die Kürbiskerne kochte und die dann – so erzählte man mir – in den Himmel kam. Aber doch ist sie hier, mit zerrissenen Schuhen und einem Tuch um ihr augenloses Gesicht. Und dies ist Lazzarino und sein Sohn Mandolino, beide ganz lang und hager, mit langen Armen, Zylinderhüten über den ausgezehrten Gesichtern. Ja, sie sind es, und andere kenne ich nicht, aber alle gleichen sie einander und schleppen ihre schweren Füße an den düsteren Mauern entlang. Einige tragen sonderbare Gewänder, aus Lumpen gemacht, in bunten und verblichenen Farben, oder sie haben Fetzen aus Stoff um den Oberkörper gewickelt und alle möglichen Hüte auf dem Kopf, wie man sie im Theater sieht. Manche Frauen tragen weite Kleider, die lautlos über den Boden streifen, und haben schwarzgeschminkte Augen und Rouge auf der Haut. Andere wieder sind halb nackt und bleich.

Es sind die Toten, sie tappen unsicher umher und öffnen die Lippen, wie um zu trinken, und verlangen nach dem Licht ihrer Lampe. Keiner von ihnen hat Flügel; sie sind wie Maulwürfe, die aus der Erde hervorgekrochen sind. Gewiß glaubten sie unter der Erde, in jenem Licht noch den Tag zu sehen, und jetzt suchen sie tastend nach ihm. Nur die Lebenden können das Licht anzünden und löschen; so will es Gott, der Schweigsame, der die Lebenden züchtigt und die Toten in der Erde einschließt.

So war mein Gott; und jenes kleine Mädchen war ich oder vielleicht meine Mutter oder vielleicht auch die Mutter meiner Mutter. Ich bin gestorben und wiedergeboren, und bei jeder Geburt nimmt ein neuer, ungewisser Verlauf seinen Anfang. Und jenes kleine Mädchen ist immer noch dort in seiner unbegreiflichen Welt und stellt ängstliche Fragen im Schatten des richtenden Gottes, inmitten der Stummen.

Andurro und Esposito

Der Tageslauf

Der alte Andurro, der selber nicht wußte, wie alt er war, wachte mitten in der Nacht auf, wie er es immer tat. Obwohl er schon wach war, konnte er doch erst am Morgen aufstehen, wenn seine Nichte Elena kam, um ihm zu helfen. Allein war er nicht imstande, sich zu erheben.

Die Stunden der Regungslosigkeit und der Stille bis zum Morgengrauen flossen für ihn ohne Verdruß oder Schmerzen dahin, leicht wie Wasser. Von seinem schmalen und beinahe unterirdischen Zimmer aus konnte er nicht nach draußen sehen; dennoch nahm er das Funkeln der Sterne am Himmelsbogen und ihre wechselnden Farben wahr, bis er dachte: »Es ist soweit.« Und sozusagen im selben Augenblick sickerte durch die Ritzen das erste Licht, dessen Farbe einem bleichen und noch von Träumen umfangenen Gesicht ähnlich war.

Der alte Andurro dachte: Bald wird meine Nichte Elena kommen; früher kam meine Frau Maria. Die Alte war noch quicklebendig, immer zum Schwatzen und Raufen aufgelegt wie eine Henne, während ich schon keine zwei Schritte mehr gehen konnte. Ich sagte zu ihr: »Mit wem wirst du schimpfen, mein Hühnchen, wenn ich unter der Erde bin?« Aber sieh mal an, nun ist sie tot, und ich bin immer noch hier.

Er lachte eine Weile und schüttelte den Kopf. In diesem Augenblick kam, hochgewachsen und barfuß, seine Nichte Elena. Sich mit schwarzen Augen über ihn beugend, die unter ihrer Stirn strahlten wie zwei Sterne, kleidete sie ihn ernst und geschickt an und half ihm, sich auf die Stufe der Türschwelle zu setzen. Sie vergaß nicht, ihm die Schüssel mit der Suppe hinzustellen, die ihm für den ganzen Tag genügen mußte: Ein Brei aus weichem Brot und gehackten Kräutern – was gibt es Besseres für einen Alten, der kaum noch kauen kann? Und geräuschlos ging die Nichte Elena davon, mit sehr vornehmer Anmut sich in den Hüften wiegend.

Der Alte saß auf der Stufe der Türschwelle und wußte, daß die Sonne aufgegangen war, obwohl sie noch hinter dem Gebirge verborgen und nicht zu sehen war. Über die Ränder der Berge rieselte ihre Glut, bis ihre Strahlen hervorkamen, und der Alte dachte zum tausendsten Male: »Es sieht aus wie der Heilige Geist hinter der Wolke.« Dieser Gedanke beschäftigte ihn eine Zeitlang; endlich kam die Sonne frei zum Vorschein, und vom Gebirge herab ergoß sich ihr wunderbarer goldener Strom. Die Droschkenkutscher schirrten ihre Pferde an und fuhren mit Peitschenknallen davon. Allen rief Andurro »Gute Fahrt!« zu, aber da seine Stimme belegt und heiser klang wie fernes Donnergrollen, verstanden sie ihn nicht.

Um zehn Uhr kamen die ersten Herrschaften vorbei, die zum Meer hinuntergingen. »Kommt und macht es euch auf meiner Terrasse bequem, meine Herren!« flehte der Alte. »Von dort oben habt ihr eine schöne Aussicht!« Da sie glaubten, er sage das nur, weil er Geld verdienen wolle, lehnten die meisten ab. Doch Andurro wollte keine Vergütung, im Gegenteil, er bot den Damen sogar die Nelken auf seiner Terrasse an. Da er selbst nicht bis dort hinaufsteigen konnte, von wo man den Vulkan und bis zu den Inseln sah, wünschte er, daß an seiner Stelle wenigstens andere Leute die Aussicht genössen. »Wie schön!« riefen alle von oben herab. Und der Alte lachte zufrieden über die Ehre.

Um zwölf Uhr mampfte er die Hälfte seiner Suppe und ließ den Rest für das Abendessen übrig. Ein paar Stunden lang kam niemand vorüber, außer den halbnackten Gören, die sich im Staub herumwälzten; manchmal kam auch ein Esel, der von einem kleinen Mädchen am Zaum geführt wurde. Einen guten Teil dieser Zeit verbrachte der Alte, indem er den Kopf auf die Knie oder gegen den Türpfosten lehnte. Wenn er die Glocken läuten hörte, dachte er an das Lied: »Din don, campanon, Fra Simon.« Auch dieses Lied hatte die Macht, seinen Geist viele Stunden lang zu beschäftigen, etwa so wie ein Klang, der von einem bestimmten Punkt ausgeht und durch eine Felsenschlucht und noch eine und noch eine widerhallt, durch einen weiten Raum.

Von Zeit zu Zeit erschien die Nichte Elena, um ihm ihre Dienste anzubieten. Mit lässiger Handbewegung begrüßte er sie und rief ihr zu: »Was macht der Schatz?«

Die Sonne sank hinter dem Meer, aber der Alte erkannte nur undeutlich ihren glühenden Ball. Ehe die abendliche Feuchtigkeit in seine Knochen dringen konnte, kam die emsige Nichte Elena, hochgewachsen und barfuß; und sich mit schwarzen Augen über ihn beugend, die dunkel unter ihrer Stirn standen wie zwei samtene Rosen, kleidete sie ihn aus und brachte ihn zu Bett. Dann machte sie das Zeichen des Kreuzes über seinem Antlitz und ging davon.

Aus seinem schmalen und beinahe unterirdischen Zimmer konnte der Alte auch jetzt nicht nach draußen sehen; aber er spürte die erste Bewegung der Sterne und ihr Aufblinken an einem festen Punkt in der Dämmerung des Himmels. »Zu dieser Stunde«, dachte er, »betete meine Frau Maria den Rosenkranz, als sie noch lebte, und zip, zip, zip hörte sie gar nicht mehr damit auf. So Gott will, wird ihr Liedchen auch mir genützt haben; also brauch' ich mir wohl nicht allzu große Sorgen um mein Seelenheil zu machen. Na ja.«

Während dieser Gedanke ihm im Kopf herumging, lief der Abend über das Wachen des Alten dahin, leicht und freundlich. Es schlugen die Stunden der Nacht, und der Mond, beinahe so dünn wie ein Faden, wanderte mit diesem Klang langsam weiter. Als er sehr hoch stand und fast schon wieder am Absteigen war, schlummerte der alte Andurro ein.

Francesco Esposito stammte aus einer Familie von Anarchisten und Gottlosen; daher war er bei seiner Geburt nicht getauft worden. Er erreichte das Alter von fünfundsiebzig Jahren, ohne die heiligen Sakramente empfangen zu haben (wie die Tiere, sagte seine Landsmännin Lucia). Seine Verwandten waren alle tot, er war allein. Er litt an Arterienverkalkung, und von einem Augenblick zum andern konnte auch für ihn der Tod eintreten. In Lucias Gemüt erweckte sein Schicksal vielerlei Besorgnisse. Am Morgen, wenn ihr Mann, Droschkenkutscher mit Standplatz auf der Piazza, mit Wagen und Pferd davongefahren war und die vier großen Kinder in die Schule gegangen waren, ließ sie die drei kleinen Kinder für ein paar Minuten allein, was diese sogleich ausnutzten, um sich auf dem großen Platz im Staub zu wälzen (das war bei weitem ihr seligster Zeitvertreib). Nachdem Lucia sich das schwarze Kopftuch unter dem Kinn gebunden hatte, lief sie rasch zu dem Zimmerchen, einem schmalen und langen Kellerraum, welcher die ganze Wohnung Francesco Espositos darstellte. Einem Finkenweibchen gleich, das in der Morgenfrühe kommt, um uns alle Tage wieder das gleiche Lied vorzusingen, sagte sie freudig zu ihm, mit glühenden Blicken aus ihren Augen einer Araberin: »Nun, hat Euch die Nacht nicht einen guten Rat eingegeben? Also, was sagt Ihr? Wollen wir nicht doch daran denken, Euch dieses Stühlchen im Paradies zu verschaffen?«

»Na, in meinem Alter, was wollt Ihr da noch!« erwiderte Francesco Esposito.

»Alter!« rief Lucia, in ein erregtes Lachen ausbrechend und heftig an den Zipfeln ihres schwarzen Tuches zupfend, »was bedeutet schon das Alter für Unseren Herrn? Wir sind alle kleine Kinder vor Unserem Herrn, wie meine Filomena, die noch in den Windeln liegt. Was glaubt Ihr denn, die Jahre und das Alter, das sind doch bloß Scherze dieser Welt! Der Tod, der ja, der ist etwas Wirkliches; dann ruft uns nämlich Unser Herr zur Prüfung auf, wie ein Schulmeister. Und wenn wir nicht vorbereitet sind, sagt er zu uns: ›Wer seid ihr, ihr Nichtswisser? Ich kenne euch nicht. Hinaus aus meinem Haus!‹«

Und mit ausladenden, begeisterten Gesten, sich jedoch dann und wann umwendend aus Sorge um ihre drei unbeaufsichtigten Kinder, die sich im Staub wälzten, erklärte Lucia Francesco Esposito noch einmal alles, was man über die Hölle und das Paradies wußte: wie schrecklich und finster und abgrundtief und unanständig die Hölle sei; und wie dagegen das Paradies heiter und ruhig und hell erleuchtet sei, ein Ort der Engel und der Heiligen und der ehrbaren Leute. »Gefällt Euch etwa der Gedanke«, sagte sie zu ihm, »all die Jahrhunderte von Ewigkeit zu Ewigkeit in Gesellschaft von Heiden, Dieben und Mördern zu verbringen? Mit Verbrechern, mit denen man hier auf Erden lieber nichts zu tun haben möchte, weil sie so eklig sind? Und dann trefft Ihr sie da unten wieder, Aug in Auge, als ob sie alle Eure Gevattern und Gevatterinnen wären!«

Es gab keinen Tag, an dem Lucia – mit schwarzem Kopftuch und Stoffschühchen (im Dorf war sie eine von den sehr wenigen Frauen, die Schuhe trugen wie Damen) – nicht zu Francesco Espositos Haus hinunterging und ihre Reden hielt, um den Alten zu überzeugen, daß er sich taufen lassen müsse. Endlich eines Morgens zwinkerte Francesco Esposito ihr zu und sagte:

»Also, im Grund war Unser Herr wohl ein großer Weiser, nicht wahr, jemand, der was davon verstand und ein ganz besonderes Gehirn hatte!«

»Ein besonderes Gehirn!« rief Lucia empört und feierlich, »von wegen besonderes Gehirn! Er ist es, der die Welt in sechs Tagen geschaffen und sich am siebenten Tage ausgeruht hat, das ist Unser Herr, das kann ich Euch bloß sagen!«

»Dann wird er wohl mehr wissen als ich«, erklärte Francesco Esposito und stand auf. »Und wenn er gesagt hat, man solle sich mit dem Weihwasser befeuchten, dann werde ich tun, was er sagt.«

Nach diesen Worten blickte er Lucia mit zusammengekniffenen, lachenden Augen an. Und die Frau fing an zu zittern vor Jubel, der ihr fast den Atem nahm, und küßte Francesco Esposito die Hände, wobei sie immer wieder sagte: »Sohn Gottes, Gott hat Euch gesegnet; Ihr, die Ihr ein Zigeuner gewesen seid, befindet Euch jetzt in einem ewigen Königspalast!« Darauf erklärte sie hastig, in einem Ton wie eine Fiebernde, daß sie sich um alles kümmern werde, um den Taufpaten, den Pfarrer und die Feier. »Jetzt laßt mich zu diesen drei kleinen Geschöpfen zurückkehren, die Gott weiß was alles anstellen!« schloß sie, riß sich vor Eifer das schwarze Tuch vom Kopf und eilte davon. Auf dem ganzen Weg rief sie: »Ah, madre mia bella, süßeste Jungfrau vom Karmel, daß du mir Unwürdigen eine solche Ehre angetan hast!« und murmelte überstürzt ein Dankes-Ave-Maria nach dem anderen.

In kurzer Zeit wurde der alte Francesco Esposito über die Sakramente, die Gebote und die Lehre unterrichtet; man brachte ihm die Worte bei, die er dem Priester zur Antwort geben sollte und daß durch den Ritus der Taufe jetzt endlich die Befleckung der Erbsünde (die im Dorf, wo alle andern rein waren, nur ihn mit ihrer gräßlichen Schande verunstaltete) von ihm genommen würde, damit er, wann immer es Gott gefallen mochte, ins Paradies fliegen könne, unschuldig wie ein neugeborenes Kind. Nun, in Wahrheit hatte Francesco Esposito seines langsamen Geistes wegen manchmal etwas Mühe, solcherlei Erklärungen zu begreifen, mehr als wäre er noch ein kleiner Junge gewesen.

Die Stunde der Zeremonie kam herbei; die ganze Zeit über blieb er ruhig, hielt den Kopf gesenkt und antwortete dem Priester stockend. Doch als der Priester sagte: »Francisce«, oder aber: »Hunc famulum tuum Franciscum«, empfand er, da er wußte, daß von ihm die Rede war und er seinen Namen auf lateinisch ausgesprochen hörte, plötzlich tiefe Rührung und warf stolz den Kopf empor.

Als die Zeremonie zu Ende war, machte sein Taufpate, ein Grundbesitzer aus der Gegend, der von Lucia zu diesem Amt herbeigerufen worden war, ihm eine Silberkette mit einer Medaille der Madonna zum Geschenk; er selbst hängte sie ihm um den Hals, und danach ging er fort, da er auf den Feldern zu tun hatte. Auch Lucia kehrte nach einem heiteren Lachen des Einverständnisses, das die Abschiedsworte in ihrer Kehle zittern ließ, zu ihrer Familie zurück. Und Francesco Esposito blieb allein.

Wie gewohnt setzte er sich vor die Tür auf die Straße. Wer hätte gedacht, daß sich an diesem Tag alles verändert hatte für ihn? Alle Dinge schienen gleichgeblieben zu sein. Vor ihm erhob sich über dem Meer das Gebirge, das ihm vorkam – weil die Anstrengung, den Kopf zu heben, ihm nicht gestattete, die Gipfel zu sehen –, als sei es von schwindelerregender Höhe. Auf den Berghängen konnte man im Mittagslicht, das in seinen Augen zu einer Art flimmernder Dämmerung verschmolz, die verschiedenen Flecken der Weingärten, der Olivenhaine und Wiesen erkennen, die ihm alle schwarz erschienen, wenn auch von einem ungleichen Schwarz. Und weit in der Ferne öffneten sich die beiden aneinandergrenzenden hellblauen Räume des Himmels und des Meeres vor ihm, gleich einem riesigen See, fast wie die geheimnisvolle Mündung eines einzigen Strudels.

Bisweilen hörte man über diesen großen offenen Raum hinweg den Widerhall von Liedern oder Rufen, unbekannte Stimmen, die Francesco Esposito dennoch vertraut waren. Auf der kleinen engen Gasse gingen die üblichen Leute an ihm vorüber: Da kam der Vater-der-siebenundzwanzig-Kinder, fett und leichtsinnig, mit lauter Stimme ein Lied singend, das in den Wirtschaften gerade Mode war. Da kamen die Frau und die älteste Tochter von Pasquale Massa, besser bekannt als »Surunto« (das kommt von »super-unto«, schmierig und schmutzig in höchstem Grade), sie waren zerzaust, und wie gewöhnlich stritten sie miteinander. Da kam die Hebamme, derb und mager, mit der Zigarette im Mund. Da kam der finstere Surunto persönlich, den Hut auf dem Kopf und mit der Schmarre auf der Backe. Sie alle sahen Francesco Esposito, wie er manchmal mit lässiger Gebärde die Hand hob, manchmal den Kopf schüttelte. Dann und wann betastete er seine weißen Locken, die vom Weihwasser benetzt worden waren, und sogleich verbarg er sein Gesicht in den Händen, mit einem verhaltenen Lachen. Wer weiß, ob die Leute merkten, daß er jetzt genauso war wie alle andern und unschuldig wie ein kleines Kind? Es kamen ihm undeutliche Gedanken, die auf ihre Art eine weiße und geflügelte Gestalt hatten, ähnlich wie Tauben. Und wenn er an den Tod dachte, sah er ein blütenweißes Feld, auf dem eine Herde von Lämmchen dicht aneinandergedrängt zu schlafen schien, wie Geschwister, die in einem schönen Bett ruhen.

Dann übermannte ihn eine summende mittägliche Schläfrigkeit; doch jenseits dieser Schläfrigkeit, die ihm dennoch keinen Schlaf gewährte, schien ein schwarzer Schlund sich aufzutun. Denn in Wirklichkeit war er immer noch ein Sklave des Zweifels und der Unwissenheit. Am späten Nachmittag bedrückte ihn eine solche Einsamkeit, daß er beschloß, Vincenzo Vuotto einen Besuch abzustatten.

Vincenzo war noch älter als er. Zu dieser Tageszeit würde er gewiß in der Küche sitzen und warten, daß die Familie von den Feldern zurückkehre. So war es dann auch: Der Freund saß dort in Hemdsärmeln auf einem Stuhl, die Ellenbogen schwer auf die Lehne eines anderen Stuhles gestützt und den Kopf gesenkt, auf den durch ein Fensterchen zwischen der Wand und der Decke ein Sonnendreieck fiel; ein Reigen neugeborener Mücken wirbelte sonnentrunken darin herum. Vincenzo Vuotto war ein schweigsamer Mann, der beim Eintreten Francesco Espositos nur leicht auffuhr und dann das Kinn und den trüben Blick wieder auf die Brust neigte.

Francesco Esposito fing an, leise zu lachen: »Na ja, nun haben wir auch das mit diesem Stühlchen in Ordnung gebracht«, sagte er mit einer unterdrückten Fröhlichkeit (wie leicht zu verstehen ist, spielte er auf sein Stühlchen im Paradies an).

Vincenzo Vuotto zuckte nicht mit der Wimper. Mit glühenden Bäckchen setzte Francesco Esposito sich ihm gegenüber: »Schaut her«, sagte er mit einem etwas verschämten Lachen, das wie ein Hauch war, und ließ mit den Fingern das Kettchen hin und her schaukeln, daß die Silbermedaille des Paten in der Luft tanzte; Vincenzo Vuotto warf, nur aus Anstand, einen halben Blick darauf. »Man hat mir's gehörig gegeben, heute morgen«, fuhr Francesco Esposito mit einem wohlgefälligen Schmunzeln fort und schüttelte den Kopf. Vincenzo Vuotto gab ein unverständliches Gebrummel von sich.

»Jetzt kann ich ja auch sterben«, fing Francesco Esposito seufzend wieder an.

»Bah«, sagte Vincenzo.

Francesco warf ihm einen Blick zu und wagte es, ihm seine Zweifel mitzuteilen: »Was sagt Ihr dazu«, fragte er zwinkernd, »zu all diesen Dingen vom Paradies und vom Weihwasser? Gewiß, man muß zu jeder Stunde bereit sein. Vor allem: Wer sagt uns, ob diese Welt, die besteht und schon sehr lange bestanden hat, nicht von einer Minute zur andern zugrunde gehen kann? Sogar die Paläste... ich sag' das nur als Beispiel... sogar ein uralter Palast, der seit zwei-, dreihundert und noch mehr Jahren dasteht, fängt eines schönen Tages an, Risse zu kriegen, Stücke vom Verputz bröckeln ab, und die Zimmerdecken, die Fußböden..., alles wird zu einem Schutthaufen, der nur noch für Schlangen taugt und für Fledermäuse und Uhus, die am Tage drin schlafen. Ein paar Anzeichen gibt es sogar, daß auch die Welt schon Risse hat ... Ich möchte sagen: Die Anzeichen fehlen nicht.«

Er grub diese Gedanken mit großer Anstrengung aus seinem Geist aus wie ein Erdarbeiter, der sich mit Hacke und Spaten auf einem steinigen Gelände abmüht. Aber Vincenzo

Vuotto ließ keineswegs erkennen, daß er diese Erörterungen zu schätzen wisse. Er machte nur eine Handbewegung, und es war nicht zu ersehen, ob er damit eine Mücke verscheuchen oder Francesco Esposito zustimmen wollte.

»Nun ja, der Mensch kann nicht sagen, ob heute oder morgen«, fuhr Francesco fort; »es kann mir zustoßen, wenn ich heute abend aus Eurem Haus komme und bei mir denke: ›Jetzt gehe ich zu Pratile und trinke ein Glas Wein‹, daß ich auf dem Weg von hier bis zu Pratile den Tod treffe; ich falle hin, und es ist aus mit mir. Na ja, der Mensch wird geboren, ohne etwas davon zu wissen, und so kommt er auch zum Letzten, ohne etwas davon zu wissen. Der Mensch weiß nichts von seinem Anfang, und er weiß auch nichts von seinem Ende. Gott sei Dank, wir sind bereit.« Und hier schwieg Francesco und wartete auf die Antwort, doch Vincenzo sagte nichts.

»Aber man hat mir's gegeben heute morgen, ganz gehörig«, sagte Francesco noch einmal mit unsicherer und leiser Stimme.

Viele Minuten lang saßen sie schweigend da. Das Sonnendreieck stieg tiefer, und mit ihm verschwand das irre kleine Feuerwerk der Mücken. Man hörte die Glocken das Ave-Maria läuten.

Vincenzo Vuotto hielt den Kopf ein wenig schief, blinzelte mit listiger und verstohlener Miene Francesco an und sagte:

»Die Abendglocken läuten
das Ave-Maria ein,
und wer bei andern Leuten,
der mach, daß er schnell geht heim.
Zu euch, mein Freund, sag' ich es nicht,
tut nur, wie's euch gefällt.
Doch wäre ich in eurem Haus,
und ihr nicht in dem meinen,
so wäre ich zu dieser Stund
schon fort und längst daheim.«

Francesco Esposito stand nur ungern auf. »Na ja, warum auch nicht«, sagte er und blieb einen Augenblick im Türrahmen stehen. Dann lachte er von neuem und sagte: »Gute Nacht.«

Vincenzo hob die Hand mit träger Gebärde.

Als er draußen war, machte Francesco Esposito sich unverzüglich auf den Heimweg. Seinen Gedanken nämlich, zu Pratile zu gehen und ein Glas Wein zu trinken, hatte er nur so geäußert, um ein Beispiel anzuführen, das seine Rede deutlicher erklärte; in Wirklichkeit aber war ihm das Vergnügen, ein Glas Wein zu trinken, seit geraumer Zeit verwehrt. Wegen des zu schweren Gewichtes in seinem Blut hatte der Wein jetzt keine andere Wirkung mehr, als ihn zu ermüden und das ewige Summen wie von Grillen zu verstärken, das unaufhörlich in seinen Ohren dröhnte.

Er schlug also den Heimweg ein mit dem Wunsch, nach Hause zu kommen und zu schlafen. Er wußte allerdings, daß diese seine Schläfrigkeit in der Dämmerstunde, wenn sie ihn jetzt auch zum Schlaf verlockte, eine Täuschung war. Sein Schlaf würde kaum zwei oder drei Stunden dauern, und dann erwartete ihn wie gewöhnlich, gleich einer langen, verworrenen Zeit, das finstere nächtliche Wachsein. Und schließlich würden die ersten Geräusche des Morgengrauens ihn wie immer mit offenen Augen überraschen.

Noch ehe Francesco Esposito zu Hause ankam, war die Nacht hereingebrochen. Zu jenem inneren Summen, das ihn stets begleitete, gesellte sich jetzt das Echo des Felsenriffs, das jeden seiner Schritte nachhallen ließ. Und es war ihm, als liefe ein Fremder, stumm und unheimlich, auf zwei hohen Stelzen hinter seinen Schritten her in ganz geringem Abstand.

Cousin Venanzio

Cousin Venanzio hatte an der linken Schläfe ein kleines weißes Zeichen in der Form eines Kommas, von dem Tante Nerina, seine Mutter, behauptete, es sei ein Mondmal. Sie erzählte nämlich, daß sie in der Zeit, als sie den Vetter Venanzio
erwartete, eines Abends den neuen Mond angeschaut habe;
und mit einer solchen Leidenschaft habe sie jenen goldenen
Samen des Lichtes betrachtet, der da in den Himmel geworfen
war, daß er in ihr zu keimen begonnen habe und verkleinert
und in erloschener Form auf der Schläfe von Cousin Venanzio wieder erschienen sei.

Abgesehen von diesem Mondmal am Kopf, war Cousin
Venanzio unscheinbar, winzig klein und so mager, daß seine
Schulterblätter hervorstanden wie zwei verstümmelte Flügel-
chen; und an seinem ganzen Körper zeichneten sich unter
der Haut, die dünn und zerbrechlich war wie Zwiebelschale,
die kleinen Gelenke und die bebenden Knöchelchen ab. Er
hatte schwarze Löckchen, die aber immer so staubig waren,
daß sie grau wirkten, und schwarze weitgeöffnete Augen voll
Schwermut; seine Bewegungen waren immer erregt und hastig wie die eines Häschens auf der Flucht unter dem Mond.
Cousin Venanzio weinte nie; statt zu weinen, schluckte er,
und sogleich konnte man sehen, wie der bittere Klumpen
von Tränen ihm in der Kehle steckenblieb, dick wie ein Knoten, der hinauf- und hinunterrutschte. Und dann versuchte
Cousin Venanzio ein kleines Lächeln, wobei er zwischen den
dünnen Lippen die kümmerlichen braunen Zähnchen sehen
ließ. Und von der Anstrengung, den Knoten hinunterzuschlu-
cken, wurde er ganz blaß.

Tante Nerina, Cousin Venanzios Mutter, hatte morgens, ehe sie ins Telefonamt ging, wo sie angestellt war, immer viel zu tun, und zwar wegen ihrer Locken. Jeden Abend teilte sie ihre Haare in lauter kleine Strähnen, die sie um Streifen von Zeitungspapier wickelte und befestigte; und am Morgen mußte sie sie dann wieder auseinanderwickeln. In dieser Prozedur mit den Locken bestand die äußerste Pflege, die sie ihrer Person angedeihen ließ; sonst war sie nämlich ganz unordentlich gekleidet und mit Sicherheitsnadeln zugesteckt. Ihre sehr hohen, hölzernen Absätze waren immer schief, und sie rühmte sich, keinen Puder zu benutzen, weil sie das Glück hatte, daß ihre Wangen von Natur aus leicht gerötet waren. Sie war stets erregt, in solchem Maße, daß ihr Lachen sich wie Schluchzen anhörte, und wenn ihre Stimme schrill und zitternd »Venanzio! Venanzio!« rief, jagte sie uns einen seltsamen Schauder ein.

Sämtliche Brüder Venanzios beschäftigten sich mit irgend etwas: Der älteste schrieb Fortsetzungsromane; der zweite spielte Fußball und war mit kräftigen Muskeln ausgestattet; der dritte ging zur Schule und wurde immer versetzt, weil, wie Tante Nerina sagte, der Lehrer sehr gutmütig war. Nur Venanzio, der vierte, tat gar nichts; wozu schicke man ihn eigentlich in die Schule? Zwar saß er still in seiner Bank, das stimmt, doch er hörte überhaupt nicht zu, was der Lehrer sagte. Wenn dieser ihn plötzlich anschrie mit einer Stimme wie das Jüngste Gericht: »Was habe ich gesagt? Rossini, wiederhole!«, dann verzog Venanzio den Mund zu seinem verwirrten und fragenden Lächeln, und seine ein wenig abstehenden Ohren zitterten auf sehr eigentümliche Weise; nie glich er so sehr einem Häschen wie in diesen Augenblicken. Es war offensichtlich, daß er sich schämte, jemand zu sein, der alles vergißt. Die Gedanken lösten sich aus seinem Gedächtnis wie Tautropfen von einem Baum: Sie blieben einen Augenblick lang in der Schwebe, glänzten unbestimmt und fielen herab.

Nur etwas wußte er auswendig; es war das folgende, nur aus zwei Versen bestehende Lied, das er sich selbst ausgedacht hatte:

Emidio, der Seemann,
der fährt und fährt und fährt.

Und immer sang er es mit einem falschtönenden Stimmchen.

Außerdem kannte er die Superlative, die er mit größter Genugtuung anwandte. Wenn Tante Nerina vom Telefonamt heimkam und ihn fragte: »Mein Liebling, bist du heute artig gewesen?«, dann versicherte er: »Am artigsten«, und nach einem Augenblick des Nachdenkens fügte er hinzu: »Das Gegenteil von am bösesten«, und endlich schloß er: »Der allerartigste« und verdrehte die Augen vor Anstrengung.

Jeden Morgen, ehe sie zum Telefonamt ging, nahm Tante Nerina den Teppichklopfer und schlug Cousin Venanzio. Sie erklärte nämlich, Cousin Venanzio stelle den ganzen Tag und überhaupt jeden Tag so viele Dummheiten an, daß man sicher sein könne, nichts falsch zu machen, wenn man ihn jeden Morgen gleich nach dem Aufwachen verhaue. So brauchte man sich für den Rest des Tages nicht mehr darum zu kümmern. Also nahm Tante Nerina den Teppichklopfer und näherte sich Venanzios Bett, und Venanzio zeigte sein Lächeln und schluckte. »Venanzio«, sagte nun Tante Nerina, »zieh dir das Nachthemd hoch, denn ich muß dich verhauen.« Und dann ging sie ins Telefonamt, selbstverständlich nachdem sie ihre Locken ausgewickelt hatte.

Und der Papa ging überall herum und versuchte, Feuerversicherungen abzuschließen, und der älteste Bruder ging in die Druckerei und der zweite zum Trainieren und der dritte zur Schule, nur der Vetter Venanzio blieb meistens zu Hause. Er lief um das Haus herum, rannte treppauf und treppab, schaute in die Fenster hinein, das Lied von Emidio singend, und stellte hundert Dummheiten an. Wenn er von einem halben Dutzend Gläsern auch nur eines anfaßte, dann fiel dieses eine sicher herunter. Und wenn die Hühnerdiebe wußten, daß Cousin Venanzio allein daheim war, trafen sie sich bei seinem Haus und stahlen ihm die Hühner unter der Nase weg. Einen einzigen Auftrag hatte er auszuführen, nämlich um zwölf Uhr das Gas anzuzünden und das Wasser für die Spaghetti aufzusetzen; aber es gelang ihm nur ganz selten, denn zum Beispiel stellte er den Kochtopf mit dem Wasser auf, ohne das Gas anzuzünden, oder aber er zündete das Gas an und stellte den Kochtopf leer darauf.

Er trug ein Hemd ohne Knöpfe und ein Paar Hosen, die in seinen Besitz gelangt waren, nachdem sie der Reihe nach den älteren Brüdern gehört hatten: Das Ganze wurde mit Sicherheitsnadeln zusammengehalten. Seine Füße waren nackt, und durch das Barfußgehen waren seine Zehen platt und fächerförmig geworden wie die Füße eines Entleins.

Doch damit nicht genug: Cousin Venanzio war ein Schlafwandler. Aus diesem Grunde weigerten sich seine Brüder, nachdem sie ihm so manchen Fußtritt versetzt hatten, im selben Zimmer mit ihm zu schlafen; deshalb schlief er auf einem kleinen Klappbett im Korridor. Dort stand er mitten in der Nacht auf und wanderte im Schlaf umher. Dann kam es vor, daß er ganz plötzlich wach wurde und meinte, er sei tief unten in einem Tal, in irgendwelchen fernen Winkeln, die ihm im Dunkeln fremd und nicht geheuer schienen. Und schweißbedeckt vor Angst, machte er sich tastend auf die Suche nach seinem Bett. Oft geschah es, daß er im Schlaf seltsame Dinge tat, die er am nächsten Morgen vergessen hatte. Hierher gehört die Geschichte von den Fähnchen.

Eines Tages kaufte Tante Nerina sich ein hübsches Kleid aus marokkanischem Krepp, dessen schwarzer Grund ganz mit kleinen Fähnchen bedruckt war. Diese Fähnchen waren nicht größer als Briefmarken, aber dennoch wunderschön. Von allen Ländern waren welche dabei, solche mit winzigen Sternen oder solche mit roten Lilien auf weißem Grund oder solche mit weißen Kreuzen auf rotem Feld. Der Anblick dieser Fähnchen bereitete Cousin Venanzio eine so große Freude, daß er aus vollem Halse lachend rund um das Kleid herumhüpfte. Tante Nerina sagte zu ihm: »Laß dir nur nicht einfallen, mein Herzchen, daß du sie einzeln ausschneidest!«

Nun aber sah Cousin Venanzio, so erzählte er, in der folgenden Nacht einen fliegenden Reigen von Fähnchen, die zu Tausenden in seinem Schlaf flatterten. Er versuchte sie zu verscheuchen, weil er meinte, es seien Schnaken, aber sie kamen immer wieder. Und immer noch schlafend, stand er auf und ging in den Salon, wo das neue Kleid schön ordentlich auf dem guten Diwan lag. Er zündete das Licht an, kauerte sich in eine Zimmerecke und machte sich daran, mit einer großen Schere die Fähnchen fein säuberlich auszuschneiden. Tante Nerina erzählt, genau in diesem Augenblick habe sie eine Warnung des Himmels empfangen und sei plötzlich aus dem Schlaf gefahren und in den Salon geeilt. Aber schon hatte der Vetter Venanzio das ganze Vorderteil des Kleides ausgeschnitten, wo nun anstelle der Fähnchen lauter viereckige Löcher waren.

Vetter Venanzio war noch keine acht Jahre alt, als er starb. Und die Leute sagten, seine übermäßig stark nach oben gebogenen Wimpern, die abstehenden Ohren und die länglichen Fingernägel, die aussahen, als ob sie sich von den Fingern ablösten, hätten von Anfang an erkennen lassen, daß er früh sterben würde. Noch nicht achtjährig, wurde er von starken Kopfschmerzen befallen, und nachdem er ein paar Tage mit einem Eisbeutel auf der Stirn schlafend dagelegen hatte, tat er einen langen Atemzug und erlosch. Man sah durch die weitgeöffneten Fenster Tante Nerina die Treppen hinauf- und hinablaufen und hörte sie schreien: »Mein Söhnchen! Mein Venanzio! Helft mir! Helft mir!« Ganz zerzaust sah sie aus, ohne Papierwickler und Locken, so daß ihre Haare – wie unser Dienstmädchen Valchiria berichtete – in alle vier Himmelsrichtungen abstanden. Und Cousin Venanzio mit seinen

Entenfüßchen und den verstaubten Löckchen wurde nun von Kopf bis Fuß in einen hocheleganten dunkelblauen Anzug gekleidet und in den Sarg und dann auf den Totenwagen gelegt.

Addio, Venanzio! Alle Cousins nahmen weiß gekleidet am Begräbnis teil, aber sie weinten nicht; sie staunten nur und waren eher neidisch über den Luxus: die Goldquasten, die Pferde und den Kutscher in Livree, und alles nur zu Ehren Venanzios. Nur eine einzige Cousine, die gemeinsam mit den andern dem Sarg folgte und in Ermangelung eines richtigen weißen Kleides ihren weißen Schulkittel angezogen hatte, auf dem »II. B« gestickt war, nur sie allein weinte. Die Sache war nämlich die, daß der Vetter Venanzio sie einmal aus Liebe zu einem Bändchen, das sie im Haar trug, gefragt hatte, ob sie seine Frau werden wolle. Und da es ihr an anderen Bewerbern fehlte, hatte sie sich ihm versprochen; und jetzt war sie verzweifelt bei dem Gedanken, daß sie eine alte Jungfer werden würde.

Der sizilianische Soldat

Zu der Zeit, als sich die alliierten Truppen, weil Winter war, auf der anderen Seite des Garigliano-Flusses aufhielten, lebte ich als Flüchtling oben auf einem Berg diesseits des Flusses. Da ich Menschen, die ich liebte, retten wollte, war ich eines Tages gezwungen, eine kurze Reise nach Rom zu machen. Es war eine bittere Reise, denn Rom, die Stadt, in der ich geboren bin und wo ich bisher immer gelebt hatte, war in jener Zeit für mich eine feindliche Stadt.

Der Zug fuhr früh am Morgen ab. So stieg ich am Nachmittag des Vortages vom Berg herunter, um vor Einbruch der Dunkelheit in der Ebene zu sein; ich mußte die Nacht dort verbringen, damit ich mich im Morgengrauen zur nächsten Bahnstation auf den Weg machen konnte.

Bei der Familie eines Fuhrmannes namens Giuseppe fand ich Unterkunft. Giuseppes Wohnung bestand aus drei Hütten: Die eine diente dem Esel und dem Wagen als Schutz, in der anderen schlief Giuseppe mit seiner Frau Marietta und den drei kleinen Mädchen, in der dritten wurde über einem Holzfeuer, das man auf dem Boden anzündete, gekocht.

Es wurde beschlossen, daß die beiden größeren Mädchen mir ihr Bett abtreten und mit der Mutter und dem Säugling im Ehebett schlafen sollten. Was Giuseppe anbetraf, so fand er sich gern bereit, auf einem Strohhaufen in der Küche zu schlafen. Die Nächte waren damals voller Schrecken und Gefahren. Über tausend Deutsche, die für die Front bestimmt waren, hatten in der Umgebung ihre Lager aufgeschlagen. Man sah die Lichter der Zelte in der Tiefebene flimmern, der lärmende Troß fuhr unaufhörlich durch die nahen Straßen, und man hörte Schreie und Rufe von fremdländischen Stimmen.

Nachdem wir die Tür der Hütte geschlossen hatten, machten Marietta, die Töchter und ich uns zum Schlafen bereit. »Warum ziehst du dich nicht aus?« fragte mich die Mutter und knüpfte die Zipfel ihres Kopftuches auf, »wir sind hier doch unter Frauen; ich habe dir auch ein frisches Leintuch gegeben.« Aber ich war es nicht gewohnt, unter Fremden zu schlafen, und legte mich angekleidet auf die Decke. Die älteren Mädchen, die sich freuten, im großen Bett schlafen zu dürfen, lachten immerfort und spielten mit dem Wickelkind, auch nachdem die Lampe schon gelöscht war. Doch die Mutter ermahnte sie, still zu sein, und bald darauf merkte ich an ihren Atemzügen, daß sie schliefen.

Ich machte mich auf eine schlaflose Nacht gefaßt. Ich stellte mir das Gedränge im Zug vor und die Aufenthalte auf freiem Feld in dem verwüsteten Land; ich dachte mir aus, was ich antworten wollte, wenn mir plötzlich eine Stimme befehlen würde, meine Papiere und mein Gepäck vorzuweisen. Überdies zweifelte ich daran, ob ich überhaupt jemals in Rom ankommen würde, da die Eisenbahnen täglich bombardiert wurden.

Aber im selben Augenblick hörte ich auf dem Laubwerk des Daches ein schnelles, trommelndes Klopfen: Es hatte zu regnen begonnen, und bei dem schlechten Wetter, das die Bombardierungen erschwerte, versprach die Reise ruhiger zu werden.

Mitten in der Nacht fing der Säugling an zu weinen. Im großen Bett bewegte sich etwas, und man hörte ein Flüstern: Es war Marietta, die das Kind stillte und ganz leise mit ihm sprach. Dann trat wieder tiefe Stille ein; auch der Lärm der großen Fuhrwerke sowie die Rufe und Schreie der Patrouillen waren seit einer Weile verstummt.

Ich dachte daran, wie gerne ich den Garigliano-Fluß überqueren und bis nach Sizilien gehen würde, das in dieser

Jahreszeit so schön und lockend war. Niemals bin ich dort unten gewesen, wo das Heimatdorf meines Vaters liegt und wo ich jetzt in Freiheit hätte leben können.

In diesem Augenblick wurde die Brettertür von außen aufgestoßen, und ein Bündel von weißem Licht drang in den Raum. Ich richtete mich im Bett hoch, weil ich einen Besuch der Deutschen fürchtete; doch da erschien die große, abgerissene Gestalt eines Soldaten unserer Armee. Obschon von der Witterung ausgeblichen und mit Schlamm bedeckt, war die Uniform dennoch zu erkennen. »Ein Soldat!« rief ich aus, »bitte nicht hereinkommen! Hier sind nur Frauen!« Aber er entgegnete, er wolle sich nur ein wenig unterstellen, und trat in die Hütte ein. Er war ein älterer Mann mit dichten Brauen und einem krausen schwarzen Bart; lockige und wilde Haare, die zum Teil schon weiß waren, kamen unter seiner Mütze hervor, und durch die Löcher in der Uniform sah man seine kräftigen Knie. Er hielt eine Lampe in der Hand, wie sie die Bergleute benutzen, wenn sie in die Grube hinuntersteigen.

Ich machte ihn darauf aufmerksam, daß er mit seinem blendenden Licht alle aufwecken würde; doch er erwiderte, meine Gastgeber schliefen zu tief, als daß sie den Lichtschein wahrnehmen könnten. Und nachdem er die Lampe auf den Boden gestellt hatte, setzte er sich auf eine Kiste neben der Tür. Er schien Fieber zu haben. »Wenn du dich ausruhen willst«, sagte ich zu ihm, » kannst du Giuseppe bitten, daß er dich in der anderen Hütte schlafen läßt.« Aber der Soldat sagte nein, er habe aus ganz bestimmten Gründen beschlossen, umherzustreifen und sich weder auszuruhen noch zu schlafen. »Aber warum legst du dich nicht ins Bett?« fragte er mich. Ich sagte ihm, ich hätte Angst, das Bett sei nicht sauber. »Ach, was macht das schon!« entgegnete er, »sieh dir meinen Mantel an, er ist voller Läuse.«

Dann erklärte er mir, er habe in der Armee den Krieg mitgemacht und kämpfe jetzt in der Widerstandsbewegung gegen die Deutschen, und später werde er sich zu den Engländern schlagen, falls der Krieg weitergehe. Er hoffe nämlich, so fuhr er fort, ein gewisses Ziel zu erreichen, wenn er unablässig an den Kämpfen teilnehme.

An seiner eindringlichen, ein wenig singenden Stimme hatte ich sogleich den sizilianischen Tonfall erkannt. »Bist du Sizilianer?« fragte ich ihn. »Ja«, erwiderte er, »ich bin aus Santa Margherita.«

»Gerade in dem Augenblick, als du hereinkamst, habe ich gedacht, wie gerne ich nach Sizilien gehen würde«, bemerkte ich. »Ich dagegen werde nicht mehr als Lebender nach Sizilien zurückkehren«, sagte der Soldat.

Ich fragte ihn, warum; und in seinem sizilianischen Dialekt erzählte er mir die folgende Geschichte:

»Ich heiße Gabriel. In Santa Margherita war ich Bergmann und hatte eine Frau und eine Tochter. Zwei Jahre nach der Heirat geriet meine Frau auf Abwege und lief mir davon, um einen schlechten Lebenswandel zu führen; sie ließ mich allein mit dem Kind, das noch nicht laufen konnte. Das kleine Mädchen hieß Assunta. Wenn ich zur Arbeit in die Grube ging, ließ ich sie im Bett liegen, aber sie weinte nicht, denn sie war ein sehr stilles Kind. An die Eisenstäbe des Bettes hatte ich mit einem Schnürchen einen Messingring aufgehängt, ein Überbleibsel von einer alten Laterne, der die Kleine mit seinem Schaukeln zum Lachen brachte, ein anderes Spielzeug besaß sie nicht. Wir wohnten in einem einsam gelegenen Haus inmitten einer dürren Ebene, nicht weit vom Bergwerk entfernt. Zu einer bestimmten Stunde kam ein fahrender Händler, ein Freund von mir, dort vorbei. Er ging kurz ins Haus, nahm das Kind auf, kleidete es an und setzte es auf den Fußboden. Abends, wenn ich heimkehrte, kochte ich die Minestra, und Assunta saß auf meinen Knien und aß gemeinsam mit mir. Manchmal aber schlief ich ein, noch bevor ich den Teller leergegessen hatte. Dann wachte ich vielleicht nach einer Stunde wieder auf und sah, daß auch Assunta auf meinem Schoß schlief oder ganz still dastand und mich mit weitgeöffneten und neugierigen Augen betrachtete. Eines Tages jedoch, als sie allein zu Hause war, fiel sie aus dem Bett und brach sich das Handgelenk. Mein Freund, der später am Morgen kam, fand sie dort, wo sie hingefallen war, auf dem Boden liegen, fast ohne Besinnung vor Schmerzen. Seit diesem Tage blieb ihre eine Hand ein wenig verkrüppelt; deshalb konnte sie nie schwere Arbeiten verrichten. Sie wurde ein schönes Mädchen, eine echte Sizilianerin: Ein bißchen mager war sie allerdings, aber ihre Haut war weiß, ihre Augen waren kohlschwarz, und sie hatte eine lange Haarmähne, dunkel und lockig, die sie mit einem roten Band im Nacken zusammenhielt. Später zog der fahrende Händler in ein anderes Dorf um, aber wir blieben in jener öden Gegend und hatten nun keinen Freund mehr.

Dann geschah es, daß die Grube, in der ich arbeitete, geschlossen wurde; und ich war arbeitslos. Ich verbrachte die Tage an der Sonne sitzend, ohne irgend etwas zu tun, und der Müßiggang machte mich reizbar. Da ich keine anderen Gefährten hatte als Assunta, ließ ich meine Wut an ihr aus, beschimpfte sie, schlug sie, und obwohl es kein unschuldigeres Mädchen gab als sie, schrie ich sie oft an: ›Was machst du hier? Geh doch auf die Straße wie deine Mutter!‹ So fing Assunta ganz allmählich an mich zu hassen; sie sprach nicht, sie war ja an Einsamkeit gewöhnt und sehr schweigsam aufgewachsen, aber sie sah mich mit so schwarzen glühenden Augen an, als sei sie die Tochter des Teufels. Ich fand so bald keine Arbeit; und als der Maresciallo der Carabinieri von Santa Margherita sich erbot, Assunta als Hausmädchen anzustellen, nahmen wir den Vorschlag an. Assunta war damals fünfzehn Jahre alt, und die Arbeit war nicht schwer, denn der Maresciallo lebte allein mit seinem jungen Sohn. Assunta erhielt ein kleines Kämmerchen neben der Küche zum Schlafen, sie bekam zu essen und außerdem einen Lohn, den ihr Arbeitgeber mir aushändigte. Er war von barscher Wesensart, aber dennoch gutmütig; übrigens verbrachte er fast den ganzen Tag in der Kaserne. Assunta arbeitete meistens in der Küche, die unter der Treppe lag. Bald jedoch fing der Sohn des Maresciallo an, sie zu belästigen; er war ein wilder, schwarzhaariger Knabe und nur um ein weniges größer als sie. Assunta jagte ihn fort; aber um ihr Angst zu machen, sprang er wie ein Geist aus dem Fensterchen unter der Treppe hervor, funkelte sie mit seinen Augen an, packte sie an den Haaren, umarmte sie und wollte sie mit Küssen in Versuchung führen. Auch er war fast noch ein Kind und hatte nie eine Frau berührt; deshalb reizte es ihn, daß sie sich zur Wehr setzte, und er versuchte, sie mit Gewalt zu besiegen. Assunta schlug um sich und machte sich los; sie weinte und schrie, doch sie wagte nicht, dem Maresciallo etwas zu sagen und mir noch viel weniger. Andererseits aber konnte sie die Stelle auch nicht aufgeben, da es wegen ihrer verkrüppelten Hand sehr schwierig für sie war, anderswo Arbeit zu finden. Und wie sollte sie nach Hause zurückkehren zu einem Vater, den sie haßte und der ihr nicht einmal ein Stück Brot geben konnte? Auf keinen Fall aber wollte sie in Schande geraten wie ihre Mutter.

So verging ungefähr ein Monat. Eines Abends, als der Maresciallo später als gewöhnlich heimkehrte, war es ganz still im Hause, und das Abendessen stand für ihn hübsch zubereitet auf dem Tisch. Der Sohn war schon im Bett und schlief fest. Und nachdem der Maresciallo gegessen hatte, schickte er sich an, sich neben seinen Sohn zu legen.

Als er sich in die helle Nacht hinauslehnte, um das Fenster zu schließen, sah er Assunta unten im Hof auf dem Rand des Brunnens sitzen; sie flocht mit hastigen Fingern ihr Haar und sprach zu sich selbst. Er wollte sie rufen, aber dann meinte er, sie sitze vielleicht dort, um ein wenig die Nachtluft zu genießen, denn das Wetter war schwül, und in ihrem Kämmerchen unter der Treppe mußte es sehr heiß sein. Deshalb sagte er nichts zu ihr, sondern beugte sich nur hinaus, um die Fensterläden heranzuziehen. In diesem Augenblick glaubte er zu sehen, wie das Mädchen sich den geflochtenen Zopf um die Stirn legte und ihn mit Haarnadeln über dem Ohr so feststeckte, daß er wie eine Binde ihre Augen bedeckte. Aber erst später kam ihm diese Bewegung wieder in den Sinn, welcher er damals, müde und schläfrig wie er war, keine Bedeutung beimaß. Tatsächlich hatte Assunta sich auf diese Art die Augen verbunden, um nichts sehen zu müssen und mehr Mut zu haben. Am folgenden Morgen erschien sie nicht, und nachdem man sie im Haus und im ganzen Dorf vergeblich gesucht hatte, fand man sie auf dem Grunde des Brunnens.

Weil sie durch ihren eigenen Willen in den Tod gegangen war, wurde Assunta nicht in der Kirche eingesegnet und auch nicht innerhalb der Friedhofsmauern begraben, sondern außerhalb, in der Nähe des Eingangs, wo ihr der Maresciallo aus Mitleid einen Stein setzen ließ. Nun ist es aber so, daß jemand, der durch Selbstmord gestorben ist, keine Ruhe zu finden vermag wie die anderen Toten, weder unter der Erde noch sonst irgendwo; sondern er irrt ruhelos immerfort um den Friedhof und um das Haus, von dem er sich durch seine Gewalttat getrennt hat. Er möchte zu seiner Familie zurückkehren, sich ihr zu erkennen geben, aber er kann es nicht. Das ist der Grund, weshalb ich nicht mehr schlafen will: Wie könnte ich in Frieden ausruhen, wenn ich weiß, daß meine Tochter keinen Schlaf findet? Nachdem man sie begraben hatte, hielt ich es in unserem Hause in Santa Margherita nicht mehr länger aus bei dem Gedanken, daß sie umherirre, sich quäle und versuche, sich mir verständlich zu machen, während ich mein eigenes Blut nicht verstanden habe. Deshalb bin ich auf das Festland gegangen und als Soldat in die Armee eingetreten. Und ich werde immer weiterkämpfen, bis ich mein Ziel erreicht habe.«

Ich fragte den Sizilianer, welches denn das Ziel sei, von dem er spreche.

»Was ich will, ist nur, eines Tages von einer Kugel getroffen zu werden«, erklärte er. »Ich habe nicht den Mut, auf dieselbe Weise zu sterben wie Assunta; aber wenn ich getroffen werde und tot bin wie sie, dann kann ich nach Sizilien, nach Santa Margherita zurückkehren. Ich werde meine Tochter dort bei unserem Haus suchen, und wir können uns aussprechen. Ich werde sie begleiten, und wer weiß, ob es ihr dann nicht gelingt, in meinem Arm einzuschlafen wie damals, als sie ein Kind war.«

Dies war Gabrieles Erzählung. Die Morgendämmerung war angebrochen, er löschte seine Lampe und verabschiedete sich. Ich raffte mich auf, da ich mich auf den Weg machen mußte; das Geräusch des Regens war zu vernehmen, der die ganze Nacht nicht aufgehört hatte.

Als ich bald darauf die schlammige Straße entlangging, zweifelte ich schon daran, ob dieser Besuch Wirklichkeit gewesen war oder nur etwas, das ich mir in meiner Schlaflosigkeit vorgestellt hatte. Noch heute bin ich im Zweifel; und aus vielen Anzeichen scheint mir deutlich hervorzugehen, daß dieser Soldat keine irdische Gestalt gewesen ist. Dennoch geschieht es mir, daß ich an ihn denke und mich frage, was aus ihm geworden sein mag. Ob er wohl nach Sizilien zurückkehren konnte und ob Assunta in den Armen ihres Vaters endlich ein wenig Ruhe gefunden hat?

Donna Amalia

Donna Amalia Cardona (die damals etwa fünfzig Jahre alt sein mochte, aber wie fünfunddreißig aussah) war nicht nur größer als der Durchschnitt der Damen, sondern auch größer als die mittelgroßen Männer, so daß man sie in den Salons und im Theater, in welcher Gesellschaft sie sich auch immer befand, wie einen Turm emporragen sah. Hinzu kommt noch, daß sie stets Schühchen mit dünnen und sehr hohen Absätzen trug, um ihre Füßchen besser zur Geltung zu bringen, die im Gegensatz zu ihrer Statur klein waren wie Puppenfüße. Ihre Schühchen sahen eher so aus, als stammten sie aus der Werkstatt eines Goldschmieds als aus der eines Schuhmachers; und sie kamen weder mit Staub noch mit Schlamm in Berührung, weil Donna Amalia, ähnlich wie die altchinesischen Damen, nirgends sonst als im Innern ihres Palastes zu Fuß ging; doch am liebsten wäre sie eine Päpstin gewesen, um das Recht zu haben, sich in einer Sänfte tragen zu lassen, selbst durch ihre Gärten und Zimmer. Es erschien ihr wider die Natur, ihre Füßchen oder ihre Händchen, die ebenfalls winzig waren, einer Anstrengung zu unterziehen; sie waren nur dazu da, schön zu wirken wie die Geranien auf einer Loggia.

Obschon Donna Amalia so träge war, wurde sie nicht übermäßig dick wie viele andere Damen ihres Alters. Ihre nicht zu rundlichen Glieder hatten eine sehr edle Form, und ihr Knochenbau war so kräftig unter dem zarten Fleisch, daß sie wie eine heilige Riesin aussah, eine bemalte Statue in der Prozession. Die Farbe ihrer Haut war olivbraun, und der ziemlich kleine Kopf mutete, wegen der ausgeprägten Adlernase, im Profil ein wenig raubvogelhaft an. Wenn man sie aber von vorne sah, rührte sie einem das Herz: Denn beim Lächeln entblößte ihr kleiner fleischiger Mund Zähne, die arabischem Jasmin glichen. Und in ihren Augen, die unter den tiefschwarzen und beinahe allzu dichten Brauen von zartem Oval und glänzender, samtschwarzer Farbe waren, spiegelten sich Gedanken von solch tröstender Fröhlichkeit, daß es einem, wenn man in sie hineinsah, vorkam, als höre man zwei Vögel sich miteinander unterhalten.

Der Grund, weshalb Donna Amalia nicht zu dick wurde, war der, daß in ihrem Innern noch immer, ohne sich je zu verbrauchen, jener Feuereifer brannte, den eine Frau gewöhnlich nur in der Kindheit kennt, der dann aber in der Jugend gezügelt wird und im erwachsenen Alter schließlich vergeht. Donna Amalias Gefühle und Gedanken waren stets in Bewegung, stets hellwach, und selbst im Schlummer beruhigten sie sich nicht, ja, ihr Schlaf war ein solches Schauspiel von Träumen, daß es sich, wollte man sie erzählen, anhören würden wie die Geschichten aus »Tausendundeine Nacht«.

Das Geheimnis von Donna Amalias Wesen bestand darin, daß sie, im Unterschied zu den gewöhnlichen Leuten, den Ereignissen des Lebens, auch den alltäglichsten gegenüber, niemals jene Gewöhnung entwickelte, aus der Gleichgültigkeit und Langeweile entstehen. Zeigt man einem Kind einen Leuchter mit brennenden Kerzen, so wird es die Augen aufreißen, die Hände danach ausstrecken und sich freuen, als sähe es ein Wunder der Natur. Mit der Zeit aber wird es sich an die Gaben des Lebens gewöhnen, und später wird ihm nur noch etwas ganz Besonderes Bewunderung und Freude entlocken können. Nicht so für Donna Amalia; für sie blieb die Welt immer neu: ein Operntheater, das stets geöffnet war und in dem sämtliche Lichter brannten. Gibt es zum Beispiel etwas Gewöhnlicheres, und sieht man irgend etwas häufiger als die Sonne und den Mond? Donna Amalia aber geriet bei jeder Sonne und bei jedem Mond in Begeisterung, wurde neugierig und quälte sich vor Verlangen, als sehe sie das

Gefolge der Königin von Saba vorüberziehen. Am Morgen, wenn ihre Fenster geöffnet wurden, begann sie von ihrem Bett aus (sie schlief auf drei hohen Federkissen, so daß es aussah, als sitze sie mit ihren hübschen Rabenflügel-Löckchen und ihrem Spitzennachthemd auf einem Thron) sehnsüchtig und wie bezaubert zu rufen: »Ach, was für eine Sonne! Santa Rosaliuzza mia, was für eine Sonne! Mach alle Fensterläden auf, mach sie auf, Antoniuccia, zieh die Vorhänge zurück! Ach, selige Jungfrau vom Karmel, schaut euch das an! Hat man je eine solche Sonne gesehen! Ich muß die Augen schließen, mir wird fast schwindlig. Das ist keine Sonne, das ist ein Schatz, eine Goldgrube! Wenn man die Hände aufhält, sieht es aus, als müßten sie sich mit Goldmünzen füllen. Was sagt man doch gleich? Die Entfernung von hier bis zur Sonne soll so groß sein, daß sie nicht einmal in Kilometern gemessen wird, sondern in Jahren! Und es heißt, selbst wenn Methusalem sein ganzes Leben dazu verwendet hätte, zum Himmel hinaufzusteigen, ohne sich je auszuruhen, wäre er doch nicht angekommen, obwohl er so ein Dickkopf war!«

In der ersten Zeit des abnehmenden Mondes konnte es vorkommen, daß Donna Amalia mitten in tiefer Nacht mit lautem Geklingel ihre Lieblingsstubenmädchen aufweckte, die für ihre ganz persönliche Bedienung zuständig waren (es waren drei; sie hießen Medina, Cristina und Antoniuccia). Wenn sie dann, mit bloßen Füßen tappend, herbeiliefen, notdürftig bekleidet und ungekämmt, fanden sie ihre Herrin in heiterer Verzückung. »Ach, meine lieben Töchterchen«, sagte sie, »kommt alle her zu mir. Ich kann nicht mehr schlafen. Seht ihr nicht, was für ein Mond am Himmel aufgegangen ist? Als wir uns schlafen legten, war er noch nicht da, und draußen war es dunkel wie in einer Höhle; und mit einemmal wache ich auf, und was sehe ich? Der Mond ist aufgegangen! Ein Mond, wie man noch nie einen gesehen hat! Das ist gar kein Mond, das ist eine Sonne! Schaut euch die Luft an: Das ist gar keine Luft, das ist ein Spiegel! Wenn man hinaussieht in diesen Abend, ist es, als spiegele man darin sein Gesicht. Ach, Maria Santissima, madruzza mia dolce, was ist das für ein wunderschöner Mond, der da über den Himmel dahinzieht wie ein Schifflein übers Meer! Seht nur, wie weiß er ist! Was für eine schneeweiße kleine Gestalt er hat! Wie wunderschön! Schau ihn dir genau an, Medina, du mußt ihn besonders gut sehen können, denn du hast grüne Augen wie die Katzen. Wenn man in den Mond hineinblickt, sieht man darin so etwas wie Zeichnungen und Flecke. Man sagt, sie seien das Bild der Dornenkrone und der Nägel vom Kreuz Unseres Herrn. Aber manche sehen darin zwei Verlobte, die sich küssen, und andere ein Gesicht, das lacht. Und was siehst du darin?«

Mit vor Schläfrigkeit halbgeschlossenen Augen blinzelte Medina den Mond an und sagte: »Ja, Eccellenza...«

»Was soll das heißen ›ja, Eccellenza!‹ Ich frage dich, was du darin siehst!«

»Das sind wahrhaftig die Marterwerkzeuge Unseres Herrn, Eccellenza.«

»Und du Cristina, was siehst du? Was erkennst du darin?«

Cristina betrachtete aufmerksam den Mond und wußte nicht, was sie antworten sollte. Aber da mischte sich die Jüngste, Antoniuccia, ungefragt ins Gespräch ein:

»Ich muß Euch etwas sagen, Eccellenza (auch wenn es Sünde sein mag). Ich schau' mir den Mond immer an und hab' ihn wohl schon mehr als tausendmal gesehen, sogar ganz aus der Nähe, oben vom Berg aus. Und diese Figuren da, von denen Ihr sprecht, die bedeuten überhaupt nichts für mich. Mir kommt das alles bloß vor wie ein Gekleckse.«

»Salomon hat gesprochen! Weise, Astronomen, Geistliche zu Tausenden haben diese Zeichnungen auf dem Körper des Mondes studiert; sie haben dabei ihre Augen verdorben, ihre Instrumente abgenutzt, sie haben Tonnen von Büchern darüber gedruckt! Und der eine erklärt sie auf diese, der andere auf jene Weise: Es bleibt ein Geheimnis! Aber da kommt auf einmal die Signorina... wie heißt du eigentlich mit Nachnamen?«

»Antoniuccia.«

»Bravo! Ausgezeichnet! Soviel habe ich auch schon selbst gewußt! Nicht nach dem Taufnamen habe ich dich gefragt, sondern nach dem Nachnamen. Ich kann doch nicht alle eure Nachnamen im Gedächtnis behalten.«

»Ah, Verzeihung, Eccellenza. Mit Nachnamen heiße ich Altomonte. Altomonte, Antoniuccia.«

»... da kommt die Signorina Altomonte daher und straft sie alle miteinander Lügen durch ein einziges Wort: Diese Figuren sind Kleckse und bedeuten gar nichts! Willst du wissen, was du bist, Antoniuccia? Ein Struwwelkopf!«

Bei diesen letzten Worten errötete Antoniuccia: »Verzeihung, Eccellenza«, stammelte sie, »als ich Eure Glocke hörte, bin ich so schnell hierhergerannt, daß ich nicht einmal mehr Zeit hatte, mich zu kämmen«, und mit einem verlegenen Lächeln versuchte sie, sich mit den Fingern die Haare glattzustreichen.

Aber Donna Amalia beschäftigte sich schon nicht mehr mit ihr; ihre Augen schauten wieder den Mond an und waren nachdenklich geworden: »Eigenartig!« sagte sie mit einem Seufzer. »Wenn man ihn von hier aus betrachtet, scheint er gar nicht so weit weg zu sein. Man sagt ja, daß dieser... wie hieß er noch, der da unten in der Albergheria wohnte? Der Balsamo, der Graf Cagliostro! Er soll ja auf den Mond geflogen sein, wie man sagt. Medina! Du hast doch eine Verwandte des Grafen Cagliostro gekannt, nicht wahr? Hast du mit ihr gesprochen?«

»Ja, Eccellenza, ich habe sie gekannt. Sie heißt Vittorina. Ihre Großmutter war die Tochter von einer Frau, die bei der heiligen Taufe des Grafen Cagliostro Gevatter gestanden hat. Ja, Eccellenza, ich hab' mit ihr gesprochen.«

»Und hast du dir etwas erzählen lassen von dieser Reise

auf den Mond? Wie er dahin gekommen ist, dieser Christenmensch? Und was er da alles gesehen hat?«

»Offen gestanden, Eccellenza, über diese Reise, von der Ihr sprecht, habe ich sie gar nichts gefragt.«

»Eselin! Das wäre das erste gewesen, was du hättest fragen sollen!«

»Um die Wahrheit zu sagen, Eccellenza, ich habe überhaupt nichts gefragt. Es kam mir etwas unpassend vor zu fragen, denn manche Leute sagen, dieser uralte Herr sei der Teufel gewesen. Es schien mir nicht schicklich, nach ihm zu fragen. Vittorina hat mir von selbst, ohne daß ich gefragt habe, von ihm erzählt. Sie sagte mir, er sei ein großer Zauberer gewesen und habe das Geheimnis gewußt, wie man Gold machen kann.«

»Diesem Cagliostro hat es wahrhaftig Spaß gemacht, seine Zeit zu vergeuden! Als ob es sich lohnte, sich mit einer solchen Erfindung verrückt zu machen! Was mich betrifft, so überlasse ich das Geheimnis, Gold zu machen, lieber dem Herrgott, der in sieben Tagen Himmel und Erde fabriziert hat mit allen Sternbildern und Goldgruben, und um den Geschöpfen Leben einzuhauchen, brauchte er nur seinen Atem, wie um eine Glut anzufachen. Wenn jemand Gold haben will, soll er doch zum Goldschmied gehen, da findet er es fix und fertig und sogar noch aufs schönste verarbeitet. Aber die Geheimnisse des Mondes auszukundschaften! Wahrhaftig, das war eine Wundertat! Hör zu, Medina, ich kann es kaum erwarten, bis es Morgen ist. Ich hab' eine Ungeduld, daß ich die Minuten verschlingen möchte. Ich habe nämlich beschlossen, daß du mich morgen zu dieser Vittorina führen sollst, und dann lassen wir uns alles erzählen.«

»Ihr wollt zu ihr gehen? Verzeiht, wenn ich mir erlaube, das zu sagen, aber Ihr würdet schlecht dahin passen, Eccellenza. Sie tritt ganz unscheinbar auf, wie ein einfaches Frauchen; man würde überhaupt nicht meinen, daß sie die Verwandte eines Grafen ist. Sie wohnt in einem engen Gäßchen oben auf einem kleinen Berg voller Kaktusfeigen, auf den Euer Wagen gar nicht hinauffahren kann. Ihr werdet verzeihen, wenn ich unverschämt bin, aber das ist nichts für Euch, Eccellenza; und innen im Hause sieht es aus wie bei Zigeunern. Es gibt nur einen einzigen Stuhl, der hängt oben an der Decke, und die Leute sitzen auf dem Fußboden. Aber was am meisten auffällt, verzeiht Eccellenza, das ist der schlechte Geruch!«

»Ah, was wird das schon für ein Geruch sein! Wohl immer noch ein christlicher Geruch! Hör jetzt gut zu, Medina, welches morgen der erste Befehl für dich ist: Sobald du aufwachst, sollst du auf den kleinen Berg hinaufgehen und diese Vittorina hier zu mir bringen. Dann soll sie uns alles erzählen! Aber jetzt zu Bett, meine Töchterchen. Antoniuccia, zieh mir die Kissen zurecht. Wir haben uns hier angeregt unterhalten, bei diesem Mondschein kam es uns vor, als sei heller Tag. Dabei ist der Schlaf wiedergekommen. Ach, wie ich gähnen muß, mir scheint, ich werde ein Tiger. Gute Nacht, geht nun... gute Nacht. Ach, mir fallen die Augen zu, wie gut es tut zu schlafen. Ich habe so ein Gefühl, als ob ich vom Grafen Cagliostro träumen werde!«

Diese vornehme Dame hatte Reisen gemacht, war in der Welt herumgekommen, doch glich sie in manchen Augenblicken den armen Barbarinnen der Wüste, die nie das geringste gesehen haben; und wenn ein Reisender ihnen ein Stückchen Glas zeigt, das in der Sonne glitzert, dann geraten sie in Verzückung und strecken die Hände aus, um es zu besehen. Natürlich liebte Donna Amalia Gold, Silber und Edelsteine und besaß viele Schreine und Kästchen, die so voll davon waren, daß sie eine Königin hätten beschämen können. Doch außer den echten Juwelen gefielen ihr auch die falschen, die gewöhnlich nur einem unwissenden Kind, einer Bäuerin oder einem einfachen Dienstmädchen Freude machen können. Aber was Donna Amalia anzog, war nicht der Wert der Gegenstände, sondern eher ihre Wirkung, das

Vergnügen, das sie ihr bereiteten, wenn sie sie betrachtete oder anlegte. Und da sie, um die ganze Wahrheit zu sagen, immer halbwegs Analphabetin geblieben war und denselben ungebildeten Geschmack behalten hatte wie damals, als sie noch ein armes Mädchen war, konnte ihr der Tand eines Hausierers genausogut gefallen wie der Schatz des Großwesirs. Sie brachte es fertig, einen kleinen Handkarren auf dem Jahrmarkt so aufmerksam zu betrachten, als stünde sie vor einem Schaufenster in Paris. Zur Zeit der Jahrmärkte des Dreikönigsfests oder irgendwelcher anderer Feste ließ sie in den Stunden, in denen weniger Gedränge herrschte, das Auto am Eingang des Platzes anhalten; und ganz langsam spazierte sie mit ihren kleinen Füßchen vor den Buden und Karren auf und ab; und immerzu leuchteten ihre Augen, und sie wollte dieses und jenes, so daß zwei Diener nicht ausreichten, um alle ihre Einkäufe zu tragen. Und beim Heimkommen war sie ganz ungeduldig, die Geschenke, die sie sich gekauft hatte, wieder anzuschauen. Kaum hatte sie das Vorzimmer betreten, breitete sie die Sachen auf der Marmorkonsole aus und lachte vor Vergnügen; erregt und neugierig probierte sie vor dem Spiegel die Ohrgehänge aus buntem Glas, die Perlenarmbänder und die Halsketten aus Haselnüssen oder bemaltem Holz. Wenn sie sich dann zu irgendeiner Einladung begab, war sie imstande, ihre Brillanten zu Hause zu lassen und sich mit einer Kette aus Haselnüssen oder getrockneten Kastanien zu schmücken, die ihr an diesem Abend am allerschönsten zu sein schien. Sie tat es aus Unwissenheit, aus Liebe zu Pracht und Herrlichkeit und aus Leichtsinn des Herzens. So hoch aber war ihr Ansehen unter den Damen der Stadt, daß, wenn Donna Amalia eines Abends mit einer Kette aus getrockneten Kastanien erschien, am nächsten Abend zehn Damen sie nachäfften, Brillanten und Smaragde zu Hause ließen und in Theatern und Salons mit Geschmeide aus getrockneten Kastanien prunkten. Nun geschah es freilich, daß die getrockneten Kastanien, die an Donna Amalia so kostbar wirkten wie Diamanten, an den anderen Damen ganz und gar wie getrocknete Kastanien aussahen.

Das Leben Donna Amalias war nicht frei von Verdruß. Wir haben schon gesagt, daß sie sich ein kindliches Herz bewahrt hatte; und wie es Kindern eben geht, begnügte sie sich nicht immer damit, die Dinge nur zu bewundern, welche die Ehre hatten, ihr zu gefallen, sondern oft hätte sie diese, aller Vernunft zum Trotz, gern selbst besessen. Und wenn etwas, in das sie sich vernarrt hatte, durchaus nicht zu haben war – wie zum Beispiel die Alhambra oder die Schätze des Kaisers von China –, dann verging Donna Amalia vor Verlangen und Qual. Nicht daß sie so unvernünftig gewesen wäre, die Sinnlosigkeit einer solchen Qual nicht einzusehen; ja, meistens lachte sie bei solchen Gelegenheiten selbst wie toll über ihre eigenen Launen. Aber wenn sie auch lachte, vermochte sie doch ein bitteres Gefühl der Auflehnung und fast des Widerwillens nicht zu vertreiben. Verhaßt war ihr der Gedanke, daß es ihr (sofern nicht irgendein unvorhergesehenes, von ihr unabhängiges, umwälzendes Ereignis eintrat), solange sie lebte, niemals vergönnt sein sollte, als Herrin in jenen schönen Höfen der Alhambra spazierenzugehen oder sich mit den phantastischen Armreifen der Herrscherin des alten China zu schmücken. Die Unmöglichkeit erregte und beunruhigte sie. Und es blieb ihr kein anderer Trost, als sich auszumalen oder vielleicht auch nachts zu träumen, sie würde ihren Gatten Don Vincente mit ihrem Lächeln dazu bewegen, sich an die Spitze einer Schar von mutigen Streitern zu stellen, um die Alhambra zu erobern; oder aber sie träumte, sie würde sich selber in den Schatzsaal in Peking einschleichen, die Schaukästen aufbrechen und jenes Geschmeide rauben, das dort völlig nutzlos unter Glas herumliegt. Dann würde sie es am Busen verstecken und atemlos wieder in ihren Tragsessel steigen, in dem man sie, über die Große Mauer flüchtend, in Sicherheit bringen würde.

Solcherlei vorübergehende Melancholien Donna Amalias waren für Don Vincente, ihren Gatten, das einzige Kreuz gewesen. Die höchste Liebe dieses Hidalgo und sein immerwährendes Entzücken bestanden nämlich darin, Donna Amalias kindliche Glückseligkeit zu erwecken, zu betrachten und zu erhalten. Und wir können ihn gewiß begreifen. Gibt es ein anmutigeres, tröstlicheres Schauspiel als kindliche Seligkeit? Und welch größeres Glück gibt es, als eine solche Art von Seligkeit in dem geliebtesten Menschen, der eigenen Frau, zu entfachen? Mit der hingebenden Höflichkeit der spanischen Kavaliere pflegte jener edle Katalonier seine Donna Amalia wie einen Rosenstrauch; er liebkoste sie wie eine müßige, leidenschaftliche Perserkatze; er bot ihr die würdigsten Schauspiele der Erde, wie ein König, der einen anderen König zu Gast hat; und er brachte ihr seine Huldigungen und Geschenke dar wie einer Heiligen. Bei jeder neuen Gabe errötete die liebe Donna Amalia, lachte und bebte wie bei der allerersten, wie an dem Tag, als sie von ihm den Verlobungsring empfangen hatte. Es war der erste goldene Ring, den sie besaß, denn bis dahin war sie so arm gewesen, daß sie sich mit knapper Not nur ein Messingringlein hatte kaufen können beim Fest der heiligen Rosalia.

Es braucht nicht erst gesagt zu werden, daß Don Vincente das Keimen der Wünsche im Herzen Amalias überwachte, gleich einem Knaben, der ein Paradiesvögelchen aufzieht: Bei jedem Piepsen seines Lieblings fragt er sich mit besorgtem Gemüt: »Um was möchte er mich wohl bitten? Was könnte ihm fehlen?« Doch es mochte auch vorkommen, daß Vincente trotz all seinem Bemühen, Amalia zufrieden zu sehen, nicht zu ihr sagen konnte: »Señora, è vuestro!«

Dies war Don Vincentes Kummer; aber Donna Amalia versuchte, ihm ihre Betrübnis zu verbergen, um ihn nicht zu verbittern, wenn sie von einem hoffnungslosen Verlangen nach irgend etwas ergriffen war.

Von diesem kleinen Schatten abgesehen, wird kein Ehemann sich je so glücklich nennen können wie Vincente. Man weiß in der Tat, daß die Gewöhnung an die Wohltaten der

Welt, die das Leben bald langweilig macht, eher die Reichen als die Armen heimsucht, denn sie sind an sehr viele Annehmlichkeiten gewöhnt, die für die anderen eine Seltenheit sind. Darum ist ein sehr reicher Ehegatte ein unglücklicher Mensch, weil mit jedem vorübergehenden Tag sich das für ihn verringert, was eine der allersüßesten Befriedigungen für einen Ehemann ist: nämlich mit schönen Geschenken die eigene Gattin zu erfreuen und zu feiern; denn für eine gewöhnliche Frau, auch wenn sie in Armut aufgewachsen ist, bedeutet der Reichtum bald nichts Besonderes mehr; und rasch kommt der Tag, an dem für sie ein Rubin etwas Alltägliches, Unbedeutendes ist, so wie eine Apfelsine für die Tochter eines Bauern.

Doch zu unserem Glück war Donna Amalia keine gewöhnliche Frau. Und es läßt sich kaum in Worte fassen, welches Vergnügen, welche Erregung, welch ein immerwährendes Fest das Leben an ihrer Seite für ihren Gatten war. Durch einen Zufall war er vor ungefähr vierunddreißig Jahren nach Palermo gereist; dort hatte er Donna Amalia, die damals ein armes Mädchen von fünfzehn Jahren war, kennengelernt und, toll vor Seligkeit, in der Martoranakirche zum Altar geführt, mit einem Hochzeitsfest, das in Palermo in die Legende einging.

Eigentlich waren es zwei gewesen, die Amalia zur Frau begehrt hatten: Don Vincente und ein Freund von ihm, Don Miguel, der mit ihm zusammen nach Palermo gekommen war und gemeinsam mit ihm Amalia kennengelernt hatte. Kaum hatten sie ihre Bekanntschaft gemacht, beschlossen alle beide: »Amalia oder den Tod.« Was Amalia betrifft, so hatte sie der beiden Männer wegen ein paar verzweifelte Tage verbracht, an denen sie nichts anderes tun konnte als weinen, denn sie wußte nicht, welchen sie wählen sollte; sie hatte sie alle beide gern und wollte weder den einen noch den anderen kränken. Beide waren sie jung, beide sympathisch, beide Katalonier. Don Miguel war Marchese und Don Vincente nur Cavaliere;

dafür aber war Don Vincente größer als Don Miguel, und er hatte auch eine klangvollere Stimme; Don Miguel wiederum hatte eine schlankere Taille und ein süßeres Lächeln. Amalias Qual erreichte ein solches Maß, daß sie, um ihr ein Ende zu machen, schon fast entschlossen war, sich für immer in ein Kloster von Klausurnonnen einzusperren. Um jedoch einen solchen Ausgang zu verhindern, lösten ihre beiden Liebhaber die Frage durch ein Duell. Don Miguel ging mit einer leichten Verwundung an der Schulter daraus hervor; und nachdem er Don Vincente umarmt und geküßt hatte, reiste er allein ab. Es scheint, daß er in den folgenden Jahren überall in der Welt herumgereist ist, ohne Amalia vergessen zu können, und vergeblich eine andere gesucht hat, die Amalia ähnlich gewesen wäre. Schließlich hat er sich in eines seiner Schlösser in Katalonien zurückgezogen und ist an Schwermut gestorben. Denn nachdem er Amalia kennengelernt hatte, kamen ihm alle seine Reichtümer vor wie Wüstensand, weil er sie nicht gemeinsam mit ihr genießen konnte.

Der andalusische Schal

Schon als sehr junges Mädchen hatte es Giuditta wegen ihrer Liebe zu Theater und Tanz mit der ganzen Verwandtschaft verdorben: In dieser guten sizilianischen Kaufmannsfamilie hielt man den Beruf einer Tänzerin – selbst wenn es sich um den ernsten »klassischen« Tanz handelte – für etwas Unwürdiges, fast für ein Verbrechen. Doch Giuditta stand diesen Kampf wie eine Heldin durch: Allen zum Trotz lernte sie heimlich Ballett. Und kaum war sie alt genug, verließ sie Palermo, die Familie und die Freundinnen und ging nach Rom, wo sie wenige Monate später schon zum Ballettcorps der Oper gehörte.

So hatte das Theater, das schon seit jeher ihr Paradies gewesen war, sie angenommen. In ihrer Begeisterung sagte sich Giuditta, daß dies nur der erste Schritt sei; stets hatte sie daran geglaubt, eine große ruhmreiche Künstlerin zu werden, und einer ihrer jungen Verehrer, ein Musiker aus Norditalien, den sie an der Oper kennengelernt hatte, bestärkte sie in dieser Überzeugung.

Giuditta heiratete ihn. Er war schön und wurde von allen als ein vielversprechender Künstler geschätzt. Leider aber starb er drei Jahre nach der Hochzeit und ließ sie mit ihren kleinen Zwillingen Laura und Andrea als Witwe zurück.

Obwohl die Eltern ihrem Beruf und ihrer Heirat abgeneigt gewesen waren, hatten sie ihr die Mitgift nicht verweigert. Und mit diesem Geld sowie dem spärlichen Verdienst einer Balletteuse konnte sie sich als Witwe mit den beiden Zwillingen schlecht und recht durchschlagen. In ihrer Karriere hatte sie noch keinen Fortschritt gemacht; doch im vertrauten

Kreise betrug Giuditta Campese sich wie eine Primadonna. Ihr Heim spiegelte ihren Stolz, ihr Talent und ihren Hang zu Glanz und Pracht; und in den wenigen Räumen ihrer Wohnung herrschte die Gewißheit, daß sie ein »Star« sei.

Bald jedoch zeigte es sich, daß ihre Leidenschaft für das Theater, gegen die schon die Familie ihres Vaters so sehr angekämpft hatte, gerade dort einen Gegner fand, wo Giuditta es am wenigsten vermutet hätte. War doch dieser neue Gegner jemand, der unter Theaterleuten aufgewachsen war; und wer von Anfang an wie selbstverständlich Theaterluft atmet, der sollte eigentlich nicht solche provinzlerischen Vorurteile hegen. Dieser Gegner, von dem wir sprechen, war Giudittas Sohn Andrea.

Er war als kleines Kind an Gestalt und Gliedern weniger entwickelt als seine Zwillingsschwester, doch war er nicht minder anmutig als sie. Er hatte dunkles Haar wie sie und seine Mutter; durch seine Augen aber, die von seltener himmelblauer Farbe waren und die er anscheinend von seiner Großmutter väterlicherseits geerbt hatte, unterschied er sich von ihnen. Diese himmelblauen Augen, die gewöhnlich düster umwölkt waren, enthüllten nur dann voll und ganz ihr strahlendes Wesen, wenn sie Giuditta erblickten: Giuditta brauchte nur in der Ferne aufzutauchen, und sogleich leuchteten Andreas himmelblaue Augen auf in all ihrer festlichen Schönheit. Aber schon in den allerersten Lebensjahren, noch ehe er gelernt hatte, verständlich zu sprechen, bekundete Andrea deutlich einen unmäßigen Haß auf den Beruf seiner Mutter.

Abgesehen von ihrer Arbeit führte die Witwe ein zurückgezogenes Leben. Und wenn sie sich nicht ins Theater begeben mußte, verbrachte sie die Abende meist still und allein zu Hause. An solchen Abenden pflegte Andrea, der mit seiner Zwillingsschwester jeden Tag vor Sonnenuntergang zu Bett ging, sogleich friedlich neben Laura einzuschlummern und bis zum nächsten Morgen durchzuschlafen. Doch an den

Abenden, an denen Probe oder Vorstellung war, verlor der argwöhnische Andrea seine Ruhe, während Laura wie gewohnt fest schlief wie ein Engel. Obwohl es ihm niemand sagte, teilte ihm sein Herz auf geheimnisvolle Weise mit, daß seine Mutter fortgehen müsse. Dann fand Andrea nur mit Mühe einen leichten und flüchtigen Schlaf, aus dem er, wie beim Läuten einer Klingel, plötzlich auffuhr in demselben Augenblick, in dem Giuditta in ihr Zimmer ging, um sich anzukleiden. Er sprang aus dem Bett und lief auf bloßen Füßen zum Zimmer seiner Mutter; und einem armen Pilger ähnlich blieb er dann vor der verschlossenen Türe stehen und weinte leise vor sich hin.

Aber das Drama, das so begonnen hatte, konnte auf verschiedene Weise weitergehen. Manchmal blieb Andrea die ganze Zeit, während seine Mutter sich ankleidete, dort stehen und weinte heimlich, doch in dem Augenblick, in dem sie, zum Ausgehen bereit, die Türe öffnete, rannte er Hals über Kopf ins Bett zurück, um seine Tränen unter dem Leintuch zu verbergen. Giuditta wollte ihm kein Mitleid zeigen; meistens ging sie aufrecht und unbarmherzig fort und tat, als habe sie das Weinen und auch das Tappen der bloßen Füße nicht gehört. Bisweilen jedoch tat er ihr, zu ihrem eigenen Verdruß, so leid, daß sie hinter ihm herlief und ihn mit vielen Freundlichkeiten zu trösten suchte. Doch er preßte die Fäuste auf die Augen, unterdrückte sein Schluchzen und lehnte jeden falschen Trost ab. Der einzige wirkliche Trost für ihn wäre gewesen, wenn Giuditta zu Hause geblieben und nicht ins Theater gegangen wäre; aber man hätte wohl verrückt sein müssen, um eine Tänzerin um so etwas zu bitten!

Doch an manchen Abenden trieb Andrea es so weit, eine solche Tollheit wirklich zu begehen! Nachdem er wie gewöhnlich eine Weile hinter der Tür seiner Mutter geweint hatte, brach er plötzlich in Zorn aus und begann, mit den Fäusten gegen die Tür zu schlagen; oder er hielt die Tränen zurück und wartete geduldig, bis die Mutter fertig war;

und wenn sie dann endlich erschien mit dem geschmeidigen Gang einer Löwin, mit ihrem kleinen kecken Hütchen und dem schwarzen Schleier über dem weißen ungeschminkten und ungepuderten Gesicht, klammerte er sich an ihre Kleider, umschlang ihre Knie und flehte sie mit verzweifelten Worten an, sie solle doch nicht ins Theater gehen, wenigstens an diesem Abend nicht, sondern dableiben und ihm Gesellschaft leisten. Sie streichelte ihn, machte ihm Versprechungen und versuchte vergeblich, ihn zu überreden, sich mit dem Unvermeidlichen abzufinden. Schließlich verlor sie die Geduld und machte sich mit Gewalt von ihm los, schlug die Tür zu und verschwand. Andrea warf sich in der Diele auf den Fußboden und blieb dort wimmernd liegen wie ein unglückliches kleines Kätzchen, das die leichtsinnige Katze im Korb zurückgelassen hat, während sie spazierengeht.

Giuditta hatte gehofft, dies alles sei nur kindliche Launenhaftigkeit, die sich mit der Zeit noch geben werde. Aber die Jahre vergingen, und so wie er selbst wuchs auch Andreas Launenhaftigkeit. Seine Abneigung gegen das Theater, das die immerwährende Leidenschaft seiner Mutter war, zeigte sich bei jeder Gelegenheit und entwickelte sich in seinem Gemüt zu einer unüberwindlichen Feindschaft. Selbstverständlich erniedrigte er sich jetzt nicht mehr so weit, daß er flehte und weinte wie zu der Zeit, als er drei oder vier Jahre alt war; davor hütete er sich wohl, aber sein Haß, der sich nicht mehr auf jene kindliche Art austoben konnte, wurde immer wilder.

Ohne diese seine hartnäckige Launenhaftigkeit wäre Andrea gar kein böses Kind gewesen. Er log niemals, lernte gut und war überaus zärtlich zu seiner Mutter; er folgte ihr durch alle Zimmer und versuchte immerzu, durch stürmische und zärtliche Überschwenglichkeit ihre Aufmerksamkeit auf sich zu lenken, so daß sie, wenn sie von anderen Beschäftigungen und anderen Gedanken in Anspruch genommen war, ihn nicht selten abwehren mußte, als sei er ihr lästig. Kam es aber vor, was freilich nicht allzuoft der Fall war, daß Giuditta mit ihm spazierenging, so hätte nicht einmal der König bei der Kutschenfahrt mit der Königin sich großartiger und zuvorkommender zeigen können als er; dann strahlten seine Augen in vollem Licht vom Anfang bis zum Ende des Spaziergangs.

An den wenigen Abenden, an denen Giuditta nicht aus dem Haus ging und bei der Familie blieb, nahm sein Gesicht, das sonst so bleich war, Farbe an wie eine Blume. Dann überkam ihn eine ausgelassene und selige Stimmung; er trieb tollkühne Spiele und prahlte damit. Bei jedem kleinen häuslichen Ereignis, wenn zum Beispiel die Katze nach einer Motte jagte oder wenn Giuditta es nicht fertigbrachte, eine Nuß zu knacken, lachte er aus vollem Herzen. Mit dramatischen Gebärden erzählte er die Handlung von *Der Schwarze Korsar, Sandokan im Aufstand, Piraten in Malaya* und anderer ähnlicher Seefahrer- und Freibeuterromane, die seine Leidenschaft waren. Dann und wann schlang er seine Arme um die Mutter, als wolle er sie fesseln. Laura gegenüber zeigte er sich voll Gefälligkeit, und wenn sie sich mit ihrer Mutter unterhielt, hörte er ernst und bescheiden ihren Frauengesprächen zu. Doch sobald von Theater, Oper oder Ballett die Rede war, wurden seine Augen düster, seine Stirn legte sich in Falten, und seine Familie mußte eine sonderbare Verwandlung mitansehen: Es war, als ob ein Täuberich oder ein junger Hahn urplötzlich zu einer Eule würde.

An manchen besonderen Festtagen ging seine Schwester Laura frohlockend aus dem Haus, um einer Nachmittagsvorstellung in der Oper beizuwohnen; oft durfte sie ihrer Mutter sogar hinter die Bühne und in die Umkleideräume folgen. Wenn sie dann wieder nach Hause kam, wo Andrea, freiwillig ausgeschlossen, den ganzen Nachmittag allein verbracht hatte, war sie wie von Sinnen vor Begeisterung; aber die schrecklichen Blicke des Bruders bewirkten, daß sie jeden Versuch, etwas zu erzählen, beim ersten Wort aufgab. Und dieses Schweigen kostete sie eine so unnatürliche Anstrengung, daß sie dann nachts im Traum sprach.

Andrea weigerte sich stets, ein Theater zu betreten. Beim bloßen Vorschlag, jenen Ort zu besuchen, der ihm so viele Abende voll Schmerz und Tränen bereitet hatte, wurde er bleich vor innerer Auflehnung.

Dann und wann kam es vor, daß Giuditta einige ihrer Ballettkostüme von der Oper mitbrachte, um sich zu Hause darin zu zeigen. Einmal verkleidete sie sich als Zigeunerin mit scharlachrotem Rock, die Brust halb entblößt, und behängte sich mit Armspangen und Ketten aus Goldmünzen. Ein andermal kleidete sie sich als Schwan, mit brillantenbesetztem Mieder, Strümpfen aus schneeweißer Seide und einem Federntutu; dann wieder als Meerjungfrau in ein kurzes, enganliegendes Kostüm aus schillernden Schuppen, dazu ein Fischernetz als Umhang. Und wieder ein anderes Mal erschien sie als »Geist der Nacht« und einmal als »orientalisches Hirtenmädchen«.

Ihr Körper war ein wenig schwerer geworden seit der Zeit, da sie ein junges Mädchen gewesen war; dennoch war sie eine schöne Frau mit ihrem schmollenden Ausdruck, ihren schwarzen Augen und der weißen Haut, wie Spanierinnen sie haben. Außer ihrer Tochter Laura kamen noch das Halbtagsmädchen und die Hausmeisterin des Wohnblocks zu ihr ins Zimmer, um sie zu bestaunen; dies waren sozusagen die einzigen Bewunderer, die Giuditta bis jetzt gefunden hatte, denn tatsächlich war sie in ihrer Theaterlaufbahn nicht einen Schritt vorwärtsgekommen. Giuditta Campese war auch heute noch nichts weiter, als was sie am ersten Tag ihrer Aufnahme an der Oper gewesen war: eine namenlose Tänzerin in den Reihen des Ballettcorps. Doch in den verzückten Augen ihres häuslichen Publikums war sie zweifellos ein großer Star.

Nachdem alle ihr Kostüm bewundert hatten, führte sie ihre Tanzkünste vor und erntete begeisterten Applaus. In diesem Augenblick durchquerten kindliche Füße in schnellem Lauf den Korridor, und ein wenig verlegen erschien auf der Türschwelle Andrea. Beim Anblick Giudittas füllten sich seine weit aufgerissenen Augen mit strahlender, unschuldiger Hingabe. Doch gleich darauf wandte er sein Gesicht von ihr ab. Und nachdem er das Publikum mit feindseligen Blicken angefunkelt hatte, zog er sich in den Winkel zwischen dem Korridor und der Tür zurück wie jemand, der, ohne es verhindern zu können, mit ansehen muß, wie ihm sein Eigentum gestohlen wird.

Chorsängerinnen, Tänzer und dergleichen Leute, die manchmal im Hause verkehrten, waren für ihn schlimmer als wilde Tiere. Während ihrer Besuche verkroch er sich gewöhnlich am äußersten Ende der Wohnung in einem staubigen Kämmerchen, in das durch ein winziges Fenster kaum etwas Licht einfiel. Doch wenn Giuditta mit ihren Kollegen drüben im Salon irgendeine Szene oder Tanzfigur probte, gelang es Andrea nicht einmal in diesem Kerker, sich gegen die Ungeheuer in seinem Innern zu wehren. Obwohl er sich zwang, nicht hinzuhören, wurde sein Gehör sehr viel schärfer als sonst, drang durch alle Türen und fing die Töne des Grammophons auf, die fremden Stimmen, das Händeklatschen im Takt der Musik, das dumpfe Geräusch der Sprünge, das Wirbeln der Pirouetten. Der Eingekerkerte schwankte zwischen Zorn, Neid und der Versuchung, die eigene Qual bis zur Neige auszukosten, indem er dem verhaßten Schauspiel zusehen würde. Man hätte meinen können, diese seine Versuchung sei durch einen Spion dort im Salon verraten worden; denn plötzlich erschien ein Herold, seine Schwester Laura, ganz außer Atem an der verrammelten Tür und forderte ihn im Namen der Mutter auf, in den Salon zu kommen, wobei sie die kühne Kunst der Tänzer in höchsten Tönen pries. Mit Beschimpfungen und Drohungen schlug Andrea den Herold in die Flucht; doch so schwer auf die Probe gestellt zu werden war allzu bitter für ihn, und einen Augenblick später hörte man ihn laut und in gebieterischstem Ton nach seiner Mutter rufen.

Erregt und von ihren geliebten Tänzen sanftmütig gestimmt, lief Giuditta herbei. Sie rief ihren Sohn beim Namen: keine Antwort. Sie rief ihn noch zwei- oder dreimal, bis sich endlich die Türe öffnete. Die Tänzerin trat ungestüm ein und, lachend über die abscheuliche Klausur, umarmte sie den traurigen Gefangenen und küßte ihn aufs Haar und auf die Stirn: »Du bist ja ganz kalt, mein Herzenskind! Bist du denn von Sinnen? Was hast du denn angestellt, daß du dich hier einsperren willst, wo du doch so viele schöne Zimmer hast! Deine Mutter hat dich nicht in die Welt gesetzt, um dich zwischen Kisten und Spinnen zu halten! Du hast ein so hübsches Zimmerchen, sogar mit einem kleinen Balkon! Und Grammophonmusik und die tüchtigen Künstler, die mich alle nach dir fragen! Die müssen ja denken, mein kleiner Andrea sei bucklig oder verkrüppelt, daß er sich nie blicken läßt. Los, wir wollen allen Leuten zeigen, was für einen hübschen Sohn die Campese hat! Warum machst du denn so ein bitteres Gesicht? Als ob da drüben der böse Kaiser Nero zu Besuch wäre! Es sind doch alles Freunde, Arbeitskollegen, Damen und Herren von so strahlender Schönheit, daß die Leute sogar Eintrittsgeld bezahlen, um sie anzuschauen! Und heute sind sie hierhergekommen, um für Lauretta und Andrea zu tanzen! Und wir haben auch Kuchen und Marsala und möchten alle auf dich, den Hausherrn, anstoßen! Auf, mein schöner Ritter, tut uns den Gefallen und kommt mit uns tanzen!«

Und mit einem richtigen Tanzschritt nahm Giuditta Andrea bei der Hand und zog ihn mit sich auf den Gang hinaus. Doch kaum waren sie draußen, erkannte man am Ende des Korridors durch eine halbgeöffnete Tür die Bewegung im Salon, der von Stimmengewirr widerhallte, und als habe er den Schlund der Hölle erblickt, riß Andrea sich von seiner Mutter los, um sich von neuem in seinem Gefängnis einzusperren. Von dort schrie er der Mutter zu: »Geh weg! Fort mit dir! Mach, daß du zu diesem Gesindel kommst!« Aber als er allein war, weinte er.

So bezahlte Andrea seinen Haß mit Qualen, die er sich selbst zufügte. Es kam aber auch vor, daß seine Heftigkeit sich auf andere Weise austobte. Eines Tages zum Beispiel kehrte er die eingerahmten Fotografien, welche die Konsolen im Salon schmückten, mit der Vorderseite zur Wand, als seien sie alle Seelen im Fegefeuer. Es waren Bilder von Dirigenten, Choreographen, Ballettmeistern und anderen Berühmtheiten, lauter Fotografien, die seiner Mutter sehr am Herzen lagen, vor allem wegen der Widmungen, mit Vor- und Nachnamen, die an sie, Giuditta Campese, gerichtet waren.

Und eines Tages, als ein Liebhaber des Balletts Giuditta einen Rosenstrauß geschickt hatte, wartete Andrea, bis sie das Haus verließ, um wie gewohnt zu den Theaterproben zu gehen; und plötzlich machte er sich vor den erschrockenen Augen seiner Schwester Laura in wildem Zorn daran, die Rosen zu knicken und zu zerpflücken. Dann warf er sie zu Boden und trampelte darauf herum. Bei dieser Gelegenheit kam es so weit, daß Giuditta ihn einen Verbrecher und Mörder nannte.

Unter solchen Leiden verstrich die Kindheit des Andrea Campese.

Als Laura und Andrea bald zehn Jahre alt waren und sich darauf vorbereiten mußten, die Firmung und die erste Kommunion zu empfangen, verbrachten sie zwei Wochen lang in völliger Abgeschiedenheit: sie in einem Nonneninstitut, er in einem Kloster der Salesianerpatres. Vor dieser Zeit war ihre religiöse Erziehung stark vernachlässigt worden; und das fromme Klosterleben wurde für die Zwillinge zu einer ganz neuen Erfahrung. Im Leben Lauras hinterließen diese Erfahrung und die Belehrungen im Glauben später nur eine schwache Spur; in Andreas Leben aber änderte sich alles. Sobald Giuditta ihn nach Beendigung der Klausur am Tag der Firmung wiedersah, bemerkte sie sogleich, daß ihr Sohn nicht mehr derselbe war. Anstatt sich ihr voll Ungestüm in die Arme zu werfen, wie es nach einer so langen Trennung zu erwarten gewesen wäre, empfing Andrea ihren Kuß mit zurückhaltender, fast strenger

Miene. Die erste Falte, die Falte des Nachdenkens, zeichnete seine Stirn und verlieh ihm einen ernsten Ausdruck, der zu seinen kindlichen Zügen und zu der für sein Alter zu klein gebliebenen Gestalt im Gegensatz stand. Widerspenstig und fast ein wenig ungeduldig beantwortete er die vielen Fragen seiner Mutter.

Die Priester, die ihn unterwiesen hatten und die ihm großes Wohlwollen entgegenbrachten, sagten zu Giuditta, er sei während dieses kurzen Religionsunterrichts der aufmerksamste und eifrigste Schüler von allen gewesen und habe für die Dinge des Himmels ein seltenes Interesse gezeigt, das seinen Jahren weit voraus sei. Allem Anschein nach verlange es ihn nach der Speise der Engel, fast als habe es ihm bis zu dem jetzigen Erlebnis an seiner natürlichen Speise gemangelt.

Ein flüchtiges Anzeichen weltlicher Leichtfertigkeit war an ihm zu bemerken, als es Zeit wurde, den neuen Anzug anzuziehen, den seine Mutter ihm für die feierliche Handlung mitgebracht hatte: aus feinem dunkelblauen Wollstoff mit Samtkragen. Andrea war immer ziemlich eitel gewesen, was seine Kleidung betraf, und er verbarg seine Freude nicht; und als er dann in der Brusttasche der Jacke eine kleine silberne Pfeife fand, die an einem Seidenbändchen hing – was nach Auffassung gewisser französischer Modeschöpfer für Kinderkleidung als Gipfel der Eleganz galt –, erklärte er mit einem Lächeln der Genugtuung, daß es ein Brauch der Heerführer und Seeräuber sei, genau so ein Pfeifchen wie dieses zu tragen. Doch falls er versucht war, den Klang des kriegerischen Instrumentes auszuprobieren, so überwand er die Anfechtung und beherrschte sich. Und als diese einzige Anwandlung von Leichtsinn vorüber war, erschien er während des ganzen Gottesdienstes so hingegeben und verzückt, daß sogar der Bischof auf ihn aufmerksam wurde, ihn streichelte und zu ihm sagte: »Ah, was für ein tüchtiger kleiner Streiter unserer Kirche!« Als der Augenblick gekommen war, da er das

Abendmahl empfangen sollte, leuchteten seine zum Kelch emporblickenden Augen so voller Unschuld und Verehrung, daß seine Mutter, als sie ihn sah, in Tränen ausbrach; doch Andrea schien ihr Schluchzen nicht zu hören. Nachdem er die Hostie empfangen hatte, schloß er die Augen, und es war, als sei in der Kapelle ein Licht erloschen. Danach verharrte er einige Minuten lang, in Andacht versunken, auf den Knien, das Gesicht in den Händen verborgen; und Giuditta, die sein geneigtes Haupt mit dem für das Fest schön glattgekämmten Haar betrachtete, dachte bei sich: »Wer weiß, was für große Gedanken in diesem selben Augenblick durch den Geist dieses kleinen Engels gehen!« Endlich kamen die schönen Augen wieder zum Vorschein, aber während der ganzen Dauer der Messe starrten sie hingerissen auf die Leuchter des Altars. *»Auch nicht einen einzigen Blick für seine Mutter«*, dachte Giuditta.

Als die Zeremonie beendet war, nahm Giuditta ihre beiden Kinder wieder mit nach Hause. Kaum hatte die Klosterpforte sich hinter ihnen geschlossen, als Laura bereits voll Übermut sich danach sehnte, heimzukehren zu ihren Spielen. In ihrem langen bräutlichen Kommunionkleid, den Schleier und den Kranz im Haar, begann sie fröhlich die Allee entlangzulaufen, die nach Hause führte, was ihr die Vorwürfe einiger Passanten einbrachte, die sie ermahnten, sich so zu betragen, wie es sich in ihrem Kleid gezieme.

Andrea dagegen schritt, in Gedanken versunken, dahin wie ein Fremder, ohne sich um seine Mutter und seine Schwester zu kümmern.

Von diesem Tage an benahm er sich zu Hause, als gingen das Familienleben und die häuslichen Ereignisse ihn nichts mehr an. Seine Auflehnung, sein Haß, seine Launen waren vergangen, doch mit ihnen schien zugleich auch seine zärtliche Liebe zur Mutter erloschen zu sein. Wenn in seiner Gegenwart von Theater und Tanz die Rede war oder man irgendwie auf Giudittas verhaßten Beruf anspielte, zog jetzt nur ein

Schatten der Verachtung über sein Gesicht. Nicht weniger als früher floh er die Gesellschaft von Tänzern, Schauspielern, Sängern, jener ganzen Welt, mit der Giuditta befreundet war; aber sein Wille, sich abzusondern, hatte nicht mehr dieselbe Bedeutung wie früher. Auch wenn kein Besuch da war, liebte er es jetzt, für sich zu sein; er suchte auch seine Gefährten nicht mehr auf und spielte nicht mehr mit der Schwester; immer schien er in Gedanken versunken zu sein, die zu schwierig waren für sein Alter, so daß Giuditta fürchtete, er könnte krank werden.

Es war Sommer, die Schulen waren geschlossen, aber er las stundenlang in den Büchern, die ihm die Patres seines Klosters, das er oft besuchte, geliehen hatten. Die Patres erklärten ihm die schwierigsten Stellen in den gelesenen Büchern, unterhielten sich mit ihm darüber und waren entzückt von seinen Bemerkungen. Die Falte des Nachdenkens hatte sich noch tiefer in seine Stirn gegraben.

Gerade damals sprach jeden Sonntag in der Kirche seines Stadtviertels ein berühmter Prediger. In der Menge, die zu seinen Predigten strömte, fehlte nie ein Andächtiger, der kaum mehr als einen Meter groß war und den man wegen seiner ärmlichen und vernachlässigten Kleidung beinahe für einen Straßenjungen hätte halten können; seine leuchtenden blauen Augen starrten unentwegt zur Kanzel hinauf, fragend und voller Dankbarkeit. Als der Prediger eines Tages von den Leiden Christi sprach, war jener aufmerksame Zuhörer so tief ergriffen, daß er in verzweifeltes Schluchzen ausbrach.

Doch auch an andere, noch bedeutsamere Begebenheiten erinnert man sich, die sich in diesem für Andrea so frommen Sommer zutrugen.

In einem abgelegenen Stadtviertel befand sich neben einer großen Basilika eine sehr hohe und breite Treppe, die »heilige Treppe« genannt. Pilger und Gläubige kamen aus allen Teilen der Welt und pflegten auf Knien und manchmal auch barfuß hinaufzusteigen, um sich die göttliche Vergebung zu verdienen. Die Seitenwände der Treppe schmückten Fresken von den verschiedenen Stationen des Leidensweges Christi, und hinten in der Säulenhalle, die den Abschluß der Treppe bildete, glänzte triumphierend ein Mosaik von goldgeschmückten Heiligen und Märtyrern. Sie schienen dort oben den Pilger zu erwarten, um ihm nach Beendigung seiner Buße ein Fest zu bereiten.

An einem frühen Nachmittag gingen zwei junge Balletttänzerinnen der Oper, die in dieser Gegend wohnten, in der Nähe der Basilika spazieren. Es waren die großen verlassenen Stunden der sommerlichen Hundstagshitze; und als die beiden Tänzerinnen an der »heiligen Treppe« vorüberkamen, bemerkten sie, daß unten an den Stufen, dort wo die Gläubigen vor dem Aufstieg ihre Schuhe und Strümpfe abzulegen pflegen, nur zwei sehr kleine, ganz abgetragene und staubige Sandalen standen. Als sie dann hinaufschauten, gewahrten sie hoch oben einen winzigen Pilger, einsam und allein, der barfuß auf Knien die Treppe hinaufkroch und beinahe schon oben angelangt war. Die Tänzerinnen wunderten sich über die Kleinheit der Sandalen und ihres Buße tuenden Besitzers; denn meistens vollbrachten nur Erwachsene solche mühevollen Sühnegänge. Das ungewöhnliche Schauspiel erheiterte die beiden Tänzerinnen, und übermütig, wie sie waren, beschlossen sie, einen Streich zu spielen. Sie hoben die kleinen Sandalen auf, versteckten sich damit hinter der Treppenmauer und warteten auf den Abstieg des einsamen Gläubigen. Es dauerte eine ziemlich lange Zeit, bis er schließlich herunterkam. Zu ihrer Überraschung erkannten die beiden nun den Sohn Giudittas, der Tänzerin, die im Ballettcorps der Oper arbeitete und die sie als Kolleginnen oft zu Hause besuchten.

Als er am Fuß der Treppe angelangt war, wandte er sein schweißüberströmtes Gesicht zur Säulenhalle hinauf, von der er nun wieder weit entfernt war, bekreuzigte sich und steckte seinen kleinen versilberten Rosenkranz wieder in die Tasche.

Darauf drehte er sich um und suchte seine Schuhe; als er sie nicht fand, ließ er einen wilden, funkelnden Blick über den weiten Platz schweifen, mit der Miene eines noch blutjungen Wolfes, der sich in einen verdächtigen Wald hineinwagt. Der von der Sonne glühende Platz lag verlassen da; Andrea wandte den Kopf zurück und warf einen raschen Blick auf die untersten Treppenstufen. Dann drehte er sich mit einem Satz um, und ohne noch weiter nach den Schuhen zu suchen, rannte er barfuß davon. Da stürzten die beiden Tänzerinnen, die sich vor Lachen kaum halten konnten, aus ihrem Versteck hervor und riefen mit lauter Stimme: »Campese! Campese!« Andrea blieb stehen, und als er die beiden Mädchen, die ihm seine Sandalen reichten, wiedererkannte, wurde er brennend rot im Gesicht. »Wir haben diese Schuhe da gefunden«, sagte die ältere der beiden Tänzerinnen mit gespielter Unschuld, »gehören sie vielleicht dir?« Er riß die Sandalen an sich, warf sie auf den Boden, und schlüpfte, ohne sich die Mühe zu nehmen, sie zuzumachen, hinein, als seien es Holzpantoffeln. »Oho!« beklagte sich die Tänzerin, »was ist denn das für ein Benehmen? Ich gebe dir deine Schuhe wieder, und du bedankst dich nicht einmal?« »Hast du wenigstens daran gedacht«, mischte sich die andere ein, »auch für uns ein Ave-Maria zu beten?« Doch auf diese Worte gab Andrea nichts weiter zur Antwort als einen so zornerfüllten Blick, daß es den beiden törichten Mädchen, ob sie wollten oder nicht, ganz bang zumute wurde. Danach kehrte er ihnen den Rücken und schlurfte in seinen ungeschnürten Sandalen eilig davon.

Diese Begebenheit und andere ähnliche Vorfälle ließen Giudittas Freunde und Nachbarn bald erkennen, welches Andreas Berufung war. Man wußte auch, daß der Sohn der Campese auf Vergnügungen und Zerstreuungen verzichtete und daß er sein silbernes Pfeifchen, seinen Feuerstein, seinen Kompaß und all die anderen Dinge, die ihm lieb waren, verschenkt hatte, um sich durch diese Opfer das Vertrauen

Gottes zu verdienen. Gegen den Willen seiner Mutter legte er sich Fasten auf, verzichtete auf die Speisen, die er am liebsten aß; und manchmal stieg er mitten in der Nacht aus dem Bett, in dem er seit frühester Kindheit neben seiner Schwester Laura schlief, und legte sich auf den nackten Fußboden: Das pflegten nämlich auch die großen Heiligen zu tun, deren Geschichten er gelesen hatte. Jene finstere Rumpelkammer, wo er früher seine Auflehnung zu verbergen gesucht hatte, war sein liebster Zufluchtsort geworden. Eines Tages, als er nicht daran gedacht hatte, die Tür abzuschließen, überraschte ihn Giuditta, wie er mit gefalteten Händen dort auf dem Boden kniete, die Augen, die voll Tränen waren, verklärt zum Fenster gewandt, als erblickten sie in dem staubbedeckten Glas göttliche Erscheinungen. Über eine Stunde hatte er·in dieser Stellung ausgeharrt, seine Knie waren ganz rot und schmerzten.

Die einzige christliche Tugend, deren Andrea sich nicht befleißigte, war die Demut. Im Gegenteil, er nahm allen Leuten gegenüber, die nicht Diener des Himmels waren, eine stolze Haltung an, als genieße er das Vorrecht der Erlösung. Aber der Hochmut auf diesem kindlichen Antlitz machte die Leute nur lächeln, und sie zürnten ihm nicht.

Er wurde von allen fast als ein Heiliger angesehen, und viele Mütter beneideten Giuditta seinetwegen. Sie aber, die früher Andreas übertriebene Zärtlichkeit oft als lästig abgetan hatte, empfand jetzt zuweilen eine bittere Enttäuschung, wenn sie sah, daß ihm nichts anderes mehr am Herzen lag als das Paradies und er ganz und gar vergessen hatte, daß er der Sohn einer Mutter war. Wenn sie abends zu Hause blieb, brachte er es jetzt fertig – er, der ehemals diese Abende wie ein großes Fest gefeiert hatte –, sie mit Laura in der Küche allein zu lassen und sich in sein Zimmer oder in das elende Kämmerchen zurückzuziehen. Eines Nachmittags, als Laura eine Freundin besuchte, geschah etwas ganz Unerhörtes: Er ließ seine Mutter allein zu Hause und ging zu seinen geliebten Patres! Und als Giuditta ihn einmal zu einem Spaziergang aufforderte, nahm er sehr kühl und ohne die geringste Dankbarkeit an, während er früher auf diese Einladungen gewartet hatte wie auf die höchste Gnade. Auf dem ganzen Spaziergang benahm er sich mürrisch und zerstreut, als sei es ein großes Entgegenkommen, daß er mit ihr seine Zeit vergeude.

Giuditta war in ihrem Stolz verletzt und forderte ihn nicht mehr auf. »Wenn ihm etwas daran liegt«, dachte sie, »wird er mich schon selbst darum bitten, einen gemeinsamen Spaziergang zu machen.« Aber Andrea bat sie niemals darum. Manchmal, wenn sie das Haus verließ und ihm auf Wiedersehen sagte, kam es Giuditta so vor, als sei in seinen Augen ein fragender und ängstlicher Blick zu erkennen; wahrscheinlich aber täuschte sie sich, und schließlich, wie die Zeit verstrich, schien er nicht einmal mehr zu bemerken, ob seine Mutter anwesend war oder nicht. Wenn sie, zum Ausgehen bereit, sich von ihm verabschiedete, erwiderte er ihren Gruß mit Gleichgültigkeit, ohne vom Buch aufzublicken.

Wo war seine Zärtlichkeit geblieben? Wo seine Ausbrüche leidenschaftlicher Liebe? Auf die Liebkosungen seiner Mutter ging er nicht ein, ja, er versuchte sogar, sie zu vermeiden. Und wenn Giuditta ihn dann auf die Ungerechtigkeit seines Verhaltens hinwies, sah er sie mit seinem neuen Ausdruck verächtlicher Fremdheit an, fast als wolle er sagen: »Bildest du dir eigentlich ein, daß ich mich noch immer zu solchen Kindereien und Albernheiten herablasse? Die Zeiten sind vorbei, meine Liebe. Ganz woanders sind jetzt meine Zärtlichkeit und meine Ergebenheit; und dort ist kein Platz für eine ordinäre Tänzerin, wie du eine bist. Kümmere dich um deine eigenen großartigen Angelegenheiten und störe mich nicht.« Er hatte ein Heft, und zuweilen sah man ihn lange Zeit etwas hineinschreiben mit aufmerksamen Augen und gerunzelter Stirn. Giuditta blätterte heimlich in diesem Heft und entdeckte, daß es Gedichte enthielt wie zum Beispiel dieses:

Der Herr spricht zu Kain:

Was tatest du, nichtswürdiger Kain?
Welch grausam Werk hast du getan!
Getötet hast du deinen Bruder Abel!!!
Im Paradies ist Abel nun, und der gehaßte Neider
wird in schwarzer Wüste zerkratzt von Tigerklauen,
schrecklicher anzuseh'n als ein aussätziger Mensch.
Doch der große Gott spricht zu ihm: »Weine nicht, mein
*   armer Sohn,*
Schau den Ozean! Dort kommt ein Segler her! An seinem
*   höchsten Mast*
weht eine Flagge!
An die Segel, alle Mann! Sieh die Matrosen!
Die Erzengel sind's und Seraphim! Jetzt wirst du den
*   Kapitän gewahr,*
schau! Des ewigen Paradieses herrlicher Held!
Vorwärts, ihr kühnen Männer, verliert keine Zeit!
*   Geschwind ans Steuer!*
Nur Mut, Kain, steig aufs Deck! Mein kühner Segler macht
*   zweitausend Meilen gewiß in der Sekunde.*
In weniger als drei Monden ist das heitere Paradies in Sicht,
*   da wirst du seh'n, von welcher Herrlichkeit das Reich des*
*   großen Heilands ist!*
Da wirst du seh'n den Übermenschlichen, der über Satan
*   triumphiert!*
Vor jenem einzigen König sollst du jetzt niederknien,
und er gewährt dir die Vergebung und spricht zu dir:
*   »Willst du bei mir bleiben?«*
Trockne die Tränen, elender Kain, denn er hat dir verzieh'n.
In Gottes Nähe leuchtet Maria, Israels Stern,
in ihrem prächtigen Mantel von allen erhabenen Frauen die
*   schönste.*

Giuditta war zu wenig bewandert in Dingen der Literatur, um an den metrischen und grammatikalischen Freiheiten eines dichterischen Werkes herumrätseln zu können. Und das Lesen dieser Verse rührte sie so sehr, daß sie in Tränen ausbrach. Sie war gewiß, hier die Beweise des Talentes und der außerordentlichen Begabung ihres Sohnes vor sich zu haben; und diese Beweise ließen sie heftiger noch als früher bedauern, daß sie nicht mehr die Auserwählte seines Herzens war. Doch andererseits hätte sie sich geschämt, ihrem Sohn die glücklichen Rivalen streitig zu machen, die immerhin die Herrscher des Himmels waren! Außerdem waren alle ihre Gefühle von einem verheerenden Ereignis in Anspruch genommen, das in jenen Tagen in ihre Karriere eingebrochen war und das ihr nicht die Zeit noch auch den Willen ließ, an ihre Enttäuschungen als Mutter zu denken. All die Jahre hindurch hatte sie gehofft, sich endlich einmal unter den Tänzerinnen der Oper auszuzeichnen und mindestens zur Solotänzerin und schließlich sogar zur Primaballerina aufzusteigen. Statt dessen aber wurde sie unerwartet aus dem Ballettcorps entlassen. Sie behauptete, daß daran eine Intrige ihrer neidischen Kolleginnen schuld sei; in Theaterkreisen aber sagte man, schuld daran sei einzig ihr geringes Können, das, anstatt sich zu entfalten, nur immer mangelhafter geworden sei. Auch ihre Gestalt sei verdorben, ihre Beine seien zu mager und ihre Hüften breit geworden, sie sei plump und mache im Ballettcorps eine schlechte Figur.

Der Sommer war vorüber, die Schule fing wieder an. Und als Andrea der Mutter seine Absicht mitteilte, in ein religiöses Institut einzutreten, das zum Priesteramt bestimmte Knaben aufnahm und in dem die Patres, seine Beschützer, ihn beinahe unentgeltlich unterbringen könnten, glaubte Giuditta darin eine Hilfe der Vorsehung zu erblicken. Sie war nämlich im Begriff, den Haushalt aufzulösen. Nun begann die Zeit ihres Umherziehens von einer Stadt zur anderen, hinter den Versprechungen eines Engagements her oder im Gefolge von Wandertruppen. Laura wurde zu einer alten Lehrerin in Pension gegeben, die es auch übernahm, ihr bei den Schularbeiten zu helfen. Andrea trat als kleiner Priesteranwärter ins Institut von O. ein, einem mittelitalienischen Provinzstädtchen unweit der Grenze nach Süditalien.

Wann immer ihr unstetes Leben es Giuditta erlaubte, besuchte sie ihn. Stets würdevoll und mit fast strenger Vornehmheit gekleidet, wie es seit jeher außerhalb des Theaters ihre Gewohnheit gewesen war, sah sie wirklich wie eine echte Dame aus. Wie es bei Frauen, die sizilianisches Blut in den Adern haben, häufig der Fall ist, neigte ihr Körper verfrüht zu vorschneller Reife. Doch ihre eigenen Augen und auch die Augen ihrer Kinder blieben blind für diesen Verfall.

Ihr kleiner Priester kam ihr stets im Besucherzimmer entgegen mit seinem weiten Gewand aus schwarzem Tuch, in welchem er allzu rasch gewachsen war, so daß die Ärmel nicht mehr bis über seine zarten Handgelenke reichten. Jedesmal fand Giuditta ihn größer und magerer. Sein einst rundliches Gesicht war so schmal geworden, daß es schien, als würde es von den großen Augen verzehrt. Und quer über der Falte des Nachdenkens, die sich zwischen den Brauen in die Stirne grub, war eine neue Falte erschienen: die Falte der Strenge. Bei den Begegnungen mit seiner Mutter setzte er immer eine Miene strenger Distanz auf; und wenn Giuditta ihrer weiblichen Schwachheit nachgab und irgendein Zeichen der früheren Zuneigung von ihm forderte, schaute er sie hart an mit gerunzelter Stirn oder wandte das Gesicht mit spöttischem Ausdruck zur anderen Seite. Das Leben seiner Mutter interessierte ihn ganz und gar nicht mehr. Einmal, als sie eine neue Hoffnung andeutete – die sich dann als Illusion erwies –, sie werde vielleicht ins Ballettcorps der Mailänder Scala aufgenommen, zog er mit anmaßender Miene die Brauen hoch und verzog die Lippen zu einer Grimasse der Gleichgültigkeit und Verachtung. Auf die tausend Fragen Giudittas antwortete er mit mürrischer Zurückhaltung; und damit waren ihre

Gespräche meistens zu Ende, denn er seinerseits stellte ihr niemals Fragen, höchstens dann, wenn er etwas über seine Zwillingsschwester Laura erfahren wollte. Kurz, Andrea behandelte seine Mutter wie das Trugbild eines Gegenstandes, der einst in unschuldiger Zeit im Herzen lebte und von dem man sich losgesagt hat, weil er einem nichts mehr bedeutet.

Giuditta aber hatte früher ihren Sohn allzu gut gekannt, als daß sie nicht doch noch während ihrer Unterhaltungen manchen diplomatischen Erfolg erzielte. Instinkt und Schlauheit gaben ihr bisweilen ein geeignetes Gesprächsthema oder einen glücklichen Satz ein, so daß auf Andreas Antlitz wieder sein verzaubertes Lächeln erschien, kindlich und ohne Arg. In diesen seltenen Augenblicken ging ihr das Herz auf vor Fröhlichkeit.

Einmal erschien sie freudestrahlend im Kollegium und teilte Andrea mit, sie habe sich einen ganzen Tag freigenommen, um ihn gemeinsam mit ihm zu verbringen. Vom Pater, welcher dem Institut vorstand, hatte sie schon die Erlaubnis erhalten, mit ihrem Sohn in der Stadt spazierenzugehen, und sie hatten einen ganzen Nachmittag vor sich, um ihn zusammen zu genießen, denn, so hatte der Vorsteher gesagt, es genüge, wenn sie Andrea vor Sonnenuntergang ins Kollegium zurückbringe. Als Andrea diese Aufforderung vernahm, verfinsterte sich seine Miene, und er lehnte den Vorschlag ab.

»Was? Du weigerst dich, mit mir spazierenzugehen?«

»Ja, mit dir mag ich nicht ausgehen!«

»Vorwärts, komm mit! Oh, mein Söhnchen, mein geliebtes! Du antwortest mir nur so, um mich zu ärgern. Ich habe diese ganze Reise gemacht, um die Ehre zu haben, mit meinem kleinen Hochwürden spazierenzugehen. Und er sagt einfach ›nein‹ zu mir? Auf, mein schöner Ritter, mach deiner Mutter keinen Kummer! Oder findest du vielleicht, ich sei häßlich geworden und deiner Schönheit nicht mehr würdig? Rasch, mein kleiner Andrea, laß uns keine Zeit vergeuden! Wir wollen auf dem Stadtwall spazierengehen und von der Festung aus das Panorama betrachten! Und wir wollen uns ins Café setzen und Eis essen. Dann schauen wir uns zum Spaß noch die Kinoreklame an; heute abend wird ein Film gegeben, wie heißt er gleich... warte mal, es handelt sich um so etwas wie ›Auf einem Dampfer und auf einem Seeräuberschiff‹.«

Andrea schluckte ein paarmal und stieß ein wütendes »Nein« hervor, endgültig und beleidigend.

»Nein? Hast du wahrhaftig ›nein‹ gesagt?«

»Ich will nicht mit dir ausgeh'n, und damit Schluß!« schrie Andrea heftig und gereizt.

»Habe ich also doch richtig gehört! Du weigerst dich, mit mir auszugehen? Du meinst wohl, du würdest dadurch noch heiliger werden? Aber das ist keine Heiligkeit, das ist Undankbarkeit und Ungezogenheit! Das wirst du noch bereuen! Gott wird dich strafen, weil du so böse bist!«

Andrea zuckte die Achseln und schaute seine Mutter nicht an, sondern blickte zur Seite mit einem Ausdruck düsteren Spottes, als ob er sagen wollte, daß die Signora Campese besser daran täte, über das Thema Gott zu schweigen.

»Jawohl, Gott wird dich bestrafen, bestraft wirst du werden, bestraft! Warum willst du denn nicht mit mir ausgehen? Mit diesen Weiberröcken vom Kollegium gehst du aus, aber mit mir nicht! Schöne Spaziergänge müssen das sein, wenn alle nebeneinander herlaufen wie grasfressende Schafe! Willst du hören, was die Wahrheit ist? Ich habe sie dir nie gesagt, die Wahrheit, aber jetzt sollst du sie erfahren. Sie haben dich gegen mich aufgehetzt, diese Scheinheiligen, das ist die Wahrheit! Sie haben dir gesagt, daß deine Mutter ein übles Frauenzimmer sei, und wenn du mit ihr gingest, so kämest du in die Hölle! Aber du kannst deinen Herren Lehrern von mir bestellen, daß ich den Weg ins Paradies besser kenne als sie! Und daß ich an dem Tag, an dem ich deinen verstorbenen Vater wiederfinde, ihn mit erhobenem Haupt umarmen und zu ihm sagen werde: ›Da ist deine Ehefrau. So wie du sie verlassen hast, findest du sie wieder.‹ Man kann am Theater arbeiten und trotzdem eine ehrbare Frau bleiben, sag das deinen hochwürdigen Patres! Und der Lohn der Ehrbarkeit ist noch schöner! Wisse, daß Giuditta Campese eine Dame ist, es immer war und immer sein wird! Sie hat den Beruf einer Künstlerin gewählt, weil ihr die Kunst am Herzen liegt – aber was ihre Ehrbarkeit anbetrifft, so war nicht einmal die heilige Elisabeth ehrbarer als sie!«

Andrea war bleich und überreizt, und in aggressivem Ton erklärte er: »Um dich kümmert man sich hier überhaupt nicht! Über dich habe ich niemals mit irgend jemandem gesprochen!«

»Dann laß mal hören, warum du dich weigerst, mit mir auszugehen? Welch neuer Gedanke ist dir in den Kopf gestiegen? Du hast das gleiche fanatische Blut wie deine Vorfahren, diese sizilianischen Dickköpfe! Ach, als du geboren wurdest und ich so froh war, einen Sohn zu haben, wer hätte da gedacht, daß ich mir mit meinem eigenen Blut den schlimmsten Feind geschaffen habe? Sag doch, mache ich dir etwa Schande? Ist das der wahre Grund? Schämst du dich, mit mir auszugehen?«

Giuditta weinte bitterlich. Andrea zitterte am ganzen Körper und seine weiß gewordenen Lippen bebten, aber es schien, daß es eher vor Zorn als aus Mitleid war. Er ballte die Fäuste und stieß mit gebrochener Stimme hervor:

»Ach, warum kommst du überhaupt zu mir? Warum hörst du nicht endlich auf, mich zu besuchen?«

Und Hals über Kopf flüchtete er aus dem Zimmer.

Betroffen, mit tränenerfüllten, vom Schrecken geweiteten Augen, bewegte sie die Lippen, um ihn zu rufen; aber Andrea war schon verschwunden. In diesem Augenblick schritt ein Priester durch den Korridor, und Giuditta senkte den Blick, um ihre Tränen zu verbergen, und nahm einen würdevollen Ausdruck an. Sie ließ das Schleierchen wieder über ihr Gesicht fallen, zog die Handschuhe an und wandte sich dem Ausgang zu mit ruhigen Schritten wie eine Dame, die sich nach einem befriedigenden und wie üblich verlaufenen Besuch verabschiedet hat. Ein Päckchen mit Abziehbildern, das sie während der stürmischen Unterredung ihrem Sohn zu geben vergessen hatte, hing noch an ihrem Handgelenk.

Als sie ein paar Monate danach Andrea wieder besuchte, wie auch bei allen folgenden Besuchen, sagte sie nie ein Wort über das, was zwischen ihnen beiden an jenem Tage vorgefallen war. Und nie mehr wagte sie, ihn zu bitten, mit ihr auszugehen. Sie verhielt sich scheu und demütig ihm gegenüber und vermied jedes Wort, das ihn hätte betrüben können. Andrea seinerseits beharrte in seiner gewohnten Zurückhaltung, in die sich jetzt jedoch eine kindliche Schüchternheit mischte. Oft errötete er und rang ohne jeden Grund seine zarten weißen Hände, und fortwährend strich er sich mit den Fingern die Haare glatt, wie um sich Haltung zu geben. Wenn er einmal lächeln oder sogar lachen mußte, schlug er die Augen nieder und wandte das Gesicht ab mit einem unsicheren Ausdruck, der zwischen Wildheit und Zutrauen schwankte.

Ihre Begegnungen waren sehr kurz geworden. Manchmal, wenn ihnen jeglicher Gesprächsstoff oder Vorwand zur Unterhaltung ausging, dauerten die Besuche, deretwegen Giuditta eine lange Eisenbahnreise gemacht hatte, nur wenige Minuten. Es schien wirklich, als ob Giuditta und Andrea sich nichts mehr zu sagen hätten; und es kam vor, daß beide sich einige Minuten lang auf den hohen schwarzen Stühlen des Besuchszimmers schweigend gegenübersaßen. Während sie vergeblich in ihrem Geist nach irgendeinem Einfall suchte, der Andrea hätte interessieren oder belustigen können, schaute sie ihn immer wieder an. Sie betrachtete seine Wangen, die, von vorne gesehen, abgezehrt erschienen, aber von der Seite noch die Rundlichkeit der Kindheit zeigten; und sie betrachtete seine Stirn – mit den Falten des Nachdenkens und der Strenge –, halb verborgen unter einem Haarschopf, den seine unruhige Hand keinen Augenblick in Frieden ließ; sie betrachtete auch seine schönen Augen, die den ihren immer wieder auswichen. Es überkam sie die betrübte Sehnsucht, den kleinen Priester in den Arm zu nehmen, doch sie wagte eine solche Gebärde nicht einmal anzudeuten, soviel Furcht flößte er ihr ein, bis sie dann verwirrt und gequält wie jemand, der sich langweilt oder der, im Gegenteil, fürchtet, lästig zu fallen, in Eile von ihm Abschied nahm.

Giudittas Besuche bei Andrea wiederholten sich für gewöhnlich drei- bis viermal im Jahr. Während der Zwischenzeiten empfing Andrea von seiner Mutter Ansichtskarten und manchmal, allerdings ziemlich selten, auch einen Brief aus stets wechselnden Städten, die er nie gesehen hatte und oft nicht einmal dem Namen nach kannte. Giudittas Briefe enthielten nie irgendeine genaue Nachricht über ihr gegenwärtiges Leben oder über ihre Zukunftspläne. Dazu kam noch, daß sie, schon als sie die Volksschule besuchte, nie geglänzt hatte im Aufsatzschreiben. Ihr Stil war verworren und flüchtig zugleich und außerdem so fehlerhaft, daß selbst der schlechteste in Andreas Klasse im Vergleich zu ihr es verdient hätte, als Professor der Literatur angesehen zu werden. Aber ihre Schrift war majestätisch: Groß, eckig und dabei reich an Schnörkeln, und ihre großen Buchstaben waren geradezu maßlos.

Andrea schickte seine Antworten, ihrer Verabredung gemäß, immer postlagernd nach Rom: Antworten, die frei von jeglicher Herzlichkeit, doch sorgfältig geschrieben waren und pünktlich eintrafen.

Gegen das vierte Jahr ihrer Trennung geschah es, daß mehr als acht Monate vergingen, ohne daß Giuditta sich blicken ließ. Es kamen keine anderen Lebenszeichen von ihr als in jedem Trimester die Postanweisungen an die Verwaltung des Kollegiums und einige Postkarten an den Sohn, darunter ein paar aus Österreich und eine aus dem französisch verwalteten Afrika. Es standen nur wenige Zeilen mit Grüßen darauf, aus denen Andrea jedoch herauszulesen glaubte, daß die umherirrende Künstlerin seine postlagernden Briefe nicht mehr abgeholt habe. Und in den letzten zwei Monaten kamen nicht einmal mehr die Ansichtskarten.

Eines Tages, als Andrea auf einem Spaziergang in Reih und Glied mit seinen Seminargefährten durch eine Straße des Städtchens ging, erblickte er auf einem Theaterplakat, das an der Mauer klebte, das Bild seiner Mutter. Seine Erregung war so stark, daß ihm das Blut ins Gesicht stieg. Selbstverständlich hatte niemand sonst, weder der begleitende Pater noch seine Gefährten, diese Person wiedererkannt oder Interesse an jenem Plakat verraten: Denn, in der Tat, gottgeweihten Augen ist es nicht erlaubt, auf Bildern dieser Art zu verweilen. Andrea blieb stehen und tat, als schnüre er sich einen Schuh, dabei blickte er unauffällig von unten her zum Plakat hinauf und las:

GLORIA-THEATER, großer Saal
Heute abend 21 Uhr 30
Die internationale Berühmtheit
FEBEA
zurück von ihren Triumphen in Wien,
zeigt klassische Tänze aus
Arabien, Persien und Spanien

Unter diesen Worten war in der Mitte zwischen anderen Figuren Giudittas Gesicht abgebildet, gekrönt von einer Art Stern mit sich schlängelnden Strahlen, die Augen von einem großen schwarzen Schatten umgeben, und auf der Stirn hing ein Edelstein, gleich einem Siegel. Dann las man noch:

Das bekannte Vorprogramm mit großen Attraktionen:
Pierrot Premier, Fürst der Pariser Nachtlokale,
Joe Rumba mit seinen 15 Girls
usw. usw.

Ein schreckliches Herzklopfen überfiel Andrea, als er im Laufschritt seine Gefährten wieder einholte. FEBEA! Es gab keinen Zweifel: Hinter diesem Namen verbarg sich die Tänzerin Giuditta Campese.

Abends um acht Uhr pflegten die Schüler des Kollegiums sich in ihre Schlafsäle zurückzuziehen, und um neun Uhr schliefen schon alle. Um halb elf Uhr herrschte gewöhnlich in der kleinen Provinzstadt eine Stille und Verlassenheit wie in tiefster Nacht.

Der lange und schmale Schlafraum war vom bläulichen Schimmer eines Nachtlämpchens, das über der Tür neben dem Vorhang des aufsichtführenden Paters brannte, nur schwach erhellt. Man konnte die weißen Umrisse der kleinen Betten erkennen und die schwarzen Kruzifixe an den getünchten Wänden, und in einem Ebenholzrahmen das Bildnis des Heiligen, der den Orden gegründet hatte. Zwei Stunden lang blieb Andrea vollkommen ruhig liegen und tat, als schlafe er, dabei war er doch hellwach und verging beinah vor Ungeduld. Als er es zehn Uhr schlagen hörte, schlüpfte er aus dem Bett, und ohne mehr Lärm zu machen als eine Schnake, kleidete er sich an – nur die Schuhe hing er an den Schuhbändeln über sein Handgelenk – und schlich aus dem Schlafsaal hinaus.

Vergeblich wäre es gewesen zu versuchen, aus dem Hauptportal oder der Dienstbotentür ins Freie zu gelangen: Sie waren stets verrammelt und verriegelt wie die Tore alter Burgen, und überdies wurden sie von einem Pförtner bewacht; doch auf der Seite des Refektoriums kannte Andrea ein kleines Fenster, das nur mit einem Holzladen verschlossen war und nicht höher als drei Meter über einem Erdwall lag. Tastend schlich er die Korridore entlang und über die dunklen Stufen der Steintreppe hinab. Ohne Zwischenfälle fand er jenes Fensterchen wieder, und von hier war es für ihn nicht schwierig, sich hinunterzulassen. Auf dem Boden angelangt, zog er sich die Kutte bis über die Knie hoch, und ohne

Zeit damit zu verlieren, in die Schuhe zu schlüpfen, lief er in seinen kurzen Baumwollstrümpfen zur Umzäunung.

Das alte Klostergebäude lag gleich außerhalb der Stadtmauern, dort, wo die Straßenbeleuchtung aufhörte und so die Grenze zum offenen Land kennzeichnete. Schon vor zwei Stunden war der Mond untergegangen, aber der sommerliche Sternenhimmel – es war in den ersten Junitagen – streute einen fast mondhellen Schimmer in die wunderbare Nacht. Einen Augenblick lang wandte Andrea sich um und betrachtete die Klosterfassade: Nur wenige Fensterchen waren erleuchtet, jene der Zellen, in denen die Patres jede Nacht abwechselnd im Gebet wachten. In dem Flügel des Gebäudes, wo sich die Kirche befand, wurden die farbigen Glasfenster von den Öllämpchen schwach erhellt, die Tag und Nacht in den Seitenkapellen brannten. Und auf der Seite der Mauer sah man auf dem Bogen über dem Gittertor das marmorne Ordenswappen sich weiß gegen den klaren Himmel abheben.

Andrea wandte sich dem Rand des Hügels zu, wo ein Stück der aus dem siebzehnten Jahrhundert stammenden Klostermauer von einem Erdrutsch zum Einsturz gebracht und nur durch ein einfaches Drahtgitter ersetzt worden war. Nachdem er trotz der Behinderung durch seine Kutte flink und geschickt über diesen Zaun geklettert war, rannte er quer durch die Felder hinunter.

Kaum einen Kilometer von hier entfernt wohnte in einem Bauernhaus ein Freund von ihm, der ein paar Jahre älter war als er. Er hieß Anacleto und war der älteste Sohn des Pachtbauern, Andrea hatte ihn auf einem Klassenspaziergang, der durch die Landschaft führte, kennengelernt. Andrea wußte, daß Anacleto seit einiger Zeit auf einer Schicht Maisstroh im Stall schlief, denn er hatte ein kleines Füllen in sein Herz geschlossen, das die Stute seines Vaters vor zwei Monaten zur Welt gebracht hatte. Der Stall hatte ein niedriges Fenster, das nur mit einem Gitter versehen war, Andrea hätte also den Freund wecken können, ohne daß es jemand hörte.

Doch es war eine unangenehme Überraschung für den entwichenen Klosterzögling, als er entdeckte, daß das Stallfenster entgegen aller Voraussicht erleuchtet war und zwei singende Stimmen, von Gitarrenklängen begleitet, daraus hervorkamen. Die eine Stimme, die männlicher und gedämpfter klang, war ihm fremd; in der anderen, noch unreifen, die lauter sang, erkannte er die Stimme seines Freundes. Anacleto war also nicht allein; das machte das Unternehmen noch viel gewagter und stellte das Gelingen in Frage. Unschlüssig, was er tun solle, blieb Andrea ein paar Minuten lang hinter der Hausmauer versteckt stehen. Trotz der dramatischen Umstände lauschte er mit Vergnügen dem Liebeslied, das die beiden Stimmen zu den Klängen der Gitarre sangen. Endlich, fest entschlossen, alle erdenklichen Folgen seines kühnen Unterfangens auf sich zu nehmen, schaute er ins erleuchtete Fenster hinein.

Eine Petroleumlampe, die an einem Balken über der Krippe hing, verbreitete im Innern ein schönes und helles Licht. Die Stute neigte den Kopf über die Futterkrippe und kaute ihren Hafer, und ihr zur Seite spielte kindlich das kleine Füllen: Dieser Anblick häuslicher Glückseligkeit peinigte Andreas Herz und erfüllte es mit Neid. Neben den beiden Pferden saßen auf einer rotbraunen Wolldecke, die auf dem gestampften Erdboden ausgebreitet war, Anacleto und ein junger Soldat mit rundem, kahlgeschorenem Kopf, der die Gitarre spielte. Sonst war niemand im Stall; das war eine Erleichterung für Andrea. »Anacleto!« rief er mit leiser, inbrünstiger Stimme, »komm einen Augenblick heraus, ich muß mit dir sprechen!« Überrascht von dieser Erscheinung wie von einem Gespenst, sprang Anacleto sofort auf und lief hinaus; der Soldat, überhaupt nicht neugierig geworden, blieb ruhig sitzen, um auf seinem Instrument eine Melodie zu finden, als gäbe es im Augenblick nichts Wichtigeres auf Erden.

Andrea zog seinen Freund hinter die schützende Hauswand und erklärte ihm, er habe sich heimlich aus dem Kollegium fortgeschlichen, denn er müsse sich dringend in die Stadt begeben, um dort eine bestimmte Person zu treffen. Diese Begegnung sei ihm wichtiger als das Leben, doch könne er sich in der Stadt nicht in seinem Priestergewand sehen lassen. Ob Anacleto ihm wohl seine Kleider leihen würde? Nicht später als um Mitternacht würde Andrea sie ihm zurückbringen, seine Kutte wieder anziehen und ins Kollegium zurückkehren. »Aber wenn die Patres inzwischen merken, daß du verschwunden bist?« »Dann verlasse ich das Kollegium für immer. Aber sei ganz sicher: Nichts wird meinen Lippen deinen Namen entreißen können, nicht einmal mittelalterliche Folterqualen!«

Anacleto, der glaubte, es handle sich um ein Liebesabenteuer, erklärte sich gern bereit, dem Freund behilflich zu sein. Aber er hatte nur die langen Hosen an, oberhalb des Gürtels war er nackt. Seine anderen Kleidungsstücke lagen in seinem Zimmer; doch wäre es nicht klug gewesen, sie zu holen, weil die Gefahr bestand, daß die Familie aufwachen könnte, besonders seine neugierige Schwester. Es wurde beschlossen, den Gitarre spielenden Soldaten um Rat zu fragen, der ein zuverlässiger, treuer Freund Anacletos war; er war gekommen, um mit ihm die letzten Stunden seines am nächsten Morgen zu Ende gehenden Urlaubs zu verbringen. Dieser junge Mann, der ebenso freundlich wie verschwiegen war, hieß Arcangelo Giovina, doch wurde er »Gallo« genannt, seiner roten Locken wegen, die ihm wie ein Hahnenkamm in einem kühnen Schopf vom Kopf abstanden. Aber wie schon gesagt, hatte er sich jetzt die Mähne scheren lassen, damit ihm unter der Wirkung der Sommerwärme noch schönere Locken wüchsen.

In der Nähe sah man beim Licht der Petroleumlampe, daß sein runder Kopf mit den kindlichen Zügen schon wieder von einem leichten roten Flaum bedeckt war. Diese Besonderheit erfüllte Andreas Herz, wer weiß, warum, mit Vertrauen und Zuversicht. Als Gallo von seinen Schwierigkeiten gehört hatte, bot er ihm, ohne zu zögern, sein Militärhemd an, ein nach amerikanischem Schnitt gemachtes Hemd aus Khakistoff, der damals in der italienischen Armee verwendet wurde. Obwohl Andrea in der letzten Zeit außerordentlich rasch gewachsen war und Gallo und Anacleto gewiß keine Riesen waren, so waren Anacletos Hosen und vor allem das Khakihemd dennoch viel zu groß für ihn. Die Hosen waren überdies aus einem so harten Bauernleinen, daß sie, wie man so sagt, »von allein stehen konnten«. Doch unter den augenblicklichen Umständen wäre es undankbar gewesen von Andrea, sich um solche Nichtigkeiten zu kümmern.

Es wurde verabredet, daß Andrea seine Kutte in einer bestimmten Strohhütte, die etwa zweihundert Meter vom Haus entfernt lag, verstecken und bei seiner Rückkehr dort wieder anziehen werde anstelle der geliehenen Kleidungsstücke; diese solle er dann durch die Gitterstäbe in den Stall hineinwerfen, ohne Gallo und Anacleto, die schon um vier Uhr aufstehen mußten, im Schlaf zu stören.

Seit seiner Flucht waren vielleicht noch nicht einmal dreiviertel Stunden vergangen, als Andrea in seiner Verkleidung durch die spärlich beleuchteten, engen Gassen der Stadt ging. Nur selten begegnete er einigen Passanten, und unter ihnen wählte er diejenigen, die am gutmütigsten aussahen, um sich den Weg zeigen zu lassen. Es schlug elf, als er vor dem Eingang des Theaters stand.

Hier also waren nun die schicksalhaften Tore, die ihm auf Grund seines eigenen Entschlusses sein ganzes Leben lang verschlossen gewesen waren – bis heute! Seinem Haß und seiner Verneinung zum Trotz hatten ihre Geheimnisse seine Kindheit beherrscht. Seine ungehorsame Phantasie hatte ihn jenseits dieser Tore erstaunliche Wunderwerke ahnen lassen, die, mochte er sie auch tausendmal verächtlich verscheuchen, doch immer wieder aufblühten, sobald das Wort »Theater« fiel. Sie waren wie ein orientalischer Dom, funkelnd und mit denkwürdigen Bildern geschmückt, wie eine italienische Piazza, wimmelnd von Menschen, beim Dreikönigsfest, herrschaftlich wie eine Adelsburg und dennoch niemandes Wohnstatt, wie der Ozean! Ach, armer Andrea Campese! So gewappnet, so unbesiegbar erschien dir das Theater, daß dein Herz, zum großen Kampf herausgefordert, sich vor einem solchen Gegner in die erhabene Festung des Paradieses flüchtete!

Über der Tür stand eine etwas beschädigte Lichtreklame: »GLORIA THATR« Zu beiden Seiten der Eingangstür waren die Fotagrafien der Künstler ausgestellt, unter denen der ausgebrochene Kollegiumszögling, während das Herzklopfen ihn von neuem überfiel, Febea erkannte. Zweimal war sie abgebildet: Eine Fotografie zeigte ihre ganze Gestalt, das eine Bein bis zur Hüfte entblößt und Juwelen am Fußgelenk. Die andere zeigte nur ihren Kopf, ihr lächelndes Antlitz, mit einer Blume hinter dem Ohr und einem schwarzen Spitzenschleier über ihrem Haar.

Das Vestibül des Theaters, von einer staubigen Kugellampe erleuchtet, besaß keinen anderen Schmuck als an den Wänden ein paar grelle Plakate, und im Hintergrund führte ein Holzgeländer hindurch. Dahinter stand an einer winzigen zweiflügeligen Tür ein anmutiges Mädchen von ungefähr achtzehn Jahren, mit einer Art Soldatenmütze auf dem Kopf, auf der in goldenen Buchstaben »Gloria-Theater« zu lesen war. Unter der Mütze fiel ihr das schöne braune Haar in lauter natürlichen Wellen und Locken bis fast auf die Schultern; und ihre nackten Beine, obwohl kräftig und voll entwickelt, waren so frisch und rosig wie Kinderbeine. Eingeengt in ihrem kirschroten Kleid aus kunstseidenem Atlas, in dem sie aussah, als sei sie zu schnell gewachsen, wirkte ihre Haltung kriegerisch und hochmütig wie die der Türwächter in Königspalästen. Dann und wann spähte sie neugierig durch die Flügel des Türchens (von dort waren die Lieder, das Aufschlagen von Absätzen und die Klänge der verschiedenen Instrumente sogar bis auf die Straße zu hören), oder sie spazierte hinter dem Holzgeländer auf und ab und gähnte ungehemmt, wie Katzen es tun.

Außer ihr war niemand im Theatervestibül. Der Kassenschalter war geschlossen und der Stuhl dahinter leer. An der Scheibe des Schalters klebte die Preisliste; und erst in dem Augenblick, als Andrea diesen Zettel sah, fiel ihm ein, daß man, um in ein Theater hineinzukommen, eine Eintrittskarte kaufen muß und daß er auch nicht eine Lira bei sich hatte.

Mit entschlossenem Schritt ging er auf das Mädchen zu; doch trotz seines festen Willens, sich zu beherrschen, zitterte er, als stünde er dem Papst gegenüber.

»Geht es hier ins Theater?« fragte er mit einer solchen Überheblichkeit, daß man ihn für den Theaterbesitzer persönlich hätte halten können oder für den Direktor der größten Theater des Kontinents.

»Um hineinzukommen, braucht man eine Eintrittskarte«, entgegnete das Mädchen von der anderen Seite des Geländers her, »hast du eine?«

Andrea wurde rot wie Feuer und runzelte die Stirn.

»Nein? Dann ist nichts zu machen. Die Kasse ist geschlossen!« erklärte das Mädchen. Doch dann, als sie Andreas verstörten, aber hartnäckig entschlossenen Ausdruck sah, fügte sie im Ton beschützender Herablassung hinzu: »Um diese Zeit lohnt sich die Ausgabe sowieso nicht mehr. In vierzig Minuten ist die Vorstellung zu Ende!«

Dieser Ton beleidigte Andrea. »Mir ist es gleichgültig, ob es in vierzig Minuten aus ist oder nicht«, antwortete er aggressiv. »Ich gehöre nämlich nicht zum Publikum. Ich hätte mir die ganze Vorstellung von Anfang an auch ohne Eintrittskarte ansehen können, wenn ich gewollt hätte!«

»Wer bist du denn überhaupt? Der Nachtwächter? Daß du ohne Eintrittskarte hineinkommst? Oder der Herr Oberaufseher?«

»Was geht Sie das an?«

»Mich? Hör bloß mal diese Komödie! Was mich das angeht? Immerhin geht es mich so viel an, Ihnen mitzuteilen, daß man eine Eintrittskarte braucht, um hier durchzukommen.

Wenn Sie keine haben, dann zahlen Sie gefälligst den Preis: hundertfünfzig Lire. Jetzt wollen wir mal sehen. Ach, der Herr wird wohl die Brieftasche zu Hause vergessen haben und auch das Scheckbuch?«

»Ich kenne eine Künstlerin dieses Theaters, die Signora Febea.«

»Du kennst sie! Und die Künstlerin kennt dich, ja, sie kennt dich?«

»Sie kennt mich auswendig, schon seit Ewigkeit! Versuchen Sie es doch, sagen Sie ihr, daß ich hier bin! Sie werden schon sehen, ob sie nicht sagt, man solle mich sofort hereinlassen, und zwar auf den besten Platz!«

»Oh, ich glaube Ihnen ohne weiteres. Man sieht ja auf den ersten Blick, daß Sie ein Viveur sind! Wahrscheinlich denkt Ihre Sängerin in diesem Augenblick gerade an Sie! Ich gebe Ihnen einen Rat: Gehen Sie doch in die Garderobe der Künstlerinnen. Sollte Ihre Dame Sie aber abweisen, dann kommen Sie wieder her und trösten sich bei mir; dann sehen wir uns die lustigen Abenteuer von Mickey Maus an.«

»Ich bin mit ihr verabredet!«

»Ah, in dem Fall dürfen Sie sie aber nicht so lange schmachten lassen. Nicht hierdurch geht's, sondern durch den Künstlereingang; die erste Tür links, vom Gäßchen aus. Ein Pförtner sitzt dort, der früher Gefängniswärter war. Er erkennt sie sofort, die Sorte von Herren, die Glück haben bei Künstlerinnen. Er wird Sie hinaufgehen lassen, ohne irgend etwas zu fragen.«

»Ich bin verabredet!« log er noch einmal im Ton stolzer Auflehnung, er, Andrea, der doch ein Feind der Lüge war.

»Der läßt nicht locker! Er hat ein Rendezvous mit Signora Febea! Deshalb hast du dich heute abend so elegant angezogen! Du verscheuchst uns ja das Publikum! Hast wohl deinem Vater die Hosen gestohlen und einem Amerikaner das Hemd!«

Das Mädchen, boshaft wie es war, hatte vielleicht schon begriffen, daß ein Ausbrecher vor ihr stand, und dachte wo möglich daran, ihn der Polizei zu melden. Es blieb also nichts anderes übrig, als wegzulaufen, sofort wegzulaufen!

Andreas Augen warfen einen letzten verächtlichen und unerschrockenen Blick auf das Mädchen, aber sie bemerkte, daß sein Kinn zitterte; da wurde sie fast von Reue ergriffen, doch jetzt war es zu spät, um ihre Bosheit wiedergutzumachen. Dieser nachtwandelnde Prahlhans hatte ihr einfach den Rücken gekehrt, ohne ihr zu antworten, und war im Augenblick verschwunden.

Trotz allem entschlossen, Febea zu finden, wandte Andrea sich, als er aus dem Haupteingang des Theaters herauskam, nach links und bog in eine schlechtgepflasterte Gasse ohne Straßenlaternen ein; dort sah er sogleich das Türchen, von dem das Mädchen gesprochen hatte. Es war die einzige Tür, die zu dieser nächtlichen Stunde noch offen stand, und im Halbdunkel erahnte man am Ende eines Ganges eine alte Treppe. Rechts im Gang entdeckte er hinter einer kleinen Tür mit zerbrochenen und mit Zeitungspapier überklebten Glasscheiben den Pförtner, der auch Flickschuster war und in einem Kämmerchen beim Licht einer Lampe, die von der Decke bis fast auf seine Werkbank herabhing, Schuhe besohlte. Der Gesichtsausdruck dieses Menschen kam Andrea entsetzlich vor.

Er drückte sich neben dem Türchen flach an die Mauer des Gebäudes, so daß er den Blicken des Mannes verborgen blieb. Es war ihm nicht danach zumute, sich diesem ehemaligen Zuchthauswärter zu zeigen; aber was sollte er jetzt tun? Warten in seinem Versteck hier auf der Gasse, bis die Künstler herauskamen? Doch Andrea mißtraute dem Mädchen mit der Mütze: War es nicht vielleicht möglich, daß sie ihn angelogen hatte? Daß sie ihn zu diesem Türchen geschickt hatte, um sich über ihn lustig zu machen oder um ihn loszuwerden oder sogar um ihn in eine Falle zu locken?

Von der Gasse aus sah man die Pflastersteine des kleinen Platzes, auf welche die leuchtende Inschrift des Theaters einen bläulichen Schimmer warf. Aus dem Innern des

Theatergebäudes drang der gedämpfte Widerhall von Instrumentenklängen und Liedern, und Andrea, dem sich vor Eifersucht das Herz zusammenzog, verglich das festliche Treiben, das hinter jenen Mauern herrschte, mit der bedrohlichen Finsternis der Gasse. Niemand ging hier vorüber, nur eine große Schäferhündin; vielleicht war sie von ihrer Herde weggelaufen, die draußen vor der Stadt durch die Nacht wanderte. Die Hündin verstand sofort, ohne daß man es ihr gesagt hätte, daß Andrea sich verborgen halten wollte. Sie hütete sich, zu bellen oder irgendein Geräusch zu machen, und strich voller Geschäftigkeit um ihn herum, fast als wolle sie ihm ihren Schutz anbieten. Dann setzte sie sich auf ihre Hinterbeine vor ihn hin, betrachtete ihn schweigend mit einer Miene, als sei sie mit ihm verschworen, und wedelte freudig mit dem Schwanz. Andrea dachte: »Dieser Hund wäre vielleicht froh, wenn ich sein Herr wäre, so wie ich froh wäre, wenn er mir gehörte. Zusammen könnten wir glücklich sein! Dennoch ist es nicht möglich. Wir wissen nichts voneinander; und bald werden wir wieder getrennt sein und uns nie mehr begegnen!« Andrea schnalzte lautlos mit den Fingern, und die Hündin, die sogleich verstand, was er wollte, kam näher heran und neigte ihren großen weißen Kopf, um sich streicheln zu lassen. Dann leckte sie rasch und liebevoll Andreas Hand, und dies schien ihr Abschied zu sein, denn gleich darauf, von ihren unbekannten Pflichten gerufen, verschwand sie in der Nacht.

Ihr Fortgehen ließ in Andrea quälende Sehnsucht zurück. Er dachte an die Patres dort oben im Kollegium, die im Gebet wachten in ihren Zellen. Er dachte an die Gefährten, von denen ihm zwei oder drei besonders lieb waren – aber sogar vor ihnen hatte er seinen Fluchtplan geheimgehalten; und er verglich diese leichtherzigen Zuneigungen mit jener ewigen, unüberwindbaren Bitternis, die sich ihm heute unter dem falschen Namen »Febea« verbarg. Die stürmische Empfindung, verdammt zu sein, wie ein Bandit sie verspüren mag, der keine Hoffnung auf Befreiung hat, verfinsterte sein Gemüt. In diesem Augenblick hörte man vom Glockenturm her einen einzigen Schlag: Es war fünf vor halb zwölf! In einer Viertelstunde würde die Vorstellung zu Ende sein; und plötzlich fürchtete Andrea, die Künstlerinnen könnten auf einer anderen Seite aus dem Theater herauskommen, ohne daß er sie sehen würde. Er warf einen verstohlenen Blick zur erleuchteten Portiersloge hinüber: Der Pförtnerschuhflicker saß über seine Werkbank gebeugt, ein paar Schuhnägel zwischen den zusammengepreßten Lippen, und war damit beschäftigt, auf eine Sohle zu hämmern. Ohne noch länger zu zögern, schlich Andrea sich in den Gang hinein, erreichte die Treppe und blieb dort mit angehaltenem Atem einen Augenblick stehen. Kein Lebenszeichen kam aus der Portiersloge: Der Pförtner hatte ihn nicht gesehen!

Darauf vertrauend, daß er irgendeinen Weg zur Künstlergarderobe entdecken werde, lief Andrea die Treppe hinauf. Kaum war er auf dem ersten Treppenabsatz angelangt, sah er durch den Spalt einer angelehnten Tür einen Lichtschein fallen. Er stieß den Türflügel auf und stand in einem sehr hohen, großen Raum, der einen Bretterfußboden hatte und nur schlecht beleuchtet war. Ein Motorrad war gegen die Wand gelehnt; auf einem Haufen von Holzplanken lag umgedreht ein ausgelöschter Scheinwerfer; daneben stand eine Art riesengroßer Wandschirm aus Pappe, auf den ein Drachenpaar gemalt war, sowie ein viereckiger Turm aus Holz, etwa drei Meter hoch, dem die eine Seite fehlte: Aber zuoberst war eine kleine rote Standarte gehißt mit orientalischen Schriftzeichen.

Der große Raum sah verlassen aus, doch hinter einer Trennwand hörte man einen Arbeiter mit einem Hammer klopfen. Diese von der Vorsehung gesandten Hammerschläge übertönten das Geräusch, das Andreas Schritte machten, so daß er unbemerkt ans Ende des Raumes gelangen konnte. Hier fand er sich einer Tür mit heruntergelassenem Schiebefenster gegenüber, hinter der man Stimmen hörte. Zu seiner Linken bot sich ihm ein kleiner Steg aus schrägstehenden Brettern, der auf einen Hängeboden hinaufführte. Andrea umging die große Tür und stieg rasch auf den Hängeboden; von dort gelangte er durch ein mit Kork beschlagenes Türchen, das sich geräuschlos öffnen ließ, auf einen schmalen Treppenabsatz und stand plötzlich zwischen zwei kleinen Holztreppen: Die eine führte hinauf, die andere hinunter. Er vertraute sich dem Zufall an und wählte die Treppe nach unten. In diesem Augenblick vernahm er deutlich den stockenden Gesang einer Frau, den Klang von Instrumenten und ein verworrenes Gemurmel.

Da wurde er von einer so überwältigenden Rührung ergriffen, daß ihn fast schwindelte. Als er unten war, fand er zwei grünlackierte Türen. Die eine, die anscheinend von innen abgeschlossen war, trug keine Aufschrift. An der anderen, die sich direkt am Ende der Treppe befand und deren zwei Flügel angelehnt waren, hing ein Plakat, auf dem das Wort »Ruhe« gedruckt stand.

Er schlich sich zwischen den Türflügeln hindurch; und dort unter ihm, nur durch wenige, mit Plüsch bedeckte Stufen von ihm getrennt, lag der Theatersaal offen vor ihm.

Sein erster Impuls war, sich wieder zurückzuziehen. Doch da ihn niemand beachtete, stieg er rasch, mit gesenkten Augen, die Stufen hinab; er fand sogleich einen leeren Sitz am Rande der Stuhlreihen und kauerte sich hinein. Sein Nachbar, ein kräftiger Mann in Hemdsärmeln, warf ihm nur einen gleichgültigen Blick zu.

Die Luft über der Menschenmenge im Parkett war schwül und voller Zigarettenrauch. Die Lichter waren alle ausgelöscht, aber der beleuchtete Bühnenausschnitt erhellte mit seinem Glanz den ganzen Saal bis zu den hintersten Sitzreihen. Mehrere Minuten lang wagte Andrea es nicht, zur Bühne emporzublicken. Im Licht der Scheinwerfer machte eine Frau abwechselnd ein paar Tanzbewegungen und sang einzelne Takte eines Liedes. Und diese Stimme hatte sich ihm sogleich zu erkennen gegeben, nicht durch den Tonfall, der ihm entging, sondern durch eine Art Alarmzeichen, das sein Herz ihm beim ersten Hinhören sandte. Es war das zwiespältige Gefühl einer Möglichkeit des Glücks und einer grausamen Verneinung: Allzu gut kannte er es seit seinen ersten Lebensjahren, als daß er sich hätte täuschen können. Verwirrt fragte sich Andrea, was dies wohl zu bedeuten habe, denn seine Mutter war doch Tänzerin, nicht Sängerin! Sie hatte ihn nie wissen lassen, daß sie im Theater sang!

Endlich wagte er es, zur Bühne hinaufzuschauen, und nun gab es keine Zweifel mehr! Schon spürte er, wie jene alte entsetzliche Bitternis wiederkehrte, von der er doch vielleicht annahm, er habe sie ein wenig gezügelt. Auf der Bühne stand ganz allein seine Mutter, Febea: nie zuvor so sehr geliebt und nie so unerreichbar wie gerade jetzt!

In einem Kleid von nie gesehener Eleganz, wie es keiner Frau, der man auf dieser Erde begegnet, ja, nicht einmal der allerreichsten, zu tragen beschieden ist, sondern allein den phantastischen Gestalten auf Gemälden oder in Dichtungen. Jede ihrer Bewegungen wurde von großen Lichtkreisen begleitet, die erstrahlten, um sie allein zu verherrlichen und ihre tiefliegenden Augen, die riesengroß wirkten, sprühen und funkeln zu lassen. Sie ist der höchste Glanz der nächtlichen Feste; ihr geheimnisvoller Name ist der Ruhm der Straßen und Plätze. Welcher andere Künstler vermochte neben ihr zu bestehen? Keiner der Sänger und Tänzer, deren Bilder das Theater ausstellt, kümmert den kleinen Andrea. Viel ist es schon, wenn er ihre Fotografien mit einem flüchtigen Blick gestreift hat: Sie sind nur die armseligen Trabanten Febeas, ihr Bildnis allein strahlt wie die Sonne im Zentrum der Theaterplakate. Nur ihretwegen sind die Männer und Frauen gekommen, die schon glücklich sind, sie aus der Tiefe des Zuschauerraums betrachten zu dürfen, ohne daß Febea sie kennt und begrüßt. Und wer ist unter all diesen Leuten Andrea? Ein Eindringling, den man hätte hinauswerfen können aus diesem Saal, weil er keine Eintrittskarte gekauft hat. Gewiß würde niemand ihm glauben, und alle würden ihn verspotten, wie vor kurzem das Mädchen mit der Mütze, wenn er sagte, daß er noch vor wenigen Jahren unter demselben Dach mit Febea gelebt hat; daß er bis vor wenigen Monaten von ihr im Kollegium besucht wurde und Postkarten und Briefe von ihr empfing! Eine solche Vergangenheit kommt ihm jetzt selber wie ein Märchen vor. Diese wundervolle Künstlerin – er erkühnt sich nicht mehr zu denken, daß sie seine Mutter ist – hat ihn nun schon seit Monaten vergessen, antwortet nicht mehr auf seine Briefe und hat ihn auch nicht aufgesucht, als sie hier ankam in dieser Stadt, wo er wohnt. Übrigens ist es tausendmal besser so; er will ja, daß es so ist. Er selbst hat diese Frau zurückgestoßen, er selbst hat sich geweigert, mit ihr spazierenzugehen, denn er wollte Schluß machen mit einer solchen Mutter! Ihr allzu heller Glanz war sein Feind, ihr Glanz, der das Haus verließ und über allen Leuten strahlte, während er ihn für sich allein gewollt hatte. Jetzt ist es aus. Andrea Campese ist niemandes Sohn, es ist aus.

Wie konnte er nur so schamlos lügen und zu dem Mädchen mit der Mütze sagen, er habe ein Rendezvous mit Febea? Er wußte sehr wohl, daß er log, und zwar nicht nur in bezug auf das Wirkliche, sondern auch in bezug auf das Mögliche! Jetzt ist es sonnenklar, daß Febea – so groß ist ihre Gleichgültigkeit gegen Andrea Campese –, selbst wenn man sie bäte, es ablehnen würde, ihm ein Rendezvous zu gewähren; und wenn sie jetzt von dem Mädchen mit der Mütze als Zeugin aufgerufen würde, sie wäre bereit, seine eitlen Behauptungen als Lügen zu entlarven; und sie wäre heftig erbost, wenn sie wüßte, daß hier im Theater dieser Unverschämte, dieser verkleidete kleine Pfaffe sitzt; und wenn jemand in ihre Garderobe käme und ihr mitteilte: »Draußen ist ein gewisser Andrea, der Sie sprechen möchte«, dann würde sie sagen: »Wer? Andrea? Habe ich nie gekannt. Sagt ihm, daß ich niemanden empfange, und sorgt dafür, daß er sich fortschert!«

Als Andrea mit seinen Überlegungen an diesen Punkt gelangt war, faßte er den Entschluß, sobald der Vorhang gefallen sei, das Theater zu verlassen, ohne seine Mutter aufzusuchen oder sie wissen zu lassen, daß er hier gewesen war. Allein wollte er in der Nacht in aller Eile durch die Straßen und Felder zurücklaufen zum Kollegium. Sollte aber seine Flucht entdeckt werden und sollten die Patres beschließen, ihn aus der Schule auszustoßen, ja, dann würde er nach Sizilien gehen, sich einem Bandenführer vorstellen und Mitglied einer Räuberbande werden.

Es tut einem leid, das zu sagen, aber der da im Gloria-Theater saß, auf einem Platz, den er sich widerrechtlich angeeignet hatte, war wirklich imstande, sich solche Schändlichkeiten auszudenken, ausgerechnet er, der vor nicht langer Zeit noch wähnte, auf dem Weg der Heiligkeit zu wandeln!

Die Vorstellungen, die sich seines Geistes bemächtigt hatten, nahmen eine so grausame Deutlichkeit an, daß er in Schluchzen ausbrach. In den ersten Augenblicken kam es ihm gar nicht zum Bewußtsein, daß er sich einer solchen Schwachheit überlassen hatte; aber auf einmal merkte er es und schämte sich heftig. Fast gleichzeitig schreckte ihn ein beleidigendes, grobes Gelächter seines Nachbarn auf, und er meinte natürlich, er habe es mit seinem jämmerlichen Schluchzen hervorgerufen. Aber plötzlich hallte aus allen Ecken des Saales tausendfach dasselbe häßliche Gelächter wider. War es möglich, daß das gesamte Publikum sein unehrenhaftes Benehmen bemerkt hatte? In Wahrheit jedoch achtete niemand auf Andrea Campese. Ein immer lauter werdendes Gemurre ging durch den Saal, von hinten wurden gemeine Worte auf die Bühne gerufen, und bald war in dem grollenden Lärm die Stimme der Sängerin kaum noch zu hören. Sie aber tat immer noch, als sei nichts geschehen, drehte sich und sang einzelne Takte im Rhythmus des immer weiterspielenden kleinen

Orchesters. Andrea verstand sehr lange nicht, was da vor sich ging. Jemand rief: »Hör auf!« und ein anderer: »Schluß damit! Geh schlafen! Zieh deine Kleider an! Geh nach Hause und wasch dir das Gesicht! Hör auf! Hör auf!« Das verängstigte Stimmchen der Künstlerin ging unter in all dem Pfeifen und Zischen; und erst jetzt wurde es Andrea bewußt, daß der Gegenstand dieses ungeheuren Sturmes Febea war! Er sprang von seinem Sitz auf und sah im selben Augenblick, wie unten im Orchester der Pianist mit resignierter Gebärde die Arme zu beiden Seiten sinken ließ. Der Geiger hatte sich erhoben und legte mit fast wütender Handbewegung Violine und Bogen auf den Stuhl, während der Saxophonspieler zu blasen aufhörte und mit einem fragenden Ausdruck, über sein Instrument gebeugt, sitzen blieb. Nur der Schlagzeuger fuhr noch eine Weile fort, auf sein Becken zu schlagen und auf das Pedal seiner großen Trommel zu treten, wie berauscht von seinem eigenen dröhnenden Lärm.

Febea war verstummt und blieb noch einen Augenblick regungslos in der Mitte der Bühne stehen; dann drehte sie sich plötzlich um und verschwand eilig hinter den Kulissen. Sogleich schloß sich der Vorhang, und während im Saal die Lichter aufflammten, brach das Publikum im Chor in einen Ausruf deutlicher Erleichterung aus, der kränkender war als alle Beleidigungen zuvor. Bebend vor Verachtung und mit finsterem Gesicht ballte Andrea die Fäuste im wirren Verlangen, sich auf irgend jemanden aus dem Publikum zu stürzen und ihn umzubringen. Aber er wurde eingezwängt und vorangestoßen von der Menschenmenge, die sich in den Durchgängen zu den Türen drängte.

Mit heftigem Zorn wehrte er sich gegen diese Tritte und Stöße, bis er schließlich unter den letzten fast allein im sich leerenden Parkett zurückblieb. Unter der niedrigen Saaldecke offenbarte das Licht der elektrischen Glühbirnen den häßlichen Lackanstrich der Wände, der gelblichen Marmor vortäuschte, den schmutzigen, staubigen Holzfußboden, auf dem

Zigarettenstummel und Papierfetzen verstreut lagen. Man sah den verlassenen Orchesterraum, in dem die Stühle unordentlich um das zugeklappte Klavier und das Schlagzeug herumstanden.

Seitlich vom Orchesterraum führte eine kleine Holztreppe zur Bühne empor. Andrea stürzte das Treppchen hinauf, schob den Vorhang zur Seite und lief quer über die Bühne. Zwei Theaterdiener, die die Kulissen wegräumten, riefen ihm zu: »He, du da, wen suchst du?« Er zuckte nur mit den Achseln, rannte weiter und stieß dabei gegen eine Gruppe Mädchen in Matrosenanzügen, die im blendenden Licht eines Scheinwerfers bereitstanden, um fotografiert zu werden. »Du hast es aber eilig! Paß doch auf, wo du hinläufst!« beschwerten sich die Mädchen, und der Fotograf rief ärgerlich, Andrea habe ihm die Aufnahme verdorben, und schimpfte hinter ihm her. Andrea lief aufs Geratewohl durch ein Wirrwarr von leeren Kisten, Bretterhaufen und Holzgerüsten und gelangte schließlich wieder zu demselben schmalen Treppenabsatz, von dem aus er ins Theater hinuntergestiegen war. Ein Mädchen mit einem großen schwarzen Hut und nackten Beinen kam die Treppe herab.

»Bitte, wo finde ich die Signora Campese?« fragte er. »Wen?« »Die Signora ... Febea?«

»Ach so, die Febea. Geh diese Treppe hinauf, sie ist in der Garderobe.«

Oben an der Treppe, auf dem Korridor, auf den die Garderobenräume hinausführten, stand eine Gruppe von Leuten beieinander; Andrea nahm sie nur undeutlich wahr, denn er war zu erregt, um sie anzusehen oder ihrem Gespräch zuzuhören. Doch es drangen einige Sätze an sein Ohr, die, wie es bisweilen geschieht, ihm erst ein paar Tage später wieder in den Sinn kamen und ihm ihre Bedeutung enthüllten.

»Sie weint.« »Ach ja, sie tut einem leid, aber sie hätte es doch einsehen sollen! Hat sich denn niemand gefunden, der es ihr hätte sagen können? Schaut sie nie in den Spiegel? Mit diesen aus der Fasson geratenen Hüften sieht sie aus wie eine dicke Kuh! Und diese dürren Beinchen, wie bei einem Gerippe! Im engen Seidentrikot aufzutreten, wie beim klassischen Ballett, als ob sie die Tumanowa wäre! Sie hat überhaupt kein musikalisches Gehör und zirpt mit ihrer kratzigen Stimme wie eine Grille; und dabei bildet sie sich ein, sie könne singen!« »Zurück von ihren Triumphen in Wien! Die müssen allerdings viel davon verstehen, die Wiener!« »Die Ärmste, sie will sogar die ›Libelle‹ tanzen bei ihrem Gewicht und in ihrem Alter!« »Wie alt mag sie überhaupt sein?« »Sie sagt, siebenunddreißig...« »Vielleicht würde sie sich besser eignen für irgendeinen Sketch, eine komische Rolle...«

Andrea redete einen von ihnen barsch an: »Bitte, wo ist Signora Febea?« Man zeigte ihm eine kleine beleuchtete Tür am Ende des Korridors; als er näherkam, hörte er dahinter ein Geräusch, als schluchze jemand. Eine kleine Schar von Frauen drängte sich in dem engen Raum. Andrea bahnte sich mit den Ellenbogen einen Weg, als müsse er einen Platz überqueren am Tag, da eine Revolution ausgebrochen ist.

Umringt von vielen Frauen – einige waren Künstlerinnen, andere Theaterdienerinnen –, saß seine Mutter, die sonst so voller Würde war, zwischen einem Haufen zerlumpter Kostüme vor einem Frisiertischchen voller Unordnung und Schmutz und schluchzte ohne Scham, mit einer entfesselten Leidenschaft, genau wie die einfachen Frauen in Süditalien. Dabei riß sie sich die auffallenden Kämmchen aus dem Haar und die Juwelen vom Leib und schrie immer wieder: »Schluß! Schluß! Es ist alles aus!«

»Mama!« rief Andrea.

Unter ihren zerzausten Haaren hervor, die ihr wirr ins Gesicht fielen, starrte sie ihn mit ihren schönen, stürmischen, von der schwarzen Schminke dunklen Augen an, als erkenne sie ihn nicht sogleich. Doch dann sah er, wie ihr Gesicht sich verwandelte, trotz der Maske der Schminke; und mit einer schrillen Stimme – einer Stimme voller Liebe zum eigenen

Fleisch und Blut, wie sie nur den sizilianischen Müttern eigen ist – rief sie:

»Mein Andreuccio!«

Er warf sich in ihre Arme und begann so ungestüm zu weinen, daß er meinte, er könne nie wieder aufhören. Endlich erinnerte er sich, daß er ein Mann war, drängte die Tränen zurück und machte sich von ihr los. Jetzt empfand er es als tiefe Schande, daß er sich so hatte gehen lassen vor all den fremden Frauen. Er warf drohende Blicke auf sie, als ob er sie allesamt vernichten wolle.

Seine Mutter sah ihn mit freudetrunkenem Lachen an:

»Aber wie hast du das fertiggebracht? Wie bist du nur hierhergekommen?«

Er zuckte die Schulter und sagte:

»Ich bin weggelaufen.«

»Aus dem Kollegium weggelaufen! Und ... deine Kutte?«

Von neuem hob er die Schulter, und sein Haarschopf fiel ihm über die Augen. Mit einem kleinen, unbekümmerten Lächeln steckte er dann die Hände in die Hosentaschen.

Gegen die Neugier all der Frauen wehrte er sich dadurch, daß er ihnen einfach nicht ins Gesicht sah; er blinzelte nur mit einem trotzigen, abweisenden Blick unter den Lidern hervor. Seine Mutter schaute ihn immerfort an, als sei er ein Held, ein Partisan, der die feindlichen Linien durchbrochen hat.

»Du bist aus dem Kollegium davongelaufen, um ... zu mir zu kommen?«

»Versteht sich.«

Die Frauen ringsum gaben lauthals unter großem Aufruhr ihre Kommentare dazu ab. Er runzelte die Brauen, und über der Falte des Nachdenkens zeichnete sich die der Strenge tief in seine Stirn.

»Du mein heiliger Engel! Mein Herz!« rief seine Mutter und küßte ihm die Hände.

In fiebriger Hast reinigte sie ihr Gesicht mit einem mit Creme bestrichenen Läppchen. Dann versteckte sie sich hinter einem Vorhang, um sich das doppelt gefältelte Tüllröckchen, das Mieder mit den Edelsteinen und das Seidentrikot auszuziehen, das, ähnlich einem sehr langen Strumpf, ihren ganzen Körper bedeckte. In ihrem würdigen schwarzen Kleid und dem Hut mit dem Schleier kam sie wieder hervor und begann, von einem Kleiderständer hinter dem Vorhang und aus einem großen Korb unter dem Frisiertisch verschiedene Röckchen, Federbüsche, Tutus und Diademe zusammenzuraffen und alles wirr durcheinander in einen Koffer zu werfen, während sie sagte:

»Schluß damit. Morgen trete ich nicht auf. Ihr könnt es der Truppe bestellen. Auf Wiedersehen.« Dabei hatte sie das hoheitsvolle und launische Gebaren einer Primadonna an sich, und als sie das Wort »Truppe« aussprach, zog sie eine verächtliche Grimasse wie jemand, der auf das niedere Volk anspielt, das nicht imstande ist, die wahre Kunst zu würdigen. Wir übergehen hier zwei oder drei ziemlich boshafte und gemeine Bemerkungen, die einige ihrer im Umkleideraum anwesenden Kolleginnen zur Antwort gaben und die Andrea – wie auch die zuvor im Korridor gehörten Äußerungen – erst später zum Bewußtsein kommen sollten.

Nachdem sie sich von allen Frauen verabschiedet hatte, nahm sie Andrea bei der Hand und führte ihn über das kleine Treppchen auf die Straße hinaus.

Selbst in diesem Augenblick der tiefen Rührung jedoch fühlte Andrea sich gekränkt, wie ein Kind behandelt zu werden, und zog seine Hand aus der ihren. Dann nahm er ihr stirnrunzelnd den Koffer ab, den sie in der Rechten hielt, weil er ihn tragen wollte. Nicht nur überließ sie ihm sogleich den Koffer, sondern stützte sich sogar, einer wunderbaren Eingebung folgend, auf seinen Arm!

Der Pförtner und einstige Gefängniswärter blickte diesmal von seiner Arbeit auf, als sie vorübergingen; aber Andrea schritt mit dem Ausdruck einer solchen Geringschätzung an der Portiersloge vorüber, daß er, hatte er auch nur einen Fun ken menschlicher Würde bewahrt, das Gefühl haben mußte, zu Asche zu werden, und sich seiner ganzen Vergangenheit schämen mußte, insbesondere der unzähligen Male, die er unter unheilvollem Schlüsselgerassel die Tür einer Kerkerzelle abgeschlossen hatte!

»Droschke!« rief Giuditta, sobald sie auf dem Platz waren. Und sofort, auf den wohlgefälligen Peitschenknall des Droschkenkutschers, trabte ein hübsches scheckiges Pferdchen mit einem Schellenband um den Hals auf die beiden Fahrgäste zu. Giuditta schien von ihrem eben erlittenen großen Schmerz völlig geheilt zu sein. Heiterer und leidenschaftlicher, als Andrea sie je zuvor gesehen hatte, saß sie neben ihm in der Droschke, schmiegte sich an seinen Arm und sagte: »Ach, du mein lieber kleiner Ritter, du mein Herzensengel, welch köstliches Geschenk ist mir heute abend zuteil geworden!« Sie gab dem Kutscher die Adresse ihres Hotels an, da sie beschlossen hatte, Andreuccio müsse heute nacht dort bei ihr schlafen. Am nächsten Morgen würde sie dann selber zu den Patres gehen und ihn rechtfertigen. Doch nun erinnerte sich Andrea an seine Verpflichtung, an das Anacleto und Arcangelo Giovina gegebene Versprechen, ihre Kleider vor ein Uhr nachts zum Stall zurückzubringen.

»Na schön, ich begleite dich«, sagte Giuditta, »die Kutsche wird uns fahren, soweit es möglich ist; dort wird sie mitsamt dem Koffer auf uns warten, bis wir vom Stall zurückkommen. Dann bringt sie uns zum Hotel.«

Die Kutsche, die sich durch ihr fröhliches Geklingel schon von weitem ankündigte, fuhr auf denselben Wegen zurück, die Andrea eine Stunde zuvor gegangen war, umsichtig wie ein Dieb und allein mit dem bösen Zweifel, ja fast der Gewißheit, nicht mehr geliebt zu werden!

Wie widersinnig erschien ein solcher Zweifel jetzt; wie tief beschämt entfernte sich sein schwarzer Schatten, begleitet von seinen Gespenstern, am sternenübersäten Horizont dieser wundervollen Nacht!

Am Ende eines schmalen Feldweges kam die Kutsche nicht mehr weiter, und Andrea und seine Mutter stiegen aus, um zu Fuß zu der Hütte zu gehen, in der er die Kutte versteckt hatte. Sie schritten rasch durch das hohe, noch ungemähte Gras und scheuchten einen jungen Frosch auf, dessen winzigen, hüpfenden Schatten sie auf einem nahen Pfad wieder auftauchen sahen. Und Andrea dachte sogleich: »Sicher kehrt er jetzt zu seinem Tümpel zurück, wo seine Froschmutter auf ihn wartet.« Die stillen Felder, die Berge und die schlafende Erde, ja selbst der Himmel kamen ihm vor wie Räume voller Zärtlichkeit, in denen sich glückliche Familien versammelten, so glücklich, wie er selbst in diesem Augenblick war. Am Himmel der Große Bär mit seinen tausend Töchtern und am Fluß eine Pappelfamilie und hier ein großer Stein neben einem kleinen Stein, ähnlich wie ein Schaf mit seinem Lämmchen. Bald waren sie bei der Hütte, wo Andrea, nachdem er Hemd und Hose ausgezogen hatte, sich anschickte, wieder in seine Priesterkutte zu schlüpfen. Doch Giudittas Gesicht war beim bloßen Anblick dieses schwarzen Gewandes tieftraurig geworden, und mit sehr triftigen Argumenten riet sie ihm davon ab, sich in dieser Nacht als Priesteranwärter sehen zu lassen. Da er nun aber die geliehenen Kleider abgelegt und nichts anzuziehen hatte, hüllte sie ihn in einen großen andalusischen Schal, der zu einem ihrer Theaterkostüme gehörte und im Koffer keinen Platz mehr gehabt hatte, weshalb sie ihn zusammengefaltet über dem Arm trug. Auf dem kurzen Weg von der Hütte bis zum Stall würde man doch niemandem begegnen, sagte sie, um ihren Sohn zu überreden, und dem Kutscher würden sie weis machen, seine Kleider seien durchnäßt, weil er dummerweise in den Teich gefallen sei. Im Hotel würden sie um diese Zeit sowieso nur den Nachtportier antreffen, halb schlafend hinter seinem Pult im dunklen Eingang; aber der sei ans Kommen und Gehen der Theaterleute gewöhnt und kümmere sich gewiß nicht darum, ob ein andalusischer Schal vorüberhusche und vielleicht werde er Andrea sogar für ein Mädchen halten

Giuditta blieb bei der Hütte zurück und wartete, während Andrea, eingehüllt in den riesigen andalusischen Schal, zu Anacletos Stall lief. Wie versprochen, ließ er die geliehenen Kleidungsstücke durch das Gitterfenster ins Innere fallen, ohne die Schlafenden zu wecken. Um die Wahrheit zu sagen: Sein Schal erheiterte ihn so sehr, daß er in großer Versuchung war, Anacleto und seinen Freund zu rufen: Der bloße Gedanke, sich ihnen in dieser Vermummung zu zeigen, brachte ihn zum Lachen. Doch er verzichtete, wenn auch ungern, auf die Verwirklichung seiner Idee. Im Stall war das Licht gelöscht worden, und aus dem stillen Dunkel und dem vertrauten Duft nach Heu und dem Stroh der Pferde stieg ein männliches, sympathisches Schnarchen. »Das ist sicher der Soldat«, dachte Andrea. Dann hörte er ein leises Gemurmel und meinte, »das wird wohl Anacleto sein, der träumt.« Und auch ein Seufzer war zu vernehmen, ein feiner Lufthauch nur, und Andrea stellte sich vor, er komme vom Füllen.

»Danke, Anacleto«, flüsterte er, »danke, Giovina. Schlaft alle schön, auch ihr Pferde. Gute Nacht.« Nach diesem Abschied lief er von neuem durch die Felder, im großen andalusischen Schal, zu seiner Mutter, die ihn erwartete.

Es waren gar keine Erklärungen notwendig, denn weder der Kutscher noch der Nachtportier im Hotel kümmerten sich auch nur im geringsten um Andrea und seinen Schal. Sie waren ja beide daran gewöhnt, Theaterleuten mit ihren Diensten zur Verfügung zu stehen, und sonderbare Gestalten und Aufzüge mußten ihnen längst etwas Alltägliches sein. Das Hotel, eher eine Gastwirtschaft, hieß »Caruso« und wurde von einem Neapolitaner geführt, der alle Zimmer mit ein paar bunten Bildchen vom Vesuv oder von einer fröhlichen Tarantella-Figur geschmückt hatte. Giudittas Zimmer war mit wenigen Möbeln ausgestattet, Dutzendware in einem Stil, der wohl vor dreißig oder vierzig Jahren aufsehenerregend und modern gewesen war. Wie in allen andern Zimmern des Hotels standen auch in dem ihren zwei Betten, aber sie wohnte allein darin, da sie es für unter ihrer Würde hielt, es mit einer Gefährtin zu teilen. Zwischen den beiden schmalen Betten lag auf dem rissigen Fußboden – das Gebäude war sehr alt – ein kleiner Bettvorleger mit einem fast verblichenen Rautenmuster. Die einzige Lampe, die in der Mitte der Decke hing, verbreitete ein schwaches Licht; alle Augenblicke verlöschte es und ging wieder an, weil der Schalter kaputt und aus der Wand herausgebrochen war und lose an seinem Draht herunterbaumelte. In einer Ecke des Zimmers befand sich ein Waschbecken mit fließendem kalten Wasser, und daneben hing ein einziges, ganz nasses Handtuch aus sehr dünnem Stoff, auf das mit schwarzen Buchstaben die Wörter »Albergo Caruso« gestempelt waren. Die eine Wand zierte ein buntes Bild, auf dem im Hintergrund der rauchende Vesuv zu sehen war und im Vordergrund ein stattlicher Alter mit einem Bart, wie Moses einen hatte, und einer roten Schärpe als Gürtel; der Alte schaute sich den rauchenden Vulkan an und rauchte – seinerseits – die Pfeife, mit offensichtlichem Behagen.

Das Fenster hatte keine Vorhänge und ging auf einen stillen Hof hinaus; ein leichtes Geräusch von Wasser war dort zu hören und dann und wann die Stimmen der Katzen in den Dachrinnen.

Giuditta schüttelte eines der beiden Betten auf und machte es sorgsam für Andrea zurecht. Kaum sah sie ihn darin liegen, kauerte sie sich zu seinen Füßen auf den Bettvorleger wie eine Hündin und betrachtete ihn mit unsäglicher Zärtlichkeit und Treue: »Oh, ihr meine allerschönsten, liebsten Augen, ihr Sterne eurer Mutter!« rief sie, »es kommt mir vor wie ein Traum, euch hier zu sehen in diesem Zimmer, in diesem Bett! Madonna mia, ist es auch wirklich kein Traum?« Sie rieb sich die Augen, wie um sich zu vergewissern, daß sie wach war; bei dieser Gebärde brach sie in Tränen aus und lächelte zugleich.

»Andreuccio«, sagte sie schwärmerisch, »wollen wir heute nacht einen Pakt schließen, wir beide? Willst du hören, was für einen Plan ich habe für die Zukunft? Ich ziehe mich für immer vom Theater zurück, und du verläßt das Kollegium. Wir kehren nach Rom zurück, nehmen unsere Lauretta wieder zu uns und gründen ein neues Heim. Ich bekomme noch eine kleine Rente aus Palermo und werde ein paar Tanzstunden geben, damit wir durchkommen, bis ihr beide mit der Schule fertig seid. Du und Lauretta, ihr werdet in Rom das Gymnasium besuchen, wir drei leben wieder zusammen, und du wirst das Oberhaupt der Familie!«

Bei dieser Rede empfand Andrea eine so tiefe Rührung der Freude, daß er am ganzen Körper bebte.

»Du gibst das Theater auf?« fragte er.

»Nie mehr mache ich da mit!« erklärte sie und runzelte verächtlich die Stirn. Sie betrachtete ihn unter Schluchzen und rang die Hände wie aus Furcht, er könnte den Pakt ablehnen. »Nie mehr, wenn du willst. Und du? Du wirst mich doch nicht allein lassen? Verzichtest du aufs Kollegium? Verzichtest du darauf, Priester zu werden? Ja? Du sagst ja? Wirklich ja?«

Er blickte sie streng und ernst an und sagte dann nickend: »Gewiß, wenn wir wieder ein Heim gründen, braucht die Familie doch ein Oberhaupt.«

Giuditta ergriff seine Hand und bedeckte sie mit Küssen. In diesem Augenblick sah er, wie sie ihm später sagte, genau wie ein echter Sizilianer aus, wie einer von diesen strengen sizilianischen Ehrenmännern, die immer auf ihre Schwestern aufpassen, daß sie am Abend nicht allein ausgehen, den Verehrern keine Hoffnungen machen und keinen Lippenstift benutzen und für die das Wort »Mutter« zwei Dinge bedeutet: »alt« und »heilig«. Die Farbe, die sich für die Kleider der Mutter ziemt, ist Schwarz oder höchstens Grau oder Braun. Ihre Kleider sind unförmig, denn niemand, nicht einmal die Schneiderinnen der Mütter, kommt auf den Gedanken, daß auch eine Mutter den Körper einer Frau besitzt. Die Zahl ihrer Lebensjahre ist ein Geheimnis ohne Bedeutung, denn ohnehin gibt es für sie nur eines: das Altsein. Dieses Alter ohne Form und Gestalt hat heilige Augen, die um die Kinder weinen, nicht wegen eigenen Kummers; es hat heilige Lippen, die für die Kinder beten, nicht für sich selbst. Und wehe dem, der vor diesen Kindern den heiligen Namen der Mutter leichtfertig ausspricht! Wehe! Es ist eine tödliche Beleidigung!

Nachdem der große Pakt geschlossen war, verbrachten Giuditta und Andrea noch lange Zeit damit, Pläne für die Zukunft zu schmieden. Als erstes wurde beschlossen, daß Giuditta früh am nächsten Morgen ins Kollegium gehen und den Patres den Entschluß ihres Sohnes, nicht mehr dorthin zurückzukehren, mitteilen werde. Darauf werde sie in aller Eile einen Anzug kaufen, von der Stange, da Andrea ja außer seiner Kutte und ein wenig Wäsche nichts auf der Welt besaß als den alten, jetzt viel zu klein gewordenen Anzug, den er getragen hatte, als er, ein Kind noch, ins Kollegium eingetreten war.

So werde Andrea, in Ermangelung einer Bekleidung, im Bett bleiben müssen, bis seine Mutter von den Einkäufen zurückkomme. Doch sie war überzeugt, sie werde alles so rasch erledigen können, daß sie ihn bei ihrer Rückkehr gewiß noch schlafend vorfinden werde.

Plötzlich wurde Giuditta in ihren Gesprächen von der frechen Stimme einer Frau unterbrochen, die aus dem Nebenzimmer energisch gegen die Verbindungstür klopfte und schimpfte: »He, ihr da drüben! Es ist drei Uhr! Wann laßt ihr uns endlich schlafen?«

Giuditta sprang auf die Tür zu und brach in flammende Verachtung los: »Ihr beschwert euch! Ausgerechnet ihr! Den ganzen Nachmittag habt ihr mir keinen Augenblick Ruhe gegönnt und euer ewiges Getriller geübt! Und gestern nacht! Darüber redet man lieber gar nicht! Die Ohren mußte ich mir zuhalten, so schändlich war das! Ausgerechnet ihr beide stellt euch so an!«

Im Nebenzimmer hörte man ein Flüstern, dann ein verhaltenes Lachen; und eine weibliche Stimme, anders als die erste, rief in spöttischem Ton:

»Triumph in Wien!«

Einen Augenblick lang zauderte Giuditta, als wolle sie sich auf die Tür stürzen; doch sie beherrschte sich und schleuderte statt dessen der unsichtbaren Gegnerin ein einziges Wort entgegen, das, dem Ton nach zu urteilen, zweifellos eine beleidigende Bedeutung besaß, die allerdings vollkommen rätselhaft blieb: »Tenor!«

Dann löschte sie das Licht, und nachdem sie sich im Dunkeln ausgekleidet hatte, legte sie sich in ihr schmales Bett.

Als Andrea eine Minute später kurze Klagelaute und unterdrückte Seufzer hörte, bewegte er die Lippen und stellte sich vor, er sage: »Mama, weine nicht.«

Aber in Wirklichkeit sagte er kein Wort, denn in diesem selben Augenblick fiel er in tiefen Schlaf. Nach knapp einer Stunde vielleicht – die Morgendämmerung war noch nicht angebrochen – wachte er plötzlich auf. Was ihn geweckt hatte, war der Gedanke an Gott. Er erinnerte sich, daß er vor dem Einschlafen die Gebete nicht gesprochen und nie in dieser ganzen Nacht, auch nicht einen einzigen Augenblick und nicht einmal nur in Gedanken, Gott um Vergebung gebeten hatte wegen der abscheulichen Übertretung der Gesetze. Jetzt wagte er weder zu bereuen noch zu beten: Jetzt war er ein Fahnenflüchtiger und hatte auf die Eroberung des Paradieses verzichtet! Es war ihm, als sehe er die himmlischen Heerscharen – eine ungeheure, wehrhafte Flotte, glänzend von Stahl, mit heiligen Flügeln und Fahnen –, wie sie sich entfernten, sich wie Wolken zerstreuten und den Verräter Campese auf der Erde zurückließen. Bei dieser Vorstellung weinte Andrea schmerzlich vor Sehnsucht und Reue. Der Tag begann zu dämmern, und im ersten Licht sah er durch die Tränen eine weite schwarze Form, die vom Fenstergriff herunterhing: Es war der andalusische Schal, und er kam ihm vor wie das Inbild seiner

Schmach. Er hatte wohl wirklich in dieser Nacht das Gefühl für Ehre verloren, daß er sich in einen solchen erniedrigenden Fetzen gehüllt und keine Scham, sondern sogar ein gewisses Vergnügen empfunden hatte. Doch von Müdigkeit und Herzensangst übermannt, schlief er wieder ein.

Giuditta, froh, alle ihre Besorgungen erledigt zu haben, weckte ihn auf, als sie zurückkam. Es war spät am Morgen. Der Alp der Dämmerung war verflogen. Sie hatte ihm im elegantesten Geschäft der Stadt einen Anzug gekauft, einen Herrenanzug, ganz und gar, in der Ausführung und im Schnitt von vollendet männlicher Form, mit langen Hosen und Sommerjacke mit nur einem Knopf und schön gepolsterten Schultern. Glück und Eingebung hatten Giuditta beigestanden, denn das Maß des Anzuges entsprach genau Andreas Gestalt, keine Falte und keine Naht brauchte geändert zu werden. Und eine geradezu wunderbare Vorsehung hatte sie auch noch ein kleines Hemd finden lassen aus weißer Seide, mit Kragen und Manschetten, das genau für Andrea zugeschnitten zu sein schien. Selbstverständlich hatte sie auch die Krawatte nicht vergessen, rot und dunkelblau gestreift, mit einem Etikett aus gelbem Atlas auf der Rückseite. Um all diese Eleganz zu erwerben, hatte Giuditta ihr goldenes Toilettenkästchen verkauft.

Als Andrea den Anzug angezogen hatte, steckte er als erstes die Hände in die Taschen und entdeckte, daß beide Jackentaschen eine Überraschung enthielten. In der einen steckte eine Brieftasche aus Wildschweinleder und in der anderen ein Päckchen amerikanischer Zigaretten!

Andrea errötete vor Freude und wandte Giuditta ein Lächeln zu voll Stolz und unendlicher Dankbarkeit!

In der folgenden Zeit, im Verlauf weniger Monate, sollte die Erinnerung daran zerfallen, verderben. Zwar wurde der Pakt, den Giuditta und Andrea miteinander geschlossen hatten, gehalten und ihre Pläne wurden ausgeführt, aber es dauerte nicht lang, bis Andrea zu begreifen begann, daß sowohl sein Pakt mit Giuditta als auch sein ganzes bisheriges Leben ihm einen Betrug verborgen hatten. In Wirklichkeit hatte seine Mutter nicht ihm, Andrea, zuliebe das Theater aufgegeben, sondern weil ihr kein anderer Ausweg mehr blieb, und gewiß hatte sie sich schon seit geraumer Zeit darauf vorbereitet, diesen Entschluß zu fassen. Der offenkundige Mißerfolg an jenem denkwürdigen Abend war vielleicht bitterer gewesen als alle anderen, aber es war gewiß nicht der erste. In jeder Stadt und in jedem Theater hatten die Vorstellungen für Giuditta mit Niederlagen und Demütigung geendet: Das war die Wahrheit. Und selbst die anspruchslosesten Agenten in der Provinz hatten sich oft geweigert, mit ihr einen Vertrag abzuschließen. Als klassische Tänzerin war sie gescheitert und für Varieté und Revue nicht geeignet. So hatte schließlich Giuditta in jener Nacht Andrea nichts geopfert und nur, weil das Theater sie verstoßen hatte, bei ihm Zuflucht gesucht.

Diese erste bittere Enttäuschung war für Andrea gleichsam eine Zauberin, in deren Spiegel sich ihm nach und nach die wahren Gestalten all seiner Wahngebilde enthüllten. Er gelangte zu der Einsicht, daß seine Mutter nicht nur niemals die berühmte Künstlerin gewesen war, für die er sie als Kind gehalten hatte, ja, daß sie nicht einmal eine verkannte Künstlerin war, sondern überhaupt keine Künstlerin. Die skandalöse Niederlage des letzten Abends war nicht, wie er in seiner kindlichen Einfalt vermutet hatte, die unerhörte, ungeheuerliche Auswirkung der provinzlerischen Unwissenheit gewesen. Gewiß, das Publikum in jener Kleinstadt war unwissend, plump und beschränkt; doch kein Publikum der Welt hätte Giuditta Campese bewundern können, die nur Ehrgeiz, aber kein Talent besaß. Nun kamen Andrea auch die boshaften Worte wieder ins Gedächtnis, die er an dem bewußten Abend im Theater auf dem Korridor vor den Garderoben gehört hatte. Damals hatte er sie wohl gehört, diese Worte, doch wie Soldaten, die einen Hinterhalt vorbereiten, hatten sie sich, kaum gehört, schnell in ein Versteck seines Gedächtnisses geflüchtet, aus dem sie nun wieder auftauchten, um ihn unvermutet zu überfallen. Andrea hörte sie wieder, eines ums andere, und begriff, daß sie seiner Mutter gegolten hatten. Es waren verhaßte Worte, grausame Feinde, gegen die er sich verteidigen wollte, aber waren es eigentlich Lügen? Paß auf, Andrea, sei aufrichtig! Was für eine Antwort kannst du geben? Waren diese Worte gelogen? Nein, sie sagten die Wahrheit! Giuditta Campese war keine schöne Frau mehr. Vielleicht war sie nie wirklich schön gewesen, aber jetzt war sie erledigt und alt.

Aus diesen Gründen hatte er Mitleid mit ihr und verzieh ihr. Aber das Verzeihen, das aus Mitleid entsteht, ist ein armer Verwandter des anderen Verzeihens, das aus Liebe entsteht.

Giudittas Verwandlung von einer Tänzerin in eine Mutter war unwahrscheinlich und wunderbar. Nun gleicht sie genau jenen sizilianischen Müttern, die sich im Haus einschließen und nie die Sonne sehen, um keinen Schatten zu werfen auf ihre Kinder; die trockenes Brot essen und den Zucker ihren Kindern lassen; die ungekämmt herumlaufen, aber ein leichtes, sanftes Händchen haben, um Löckchen zu drehen auf der Stirn ihrer Kinder; die sich in zerlumpten Barchent kleiden wie Hexen, zu deren Kindern man aber, der Vornehmheit halber, »Madame« und »Mylord« sagen muß!

Für all dies ist Andrea ihr jedoch nicht dankbar. Er schaut sie an mit Augen voll Gleichgültigkeit und Schwermut.

Er ist gereizt, schweigsam, und es liegt ihm gar nichts daran, das Oberhaupt der Familie zu sein. Man könnte sogar fast meinen, daß er sich schämt, eine Familie zu haben. Er gibt sich keinerlei Mühe, seine Schwester zu überwachen; wenn sie zu irgendeinem Fest oder einem Empfang eingeladen ist, weigert er sich, sie zu begleiten. Und er geht nie zur Kirche, er hat sogar das Herz-Jesu-Bild vom Kopfende seines Bettes abgenommen.

Er ist noch gewachsen in dieser letzten Zeit; jetzt ist er größer als Giuditta. Er ist mager, und seine Bewegungen sind ein wenig ungeschickt. Seine Wangen sind nicht mehr zart und glatt wie früher. Und seine Stimme, die bis vor wenigen Monaten so sanft und fein war wie die einer Grasmücke, klingt jetzt rauh und verstimmt.

Giudittas kleine Ballettschülerinnen kommen zur Unterrichtsstunde, aber er schaut ihnen nicht ins Gesicht und geht verächtlich und ärgerlich fort. Viele Stunden verbringt er außer Haus. Wohin geht er? Mit wem trifft er sich? Das ist ein Geheimnis. Eine Dame, die Mutter einer Schülerin, hat Giuditta im Vertrauen mitgeteilt, daß man ihn oft in einem Vorstadtcafé sieht »mit einer Bande von jungen Flegeln, Fanatikern und Aufwieglern«.

Giuditta wagt es nicht, Andrea zu fragen, so große Scheu hat sie vor ihm. Sie ist stolz auf ihren Sohn, und im Grunde ihres Herzens gibt sie ihm niemals Unrecht, denn sie ist überzeugt, daß er zu etwas Hohem ausersehen ist.

Andrea stellt sich die Zukunft oft vor wie ein großes Operntheater, hinter dessen Türen sich eine unbekannte, geheimnisvolle Menge drängt. Aber eine Person ist geheimnisvoller als alle anderen und ihm selbst noch unbekannt, es ist: Andrea Campese. Wie wird er sein? Er möchte sich sein zukünftiges Selbst ausmalen, und es gefällt ihm, diesem Unbekannten sieghafte, strahlende Züge zu verleihen, Triumphe und heitere Gelassenheit, aber sosehr er es auch verscheucht, immer wieder findet er, unverrückbar gleich einer Statue, dasselbe aufdringliche Bild:

»Ein traurig-verwegener Held,
gehüllt in einen andalusischen Schal.«

Editorische Notiz

In diesem Buch sind sämtliche Erzählungen der beiden deutschen Auswahlbände *Das heimliche Spiel* (Wagenbach, Berlin 2005) und *Eine frivole Geschichte der Anmut* (Wagenbach, Berlin 2003) enthalten.

Zwanzig dieser Erzählungen veröffentlichte Elsa Morante in ihrem ersten Band *Il gioco segreto* (Garzanti, Mailand 1941). In eine spätere Neuausgabe (Giulio Einaudi, Turin 1963) unter dem Titel *Lo scialle andaluso* (auf Deutsch erschienen unter dem Titel *Der andalusische Schal*, 1966, beziehungsweise *Das heimliche Spiel*, siehe oben) wurde nur ein Teil der Erzählungen aufgenommen (›Via dell'Angelo‹, ›Die Großmutter‹, ›Der Mann mit der Brille‹, ›Das heimliche Spiel‹, ›Der Gefährte‹, ›Ein Mann ohne Charakter‹, ›Der Dieb der Totenlichter‹, ›Andurro und Esposito‹, ›Cousin Venanzio‹, ›Der sizilianische Soldat‹, ›Donna Amalia‹). Dafür aber kam die Titelerzählung ›Der andalusische Schal‹ neu hinzu. Die übrigen Erzählungen wurden in der Ausgabe der *Opere*. Herausgegeben von Carlo Cecchi und Cesare Garboli (Arnoldo Mondadori, Mailand 1988) unter der Rubrik ›Appendice da *Il gioco segreto*‹ neu aufgelegt. Nach dieser Ausgabe wurden alle Texte durchgesehen.

Nahezu alle Erzählungen waren zwischen 1939 und 1941 in verschiedenen Zeitschriften, vor allem in »Oggi«, abgedruckt worden.

Elsa Morante bei Wagenbach

Aracoeli *Roman*

Von der Liebe zwischen Mutter und Sohn, vom Ende der Kindheit und dem Eintauchen in die Erinnerung auf der Suche nach einer Wahrheit: der geheimnisvollste Roman von Elsa Morante.

Aus dem Italienischen von Ragni Maria Gschwend
WAT 845. Broschiert. 432 Seiten

Arturos Insel *Roman*

Elsa Morante hat nicht nur, wie die »Neue Zürcher Zeitung« schrieb, »durch Arturo die Weltliteratur um eine der schönsten Knabengestalten bereichert«, sondern es gelang ihr auch, ein fast vergessenes Italien in farbenprächtigen Bildern festzuhalten.

Aus dem Italienischen von Susanne Hurni-Maehler
WAT 514. Broschiert. 432 Seiten

In Vorbereitung:

La Storia
(Neuübersetzung, erscheint im Frühjahr 2024)

Briefe von und an Elsa Morante
(erstmals auf Deutsch im Herbst 2024)

Lüge und Zauberei
(erscheint 2025)

Natalia Ginzburg bei Wagenbach

Familienlexikon *Roman*

Das mit dem Premio Strega ausgezeichnete Hauptwerk Natalia Ginzburgs ist nicht nur das komische Portrait einer denkwürdigen Familie, sondern zugleich ein großartiges Portrait Italiens.

Aus dem Italienischen und mit einem Nachwort von Alice Vollenweider
WAT 563. Broschiert. 192 Seiten

Die Stimmen des Abends

Natalia Ginzburg erzählt die Geschichte Elsas, die das Leben so, wie es vorgesehen ist, nicht führen will. Das Porträt einer Familie – voran das der Mutter – mit all ihren Verflechtungen im Piemont der dreißiger bis fünfziger Jahre.

Aus dem Italienischen von Alice Vollenweider
Mit einem Nachwort von Italo Calvino
SVLTO. Rotes Leinen. Fadengeheftet. 144 Seiten

Die kleinen Tugenden

Die schönsten Texte, von der großen italienischen Autorin selbst zusammengestellt. Wie es zugeht unter Menschen, die sich gernhaben, aber in schwierigen Zeiten leben. Und warum man die großen Tugenden (wie Großzügigkeit) den kleinen Tugenden (wie Sparsamkeit) vorziehen soll.

Aus dem Italienischen von Maja Pflug
SVLTO. Rotes Leinen. Fadengeheftet. 160 Seiten

Schütze *Roman*

Die Pläne beim Älterwerden und wie sie scheitern, oder: Die Mutter als Quälgeist.

Aus dem Italienischen von Joachim Meinert
SVLTO. Rotes Leinen. Fadengeheftet. 112 Seiten

Pier Paolo Pasolini bei Wagenbach

Ragazzi di vita *Roman*

Das unbestrittene Hauptwerk Pasolinis, mit dem Italiens
großer Schriftsteller und Ketzer den Verlorenen und Geächteten
aus den Elendsquartieren der römischen Vorstädte
ein unvergängliches Denkmal setzt.

Aus dem Italienischen von Moshe Kahn
WAT 614. Broschiert. 240 Seiten

Freibeuterschriften
Die Zerstörung der Kultur des Einzelnen
durch die Konsumgesellschaft

Pasolinis berühmte Polemiken gegen die Konsumgesellschaft –
radikal und inkonsequent, rhetorisch brillant
und bedrückend aktuell.

Herausgegeben von Peter Kammerer
Aus dem Italienischen von Thomas Eisenhardt
WAT 317. Broschiert. 176 Seiten

Pier Paolo Pasolini in persona
Gespräche und Selbstzeugnisse

Nur Heilige verweigern Interviews: Pier Paolo Pasolini hat unzäh-
lige gegeben. Die zum Großteil erstmals übersetzten Texte zeigen
ihn als streitlustigen Medienintellektuellen, als leidenschaftlichen
Verteidiger seiner Werke und seiner selbst – widersprüchlich und
unversöhnlich, aber immer gesprächsbereit.

Herausgegeben von Gaetano Biccari
Aus dem Italienischen von Martin Hallmannsecker u.a.
Klappenbroschur. 208 Seiten mit vielen Fotos

Wenn Sie mehr über den Verlag und seine Bücher wissen möchten,
schreiben Sie uns eine Postkarte oder elektronische Nachricht (mit
Anschrift und E-Mail). Wir informieren Sie dann regelmäßig über
unser Programm und unsere Veranstaltungen.

Verlag Klaus Wagenbach   Emser Straße 40/41   10719 Berlin
www.wagenbach.de   vertrieb@wagenbach.de